Antje Babendererde · Wundes Land

Antje Babendererde

WUNDES LAND

Roman

MERLIN

Meiner Familie gewidmet

Man nennt uns die neuen Indianer.
Zum Teufel, wir sind die alten Indianer,
die Herren dieses Kontinents,
und kommen, die Pacht einzutreiben.

Dennis Banks

1. Kapitel

Einer nach dem anderen verließen die Passagiere die Eingangshalle des kleinen Flughafens von Rapid City. Mein Flieger aus Cincinnati war der Letzte, der an diesem Abend hier gelandet war. In wenigen Minuten würde der flache Glasbau menschenleer sein.

Schon jetzt kam ich mir verlassen vor. Ich stand da, war müde und neugierig zugleich, und fürchtete, man könnte mich vergessen haben. Dann müsste ich die erste Nacht auf dem Flughafen verbringen, was keine sehr verlockende Aussicht war. Draußen, hinter dickem Glas, senkte sich Dunkelheit über fremdes Land. Es war verabredet, dass ein Vertreter des *Wápika*-Dorfprojektes mich abholen sollte. Doch ich wusste weder, wie derjenige hieß noch wie er aussah. Ich wusste auch nicht, was mich in diesem Land erwartete: South Dakota, Prärieland, Indianerland.

Als Vertreterin der Unterstützergruppe Morgenroth war ich beauftragt, die Arbeiten am *Wápika*-Dorfprojekt im Pine Ridge Indianerreservat für die nächsten drei Monate zu betreuen und einen Rechenschaftsbericht über das bisher Erreichte abzufassen. Mit dem Bau von Häusern aus einheimischen Rohstoffen sollte die desolate Wohnungssituation der Lakota im Reservat verbessert werden. Meine Chefin Inga Morgenroth hatte das Projekt vor einem Jahr ins Leben gerufen und die ersten Arbeiten im zukünftigen Dorf persönlich geleitet. Nach einer Winterpause hatten nun ihre Mitarbeiter die Arbeiten im Dorf fortgesetzt. Sie selbst wollte im September für ein paar Tage nach South Dakota fliegen, um die Entwicklung des Projektes in Augenschein zu nehmen. Jetzt war Anfang Juni und ich würde einige Wochen Zeit haben, um mich mit allem vertraut zu machen. Nach den umfangreichen Vorbereitungen der letzten Wochen war ich voller Neugierde und Freude auf die bevorstehende Arbeit.

Wie von selbst rollte mein Gepäckwagen vor eine der gläsernen Vitrinen, in denen kunsthandwerkliche Arbeiten der Lakota Sioux ausgestellt waren: mit winzigen Glasperlen bestickte Mokassins, Ohrgehänge aus eingefärbten Stachelschweinborsten und auf Lederschnüre gereihte Hornperlen. Ein seltsames, tellergroßes Gebilde, das in der Mitte des Glaskastens arrangiert war, erregte meine Aufmerksamkeit. Es nannte sich Traumfänger und erinnerte mich an ein großes Spinnennetz, verziert mit Perlen, Federn und herabhängenden Lederschnüren. Sehr mystisch, wie alles, was in meiner Vorstellung mit Indianern zusammenhing.

Ich wollte gerade lesen, was für eine Bedeutung dieser Traumfänger hatte, als ich durch sein grobmaschiges Netz hindurch die beiden Männer entdeckte. Ein kurzer Blick in die andere Richtung: Kein Zweifel, sie mussten es sein, die mich abholen sollten, denn sonst war niemand mehr da, außer einer alten Frau, die selbst auf jemanden zu warten schien. Das Reinigungspersonal in froschgrünen Overalls hatte schon mit dem Kehren der Halle begonnen.

Die beiden Indianer in Jeans und geprägten Lederstiefeln standen unter den Blättern einer riesigen Yuccapalme. Sie redeten und gestikulierten. Der Ältere von beiden mochte so um die fünfzig sein. Zwei geflochtene Zöpfe hingen in beachtlicher Länge über seine breite Brust. Der Jüngere war ungefähr in meinem Alter, Anfang oder Mitte dreißig vielleicht. Beide Männer waren auffällig groß, vermutlich weit über einsneunzig, aber der Jüngere war bedeutend schlanker. Sein langes Haar fiel ihm offen über die Schultern. Als er mir den Rücken zuwandte, sah ich, dass es ihm beinahe bis zu den Hüften reichte.

Himmel, dachte ich, die beiden sind echt.

Im selben Augenblick entdeckte mich der ältere Indianer hinter der Vitrine und stieß dem anderen seinen Ellenbogen in die Rippen. Der nickte und sah mich an. Nein – er starrte mich an.

Vielleicht hat deine Frisur was abgekriegt, schoss es mir durch den Kopf, was nicht verwunderlich wäre bei insgesamt zwölf Stunden Flug von Berlin nach Rapid City und einem dreistündigen Zwischenaufenthalt in Cincinnati. Meine geliebte Perlmutthaarspange lag wahrscheinlich eingeklemmt im Sitz des Fliegers und war jetzt nach Los Angeles unterwegs. Zu spät. Die Männer kamen mit großen Schritten auf mich zu und ich versuchte mit einem Lächeln mein zerknittertes Aussehen wettzumachen.

Ihre dunklen Gesichter zeigten keine erkennbare Regung, auch nicht, als sie bei mir angekommen waren, um mich zu begrüßen.

„Miss Kirsch?", fragte der ältere Indianer. Er hatte ein narbiges Gesicht. In den glänzenden Zöpfen entdeckte ich graue Strähnen. Er sagte „Köösch" statt „Kirsch", – und als ich nickte, streckte er mir seine Hand entgegen. „Willkommen in South Dakota, Miss." Er quetschte meine Finger und stellte sich vor. „Ich bin Vine Blue Bird, zweites Mitglied des Stammesrates und Beauftragter für Umweltfragen." Auf seinen Begleiter weisend, sagte er: „Mein Sohn Tom. Er ist Leiter des *Wápika*-Projektes und wird sich um Sie kümmern, bis Sie sich allein im Reservat zurechtfinden."

Tom Blauer Vogel schüttelte mir nicht die Hand. Er war bereits mit meinem Gepäck beschäftigt. Als Vine nach dem schwarzen Lederkoffer mit den Schnappschlössern greifen wollte, sagte ich beiläufig: „Das ist nicht nötig, er ist nicht schwer." Im Koffer befanden sich gläserne Röhrchen in bruchsicherer Halterung. Ich hatte den Auftrag, sie mit Boden- und Wasserproben aus dem Reservat zu füllen, und später – in Deutschland – an ein Berliner Umweltinstitut zu übergeben. Doch davon wusste hier niemand etwas. Es war ein Geheimauftrag meiner Chefin und ich war stolz darauf, dass sie mir die Sache anvertraut hatte. Warum alle anderen Mitarbeiter von dieser Aufgabe Abstand genommen hatten, war mir zu diesem Zeitpunkt noch nicht klar.

Frau Morgenroth hatte mir dazu nur erzählt, was ich unbedingt wissen musste: Bei Untersuchungen, die im vergangenen Sommer im Rahmen des Dorfprojektes durchgeführt worden waren, hatten zwei deutsche Ärztinnen herausgefunden, dass im Pine Ridge Reservat vermehrt Strahlenschäden auftraten. Die Messwerte einer amerikanischen Umweltorganisation, die von den beiden Ärztinnen ausgewertet worden waren, befanden sich jedoch im normalen Bereich. Deshalb sollte ich unabhängige Messungen einholen, und zwar unbemerkt, denn es bestand der Verdacht, dass die Werte der Umweltorganisation ausgetauscht oder gefälscht worden waren.

„Kommen Sie, Miss Kirsch", brummte Vine. „Sie sind sicher müde und erschöpft vom Flug und wir haben noch eine knappe Stunde Fahrt vor uns. Heute Nacht werden Sie unser Gast sein. Morgen bringt Tom Sie dann in Ihr Motel."

Ich nickte und folgte den beiden nach draußen auf den Parkplatz. Alles schien gut zu laufen und meine Mutter hatte sich umsonst Sorgen gemacht. Sie war felsenfest davon überzeugt, dass Indianer immer noch wild und schießwütig waren. Ihre Vorstellung war von unzähligen amerikanischen Wildwestfilmen geprägt, während ich als Kind unsere DEFA-Indianerfilme bevorzugt hatte, in denen die Indianer immer die Guten waren.

Als ich meiner Mutter von meinem bevorstehenden Aufenthalt bei den Lakota-Indianern erzählte, konnte ich ihr nur mit Mühe klarmachen, dass mein Auftrag keine besonderen Gefahren barg und ich das Ganze eher als bezahlten Urlaub betrachtete. Es war schließlich Sommer.

Während der Fahrt ins Pine Ridge Indianerreservat saß ich allein auf dem Rücksitz von Vine Blue Birds Ford, der kaum ein paar Tage alt zu sein schien. Alles roch noch ganz neu, auch wenn ich am Sitz vor mir Spuren von Kinderschuhen entdeckte.

Neben mir stand der schwarze Koffer mit den Glasröhrchen. Ich hatte den straffen Gurt über die Brust gezogen, denn ein großes Schild am Straßenrand wies darauf hin, dass Anschnallen im Bundesstaat South Dakota Vorschrift war. Zudem verlieh mir der Gurt ein Stück Sicherheit in diesem fremden Land, von dem ich nicht wusste, ob es Fremden gegenüber freundlich gesinnt war.

Die beiden Männer redeten nicht. Nach den ersten Willkommensfloskeln, die Vine für mich übrig gehabt hatte, schwieg er jetzt ebenso beharrlich wie sein Sohn. Ehrlich gesagt, ich hatte ziemlichen Respekt vor ihm. Vine Blue Bird, mit seinem narbenzerfurchten Gesicht und seinen traditionellen Zöpfen beeindruckte mich enorm. Tom hatte ein offenes Gesicht und dunkel glitzernde Augen, aber er schien auffallend darum bemüht, finster zu wirken.

Ich sah aus dem Fenster. Die bunten Leuchtreklamen der Fastfoodketten an der Ausfallstraße von Rapid City hatten wir hinter uns gelassen und der zunehmende Mond ließ die flache Landschaft in einem geheimnisvollen Licht erscheinen. Später tauchten zur Linken spitze Felsformationen auf. Scharfgratig und vielzackig. Bleiche Architekturen aus Lehm. Im Schatten der Täler lag Dunkelheit. Obwohl es auch jetzt noch sehr warm war, zog ich fröstelnd die Schultern nach oben. Da draußen lauern Gespenster auf der Suche nach Leichtsinnigen, dachte ich, und war froh, im sicheren Wagen zu sitzen.

Nach einer Weile drehte Vine Blue Bird den Kopf leicht nach hinten, aber nicht weit genug, um mich tatsächlich sehen zu können. „Morgen werde ich Sie in Pine Ridge Village mit ein paar wichtigen Leuten vom Stammesrat bekannt machen. Später zeigt Tom Ihnen das *Wápika*-Dorf, damit Sie sehen, wie weit wir bisher gekommen sind. Natürlich bekommen Sie auch ein Auto. Ohne Auto ist man im Reservat aufgeschmissen."

Ich bedankte mich höflich. Nach dem, was ich über die Lakota gehört hatte, war ich darauf vorbereitet, vom ersten Tag an mir selbst überlassen zu sein. Doch offensichtlich kümmerten sich die Indianer um mich. Meine Chefin Inga Morgenroth hatte mich vorgewarnt, was die Eigenheiten der Lakota betraf. Zur Sicherheit hatte sie mir ein paar Verhaltensregeln mit auf den Weg gegeben. „Sei zurückhaltend und aufmerksam. Stelle nicht so viele Fragen und erst recht keine Forderungen", belehrte sie mich. „Kleide dich unauffällig und sieh den Männern nicht offen in die Augen, sie könnten das als Aufforderung verstehen. Beschwere dich nicht und versuche niemals deine Meinung durchzusetzen. Lass sie nicht merken, was du über sie weißt. Du bist zwar gekommen, ihnen zu helfen, aber sie haben das Sagen im Reservat und wir sind auf ihr Wohlwollen angewiesen."

Diese Regeln hatte ich mir gut eingeprägt, aber jetzt kamen sie mir übertrieben vor. Inga Morgenroth war eine schillernde, extrovertierte Frau, die erwartete, dass ihre Mitarbeiter genau das taten, was sie sagte. Ihre Unterstützergruppe hatte bereits mehr als hunderttausend Dollar in die Zukunft der Lakota investiert und nun erhoffte sie sich die ersten Erfolge.

Ich hatte den Job bekommen, weil ich ungebunden und damit flexibel war, zumindest hatte Frau Morgenroth ihre

Entscheidung mir gegenüber so begründet. Tatsächlich arbeitete ich erst seit ungefähr einem halben Jahr für die Unterstützergruppe und war darüber verwundert, welch großes Vertrauen man in mich setzte. Bisher hatte ich nur am Schreibtisch gesessen und Büroarbeiten erledigt, während alle anderen Mitarbeiter schon einmal im Reservat gewesen waren und über die Gegebenheiten dort besser Bescheid wussten als ich.

Natürlich lagen mir die Indianer und ihr Schicksal auch persönlich am Herzen und ich brannte darauf, ihnen zu helfen. Dass mein Auftrag mit Schwierigkeiten verbunden sein könnte, kam mir damals überhaupt nicht in den Sinn.

Irgendwo im Nichts bog Vine von der Hauptstraße ab. Der Ford holperte einen ausgefahrenen Feldweg entlang, dann waren wir da. Endlich. In meinem Zustand hätte wohl jede Hütte mit erleuchteten Fenstern einladend gewirkt, denn ich war todmüde, auch wenn mein Inneres vibrierte wie ein Motor.

Ein paar Holzstufen führten zum Eingang, wo eine schmale junge Frau auf uns wartete, die Vine mir als seine Schwiegertochter Billie vorstellte. Sie musterte mich kurz und lächelte zurückhaltend. „Wie war Ihr Flug?", erkundigte sie sich höflich.

Zur Begrüßung streckte ich Billie meine Hand entgegen und merkte, dass sie es nicht vorhatte. Schon bei Tom hatte ich es als eine Art Skepsis mir gegenüber empfunden, dass er mir nicht die Hand gereicht hatte. Erst später sollte ich herausfinden, dass Händeschütteln unter den Lakota etwas Besonderes war. Mit einem herzlichen Händedruck wurde etwas Positives bekräftigt, er war sozusagen eine Ehre. Aber wie so vieles, erschloss sich mir diese Bedeutung erst im Laufe der Zeit.

„Es ging alles reibungslos", beantwortete ich schließlich Billies Frage. „Aber nach zwölf Stunden eingeklemmt in zu engen Sitzen findet man alles andere schöner als Fliegen."

Sie nickte mitfühlend: „Kann ich mir vorstellen." Achselzuckend und mit unterschwelligem Bedauern in der Stimme sagte sie: „Ich bin noch nie so weit geflogen. Nur einmal von Rapid City nach New York. Und das ist auch schon wieder fast zehn Jahre her." Sie deutete mir an ihr zu folgen und führte mich in die Küche.

Der Raum war groß, das helle Neonlicht blendete mich im ersten Moment. Was ich dann sah, war eine nüchterne Einbauküche mit heller Holzmaserung. An den weißen Wänden hingen ein paar Fotos mit lachenden Kindern und ein vergilbtes Poster von Sitting Bull, dessen anklagender Blick mich seltsam berührte. Auf den Fensterbrettern standen zwei Tontöpfe mit Kräutern. Die Dekoration erschien mir spärlich, die Einrichtung ebenso. Damals wusste ich noch nicht, dass ich die Einbauküche mit der Holzimitation in jedem Haus vorfinden würde, das von der Regierung für die Indianer in Pine Ridge gebaut worden war.

Eine meiner Kolleginnen hatte längere Zeit im Reservat verbracht und mir erzählt, dass die Lakota Probleme mit westlicher Wohnkultur hätten. Aufräumen und Sauberkeit würde ihnen Mühe bereiten, die sie nicht immer gewillt waren auf sich zu nehmen. Mein erster Eindruck war ein anderer. Billie Blue Birds Küche war blitzblank.

Den Küchentisch hatte sie mit vier Suppenschüsseln aus Keramik eingedeckt und es roch nach gekochtem Mais. „Es gibt gleich Essen", verkündete sie. „Ich habe *Wastunkala* gekocht. Maissuppe mit Fleisch ist ein traditionelles Lakotagericht, aber ich weiß nicht, ob Sie das mögen. Deutsche essen nicht alles, sagt Tom."

Verflixt, dachte ich, jetzt sitzt du in der Tinte. Musste es gleich am ersten Abend passieren? Seit Rinderwahnsinn, Maul- und Klauenseuche und Geflügelpest war ich überzeugte Vegetarierin. Es hatte mich damals keine große Willenskraft gekostet, auf Steaks und Schinken zu verzichten. Inzwischen löste allein der Gedanke an Fleisch Übelkeit in mir aus.

Was sollte ich jetzt tun? Wenn ich das Essen ablehnte, würde man das sicher als Überheblichkeit empfinden und beleidigt sein. Aber Fleisch essen? Unmöglich!

Die Männer kamen in die Küche und setzten sich. Ich stand noch immer unentschlossen da. Mein Blick streifte die Gesichter der beiden. Vine wirkte nach seiner anfänglichen Freundlichkeit verschlossen wie eine Auster und ich hoffte, bei ihm nicht aus irgendeinem Grund in Ungnade gefallen zu sein. Tom sah mich an, als käme ich nicht von einem anderen Kontinent, sondern von einem anderen Stern. Was hatte er bloß?

Soviel war klar: Wenn ich die Suppe verschmähte, war ich ohne Gnade durchgefallen. „Ich esse alles“, log ich, obwohl ich nicht einmal Hunger hatte. Brav setzte ich mich zu den Männern an den Tisch mit der blank gescheuerten Holzplatte und wartete.

Während Billie am Herd hantierte, versuchte ich mich von dem abzulenken, was mir bevorstand. Ich beobachtete die Indianerin, bewunderte ihre langen Beine und ihr schimmerndes schwarzes Haar, das sie mit einer Türkisen besetzten Silberspange aus der Stirn zurückgenommen hatte. Trotzdem reichte es ihr bis zur Taille. Ihre Statur wirkte weich und mädchenhaft. Ich vermutete, dass die Männer in diesem Haus das Sagen hatten.

„Sind das Ihre Kinder?“, fragte ich Tom mit einer Kopfbewegung hinüber zu den Fotos an der Wand.

„Ja“, sagte er, und das war alles. Aber ich hatte Stolz in seinen Augen aufblitzen sehen.

Billie wandte sich um. „Es sind drei. Zwei Mädchen und ein Junge. Sie schlafen schon, aber morgen werden Sie die Kinder kennen lernen.“ Sie stellte einen angeschlagenen Emailletopf auf den Tisch und füllte die Suppenschüsseln mit einer großen Kelle. Ich starrte auf das, was ich essen sollte. Hoffte, dabei nicht zu fassungslos auszusehen, denn Tom beobachtete mich jetzt scharf. An der Oberfläche der milchigen Suppe schwammen einzelne gelbe Maiskörner. Dazwischen große gräuliche Fleischstücke. Ich hatte keine Ahnung, was für Fleisch das war, ich wusste nur eins: Ich musste es essen.

„Es ist Büffelfleisch“, klärte Billie mich auf und nickte mir aufmunternd zu.

Auch das noch! Ich hielt den Atem an und griff todesmutig zum Löffel. Beim ersten Mal hatte ich glücklicherweise nur Maiskörner und kein Fleisch erwischt.

„Vorsicht!“, warnte mich Billie, aber es war schon zu spät. Die Suppe war so heiß, dass mir vor Schmerz Tränen in die Augen schossen. Auf diese Weise wurden gleich beim ersten Löffel sämtliche Geschmacksnerven betäubt und ich brauchte nur noch gegen die Übelkeit in meinem Kopf anzukämpfen. Ich stopfte etwas von dem bräunlich-gelben Fladenbrot in den Mund, das auf einem Brett in der Mitte des Tisches lag. Das Brot linderte das Brennen auf Zunge und Gaumen. Als ich wieder einigermaßen Luft holen konnte, wurde mir klar: Die Suppe schmeckte nach gar nichts, sie war regelrecht fad. Von Salz und Pfeffer schienen die Lakota nicht viel zu halten. Ich wagte aber auch nicht, danach zu fragen, weil dann offensichtlich sein würde, wie wenig mir die Suppe schmeckte.

Um mich und die anderen von meinem Problem abzulenken, fragte ich Billie, ob sie arbeiten ging. Dass meine Frage sie in Verlegenheit bringen könnte, kam mir nicht in den Sinn.

Billie sagte: „Arbeit habe ich mehr als genug. Einen Job

um Geld zu verdienen allerdings nicht. Pine Ridge ist das ärmste Fleckchen Erde in den USA. Die meisten Leute im Reservat haben keinen Job und leben von Sozialhilfe." Sie blickte vom Teller auf und seufzte. „Ich habe Krankenschwester gelernt und auch eine Zeit lang im Krankenhaus gearbeitet. Aber seit die Kinder da sind, gibt es zu Hause genug zu tun."

„Ja", sagte ich. „Das verstehe ich."

Billie musterte mich kurz und ich merkte an ihrem Blick, dass sie an meinen Worten zweifelte. Sie traute mir nicht zu, überhaupt etwas von ihrem Leben zu verstehen. Damals kränkte mich das ein wenig. Heute weiß ich, dass sie Recht hatte.

Billie redete weiter. „Im vergangenen Jahr haben sich einige Frauen von Pine Ridge zusammengeschlossen, um etwas gegen Alkoholismus und Drogen im Reservat zu unternehmen. Ich bin Mitglied dieser Gruppe." Sie warf einen kurzen Seitenblick auf Vine, der mürrisch seine Suppe löffelte. „Wir nennen uns *Cante Ohitika Win*, was so viel bedeutet wie: Frauen mit tapferen Herzen. Unsere Arbeit nimmt viel Zeit in Anspruch, sie kostet Nerven und einen Lohn gibt es nicht. Tja, und nun sind Ferien. Da muss ich mich den ganzen Tag um die Kinder kümmern. Seit die Arbeiten im *Wápika*-Dorf wieder angelaufen sind, ist Tom dauernd unterwegs und kommt erst spät nach Hause. Die Kinder und ich, wir sehen ihn kaum noch."

Ich hörte den versteckten Vorwurf wohl heraus, ignorierte ihn aber. Auch Tom schien ihn überhört zu haben. Jedenfalls sagte er kein Wort. Vine hingegen sah seine Schwiegertochter ärgerlich an. Verächtlich zuckte er die Achseln. Er mag sie nicht, dachte ich. Vielleicht war er aber auch nur deshalb so voller Unmut, weil Billie versucht hatte, ein persönliches Problem vor einer Fremden zu diskutieren, die noch dazu eine weiße Haut hatte.

Auf einmal flogen fremde Laute durch den Raum. Schnelle Sätze auf Lakota. Es war Tom, der mit seinem Vater sprach. Vielleicht verteidigt er seine Frau, dachte ich.

Vine funkelte seinen Sohn zornig an. Dann antwortete er kurz – ebenfalls auf Lakota. Mit einem „*Epelo!*", beendete er das Wortgefecht. Später lernte ich die Bedeutung des Wortes kennen. Sie lautete: Ich habe nichts mehr zu sagen.

Ich begann mich unwohl zu fühlen. Um jetzt noch in einem Familienstreit zwischen die Fronten zu geraten, war ich einfach zu müde. Auf die Idee, dass es bei diesem Wortgefecht um mich gehen könnte, kam ich gar nicht.

„Seit wann leiten Sie das *Wápika*-Projekt?", fragte ich Tom, um wieder in die Sprache zurückzukehren, die ich verstand.

„Seit einem halben Jahr", antwortete er, offensichtlich erleichtert über mein Ablenkungsmanöver.

Inga Morgenroth hatte mir einmal erzählt, dass es häufig zu Auseinandersetzungen zwischen Tom Blue Bird und dem damaligen Leiter des Projektes gekommen war. Deshalb hätte sich der ältere, sehr traditionell eingestellte Mann von dieser Aufgabe zurückgezogen. Nun erinnerte ich mich auch daran, dass meine Chefin von Blue Birds Art wenig begeistert war, doch sie hatte nicht verhindern können, dass die Lakota ihn als neuen Leiter des Dorfprojektes einsetzten.

Tom warf einen kurzen Blick auf die Küchenuhr. „Ich muss noch telefonieren", murmelte er und als er hinausging, hörte ich sein leises: „Gute Nacht!"

Billie berührte meinen Arm. „Sie werden viel mit Tom zusammen sein, Ellen", sagte sie. Und mit einem Mal war da eine Unsicherheit in ihrer Stimme, die ich zuvor nicht bemerkt hatte. Ich sah ihr forschend in die Augen. Für Sekunden waren sie wie ein offenes Tor zu ihrer Seele, das sich aber sofort wieder schloss. Ich ahnte, wovor sie Angst hatte. Mir war natürlich nicht entgangen, was für ein attraktiver Mann Tom Blue Bird war. Seine hochgewachsene Statur, die langen schwarzen Haare, sein männliches Gesicht und die glitzernden dunklen Augen ließen gewiss so manches Frauenherz höher schlagen. Zugegeben, auch auf mich hatte er Eindruck gemacht. Allerdings war Tom ziemlich wortkarg, schon am Flughafen, was natürlich Schüchternheit bedeuten konnte, aber auch Arroganz. Ich hatte mich noch nicht entschieden, ob ich ihn sympathisch finden sollte oder nicht.

„Er leitet das Dorfprojekt", sagte ich, und es klang wie eine Entschuldigung. „Ich kenne die Probleme ja bisher nur vom Papier und bin auf Toms Hilfe angewiesen."

„Natürlich", erwiderte Billie und lächelte verlegen. „Aber ..."

„Seit Tom die Sache in die Hand genommen hat", wurde sie von Vine unterbrochen, „geht es draußen im Dorf wenigstens vorwärts. Bei so einem großen Projekt kann man schließlich nicht die Wünsche aller berücksichtigen."

Obwohl er vermieden hatte, Billie dabei anzusehen, wusste ich, gegen wen dieser Satz gerichtet war. Vielleicht hatte Vine Recht, ich konnte das nicht beurteilen. Jedenfalls jetzt noch nicht. Trotzdem fühlte ich eine eigenartige Solidarität mit Billie, auch wenn sie mich nach wie vor mit Vorsicht behandelte. Es beeindruckte mich, wie sie versuchte, sich in dieser Familie zu behaupten.

Schwerfällig erhob sich Vine. „Schlafen Sie gut, Miss Kirsch", sagte er. „Wir sehen uns morgen."

Ich war zwar jetzt mit Billie allein, doch der Zeitpunkt für eine Annäherung war bereits verstrichen. „Ich zeige Ihnen das Bad und wo Sie schlafen werden", schlug sie vor. Ich nickte dankbar und folgte ihr.

Am nächsten Morgen holte mich ein Klopfen aus dem Schlaf. Mein erster Gedanke war: Wo zum Teufel bin ich? Dann, als die Gesichter auf den Postern an den Wänden Konturen annahmen, kam die Erinnerung langsam zurück. Eric Schweig, der schöne Uncas aus *Der letzte Mohikaner*, blickte mich traurig an. Und da waren auch noch andere alte Bekannte aus Filmen, die ich mir im Kino angesehen hatte: Kevin Costner und Graham Greene, wobei Costner inzwischen mit Filzstift eine Brille und einen Kinnbart bekommen hatte, was ihm eine gewisse Ähnlichkeit mit General Custer verschaffte.

Direkt über meinem Bett hing ein kleiner Traumfänger.

Nun wusste ich wieder, wo ich war: in Pine Ridge, im Haus der Familie Blue Bird. Erschrocken schaute ich auf meine Armbanduhr. Halb zehn. Die Folgen der Zeitverschiebung – *Jetlag,* wie die Amerikaner es nennen. Ich hatte geschlafen wie ein Murmeltier.

„Ja", rief ich, aber es war schon zu spät. Ein etwa fünfjähriger Junge, barfuß und in kurzen Hosen, stand in der Tür und grinste mich an. „Frühstück!", krähte er und sauste davon. Du meine Güte, dachte ich, das fängt ja gut an. Gleich am ersten Tag verschlafen. Ich eilte ins Bad, das an diesem Morgen auch nicht aufgeräumter aussah als am gestrigen Abend. Aber da war ich so müde gewesen, dass es mich nicht gestört hatte. Auf sämtlichen Ablageflächen lagen schmutzige Kleidungsstücke, auch verstreut auf dem Boden. Ich schob sie mit dem Fuß beiseite. Im Waschbecken fanden sich Spuren von Zahnpasta und schwarze lange Haare. Ich entfernte beides, bevor ich mich wusch und mir die Zähne putzte.

Für meinen ersten offiziellen Auftritt im Reservat wählte ich eines der beiden Kleider, die ich mitgenommen hatte. Das ärmellose dunkelgrüne mit dem kleinen Ausschnitt, das mir bis über die Knie reichte. Mein widerspenstiges Haar bändigte ich im Nacken mit einem Flechtgummi. Ein Hauch Lippenstift und meine Lieblingsohrringe, so war ich äußerlich gewappnet. Doch in meinem Inneren sah es anders aus. Ich war entsetzlich aufgeregt.

Als mir auf dem Flur der Geruch von gebratenem Fleisch in die Nase stieg, ahnte ich Schlimmes. Nicht schon am Morgen, hoffte ich. Aber als ich in die Küche trat, sah ich, was ich zuvor nur gerochen hatte: Vine hatte ein halb durchgebratenes Steak auf seinem Teller und verspeiste es mit Ketchup. Auch Tom aß Fleisch. Der Geruch machte mich benommen, aber ich registrierte, dass Billie ein ganz normales Frühstück für sich und die Kinder hergerichtet hatte: Toastscheiben lagen auf einem Teller, Honig und Marmelade standen auf dem Tisch. Toms Frau stand am Herd und wendete Pfannkuchen. Ich murmelte ein halblautes: „Guten Morgen", und setzte mich.

Billie stellte mir die Kinder vor: Gordon war der Fünfjährige, der mich geweckt hatte. Cub, seine jüngere Schwester, war drei Jahre alt und Shannon, die Älteste, war acht. In ihrem Zimmer hatte ich geschlafen. Gordon und Shannon beobachteten mich mit zurückhaltendem Interesse, während ich vorsichtig an dem heißen Getränk in meiner Tasse nippte, das ich seiner Farbe nach für Tee gehalten hatte, und das sich nun als Kaffee entpuppte. Er schmeckte wie Muckefuck.

Die Gesichter der Kinder waren braun und die funkelnden schwarzen Augen schienen in der Familie zu liegen. Gordon blinzelte mich an und spreizte Zeige- und Mittelfinger zu einem V-Zeichen, ohne dass die anderen es merkten. Offensichtlich war er der Einzige im Raum, der mit meiner Anwesenheit keine Probleme hatte. Ich zwinkerte ihm zu. Wir verstanden uns auch ohne Worte ganz gut.

Billie war damit beschäftigt, die köstlich dicken Pfannkuchen so schnell zu produzieren wie sie verspeist wurden.

Tom alberte mit seiner jüngsten Tochter, die ihm auf den Knien herumkletterte und Vine sortierte irgendwelche Unterlagen auf seinem Schoß. Ganz normaler Familienalltag. Was hatte ich auch erwartet? Dass sie schon am Morgen politische Reden führen oder irgendwelche Zeremonien abhalten würden? Ellen, wach auf!, dachte ich. Sie sind ganz normale Menschen.

Ich aß einen der daumendicken Pfannkuchen mit Honig, und obwohl er mir schmeckte, war mir klar, dass diese mehl- und zuckerreiche Kost auf Dauer ungesund war. Nicht ohne Grund waren viele Lakota im Reservat übergewichtig und litten unter Diabetes. Die Umstände machten es ihnen schwer sich gesund zu ernähren und es fehlte auch das Interesse daran. Unser Dorfprojekt ließ diese Tatsache nicht außer Acht: Es gab eine Ernährungsberaterin, die die Leute aufklären sollte.

Für mich würde das Essen kein Problem mehr darstellen, sobald ich in meinem Motelzimmer wohnen und mich selbst versorgen konnte.

Ich war erleichtert, als Vine zum Aufbruch drängte. Draußen musste ich zusehen, wie mein kostbares Gepäck im Kofferraum eines Wagens verschwand, der dem äußeren Anschein nach mindestens 50 Jahre alt war. Jemand hatte dem Thunderbird mit Pinsel und Farbe einen dunkelgrünen Anstrich gegeben, der an manchen Stellen wieder abzublättern begann. Darunter kam die ursprüngliche Farbe, ein schmutziges Gelb, zum Vorschein, was den Wagen von weitem wie ein Tarnfahrzeug aussehen ließ, und mir wurde klar: Es war dieses riesige Gefährt, das man mir für die nächsten Wochen als Leihwagen zugedacht hatte.

Ich sah mich um. Im nüchternen Licht des Vormittages wirkte die Gegend einsam und trostlos. Fast überall nichts als trockenes Gras. Nur das Haus der Blue Birds stand vor einem Pappelwäldchen unweit der Straße. Auf der anderen Seite, ungefähr ein oder zwei Meilen entfernt, begannen die Ausläufer der Badlands, dieser mondähnlichen Karstlandschaft, die sich über den nördlichen Teil des Reservats erstreckte, und die ich am gestrigen Abend nur vage wahrgenommen hatte.

Tom trat neben mich und wies hinüber auf die Badlands. „Wir Lakota nennen sie *Maco Sica* – Schlechtes Land. Aber so schlecht ist es dort oben gar nicht", behauptete er lächelnd. „Unsere Vorfahren lebten in den weißen Bergen und hielten ihre Zeremonien dort ab. Ihre Geister sind immer noch dort."

Geister. Auch das noch, dachte ich.

Tom setzte sich in den Thunderbird und öffnete mir die Beifahrertür. Ich winkte den Kindern, die auf den Holzstufen vor dem Haus herumturnten und stieg ein. Vine fuhr in seinem nagelneuen kirschroten Ford voraus und Tom chauffierte mich in dem riesigen alten Gefährt hinterher. Er hatte sein Haar im Nacken mit einem Lederband zusammengenommen und trug eine dieser entsetzlichen verspiegelten Sonnenbrillen, die bei den Lakota so beliebt waren. Es verunsicherte mich, seine Augen nicht sehen zu können.

„Baujahr 1970", klärte Tom mich auf und klopfte liebevoll auf das Armaturenbrett des alten Autos. „Aber der T-Bird fährt noch sehr gut. Er ist sozusagen unser Leihwagen. Wenn besondere Gäste kommen, dann geben wir ihnen unseren *Froggy*. Das ist sein Name. Für die nächsten drei Monate gehört er Ihnen."

Für besondere Gäste! Du meine Güte. Aber ich mochte *Froggy* sofort, zumal der äußere Schein trog. Der Wagen fuhr gut und klapperte kein bisschen. Man schaukelte darin wie in einem Boot. Der Thunderbird hatte beige Kunstledersitze, eine Klimaanlage und ein Radio. Die Motorhaube streckte sich dem Horizont entgegen und irgendwo weit hinten verschmolz die Heckklappe mit dem Asphalt der Straße. Am Rückspiegel hing ein kleiner Traumfänger und ich konnte endlich fragen, was es damit auf sich hatte.

Tom lächelte nachsichtig, als er es mir erklärte. „Die Perle symbolisiert eine Spinne, die das Netz des Lebens webt. Es fängt die Träume auf. Die schlechten fallen durch das Loch in der Mitte, die guten gleiten über die Federn und Bänder in den Kopf des Träumers." Er berührte den Traumfänger kurz und sagte: „Er gehört Ihnen. Sie können ihn im Wagen lassen oder ihn im Motel über Ihr Bett hängen."

„Danke", sagte ich überrascht. Dass dieser Mann Geschenke macht, hätte ich nie gedacht, aber meine Aufmerksamkeit war inzwischen von etwas anderem gefesselt. An Tom Blue Birds Handgelenken hatte ich winzige Tätowierungen entdeckt. Blassblaue Punkte und zwei parallele Zickzacklinien. Ich betrachtete sie verstohlen, wagte aber nicht, ihn danach zu fragen. Durch zuviel Neugier konnten leicht Missverständnisse entstehen und ich wollte nicht gleich am ersten Tag ins Fettnäpfchen treten.

Die Straße nach Pine Ridge Village führte durch eine hügelige Landschaft, die, von vereinzelten Pappelhainen abgesehen, baumlos war. Überall dieses kurze, bräunlich gelbe Gras, wie mit Filz überzogen. Weil ich nirgendwo Tiere sah, nahm ich an, dass es nicht mal als Weidefläche zu gebrauchen war.

Schlechter Asphalt. Aber Blue Bird schien sämtliche Schlaglöcher zu kennen und in gewagten Manövern wich er ihnen aus. Nur manchmal bremste er scharf und musste hindurchfahren, wenn die Schäden im Asphalt so breit wie die ganze Straße waren.

Wohin ich auch sah: endlose Weite bis zum Horizont. Nur hin und wieder ein Haus inmitten der Prärie, davor eine bunte Schaukel und ringsherum ausgedienter Hausrat, der eigentlich auf den Müllplatz gehörte.

Der erste Ort, durch den wir kamen, war Manderson. Tom fuhr nun langsamer. Ich sah Holzhäuser im graublauen Einheitsanstrich, in deren Vorgärten ausgediente Autowracks vor sich hin rosteten. Die meisten dieser Häuser hatte man immer wieder notdürftig repariert, andere waren von ihren Besitzern einfach sich selbst überlassen worden. Ich sah heruntergetretene Drahtzäune und filzige Rasenflächen, auf denen zwischen alten Reifen, zertrümmerten Möbeln und modrigen Lumpen Kinder spielten. Es gab keine Bäume, keine Blumen. Einzige Farbtupfer waren die bunten Plastikspielzeuge, Dreiräder, große Kipper oder Bälle, die achtlos liegen gelassen worden waren.

Ich kämpfte gegen die Enttäuschung in meinem Inneren. Mit so viel Trostlosigkeit hatte ich nicht gerechnet. Mein Bild von den Lakota war das eines von der weißen Regierung unterdrückten und verachteten Volkes. Na gut, sie waren arm, aber niemand zwang sie dazu, zwischen Müllhaufen zu leben. Warum tun sie sich das an?, dachte ich. Warum tun sie *mir* das an?

Tom beobachtete mich von der Seite. „So geht es allen, die das erste Mal im Reservat sind."

„Wie geht es mir denn?", fragte ich vorsichtig.

„Sie sind schockiert, würde ich sagen. Was Sie sehen, erschreckt Sie."

Ich brauchte einen Moment, um das, was ich gesehen hatte, zu verarbeiten. „Zugegeben, ich dachte, ich wäre darauf vorbereitet", räumte ich schließlich ein. „Aber ich bin es nicht.".

„Ja", meinte Tom spöttisch. „Die Wirklichkeit ist immer anders als das, was wir uns in unseren Köpfen zurechtgelegt haben.“ Er trat wieder aufs Gas, denn inzwischen hatten wir den Ort passiert. „Die Regierung ließ diese Einheitshäuser in den siebziger Jahren bauen, in der Hoffnung, die alten Teerpappenhütten und die ausgebeulten Wohnwagen würden daraufhin verschwinden. Viele Lakota haben ein Haus gekauft oder zahlen eine kleine Miete, die sich nach ihrem Einkommen richtet.“ Er zog die Mundwinkel nach unten. „Eigentlich keine schlechte Sache. Aber viele hingen an ihrem Wohnwagen oder an der alten, baufälligen Hütte, die oft vom Großvater mit eigenen Händen gebaut worden war.“

Tom bremste scharf ab, aber es war schon zu spät. Die Vorderräder des Thunderbird krachten in ein tiefes Schlagloch. „Mist!“, fluchte Blue Bird, dann erzählte er weiter: „Unsere Leute mögen die neuen Häuser nicht, denn die Freude, in einem zu wohnen, währt meistens nur kurz. Die Wände sind aus Sperrholz und haben eine billige Plastikisolierung. Die Entlüftung ist nur Attrappe. Schon mal was von *Black Mold*, dem Schwarzen Schimmelpilz gehört?“, fragte er mich. „Die meisten Häuser sind davon befallen und die Leute, die darin wohnen müssen, werden krank. Zuerst trifft es die Kinder und die Alten. Tja, von außen sieht alles sehr hübsch aus, aber drinnen funktioniert es nicht. Im Winter weht der eisige Präriewind durch alle Ritzen. Wir sind hier in South Dakota und nicht in Miami Beach.“

„Deshalb das *Wápika*-Dorfprojekt“, stellte ich trocken fest. Was er mir gerade erzählt hatte, wusste ich schon. Diese Menschen hatten einen schwierigen Weg vor sich. Ohne fremde Hilfe würden sie es nicht schaffen. Aus diesem Grund war ich schließlich hier.

Tom nickte. „Ja, deshalb. Vielleicht können unsere Leute auf diese Art zur traditionellen Lebensweise zurückfinden.“

„Klingt plausibel“, sagte ich, froh, einen gemeinsamen Nenner gefunden zu haben. „Aber was bedeutet: traditionell? Kein Auto, keinen Fernseher, keinen Kühlschrank?“

Wieder lachte er. „Ach was, das sind vielleicht europäische Vorstellungen von indianischer Zukunft. Ihr denkt immer, traditionell sein, hat etwas mit altmodisch zu tun. Natürlich werden wir nicht in Tipis zurückkehren, die Autos gegen Pferde eintauschen und wieder von der Jagd leben. Aber man kann sich keine Zukunft aufbauen, indem man das Alte zerstört. Früher war unser ganzes Leben auf dem Zusammenhalt der Familie aufgebaut. *Tiospaye* nennen wir das. Es ist uns verlorengegangen. Jetzt müssen wir versuchen zu retten, was zu retten ist.“

„Sollte nicht erst mal was gegen den Unrat und den Müll unternommen werden?“, fragte ich skeptisch. Mein europäischer Sinn für Ordnung war erheblich gestört durch das, was ich gerade gesehen hatte.

Tom schüttelte missbilligend den Kopf. „Blödsinn. Das sind bloß Bierdosen und rostende Autos. Wir Lakota nennen es ‚Indianische Gartenkunst‘. Es ist nur Schrott, nichts von Bedeutung. Ich sehe das gar nicht.“

Vermutlich sieht es überhaupt keiner, dachte ich, deswegen war es ja da. Und ich ärgerte mich über diese Ignoranz. Aber schon damals, nachdem ich die Realität mit eigenen Augen gesehen hatte, begann sich meine Sicht langsam und unmerklich zu verändern. Ich ahnte, dass es nicht einfach werden würde, meine Aufgaben hier zu erledigen. Und mir wurde klar, warum sich niemand um diesen Job gerissen hatte.

Pine Ridge Village war der Hauptort im Reservat und erstreckte sich lang und weitläufig durch ein mit Pappeln und Eichen bewachsenes Tal. Vor dem Ortseingang zeigte mir Tom das neue Krankenhaus, ein modernes flaches Gebäude, das auf einem Hügel stand.

„Seit es das Krankenhaus gibt", klärte er mich auf, „hat sich hier einiges verbessert."

„Ich würde es mir gerne ansehen", bat ich, als wir schon daran vorbei gefahren waren. Zu Hause im Büro gab es Berichte über die medizinische Versorgung im Reservat, aber sie waren nicht auf dem neuesten Stand. Die aktuellen Zahlen zu besorgen, war auch ein Teil meiner Aufgabe.

„Heute nicht", meinte er. „Aber ich werde mich darum kümmern."

Im Zentrum des Ortes gab es den Sioux-Nation-Supermarkt, ein Postamt und einen Tante-Emma-Laden, der Tag und Nacht geöffnet hatte. Gegenüber der Tankstelle standen mehrere einstöckige Gebäude in einem einfachen, schmucklosen Baustil, der vermutlich für amtliche Gebäude in Indianerreservaten typisch war. Dort gab es Bäume, große schattenspendende Pappeln, die dem Ganzen ein parkähnliches Aussehen verliehen. Es war der Sitz der Stammesregierung. Das Hauptgebäude war ein großer roter Backsteinbau mit einem sauberen Vorplatz.

Tom parkte neben dem Ford seines Vaters. Vine Blue Bird stand mit verschränkten Armen rücklings gegen seinen Wagen gelehnt, in dessen getönten Scheiben sich die Bäume und der Himmel spiegelten. Er schien in seinen Gedanken weit weg zu sein, denn erst als wir direkt vor ihm standen, bewegte er sich.

„Wir können gehen", sagte Tom.

Vine nickte abwesend und ging voran. Tom hielt die Schwingtür für mich auf und wir betraten die klimatisierte Eingangshalle. Eine Schulklasse mit Teenagern drängelte sich vor einer Vitrine mit Artefakten der Lakotageschichte. Männer und Frauen diskutierten miteinander oder standen wartend herum. Einige eilten geschäftig über die beiden großen Gänge im hinteren Teil des Gebäudes. Alles erschien mir überraschend normal, bis ich begriff, dass ich die einzige Weiße hier war. Inzwischen hatten das auch die anderen bemerkt. Man drehte sich nach mir um und musterte mich verstohlen. Noch nie war ich mir so andersartig und auffällig vorgekommen wie in diesem Moment. Verunsichert und nervös konzentrierte ich mich auf Tom Blue Birds breiten Rücken und hoffte darauf, so schnell wie möglich erlöst zu werden.

Vermutlich lag es nicht nur an meiner Hautfarbe, offenbar hatte ich auch meine Kleidung völlig falsch gewählt. In dieser Umgebung wirkte selbst das einfache grüne Kleid viel zu elegant. Was hatte ich mir bloß dabei gedacht?

Wie Recht ich hatte, merkte ich, als Vine mich mit dem Vorsitzenden des Stammesrates, Marcus Red Bull, bekannt machte, dem wir zufällig über den Weg liefen. Der ältere Mann mit einem dicken Zopf im Nacken, trug dunkle Jeans und ein ausgewaschenes T-Shirt mit dem bunten Aufdruck: SUPPORT NATIVE RIGHTS. Eine Kleiderordnung gab es hier jedenfalls nicht. Ich kam mir fremd und schrecklich weiß vor. So hatte ich mir das alles nicht vorgestellt.

Marcus Red Bull hatte es eilig und Vine schleppte mich weiter, immer nach jemandem Ausschau haltend. Als wir einem Mann in die Arme liefen, den er mir als Red Bulls Stellvertreter Murdo Garret vorstellte, spürte ich Ungeduld in Vines Blicken. Garret war ungefähr in Vines Alter, aber noch korpulenter und vor allem von fröhlicherer Natur. Aus seinem dunklen Gesicht leuchteten hervorstehende Zähne. Er lachte mich offen an und wechselte ein paar Worte mit mir. Es waren die üblichen Fragen: Wie mein Flug gewesen sei, ob ich mich gut fühlte, und wie mein erster Eindruck vom Reservat war. Garret trug in der Brusttasche seines karierten Hemdes eine Sammlung verschiedener Kugelschreiber. Es waren bestimmt sechs oder sieben und der Saum der Tasche endete in tintenblauen, wolkenförmigen Flecken.

Ich antwortete, was man von mir erwartete: „Prima. Gut. Interessant." Ich fand den stellvertretenden Vorsitzenden sympathisch und hätte mich gerne ausführlicher mit ihm unterhalten, aber an diesem ersten Tag hielt ich Zurückhaltung für angebrachter. Damals ahnte ich noch nicht, dass ich keine Gelegenheit mehr haben würde, mit Murdo Garret zu sprechen.

„Waren Sie schon draußen im Dorf?", fragte er mich.

„Nein, noch nicht", antwortete ich wahrheitsgemäß und sah Vine fragend an. Ich wäre zu gerne auf der Stelle hier verschwunden.

„Tom wird Miss Kirsch das Dorf heute noch zeigen", brummte Blue Bird, dessen Blick schon wieder suchend durch den Gang schweifte. Ich wurde den Verdacht nicht los, dass meine Anwesenheit ihn frustrierte und dass das, was er tat, für ihn nicht mehr als eine lästige Pflicht war. Diese Erkenntnis dämpfte meinen Enthusiasmus gewaltig. Zum Teufel mit Vine Blue Bird, ich würde auch ohne ihn zurechtkommen. Tom war schließlich auch noch da. Ich drehte mich suchend nach Vines Sohn um, aber er war – verschwunden.

„Eine gute Sache, die Ihre Gruppe da unterstützt", meinte Garret freundlich. „Wir sind Ihnen sehr dankbar, Miss Kirsch."

„Wir … äh, ich …", verdammt, ich war so durcheinander, dass mir die Worte fehlten. Wo war Tom geblieben?

Garret blickte auf die große Uhr am Ende des Ganges und klopfte Vine auf die Schulter: „Tut mir Leid, aber ich muss los. Heute wird der neue Waldorfkindergarten in Kyle eingeweiht und ich soll ein paar Worte dazu sagen." Er wandte sich noch einmal an mich. „Schön, Sie kennen gelernt zu haben, Miss Kirsch. Wenn Sie noch Fragen haben, dann können Sie jederzeit zu mir kommen. Ich stehe Ihnen gern zur Verfügung."

Ich nickte und sah ihm nach.

Vine gab einen grunzenden Laut von sich. Mir wurde wieder bewusst, dass ich mich über ihn ärgerte, also vermied ich es, ihn anzusehen. Was sollte ich tun? Im Moment war ich auf ihn angewiesen, zumal sich Tom in Luft aufgelöst zu haben schien.

Nachdem ich von Vine noch Dempster Little Crow, dem Polizeichef des Reservats, vorgestellt worden war, entdeckte er vermutlich jenen Mann, nach dem er die ganze Zeit Ausschau gehalten hatte. Dieser Mann, den ich nur flüchtig sehen konnte, verschwand hinter einer der vielen Türen und Vine sagte: „Ich habe gleich einen wichtigen Termin, Miss Kirsch. Tom bringt Sie noch zum Richter, danach zeigt er Ihnen das Dorf und wo Sie wohnen werden. Wir sehen uns später."

„Mist!", fluchte ich leise, als ich allein auf dem Flur stand. Wo zum Teufel war Tom Blue Bird? Immerhin, während der Autofahrt hatte er bewiesen, dass er durchaus gesprächig und auf spröde Weise charmant sein konnte. Offenbar war ich ihm nicht lästig. Aber wo war er jetzt? Ich fühlte mich abgestellt. Sollte ich losgehen und hinter einer dieser vielen Türen nach ihm suchen? Oder war es schlauer, hier auf ihn zu warten?

Ich entschied mich, da stehen zu bleiben, wo ich gerade war.

Als Tom wenig später hinter mir auftauchte wie ein Geist, erschrak ich fürchterlich. Er lächelte. Es schien ihm zu gefallen, dass ich für einen Augenblick aus der Fassung geraten war. „Gehen wir!", sagte er. „Der Richter hat einen Augenblick Zeit für Sie."

Das Stammesgericht war in einem grauen Schlackensteinbau untergebracht, nur wenige Schritte vom Haupthaus entfernt. In einem freundlich hellen Bürozimmer schüttelte ich Robert Fast Elk, dem obersten Stammesrichter der Oglala Lakota, die Hand. Er war noch sehr jung, wahrscheinlich kaum älter als Tom. Die beiden Männer schienen näher befreundet zu sein, was ich aus ihrem saloppen Umgangston heraushörte.

Auch Fast Elk fragte mich, wie ich den Flug überstanden hatte und wie mein erster Eindruck vom Reservat war. Ich wählte meine Worte sehr sorgfältig, denn Tom ließ mich dabei nicht aus den Augen.

„Woher kommen Sie, Miss Kirsch?", fragte der Richter. Ich sah ihn verwundert an und er meinte achselzuckend: „Ich kenne mich ein wenig aus in Deutschland."

So erzählte ich ihm kurz von meiner Jugend im Osten. Es wunderte mich, dass er überhaupt von der Teilung Deutschlands wusste. Aber vermutlich hatte ihn, wie die meisten Amerikaner auch, die Wiedervereinigung darauf aufmerksam gemacht. „Die DDR war im weitesten Sinne so etwas wie ein Reservat", behauptete ich kühn. „Nur waren unsere Grenzen mit Stacheldraht und Minen gesichert, und jeder, der versuchte sie zu überwinden, musste damit rechnen, erschossen zu werden."

Er nickte. „Aber das ist nun vorbei." Fast Elk lehnte sich in seinem Bürosessel zurück und knipste an seinem Kugelschreiber herum. „Es hat mich beeindruckt, wie ihr Deutschen die Sache mit der Wiedervereinigung in den Griff bekommen habt", sagte er. „Vor ein paar Jahren war ich auf einer Vortragsreise in Europa, unter anderem auch in Deutschland und den neuen Bundesländern. Es war faszinierend. Überall wurde gebaut. Die Menschen in Ihrem Land sind sehr reich, Ellen."

Ich schluckte überrascht, einfach, weil ich nicht damit

gerechnet hatte, dass einer wie Robert Fast Elk in der ehemaligen DDR gewesen war. „In welchen Städten waren Sie denn?", fragte ich neugierig.

„Eisenach, Weimar, Jena", zählte er auf, „Rostock, Wismar ..."

„In Jena bin ich geboren", ließ ich ihn wissen. Es war merkwürdig, mir den obersten Stammesrichter als Tourist auf dem alten Jenaer Marktplatz vorzustellen, wie er ein Erinnerungsfoto vom eisernen Hanfried machte.

„Carl Zeiss", meinte Fast Elk lächelnd.

Mir war klar, dass es kaum möglich sein würde, ihn davon zu überzeugen, dass im Osten Deutschlands nur wenige wirklich reich waren. Wie auch, wenn er den „Aufschwung Ost" bereits mit eigenen Augen gesehen hatte. Unser Lebensstandard musste jedem, der auf Pine Ridge geboren war, beneidenswert hoch vorkommen.

Es klopfte an der Tür und eine junge Indianerin in einem kurzen hellblauen Kostüm kam herein. Sie trug ihr Haar kurz und sorgfältig frisiert. Seine Sekretärin, dachte ich verblüfft – und hatte Recht.

Sie begrüßte Tom und mich mit einem Kopfnicken und wandte sich an Fast Elk: „Sie haben um 14 Uhr einen Termin mit Joe Gunmans Anwalt, Richter", erinnerte sie ihn streng.

„Ich habe ihn nicht vergessen, Lucie." Fast Elk lächelte nachsichtig. „Geben Sie mir noch drei Minuten, dann komme ich." Die Sekretärin stöckelte hinaus.

Tom und ich erhoben uns von unseren Stühlen. „Lucie", wiederholte Blue Bird den Namen der jungen Dame und schüttelte grinsend den Kopf.

„Sie ist klüger als sie aussieht", verteidigte der Richter seine Sekretärin. „Und dazu sehr ehrgeizig."

Wir verabschiedeten uns und ich dankte Fast Elk für die Zeit, die er mir gewidmet hatte. Der Richter nickte freundlich.

In der offenen Tür prallte Tom mit einem jungen Indianer zusammen, der sich heftig mit Murdo Garret stritt, dem stellvertretenden Stammesratsvorsitzenden, der draußen auf dem Gang stand.

„Pass auf wo du hintrittst, verdammt noch mal", fluchte Blue Bird.

Der junge Mann starrte Tom an. Es schien, als brauche er eine Weile, um zu begreifen, wen er vor sich hatte. „He, Blue Bird", schnaubte er auf einmal verächtlich. „Nicht so eilig, alter Freund. Warst du bei Robert, um selbst einen kleinen Landanspruch anzumelden? Oder brauchst du seine Stimme für das Kasino?"

„Halt bloß die Luft an, Freundchen", kam die Stimme des Richters aus dem Hintergrund.

„Idiot!", knurrte Tom ärgerlich und zerrte mich am Arm aus dem Büro. Murdo Garret folgte dem jungen Mann und die Tür des Richters schloss sich hinter den beiden Streitenden.

„Wer war denn das?", fragte ich, verwundert über die seltsame Auseinandersetzung. Ich rieb meinen Arm, denn Toms Griff war nicht gerade sanft gewesen.

„Das war einer von denen, die immer nur Ärger machen", sagte er abfällig. „Ein kleiner Möchtegern-Russel Means."

Und wer zum Teufel ist *Russel Means*, dachte ich, fragte aber nicht, weil Tom scheinbar voraussetzte, dass ich es wusste. Aber er bemerkte meine Unkenntnis. Natürlich.

„Noch nie was von Russel Means gehört?", fragte er ungläubig.

Ich zögerte, aus Furcht, mich lächerlich zu machen. Schließlich schüttelte ich beschämt den Kopf.

„Means ist einer der Mitbegründer von AIM, dem *American Indian Movement,* einer Indianerbewegung, die seit den siebziger Jahren existiert", klärte Tom mich auf. „Er war bei der Belagerung von Wounded Knee dabei und hat eine Menge kluger Reden gehalten. Zwischendurch hat er der Indianerpolitik den Rücken gekehrt und sich als Hollywoodstar versucht. Seit einiger Zeit taucht er wieder auf, wenn es irgendwo im Reservat brenzlig wird. Man munkelt, dass er bei der nächsten Wahl für den Stammesrat kandidieren will."

Na klar, jetzt fiel es mir wieder ein. Der Tomahawk schwingende Rächer in *Der letzte Mohikaner* hieß mit bürgerlichem Namen Russel Means.

„Und wieso hat dieser Mann eben so aggressiv reagiert? Gibt es irgendwelchen Ärger mit dem Projekt?", fragte ich.

„Nein. Eine persönliche Sache." Blue Bird war verärgert, aber er wollte es mir nicht zeigen. Es war, als schämte er sich für seine Emotionen. Er blieb stehen, wandte sich um und machte ein überraschend freundliches Gesicht.

„Ich bin hungrig", sagte er. „Was ist mit dir? Du bist schon ganz blass. Ein richtiges Bleichgesicht." Er lachte.

Ich hatte zwar mächtigen Hunger, aber ich fürchtete auch, dass wieder nur fleischliche Kost auf dem Speiseplan stehen würde. „Ich weiß nicht", stotterte ich. „Ich ..."

„Na komm schon", Tom klopfte mir auf die Schulter. „Keine falsche Bescheidenheit. Ich lade dich ein."

Die Zeiten der Büffeljagd und der Lagerfeuer waren vorbei und so lud mich Tom zu einem verspäteten Mittagessen in die „Sunny Red Fox Hall" ein. Das Gebäude, ein langer, schindelverkleideter Flachbau, befand sich am Ortsausgang und war eine Art Freizeitzentrum für Jugendliche. Seinen Namen hatte es von einer indianischen Sprinterin, die aus Pine Ridge stammte und eine Zeit lang Olympia verdächtige Rekorde gelaufen war. Überall an den Wänden hingen Fotos von ihr und Zeitungsartikel über ihre Erfolge. Tom erzählte mir, dass sie mit 22 Jahren ermordet worden war und man den Täter nie gefasst hatte.

Ich war wohl blass geworden, denn er sagte: „Es ist schon zehn Jahre her."

Die Einrichtung des Restaurants war billig und fantasielos. Plastikstühle und wackelige Tische aus Presspappe. Nicht gerade gemütlich, aber wahrscheinlich war es das einzige Lokal in der näheren Umgebung. Die junge Bedienung, weiß und rothaarig, hatte ein hübsches, unverbrauchtes Gesicht. Sie lachte freundlich. Die übrigen Gäste, ein paar indianische Jugendliche, sahen neugierig zu uns herüber.

„Hier kennt jeder jeden", erklärte Tom entschuldigend. „Wenn du dich als weiße Frau mit einem Lakota sehen lässt, wirst du immer angestarrt werden, egal ob von Weißen oder von Indianern."

Während er das sagte, glitt sein Blick langsam über meinen Kopf, meine Schultern und weiter nach unten. Ungewollt wurde ich mir meines Aussehens bewusst: meiner strohfarbenen Haare, die so widerspenstig waren, dass sie sich nach und nach aus dem Haargummi lösten und mir in die Stirn hingen. Meiner bleichen Haut, die dringend ein paar Sonnenstrahlen bedurfte. Und dann war da immer noch dieses Kleid, das hier erst recht fehl am Platz war. Unter meinen Achseln hatten sich dunkle Flecken gebildet und Toms Blick blieb daran hängen.

Ich tat, als bemerkte ich nicht, wie er mich musterte. Denn Inga Morgenroth hatte mich natürlich auch davor gewarnt. Viele Indianer im Pine Ridge Reservat verhielten sich weißen Europäern gegenüber äußerst skeptisch, ja mitunter sogar feindselig. Aber bei Frauen mit blauen Augen und hellem Haar erlagen die Lakota-Männer einer Art kollektiver Faszination. Daran schien sich seit 500 Jahren nichts geändert zu haben.

Ich winkte ab. „Es macht mir nichts aus." Die kleine Notlüge kam mir leicht von den Lippen. Aber wie lange würde ich Tom Blue Birds Blick noch aushalten? Seine Augen waren so schwarz wie Kohlebriketts, dunkle Löcher mit Sogwirkung. Normalerweise ließ ich mich von so etwas nicht beeindrucken, aber jetzt spürte ich, wie ich rot anlief. Hitze breitete sich über Stirn und Wangen aus.

Er würde es merken. Er musste es einfach merken. Aber Tom sagte nichts. Ich war immer noch nicht schlau aus ihm geworden. Manchmal hatte ich das Gefühl, als wäre er beinahe freundlich, dann wiederum spürte ich seine Unnahbarkeit und die Arroganz in seinem Wesen. Eine faszinierende Arroganz, wie ich gestehen musste. Vielleicht war sie bloß aufgesetzt, ich wusste es nicht. Jedenfalls hatte ich nicht vor, mich auf diese Weise mit ihm einzulassen. Schon deshalb nicht, weil er verheiratet war und ich seine Frau mochte. Was das anging, hatte ich meine Prinzipien.

Was wollte Tom Blue Bird eigentlich von mir? War er einfach nur nett oder flirtete er – ich wusste es nicht. Sonst hatte ich nicht solche Probleme, das eine vom anderen zu unterscheiden, aber Toms Art war mir fremd und verunsicherte mich.

Ich rätselte, was zwischen ihm und meiner Chefin vorgefallen sein könnte. Inga Morgenroth war erst Mitte zwanzig, klein und etwas mollig, was sie mit bunten weiten Kleidern aus ihrer eigenen Modekollektion zu verschleiern versuchte. Dabei war sie eine attraktive Frau und zog stets die Blicke der Männer auf sich, wenn sie irgendwo erschien.

Gewiss war sie nicht ohne Grund so schlecht auf Tom zu sprechen. Vielleicht hatten die beiden vor einem Jahr, als die Arbeiten am Dorfprojekt anliefen, ein Techtelmechtel gehabt, und Blue Bird hatte ihre Erwartungen nicht erfüllt. Möglich war alles.

Endlich kam die Bedienung. Tom bestellte einen Hamburger und einen Eistee *medium*. Ich nahm einen einfachen Salat, das einzige fleischlose Gericht auf der Speisekarte.

„Waren deine Vorfahren Hasen?", spottete Tom.

„Ich bin Vegetarierin", stieß ich hervor. Froh, dass es endlich heraus war.

Tom lachte schallend. „Deshalb warst du heute morgen so grün im Gesicht. Ein blutiges Steak zum Frühstück, nur richtige Wilde bringen so etwas fertig, nicht wahr, ... *Bleichgesicht*?"

Wie er es sagte, klang es beinahe liebevoll.

„Ist es ... üblich?", fragte ich, überwältigt von seinem offenen Lachen.

Tom zuckte die Achseln. „Was ist seltsam daran? Auch die Anglos essen morgens gebratenen Speck zu ihren Eiern."

„Speck ist was anderes als ein blutiges Steak", murmelte ich.

Er hob kopfschüttelnd die Hände. „Was soll das? War die Jagd erfolgreich, gibt es eben manchmal Fleisch zum Frühstück."

Jagd! Also doch. Ich musste mich darauf gefasst machen, irgendwann einem von ihnen mit dem Gewehr in der Hand zu begegnen. Kein sehr beruhigender Gedanke. Ich hatte für Waffen nichts übrig. Mit ihnen wurden Menschen oder Tiere getötet und ich hatte etwas gegen das Töten.

„Müsst ihr selber jagen?", fragte ich Tom. „Gibt es keine Fleischerläden?"

Blue Bird lachte wieder. „Jagen ist bei uns Tradition. Es liegt in unserem Blut. Wir wären keine Lakota mehr, wenn wir es aufgeben würden. Im Übrigen, du solltest dir das

Fleisch im Supermarkt mal ansehen, dann verstehst du auch, warum wir es nicht essen."

Mir wurde schon bei der bloßen Vorstellung übel und es war Zeit, das Thema zu wechseln. Also kramte ich schnell mein Notizbuch hervor um zu notieren, wem ich heute vorgestellt worden war. Als ich meine Eintragungen beendete, zog Tom das Buch zu sich heran und las. Er blickte amüsiert und langte nach meinem Stift. In Druckbuchstaben schrieb er: Sonderbeauftragter für Ellen Kirsch: Tom Blue Bird.

Ich hob eine Augenbraue. „Ich hätte ihn mir schon gemerkt, deinen Namen."

„Nur zur Sicherheit", sagte er, schlug das Buch zu und gab es mir zurück.

Das Essen wurde gebracht. Der Salat schmeckte tranig. Die Blätter waren welk und die Zwiebeln fast geschmacklos. Mais und Möhren erkannte ich nur an ihrer Farbe. Grellgelb und leuchtendes Orange. Von Dressing konnte keine Rede sein. Eine undefinierbare Pampe legte die Salatblätter flach. Ich aß das Zeug trotzdem. Allerdings wuchsen meine Bedenken, wie ich mich während meines dreimonatigen Aufenthaltes im Wilden Westen vernünftig ernähren sollte.

Nach dem Essen fuhren wir zum Gebäude des Stammesrates zurück, vor dem immer noch Vines Ford parkte. Er war mit Abstand der neueste und protzigste Wagen auf dem Vorplatz und ich hätte gern gewusst, wie viel Vine als Vertreter seines Stammes wohl verdiente, damit er sich solch ein Fahrzeug leisten konnte. Tom reichte mir die Schlüssel von *Froggy* und forderte mich auf, ihm hinterherzufahren.

Die Automatikschaltung erwies sich als Kinderspiel und der Wagen rollte wie von Geisterhand getrieben. Die

Klimaanlage war auf eine angenehme Temperatur eingestellt. Wozu die anderen Knöpfe am Armaturenbrett dienten, würde ich schon noch herausfinden. Ich kam mir vor wie in einem Boot, so sanft und schwerfällig schaukelte das Gefährt über den schadhaften Asphalt.

Ich folgte Blue Bird die schnurgerade Bundesstraße 18 nach Norden, wo er nach wenigen Meilen auf einen Feldweg abbog. Kurz darauf lenkte er scharf nach links. Der Weg, den wir jetzt befuhren, war frisch geschoben und noch nicht befestigt. Zerfetzte Grasnarben hingen über den Rand des Einschnittes und verdorrten in der Hitze. Eine Maschine hatte die Erde aufgerissen. Zu einem guten Zweck: Ohne Zufahrtsweg konnte das neue Dorf nicht gebaut werden.

Nach einer langen Kurve waren wir da. Der Bauplatz des neuen Dorfes, das von den Lakota *Wápika* – Glück – genannt worden war, lag in einem idyllischen Wiesental, inmitten von bewaldeten Hügeln. Schon der Name sagte mir, welch große Hoffnungen die Indianer in dieses Dorfprojekt setzten. Und sie hatten allen Grund dazu. Hier gab es Bäume, die Schatten spendeten, ein kleiner Bach wand sich durch das Tal und der Boden schien fruchtbar zu sein. Ich entdeckte sogar ein paar wilde Obstbäume und einen Dornenstrauch, den ich hier nicht vermutet hätte: wilde Heckenrosen. Ihre zartrosa Blüten bereiteten mir ein freundliches Willkommen.

Zehn massive Häuser sollten in ökologischer Bauweise an diesem Platz entstehen und das erste befand sich bereits kurz vor der Fertigstellung. Die von Inga Morgenroth ins Leben gerufene Unterstützergruppe agierte weltweit, organisierte Gelder für Schulprojekte und für den Bau von Krankenhäusern in verschiedenen Entwicklungsländern. Das *Wápika*-Dorf im Pine Ridge Reservat war das größte und kostspieligste Projekt der Gruppe, die aus einer illustren

Schar uneigennütziger Helfer und einigen fest angestellten Mitarbeitern bestand.

Die Gelder für die ersten fünf Häuser und die Zufahrtsstraße stammten unter anderem aus verschiedenen Stiftungsfonds in Europa. Auch einige namhafte Künstler aus Deutschland und Amerika hatten Geld gegeben. Von Inga Morgenroth persönlich waren 100 000 Dollar in das Dorfprojekt geflossen. Sie konnte es sich leisten, denn der Bekleidungskonzern ihrer Mutter erwirtschaftete jährlich Gewinne in Millionenhöhe. Inga, die erst vor zwei Jahren ihr Studium in Modedesign abgeschlossen hatte, war seit dem Frühjahr nun mit einer eigenen Kollektion auf dem Markt, die sich „Indian Summer" nannte. Aus diesem Grund konnte sie sich derzeit auch nicht um die Arbeiten am Dorfprojekt kümmern. Sie hatte genug mit sich selbst zu tun.

Es war unerwartet still im Tal. Nirgendwo Fahrzeuge oder irgendwelche Leute. Es dauerte eine Weile, bis ich begriff, dass Tom und ich die Einzigen im Dorf waren. Obwohl *Dorf* vielleicht zuviel gesagt war. Ich zählte fünf Tipis, die man nach traditioneller Weise auf der Wiese errichtet hatte. Das ausgeblichene Leinen der Zeltwände leuchtete zuversichtlich im Sonnenlicht.

Das erste Haus stand bereits; es fehlten nur noch der Außenputz und das Dach. Für zwei weitere Häuser war das Fundament gelegt worden. Ich hatte keine Ahnung, wie schnell hier gearbeitet wurde. Auf jeden Fall hatte sich eine Gruppe kompetenter Leute zusammengefunden, um den Bau des Dorfes professionell zu planen und durchzuführen. Der Architekt kam aus Boston, der Diplomgärtner aus Holland, und unsere Ernährungsberaterin Katrin Weber und der Psychologe und Hobbyfotograf Lutz Winter, der die Entstehung des Dorfes in einem Diavortrag dokumentieren sollte, lebten in Berlin.

Aber wo, verdammt noch mal, waren all diese kompetenten Leute?

„Wieso ist keiner hier?“, fragte ich. „Sollten bei diesem herrlichen Wetter die Arbeiten nicht auf Hochtouren laufen?“

„Ab Freitagmittag ist Wochenende“, antwortete Tom. „Dafür wird an den Wochentagen manchmal gearbeitet, bis es dunkel ist.“ Er sah mir fest in die Augen. „Eines solltest du von vorneherein wissen, wenn du hier einigermaßen zurechtkommen willst: Unser Leben richtet sich nicht nach der Uhr. Schon mal was von *Indian Time* gehört?“

Ich schüttelte den Kopf.

„*Indian Time* heißt: mindestens zwei Stunden später. Es geht los, wenn alle so weit sind.“

„Verstehe. Aber wann und wo kann ich nun die Mitarbeiter treffen?“

Tom lächelte amüsiert. „Am Montag sind alle wieder hier. Dieses Wochenende sind übrigens einige von ihnen nach Montana gefahren, um sich das Schlachtfeld am Little Bighorn anzusehen. General Custers große Niederlage hat ungeheure Anziehungskraft auf alle, die nicht wahrhaben wollen, dass es in der Geschichte der Indianerkriege nie einen Sieg auf unserer Seite gegeben hat. Auch wenn wir noch so viele von den Weißen töten konnten.“ Ich sah den grimmigen und zugleich spöttischen Zug um Toms Lippen, während er mich ansah. Deshalb versuchte ich das Thema zu wechseln, bevor ich anfing, mich vor ihm zu fürchten.

„Ich würde mir das Haus gerne von innen ansehen“, bat ich ihn.

Achselzuckend schob Tom die Plane vor dem Hauseingang zur Seite und ich trat ein. Im Inneren des Hauses war es angenehm kühl und es roch nach getrocknetem Lehm und frischem Nadelholz. Ich ließ meine Finger die Mauern entlanggleiten.

„Alles einheimische Rohstoffe", erklärte Tom. „Genauso, wie es der Projektplan verlangt. Der Lehm für die Ziegel kommt aus einer Grube gleich dort drüben hinter dem Hügel", er zeigte durch ein offenes Fensterloch nach draußen. „Die Stämme für die Dachbalken holen wir aus dem umliegenden Wald. Kiefer und Fichte. Isoliert wird meistens mit Hanf oder getrockneten Samen." Er lachte, als ich ihn verwundert ansah.

„Samen?" Davon hatte nichts im Konzept gestanden. Ich wusste nur, dass ausschließlich natürliche Rohstoffe, also kein Fiberglas oder andere künstliche Isolierstoffe verwendet werden durften. Unter anderem hatte ich auch darauf zu achten, dass diese Vorschriften eingehalten wurden. Ich hatte keine Ahnung, inwieweit Tom über meine Aufgabe hier informiert war.

„Ja", erwiderte er. „Es gibt immer wieder Ärger mit unseren eigenen Hanffeldern, die Drogenbehörden stellen sich quer. Unsere Felder sind zweimal vom FBI vernichtet worden, sodass wir den Hanf in Kanada kaufen mussten. Aber das wird auf Dauer zu teuer. Die Kinder haben Ferien und in dieser Zeit den Auftrag, Samen zu sammeln. Unser Architekt Lester Swan sagt, es würde funktionieren. Ich glaube, im ersten Winter werden die Mäuse alles wegholen. Aber auf mich hört ja hier sowieso keiner."

War da Verdruss in seiner Stimme? Liefen die Dinge hier doch nicht so reibungslos, wie er es mir weismachen wollte? Ich ging nicht darauf ein. Dazu war ich mit den Gegebenheiten noch nicht vertraut genug.

Das Haus gefiel mir. Es war geräumig, aber nicht zu groß. Es gab einen kleinen Keller, in dem man Lebensmittelvorräte kühl lagern und sich zur Not vor einem Tornado in Sicherheit bringen konnten. Später, wenn das Haus fertig gestellt war, sollte es noch eine kleine Veranda bekommen.

„Ich würde die Familien gerne kennen lernen, die in den Häusern wohnen werden", sagte ich.

Tom zuckte die Achseln. „Bis hier jemand wohnen kann, wird noch viel Zeit vergehen. Ich weiß nicht, wer das sein wird."

„Aber das Konzept sieht vor, dass die Leute, die an den Häusern bauen, später auch darin wohnen werden!"

Er sah mich stirnrunzelnd an. „So ein Schwachsinn. Dann müssten in einem Haus sieben oder acht Familien wohnen, denn so viele Leute aus verschiedenen Familien haben am ersten Haus gearbeitet. In diesem Projektplan steht so einiges, was sich nicht in die Realität umsetzen lässt." Ungeduldig schüttelte er den Kopf, vermutlich fassungslos über meine Naivität. „Ein Familienvater, der Arbeit hat, wird sie nicht aufgeben, um hier an einem neuen Haus zu bauen, auch wenn er noch so gerne mit seiner Familie im neuen Dorf leben würde, weil sein altes Haus vielleicht keinen Wasseranschluss hat oder bald zusammenbricht. Und außerdem", er winkte ab, „einer allein kann sowieso kein Haus bauen."

„Du bist Projektleiter", sagte ich. „Du kannst zumindest dafür sorgen, dass zuerst diejenigen eine neue Chance bekommen, die am ärgsten dran sind."

„Viele Familien im Reservat sind arg dran", erwiderte er lakonisch. „Außerdem bin ich nicht der Chief von *Wápika*, ich habe nur dafür zu sorgen, dass alles seinen Gang geht."

Tom zeigte mir noch das Gewächshaus, in dem es bereits üppig spross. Auch der riesige Garten machte einen vielversprechenden Eindruck, obwohl es, wie Billie mir erzählt hatte, seit zwei Wochen nicht geregnet hatte. Unter der gleichmäßigen Feuchte der vom Diplomgärtner ausgetüftelten Bewässerungsanlage, wuchsen Mais, Bohnen, Kürbisse, Tomaten und Zucchini.

Ich hatte für heute genug gesehen und wir beendeten die Inspektion. Wieder hinter dem Steuer von *Froggy*, folgte ich Blue Bird aus dem Reservat heraus ins Bennet County. Inzwischen war es später Nachmittag geworden und die Sonne stand tief über dem westlichen Horizont. Das Licht der Prärie änderte sich und füllte die gewaltige Leere der Landschaft mit warmen Tönen. Langsam verblich das Blau des Himmels und die sinkende Sonne färbte die zerrissenen Wolkenschichten orange und rot. Die Farben schienen aus der Weite zu kommen und irgendwohin unterwegs zu sein. Wie würden wohl die Sterne, die jetzt noch im Verborgenen warteten, von diesem fremden Himmel strahlen? Würde der Mond hier dasselbe Gesicht haben, das ich von der anderen Seite des Ozeans kannte?

Ich befand mich in einem fremden Land und fuhr in einem fremden Wagen einem fremden Mann hinterher. Das Tageslicht entschwand langsam, und bald, in der Dunkelheit, würde ich eine Antwort auf meine Fragen erhalten.

2. Kapitel

Das Motel befand sich am Ende der Hauptstraße des kleinen Ortes Martin und hatte den wildromantischen Namen „Candlelight Inn". Tom wechselte ein paar Worte mit der Besitzerin, einer wasserstoffblonden Frau in den Mittfünfzigern, namens Doreen Hauge. Sie wusste Bescheid, das Zimmer war schon lange für mich gebucht. Mrs Hauge lächelte mich an, irgendwie mitleidig, wie ich fand, und wünschte mir einen angenehmen Aufenthalt.

Noch ehe ich etwas sagen konnte, hatte Tom von ihr den Schlüssel zu meinem Zimmer bekommen. Ich lief neben ihm her und sah zu, wie er die Tür aufschloss. Er knipste das Licht an und inspizierte den kleinen Raum mit seinem Adlerblick, natürlich auch das Badezimmer, als könne sich darin jemand versteckt haben. Es hätte mich nicht verwundert, wenn er auch noch in den Wandschrank gesehen hätte. Irgendwie beschlich mich das seltsame Gefühl, als würde er sich hier gut auskennen. Das alles kam mir zwar merkwürdig vor, aber ich sagte nichts.

Tom zog aus der Gesäßtasche seiner Jeans einen zerknickten Zettel und legte ihn neben das Telefon. „Meine Nummer. Brauchst du sonst noch etwas?"

Ich schüttelte den Kopf. Und wenn, ich hätte es nicht zugegeben. Von nun an würde ich sehr gut ohne ihn zurechtkommen. Immerhin, ich hatte erst einmal ein Auto, ein Zimmer und einen vagen Einblick in die Arbeiten am *Wápika*-Dorf.

„Irgendwelche Fragen?"

Ich überlegte kurz, dann sah ich ihn herausfordernd an.

„Hat Inga Morgenroth auch in diesem Zimmer gewohnt?"

Tom Blue Bird blickte überrascht auf. „Ja", antwortete er schließlich. „Sie hat hier gewohnt. Sie hätte auch näher am Dorf, bei irgendjemanden wohnen können, aber das wollte sie nicht. Ihre Privatsphäre und ein wenig Luxus waren ihr wichtiger. Wenn sie hier ist, mietet sie immer dieses Zimmer."

„Wie bist du mit ihr ausgekommen?"

„Soll das ein Verhör sein?", fragte Tom mit hochgezogenen Brauen.

„Ich will nur wissen, was mich erwartet."

„Nicht sonderlich", erwiderte er nach einigem Zögern. „Sie war unerfahren und wusste trotzdem immer alles besser." Er blickte mich seltsam an, als erwarte er noch etwas. Aber als ich nichts weiter sagte, fand er schnell zu seinem überheblichen Ton zurück: „Morgen ist Samstag. Sei gegen elf am Hügel von Wounded Knee, dann erzähle ich dir ein paar Dinge, die du wissen solltest." Tom verließ das Zimmer, kam aber gleich darauf noch einmal zurück. „Der Traumfänger", erinnerte er mich. „Du solltest ihn lieber über dein Bett hängen. Vielleicht hilft er gegen Alpträume."

Er ging und ich fragte mich: Was für Alpträume?

Tom Blue Bird brauste im Ford davon und ich musste meinen schweren Koffer und die Reisetasche allein aus dem grünen Ungeheuer zerren.

So sind sie eben, diese Indianer, dachte ich, und stieß die Tür zu meinem Zimmer mit einem ärgerlichen Fußtritt auf.

Das „Candlelight Inn" war ein langer Flachbau, bestehend aus vierzehn aneinanderliegenden Zimmern mit hellblauen Türen. Außer *Froggy* standen noch zwei Autos auf dem Vorplatz, die rein äußerlich in einem ähnlich bedauernswerten Zustand waren.

Ich sperrte meine Zimmertür weit auf, um die abgestandene Luft aus dem Raum zu lassen. Es war ein sogenannter Single Room: ein großes Bett, in dem zwei Leute bequem schlafen konnten. Es schaukelte ein wenig, als ich mich darauf warf, aber wenigstens war die Matratze nicht durchgelegen. Zum Mobiliar des Zimmers gehörten ein Kühlschrank, ein Fernseher, ein Wandschrank mit Fächern, in dem ich meine Kleider unterbringen konnte, zwei klobige braune Kunstledersessel mit karierten Stoffpolstern und ein durchaus brauchbarer Schreibtisch. Er war groß genug, um daran zu arbeiten, und die Stehlampe spendete ausreichend Licht, wenn man den Lampenschirm mit den staubigen Kordelfransen etwas zur Seite schob. Der ganze Raum wirkte nicht unbedingt behaglich, aber es gab schlimmere Orte als diesen. Hier würde mich niemand stören, wenn ich Schreibarbeiten zu erledigen hatte. Und draußen stand *Froggy*, falls ich herumfahren und Leute befragen, oder die Boden- und Wasserproben nehmen wollte.

Ich stellte den schwarzen Lederkoffer auf den Schreibtisch und ließ die Schlösser aufschnappen. Drinnen war alles noch an seinem Platz: Röhrchen, Schraubgläser und ein paar Instrumente. Ich klappte den Deckel wieder zu und studierte die Karte, die ich von Vine bekommen hatte, um mich mit den Entfernungen vertraut zu machen.

Der Ort Martin, an dessen Zufahrtsstraße sich mein Motel befand, lag zentral zwischen Pine Ridge und Rosebud Reservat. In Richtung Süden begann nach ein paar Meilen der Bundesstaat Nebraska. Von meinem Motel bis ins Projektdorf waren es ungefähr dreißig Meilen; von dort bis in die Badlands, wo meines Wissens die meisten Uranprobebohrungen stattgefunden hatten, noch einmal zwanzig Meilen. Einen Großteil meiner Zeit würde ich also auf der Straße zubringen. Ich fragte mich, ob es da nicht eine bessere Lösung gegeben hätte. Ich hätte gerne auf ein paar

Bequemlichkeiten verzichtet und wäre dafür lieber näher am Dorf untergebracht gewesen.

Nachdem ich geduscht und mich umgezogen hatte, war ich wieder einigermaßen wach. Obwohl es jetzt bereits dunkel war und die Dunkelheit hier fremd und unheimlich wirkte, stieg ich noch einmal in den Thunderbird, um mir einige Lebensmittel fürs Frühstück zu kaufen. Normalerweise aß ich jeden Morgen selbstgemachtes Müsli und hatte mir vorgenommen, diese Gewohnheit auch unter widrigen Umständen beizubehalten.

Im Supermarkt von Martin konnte ich allerdings nichts dergleichen finden und musste deshalb mit abgepacktem Weißbrot, Butter, Milch und Cornflakes vorlieb nehmen. Immerhin, es gab eine Sorte Maisflocken ohne Farbstoff und Zucker. Als die Frau hinter der Kasse meine Einkäufe in eine braune Papiertüte packte, fühlte ich mich schon besser. Wenn es mir gelang, in Zukunft irgendwelchen Einladungen zum Essen auszuweichen, konnte mir nichts mehr passieren. Ich war jetzt nicht mehr auf fremde Küchen angewiesen.

Zurück im Motel, brachte ich meine Einkäufe ins Zimmer und ging noch einmal nach draußen, um mir den Himmel anzusehen. Ein Viertelmond krümmte sich inmitten von Millionen Sternen. Sein vollständiges Gesicht würde er mir erst in ein paar Tagen zeigen. In der Ferne heulten die Kojoten und ein leiser Schauer rann über meinen Rücken.

Inzwischen hatten sich, abgesehen von meinen beiden Nachbarn, noch weitere Gäste im Motel einquartiert. In fünf Zimmern, meinem eingeschlossen, brannte Licht. Ich war also nicht völlig allein, das tröstete mich ein wenig. Ich ging zurück in mein Zimmer und verschloss sorgfältig die Tür. Dann kroch ich müde ins Bett. Vorsichtshalber nahm ich noch einen Schluck von dem guten schottischen Whisky, den ich mir auf dem Flughafen in Cincinnati gekauft hatte. Wahrscheinlich fürchtete ich, dass sich Tom Blue Birds Andeutungen von Alpträumen bewahrheiten könnten. Ich brauchte den Alkohol nicht wirklich. Es war nur beruhigend zu wissen, dass er greifbar war, wenn irgendwelche gefiederten Gestalten anfangen würden, meine Nächte zu bevölkern. Ich ärgerte mich, weil Tom es geschafft hatte, mich auf diese absurde Weise zu verunsichern.

Dann lag ich da, die Hände im Nacken verschränkt und sah an die Decke. Plötzlich war mir selbst nicht mehr klar, welche Erwartungen ich mit meinem Auftritt hier verband. Was sollte oder konnte hier schon mit mir passieren? Mir war, als sei es ein Versehen, dass ich mich hier befand. Nichts schien wirklich. Ich fühlte mich wie in einem dieser Träume, in denen man in ein dunkles Loch fällt. Sicher war nur eines: dass ich aufwachen würde, wenn ich unten am Boden angekommen war.

Der Schlaf kam und ich spürte nicht mehr, wie ich das Grenzland zum Tal der Träume überschritt. Ein großer roter Mond rollte über den Horizont und schnitt Grimassen, während ich verzweifelt jenes traurige Gesicht zu finden suchte, das ich von zu Hause kannte. Vor der Kulisse bemalter Tipis loderte ein wahres Höllenfeuer, um das sich eine merkwürdige Gesellschaft versammelt hatte: indianische Männer und Frauen in traditioneller Kleidung, fremde Gestalten, unter denen ich nach einiger Zeit neben Tom Blue Bird und seinem Vater, auch Murdo Garret und den Stammesrichter entdeckte. Trommeln erklangen dumpf und die Indianer begannen zu tanzen. Fasziniert näherte ich mich dem Feuer, als mich jemand am Arm packte und wegzuzerren versuchte. Es war ein junger Mann mit flehenden Augen und blutüberströmtem Gesicht. Ich hatte Angst, riss mich los und versuchte, in die Sicherheit des Feuerscheins zu gelangen, hin zu Tom und Vine Blue Bird, denen ich vertraute. Aber der Mann holte mich ein. Sein flehender Blick versuchte mir etwas zu sagen. Schließlich wurden Tom und Vine auf mich aufmerksam, aber keiner von ihnen wollte mir helfen. Sie begannen zu tanzen, als hätten sie mich nicht gesehen. Und kräftige Hände zerrten mich in bodenlose Dunkelheit.

Schweißgebadet und mit trockener Kehle wälzte ich mich zwischen zerwühlten Laken, bis ich endlich aufwachte. Ich knipste die Nachttischlampe an und sah auf die Uhr. Es war drei Uhr morgens. Stöhnend erhob ich mich und tappte ins Bad, um einen Schluck Wasser zu trinken. Im Spiegel blickte mir ein bleiches Gespenst entgegen. Zurück im Zimmer, glättete ich das Bettlaken, kroch wieder unter die Decke und versuchte weiterzuschlafen.

Am nächsten Morgen fühlte ich mich wie gerädert. Aber eine ausgiebige Dusche weckte meine Lebensgeister. Ich frühstückte Cornflakes mit Milch und trank Orangensaft dazu. Als ich versuchte, mir meinen Traum in Erinnerung zu rufen, stellte ich erleichtert fest, dass ich das meiste davon schon wieder vergessen hatte. Das unbehagliche Gefühl, das der Traum hinterlassen hatte, verschwand, als ich nach draußen trat und die Sonne mir ins Gesicht schien.

Zuversichtlich machte ich mich auf den Weg nach Wounded Knee. Am Steuer von *Froggy* fühlte ich mich unverwundbar. So schnell würde ich nicht aufgeben. Mein erster Eindruck von Land und Leuten musste nicht unbedingt der richtige sein und von Träumen hatte ich mich noch nie schrecken lassen. Jedenfalls nicht mehr am nächsten Morgen, wenn das Licht des Tages für alle Bilder der Nacht eine Erklärung zu haben schien.

Die Straße war in gutem Zustand. Nichts wies darauf hin, dass ich vom Bezirk ins Reservat wechselte. Im Pine Ridge Reservat gab es so gut wie keine Hinweisschilder und die meisten Straßen hatten nicht mal einen Namen. Aber Vine Blue Birds Karte war übersichtlich und so fand ich den Weg nach Wounded Knee ohne Schwierigkeiten.

Als ich den berühmten Hügel erreichte, war es erst Viertel nach zehn und ich der einzige Mensch weit und breit. Darüber war ich froh, denn ich wollte mir von diesem Ort einen Eindruck verschaffen, der allein meiner Wahrnehmung entsprang und nicht von Tom Blue Birds zynischen Kommentaren gefärbt war. *Froggy* parkte ich am Fuße des Berges, lief durch einen kleinen Graben und stieg den Hügel hinauf. Oben standen zwei einsame Torpfeiler aus gemauerten Backsteinen, darüber ein schmiedeeiserner Bogen mit einem Kreuz darauf. Trat man hindurch, gelangte man auf einen Friedhof mit einer dunklen Holzkirche im Blockhausstil.

Der Hügel von Wounded Knee war ein trauriger Ort. Sogar die Bäume und Büsche schienen nach einer gewissen Zeit abzusterben, als gäbe der Boden nicht einmal für sie genug zum Leben her. Ich wanderte zwischen neuen und alten Gräbern entlang und las die Namen auf dem Gedenkstein für die über hundert Jahre alten Toten: Chief Big Foot, Highhawk, Shading Bear, Long Bull, Ghost Horse ... Die Namen der gefallenen Krieger waren wie alte Geschichten. Die Stille war unendlich und ich fühlte mit einem Mal, wie um mich herum unsichtbare Geschehnisse aus vergangenen Zeiten lebendig wurden.

Das Blut rauschte in meinen Ohren. Es war, als hörte ich Schreie und rennende Füße auf dem trockenen Präriebođen. Schüsse fielen. Abrupt drehte ich mich um, aber da war nichts. Mein Herz hämmerte wie wild. Na, herzlichen Glückwunsch, dachte ich, jetzt hörst du schon Gespenster. Ich glaubte nicht an Träume oder Visionen und hielt mich für immun gegen Botschaften aus dem Jenseits. Also tröstete ich mich damit, dass auf Friedhöfen der Geist anfällig war für Übersinnliches. Zugegeben, es beunruhigte mich, weil es mir jetzt schon zum zweiten Mal passierte. Erst mein seltsamer Traum und nun die Gespenster am hellichten Tag. Trotzdem beschloss ich, mich nicht verrückt machen zu lassen von dieser seltsamen Wahrnehmung. Es würde schon eine Erklärung dafür geben. Denn in Wirklichkeit war da nichts weiter als der Wind, der um die Balken der Holzkirche strich und mich narrte.

Im Tal entdeckte ich die grauen Überreste eines Gebäudes, das mich an einen Bunker erinnerte und wie ein Fremdkörper in der Landschaft wirkte. Nicht weit davon stand ein verwahrlostes Wohnhaus, von dessen Holzwänden die letzte Farbe blätterte. Zwei als Hausmüllcontainer umfunktionierte Autowracks rosteten vor sich hin. Daneben prangte ein weißes Schild mit großer schwarzer Schrift: WOUNDED KNEE IS NOT FOR SALE!

Wer, zum Teufel, sollte Wounded Knee kaufen? Ein trauriges Dorf wie so viele andere im Reservat. Hier gab es auch kein Uran wie unter den Badlands. Niemand würde sein Geld in derart trostloses Land investieren, auf dem nicht mal Bäume wuchsen. Nur ein Verrückter konnte auf so eine Idee kommen.

Ich hörte das Aufheulen eines alten Motors. Tom Blue Bird war gekommen, eine halbe Stunde früher als er mich bestellt hatte. Ich lächelte in mich hinein. Vielleicht hatte er sich mit finsterer Miene und wehendem Haar in die Reste des alten Steintores stellen wollen, um mich zu beeindrucken.

Mich beschlich das Gefühl, dass Tom Blue Bird mich in meiner Mission nicht ernst nahm. Schließlich wollten wir doch beide dasselbe. Obwohl ich hier war, weil ich helfen wollte, behandelte er mich wie eine von diesen deutschen Frauen, die ins Reservat kamen, weil sie glaubten, in ihrem früheren Leben Indianerin gewesen zu sein.

Merkwürdig war das schon: Ein Großteil der jährlich im Pine Ridge Reservat erscheinenden Touristen waren Deutsche und über die Hälfte davon Frauen auf der Suche nach einem indianischen Gott, in der Hoffnung, dass er sich ihrer annehmen würde. Ich hatte keine Ahnung, wie ich Tom klarmachen sollte, dass ich keine von dieser Sorte war. Meine Pubertät, die Scheidung und eine mittelschwere Depression hatte ich auch ohne Hilfe irgendeiner Gottheit ganz gut überstanden. Jetzt war ich zweiunddreißig und mit Vorsehung und Wiedergeburt hatte ich immer noch nichts im Sinn. Ich war fest davon überzeugt, alles könne rational erklärt werden, wenn man nur genug Zeit zum Nachdenken hatte.

Tom Blue Bird war diesmal mit einem klapprigen alten Pickup Truck gekommen, der auch schon bessere Tage gesehen hatte. Er lief direkt auf mich zu. „Hi!", begrüßte er mich. „Du bist früh dran."

Ich zuckte die Achseln. „Ich wusste nicht, wie lange ich für den Weg von Martin hierher brauchen würde."

Tom nickte. „Hast du gelesen, was auf der Tafel steht?"

Er meinte die große dunkle Metalltafel, neben der ich den T-Bird geparkt hatte. „Ja", sagte ich. „Natürlich habe ich das gelesen."

„Dann vergiss es schnell wieder", riet er mir. „Was da steht, ist nur die Regierungsversion und nicht unbedingt die Wahrheit." Auf der Tafel stand in erhabenen Lettern, was Wounded Knee zu dem gemacht hatte, das es heute war: Ein Wallfahrtsort für Indianer aus allen Teilen Amerikas.

Was ich gelesen hatte, war mir nicht neu, denn vor meiner Reise hatte ich mich ein wenig mit den Vorfällen am Flüsschen Wounded Knee beschäftigt. Aber Tom Blue Bird hielt es für erforderlich, mir die Wahrheit selbst zu erzählen.

Sein Blick bekam einen ernsten Ausdruck, als er sagte: „1890 entsandte General Miles seine Truppen in unser Reservat, um den immer stärker werdenden Geistertanzkult zu zerschlagen. Unter Führung des Propheten Wovoka beschwor die Geistertanzbewegung die Vernichtung aller Weißen durch Naturgewalten und die Rückkehr der Büffel und der Toten. Wovoka versicherte seinen Anhängern, ihre Lederhemden würden kugelfest werden, wenn sie sich den Tänzen anschlossen." Tom sah mich fragend an. „Wenn es dich interessiert, im Museum von St. Francis, drüben, im Rosebud Reservat, kannst du dir Geistertanzhemden ansehen."

„Ja", erwiderte ich achselzuckend. „Warum nicht."

„Im Winter kam es dann zu einer Schießerei zwischen General Miles' Truppen und den Geistertänzern", fuhr er fort. „Dabei wurden offiziell 35 Soldaten und 153 Lakota Sioux getötet. Später stellte sich heraus, dass die meisten Soldaten durch Geschosse ihrer eigenen Kameraden gestorben waren. Von den getöteten Indianern aber waren zwei Drittel Frauen und Kinder. Und jeder hier weiß, es waren fast dreihundert. Die Körper der Toten und Verwundeten erstarrten im Schnee. Manchmal, wenn der Wind zu tanzen beginnt, kann man sie hören. Es sind ihre Geister, die es hier umhertreibt und die uns erinnern sollen."

Ich musste ein verstörtes Gesicht gemacht haben, denn Tom musterte mich eine Weile nachdenklich. „Du hast sie gehört, nicht wahr?", stellte er mit gerunzelter Stirn fest.

Ich schwieg.

„Es ist doch so, oder?"

„Na ja", druckste ich herum. „Zugegeben, vorhin dachte ich, ich würde Schreie hören. Aber da war niemand ... nur der Wind."

„Ja", wiederholte Tom mit Sarkasmus im Blick. „Nur der Wind."

Er ging an mir vorbei ins Tal hinunter, wo es noch einen weiteren Friedhof gab. „Im Frühjahr 1973 kämpften in Wounded Knee wieder Weiße gegen Indianer", setzte er seine Lektion fort. „Aktivisten des *American Indian Movement* belagerten die beiden Gebäude und die alte Kirche und hielten sie 73 Tage lang. Indianer verschiedener Stämme aus ganz Amerika kamen nach Pine Ridge um uns zu helfen."

Zu diesen Ereignissen gab es auf der Metalltafel nur eine kurze, unbedeutende Notiz, das war mir beim Lesen aufgefallen. Auch wenn seit dem letzten Aufstand am Wounded Knee fast dreißig Jahre vergangen waren, gehörte er doch zur jüngsten indianischen Geschichte und hatte das heutige Verhältnis zwischen Indianern und weißen Amerikanern geprägt.

Tom blieb stehen. „Die Touristen sind immer nur dort oben, wo sie sich erhoffen, berühmte Namen auf den Grabsteinen zu finden und ein paar Fotos davon zu schießen. Aber das ist alles sehr lange her. Selbst wir Lakota haben es als Geschichte akzeptiert." Er deutete um sich. „Einige der Kämpfer von 1973 liegen hier unten begraben. Keiner von ihnen starb als Held. Ihr Tod war oft traurig und ... banal. Aber nicht der Tod macht uns zu Helden, sondern das Leben, nicht wahr?" Amüsiert über meinen betretenen Blick zwinkerte er mir zu.

Ich schwieg, was sollte ich auch sagen. Tom wies mit seiner Rechten nach Norden. „Dort hinter den Hügeln lagerte das Militär. Die weißen Soldaten und das FBI waren mit modernen Handfeuerwaffen, Flugzeugen, Hubschraubern und gepanzerten Mannschaftswagen ausgerüstet. Unsere Leute kämpften mit Jagdgewehren und dem Mut der Verzweiflung. Die alte Kirche ist damals abgebrannt und wurde neu aufgebaut. Der graue Betonklotz im Tal ist das ehemalige Museum. Soll jetzt zu einem Besucherzentrum umgebaut werden."

Ich musterte Toms Gesicht: tief liegende dunkle Augen, die eng beieinander standen und denen nichts entging. Eine gerade Nase und ein breiter Mund, dessen schmale Lippen beinahe ganz verschwanden, wenn er lachte. Wenn er nicht lachte, so wie jetzt, krümmten sich seine Mundwinkel nach unten und er sah ernst und traurig aus. Ich deutete das Funkeln in seinen Augen und wusste, wäre er hundert Jahre früher geboren, hätte er mit dem Gewehr in der Hand gegen die Weißen gekämpft. Und gewiss wäre er ein unbarmherziger Krieger gewesen.

Meine Kehle wurde eng. „Das sind also alles Träume, über die wir hier gehen?"

Tom nickte. „Träume und Hoffnungen."

„Aber was haben sich die Männer und Frauen denn erhofft, als sie sich auf diesem Hügel verschanzten?"

Er hob die Schultern. „Ihre Freiheit, würde ich sagen."

„Und wie alt warst du damals?"

Sein Blick streifte flüchtig den meinen. „Viel zu jung, um dabei gewesen zu sein, aber ich weiß alles darüber. Unsere Leute verlangten eine eigene Rechtsprechung in allen Reservaten und forderten eine Politik, die auf ordentlichen Verträgen zwischen der Bundesregierung und den einzelnen Stämmen beruht. Es ging um die Rückgabe von Landbesitz und uneingeschränkte Religionsfreiheit für alle Indianer. Die Belagerung ging mit einem Kompromiss zu Ende, doch in Wirklichkeit wurden nur einige wenige unserer Forderungen erfüllt. Zwei von uns starben im Kugelhagel", sagte er. „Einer von ihnen ist dort oben begraben. Immerhin, ein besserer Tod, als mit zuviel Promille im Blut in einem Autowrack zu verbrennen."

Die Hände in den Taschen, starrte er auf ein sauberes weißes Holzkreuz, auf dem in schwarzen Lettern „Silas Three Star" geschrieben stand. Ich registrierte das kurze Leben des Verstorbenen. Einundzwanzig Jahre.

„Kanntest du ihn?", fragte ich zaghaft. Ich war neugierig, wollte aber nicht aufdringlich scheinen.

„Mein Bruder. Autounfall. Und meine Mutter."

Tom deutete mit dem Kinn auf das Kreuz daneben, auf dem „Olivia Three Star, 1948–1995" stand. „Sie ist hier in Wounded Knee geboren und aufgewachsen. In den Wochen der Belagerung hat sie Medikamente und Lebensmittel durch den Ring geschleust, obwohl sie mit Silas schwanger war." Tom hob die Schultern. „Sie war im Grunde keine Kämpfernatur. Aber dieses eine Mal tat sie einfach, was getan werden musste, auch auf die Gefahr hin, ihre Entschlossenheit mit dem Leben zu bezahlen." Er ging weiter. „Noch einmal schaffte sie es nicht, so stark zu sein. Den sinnlosen Tod meines Bruders hat sie nicht verkraftet."

Er hatte seine Mutter sehr gemocht, das spürte ich in diesem Moment. „Wieso haben die beiden verschiedene Namen?", fragte ich ihn.

„Mein Vater und meine Mutter waren nach Lakotatradition verheiratet, nicht mit Trauschein und so", antwortete er. „Meine Mutter gab mir den Namen meines Vaters, Silas aber ihren eigenen Namen. Ich weiß nicht, warum sie das getan hat. Vielleicht wollte sie ihren Namen an einen ihrer Söhne weitergeben, damit er ihn vererben konnte. Aber mein Bruder starb, bevor er eine Familie gründen und Kinder in die Welt setzen konnte."

„Das ist furchtbar", sagte ich.

Tom zuckte die Achseln, als könne er mit meinem Mitleid nichts anfangen. Langsam lief er weiter und ich stolperte ihm hinterher.

„Wie funktioniert das eigentlich, nach Lakotatradition zu heiraten?", wollte ich wissen.

„Schon jemanden im Auge?", spottete er.

„Noch nicht", antwortete ich. „Aber besser, ich weiß Bescheid."

Tom lachte kopfschüttelnd und sagte: „Ein Medizinmann legt eine Decke um das Paar und befächelt es mit Zeder und Süßgras. Er spricht ein paar Worte, das ist alles. Für uns Lakota ist diese Zeremonie genauso bindend wie ein Schreiben vom Friedensrichter."

„Und was ist mit dir und Billie?"

Er streckte seine linke Hand aus und spreizte seine Finger, um mir den goldenen Ehering zu zeigen. „Mit Friedensrichter und Trauschein", sagte er. „Billie wollte es so, sie traut dem Frieden mit der Decke nicht." Nun lachte er verlegen.

In der Nähe des heruntergekommenen Wohnhauses angelangt, deutete Tom auf das Schild, das Wounded Knee als unverkäuflich auswies. „Das ist es, was ich dir eigentlich zeigen wollte. In den nächsten Jahren soll hier vielleicht ein riesiges Parkprojekt entstehen. Dann wird es eine gut ausgebaute Straße direkt vom Highway 90 durch die Badlands geben. Eine neue Bildungseinrichtung für unsere Kinder, Arbeitsplätze für unsere Frauen und Männer. Ein neues Kulturzentrum als Möglichkeit für viele, ihren selbst gefertigten Schmuck an Touristen zu verkaufen."

„Hört sich sehr vielversprechend an", sagte ich.

Tom schüttelte unmerklich den Kopf. „Die Projektplaner wollen das ganze Dorf Wounded Knee dem Erdboden gleich machen, um an derselben Stelle Häuptling Big Foots historisches Camp originalgetreu wieder aufzubauen. In der Nähe sollen Übernachtungsmöglichkeiten für Touristen entstehen."

„Ein indianisches Disneyland", murmelte ich ungläubig, dachte aber gleichzeitig, dass es um die Buden auf der anderen Seite des Tals nicht unbedingt schade war.

„So ungefähr", bestätigte Tom. „Am Ende wird man uns aus den goldenen Fäden der gemachten Versprechungen auch nur wieder einen Strick drehen. Für einen Indianer wird alles zur Falle, wenn es nur lange genug ausliegt."

Seine unerwartete Bitterkeit ließ mich aufhorchen. Das Alte gibt sich nicht geschlagen, dachte ich, und das Neue ist noch nicht stark genug. Aber warum sperrte sich ein moderner junger Mann wie Blue Bird gegen den Fortschritt?

„Leider ist die Mehrheit im Stammesrat dem Parkprojekt sehr wohlwollend gesinnt", fügte er hinzu. „Sie werden bei der nächsten Sitzung vermutlich damit durchkommen."

„Was ist mit deinem Vater?"

„Mein Vater ... er ist auch für dieses Projekt. Er ist für alles, was uns Arbeitsplätze und Geld bringt. Er hat es sich in den Kopf gesetzt, seinen Stamm zu Reichtum und Wohlstand zu führen."

Sein zynischer Unterton ließ mich frösteln. An seinen nackten Armen zeichneten sich scharf die Muskeln ab und ich hätte gern erfahren, was er gemacht hatte, bevor er Leiter des *Wápika*-Projektes geworden war. Diese Muskeln stammten von harter körperlicher Arbeit. Aber Tom Blue Bird war nicht nur stark, er war auch verdammt klug. Es war mir ein Rätsel, womit ein Mann wie er sein Geld verdiente. Im Moment bezahlte Inga Morgenroth ihn genauso wie mich. Aber was hatte er zuvor getan?

Die Neugier muss mir aus den Augen gesprungen sein.

„Na los!", sagte er. „Spuck's aus. Was willst du wissen?"

„Was hast du gemacht, bevor du zum Projektleiter gewählt worden bist?"

Tom blieb stehen und blickte mich verblüfft an. „Interessiert dich das wirklich?"

„Natürlich", erwiderte ich. „Sonst hätte ich dich nicht gefragt."

„Zuletzt habe ich Straßen gebaut", erzählte er bereitwillig. „Irgendwie musste ich ja meine Familie ernähren. Im Reservat gibt es kaum vernünftige Jobs, deshalb war ich viel unterwegs und Billie musste mit den Kindern allein zurechtkommen." Er ließ die Arme sinken. „Keine Ahnung, was aus mir wird, wenn das *Wápika*-Dorf fertig ist. Würde das Wounded-Knee-Parkprojekt realisiert werden, bekäme ich hier Arbeit und hätte mehr Zeit für meine Familie."

Er schlenderte zu seinem Pickup zurück und ich trottete ihm hinterher.

„Es ist Samstag. Warum bist du heute nicht bei deiner Familie?", stichelte ich.

Tom drehte sich um und stemmte seine Hände in die Hüften. Er musterte mich ungeniert von oben bis unten und lächelte spöttisch, wobei seine kräftigen weißen Zähne zum Vorschein kamen.

„Billie ist mit den Kindern nach Rosebud zu ihren Eltern gefahren. Ihr Vater hat Geburtstag. Die Familie mag mich nicht besonders; es gibt jedes Mal Streit, wenn ich mitkomme. Und außerdem", er legte vertraulich seinen Arm um meine Schultern, „außerdem bin ich für ein deutsches Greenhorn verantwortlich. Du hast doch gehört, was mein Vater gesagt hat." Tom betrachtete mich vergnügt.

Ich machte mich los. Sein Körpergeruch, der fremd, aber nicht unangenehm war, irritierte mich. Seit dem Ende meiner letzten Beziehung vor einem Jahr, war mir kein Mann mehr so nahe gekommen wie Tom Blue Bird in diesem Augenblick. Zugegeben, er brachte mich ganz schön durcheinander und ich wusste nicht, was ich davon halten sollte.

Wir waren auf dem Parkplatz vor seinem Pickup angekommen. „Fahr mir hinterher!", forderte er mich auf. „Ich möchte dich noch mit jemandem bekannt machen."

Ich mochte es nicht, wie Tom Blue Bird über mich bestimmte, aber vorerst war ich auf ihn angewiesen. Also folgte ich mit *Froggy* seinem Pickup und versuchte mir den Verlauf der Straßen einzuprägen. Wir fuhren in Richtung

Norden. Es gab ein paar Verkehrsschilder, aber die meisten von ihnen waren bis zur Unkenntlichkeit von Kugeln Schießwütiger durchsiebt. Der Gedanke an durch die Luft sausende Geschosse behagte mir überhaupt nicht. Ich hatte keine Ahnung, wo offizielle Jagdgebiete waren oder bevorzugte Schießübungsplätze. Jeder friedliche Hügel konnte sich blitzschnell in eine Wildwestkulisse verwandeln. Abgesehen davon, war es mir sowieso ein Rätsel, wie ich meine Boden- und Wasserproben nehmen sollte, ohne jemand nach den Standorten fragen zu können. Hier kannte jeder jeden und Tom Blue Bird hatte es sich in den Kopf gesetzt, mich nicht länger als notwendig aus den Augen zu lassen. Er hatte mich in Besitz genommen wie ein neues Spielzeug. Und irgendwann, wenn ich ihn nicht mehr interessierte, würde er mich vermutlich fallen lassen.

Nachdem wir den White River überquert hatten, bog Tom mit seinem Pickup in einen Seitenweg ein und nach zwei Meilen Staubpiste hielt er vor einem Trailer an, der noch neu aussah. Wacklige Holzstufen führten zur Haustür. Ein zerbrochenes Fenster war notdürftig mit Klebestreifen repariert worden. Dennoch war mir sofort klar, dass sich hier jemand um Sauberkeit und würdige Lebensumstände bemühte. Auffällig war, dass kein Müll herumlag. Nirgendwo kaputte Möbel, kein ausrangierter Kühlschrank, nur ein rostiges Autowrack, das allem Augenschein nach Kindern als abenteuerliches Spielobjekt diente. Ein Hund bellte, er verzog sich aber wieder, als Tom beruhigend auf ihn einredete.

Tom klopfte an die Tür und drehte am Knauf, aber sie war verschlossen.

„Wer wohnt hier?“, fragte ich.

„Scott Many Horses mit seiner Familie. Er malt gute Bilder, ich dachte, das würde dich vielleicht interessieren. Aber er ist nicht zu Hause." Tom kam die Stufen wieder herunter. „Die meisten Touristen mögen seine Bilder."

„Ich bin keine Touristin", erinnerte ich ihn. Ich hielt eine Hand über die Augen, um sie vor der Sonne zu schützen und ließ meinen Blick über die umliegende Gegend wandern. Mehrere Erdhügel und ein Schrotthaufen in knapp zweihundert Meter Entfernung weckten mein Interesse.

„Was ist das dort drüben?", fragte ich.

„Da wurde mal nach Uran gebohrt", antwortete Tom.

„Ach so", meinte ich beiläufig, während mein Herz heftig zu schlagen begann. Ein Bohrloch, ganz in der Nähe eines Wohnhauses. Ich würde bald hierher zurückkehren, natürlich ohne Tom Blue Bird.

Aber Tom war ein Fuchs. Er hatte meine Unruhe, die ich vor ihm zu verbergen suchte, bemerkt. „Interessieren dich Bohrlöcher?", fragte er, seinen Blick wachsam auf mein Gesicht gerichtet.

„Nicht speziell", druckste ich herum. „Aber natürlich interessiert mich alles, was das Leben der Lakota im Reservat beeinträchtigt."

Er presste die Lippen zusammen und nickte, den Blick in unendlich weite Ferne gerichtet.

„Was ist?", fragte ich nervös.

„Nimm dich in Acht, wenn du in abgelegenen Gegenden herumschnüffelst."

„Ich hab nicht vor rumzuschnüffeln", verteidigte ich mich. „Wieso sagst du das?"

Tom schien kurz zu überlegen, ob ich ihm eine Erklärung wert war, dann erzählte er: „Es gab einmal eine junge Oglala Ärztin, die Nachforschungen anstellte. Sie legte eine Karte an, auf der die Wohnhäuser, die Bohrlöcher und die gemeldeten Krankheits- und Todesfälle eingezeichnet waren."

Erstaunt beobachtete ich, wie Tom plötzlich nervös wurde und begann, an den Gürtelschlaufen seiner Jeans herumzufingern.

„Und?", drängte ich ihn, als er nicht weitersprach. „Was ist daraus geworden?"

„Anna Yellow Star starb bei einem Autounfall, bevor sie ihre Arbeit beenden konnte."

Himmel, dachte ich, stirbt denn hier überhaupt jemand eines natürlichen Todes? Ich war erst seit zwei Tagen im Reservat und die vielen tragischen Todesfälle, von denen ich bereits erfahren hatte, gingen mir nicht mehr aus dem Kopf.

Tom wandte sich zum Gehen. „Es war Nacht und Anna damals schwer verletzt in ihrem Wagen eingeklemmt. Man brachte sie in ein Krankenhaus in Sioux Falls, einer größeren Stadt an der Grenze zum Bundesstaat Minnesota, weil komplizierte Fälle im Reservatshospital nicht behandelt werden konnten. Als sie mit ihr dort ankamen, war sie klinisch tot." Er räusperte sich, weil seine Stimme zu versagen drohte. „Ich wollte damit nur sagen, dass du dich im Dunkeln besser nicht auf die Scheinwerfer der anderen verlassen solltest."

Ich hatte den Eindruck, dass er es zuerst darauf abgesehen hatte, mich zu schockieren, jetzt aber von irgendwelchen schrecklichen Erinnerungen heimgesucht wurde.

„Hast du diese Ärztin näher gekannt?", fragte ich, weil mich wunderte, wie gut er über die Details des Unfalles informiert war.

Tom nickte geistesabwesend.

„Und wie lange ist das her?"

„Anderthalb Jahre."

Anna Yellow Star hat ihm viel bedeutet, dachte ich, als ich merkte, wie durcheinander er war. Schließlich kletterte er in seinen Pickup und schlug die Tür zu. „Du hast ja meine Nummer", sagte er durch das offene Fenster und startete den Motor. Vermutlich hatte er soeben beschlossen, mir für diesen Tag genug von seiner wertvollen Zeit geopfert zu haben.

Verstört blickte ich der gelben Staubwolke nach, die Toms Pickup hinter sich herzog. Im Staub Gespenster, aufgewirbelt und riesig. Höhnisches Gelächter. Was war bloß los mit mir? Was waren das für unwirkliche Gestalten, die nicht nur meine Nacht, sondern nun auch meinen Tag bevölkerten?

Ich holte die Karte aus meinem Wagen und breitete sie auf der Motorhaube aus. Mit dem Rotstift zeichnete ich ein kleines Kreuz dort ein, wo ich mich jetzt ungefähr befinden musste. Meinen schwarzen Koffer hatte ich nicht dabei, also würde ich wegen der Bodenproben später wiederkommen. Trotzdem fuhr ich hinüber zum Bohrloch, um mir die Sache näher anzusehen.

Die rötliche, aufgewühlte Erde sah aus wie eine offene Wunde in der Landschaft. In der Mitte prangte eine ölige Wasserlache. Ich hatte Derartiges noch nie gesehen und war so in Gedanken vertieft, dass ich das andere Fahrzeug erst bemerkte, als es vor dem Haus hielt. Ein Mann, eine Frau und drei Kinder stiegen aus, sahen zu mir herüber und verschwanden dann im Inneren des Hauses.

Kurze Zeit darauf kam die junge Frau mit einem Korb voll Wäsche unter dem Arm wieder heraus. Ich beschloss, sie anzusprechen und meine Anwesenheit zu erklären. Also fuhr ich das Stück zurück, parkte *Froggy* nicht zu nah am Haus und ging auf die Indianerin zu.

„Hallo! Wie geht's?", begrüßte ich sie freundlich.

Die Frau nickte, ohne den geringsten Ausdruck von Neugier oder Interesse im Gesicht, und ließ sich durch meine Anwesenheit nicht davon abbringen, ihre Wäsche an die Leine zu klammern. Vielleicht war sie mal hübsch gewesen, aber jetzt sah sie abgehärmt aus und ihr kummervoller Blick machte sie alt.

„Suchen Sie was?“, fragte sie nach einer Weile misstrauisch.

Ich schüttelte heftig den Kopf. „Eigentlich wollte ich zu Ihrem Mann.“

„Wollen Sie Bilder kaufen?“ Ich hörte das frostige Willkommen in ihrer Stimme. Sie hielt einen Augenblick inne und musterte mich. Ich hoffte, sie würde vergessen, dass ich weiß war.

„Vielleicht.“

„Sie sind also *nicht* wegen seiner Bilder hier?“ Die Falten in ihrer Stirn vertieften sich. „Was wollen Sie dann?“

„Ist es nicht gefährlich, so nah neben einem offenen Bohrloch zu leben?“, fragte ich voller Anteilnahme und hatte genau das Falsche gesagt.

Das Gesicht der Indianerin wurde hart, ihre Augen blickten ablehnend. „Langsam halte ich das nicht mehr aus“, murmelte sie in sich hinein. Ärgerlich rief sie: „Scotty! Komm mal raus, da ist wieder jemand wegen dem Bohrloch.“

Neugierig blickte ich auf die Fliegengittertür des Hauses. Nach einer Weile öffnete sie sich langsam und ein Mann schleppte sich auf die Veranda. Er sah krank aus. Sehr krank. Todkrank. Die Lippen bleich und die Wangen so hohl, dass die graue Haut über den hohen Wangenknochen spannte. Seine dunklen Augen flackerten wie im Fieber.

So müssen indianische Gespenster aussehen, dachte ich erschrocken. Ich streckte ihm die Hand entgegen und lächelte, in der Hoffnung, mit meinem Lachen vielleicht seine Abneigung zu bezwingen. Krampfhaft versuchte ich, offen und einnehmend zu wirken. Der Indianer sah mich abschätzend von oben bis unten an und ich hätte eine Menge dafür gegeben, wenn ich mein Kleid gegen eine

Jeans hätte tauschen dürfen. Meine Hand zog ich wieder zurück. „Ich bin Ellen Kirsch", stellte ich mich vor. „Wie ich hörte, bin ich nicht die Erste, die sich nach dem Bohrloch erkundigt", bemerkte ich geknickt.

„Ich habe nichts gegen Sie", eröffnete mir Scott Many Horses schließlich. „Aber es hat keinen Sinn zum x-ten Mal dasselbe zu erzählen und dann kommt doch nichts dabei heraus. Ich habe Krebs und nur noch ein halbes Jahr zu leben, vielleicht sind es auch bloß ein oder zwei Monate." Die Worte sprudelten knapp und bitter heraus. „Irgendwann wird meine ganze Familie sterben. Warum sollte ich die wenige Zeit, die mir noch bleibt, damit verschwenden, Leuten wie Ihnen sinnlose Fragen zu beantworten? Es gibt Wichtigeres zu tun. Gehen Sie und lassen Sie uns in Ruhe. Das Leben im Reservat ist schwer, aber wir haben unsere eigene Art, es uns erträglich zu machen."

So erträglich, dass er daran sterben würde, dachte ich. Scott Many Horses' Abneigung war so offensichtlich, dass es beinahe schmerzte. „Es tut mir Leid", war alles, was ich noch hervorbrachte. Es war der illusionslose Blick in seinen Augen. Aus seinem Gesicht sprach eine Klage, die mich schweigen ließ. So hatte ich nur noch einen Gedanken: Weg von hier!

Ich lief schnell zu meinem Wagen und fuhr davon, ja, ich flüchtete regelrecht. Am liebsten wäre ich mit *Froggy* bis ans Ende der Welt gefahren, nur dass ich mich dort ja schon befand.

Ich floh vor dem menschlichen Elend und suchte Trost in der Natur. Möglicherweise waren die bizarren Kalksteingebilde der Badlands nicht besser dran als Scott Many Horses, denn die stetige Erosion würde sie eines Tages dem Erdboden gleich machen. Aber das Land war nicht in der Lage, mich mit dieser Verachtung zu strafen. Mochte die Abneigung der Lakota gegen alles, was weiß war, aus dieser gequälten Erde gekrochen sein – ich konnte mich mit ihrem Desinteresse und ihrer Voreingenommenheit nicht abfinden. Ich hasste es, gegen Feindseligkeiten zu kämpfen, deren Ursache mir nicht ganz klar war.

Ich war fremd hier und fühlte mich einsam. Und ich musste mir eingestehen, dass ich ohne Tom Blue Birds Hilfe ganz schön verloren dastand. Er war meine Eintrittskarte in diese fremde, abweisende Welt, also würde ich auch weiterhin seinen Spott und seine Überheblichkeit ertragen müssen. Ein vergleichsweise geringer Preis, den ich zu zahlen hatte, wenn ich daran dachte, was diese Menschen hier durchmachten.

Es war Nachmittag und die Sonne brannte über den Kalksteinformationen, die in diesem Licht beinahe weiß aussahen. Jahrhundertlange Erosion hatte aus dem porösen Gestein morgenländische Türme und Minarette geformt. Eine märchenhafte Landschaft von schier endloser Weite breitete sich vor mir aus. Schönheit auf Zeit. Tom hatte Recht. Es war kein schlechtes Land. Es war nur anders als das, was ich bisher kannte. Ein herrlicher Ort um nachzudenken, wenn man den Mut dazu hatte.

Ziellos wanderte ich in die Badlands hinein und hielt erwartungsvoll Ausschau nach indianischen Geistern. Manchmal hörte ich tatsächlich Stimmen, leise, fremde Laute. Aber niemand war da, es war nur Grasgeflüster, der Atem der Erde.

An den Höhlungen und Spalten des weichen Gesteins entdeckte ich unzählige Schwalbennester, kleine architektonische Meisterwerke aus Lehm. Als ich eines der Hochplateaus erreichte, erstreckte sich vor mir eine weite grüne

Fläche. In den Tälern blühten wilde Sonnenblumen. Am Rand des Plateaus, von wo aus man weit über das Land blicken konnte, ließ ich mich ins Gras fallen und grübelte darüber nach, warum ich eigentlich hier war, in Pine Ridge – wo niemand mich wollte und ich das Gefühl hatte, mich ständig für meine Anwesenheit rechtfertigen zu müssen. Das Leben der Menschen hier hatte nichts mit meinem Leben gemeinsam. Alles was ich sah und erlebte, und in irgendeiner Weise zu verstehen glaubte, traf kurze Zeit später auf einen Widerspruch. Es war zum Verzweifeln und zum ersten Mal seit ich hier war, verspürte ich so etwas wie Heimweh.

Nach einer Weile fiel mir auf, dass die weißen Berge alle irgendwie gleich aussahen. Schwer zu sagen, wo genau ich war. Ich hatte stundenlang mit der Natur kommuniziert und festgestellt, dass ihre Antwort darin bestand, mir einen Sonnenbrand auf Armen, Beinen und Gesicht zu verpassen. Nachdem ich eine geschlagene Stunde mit hochrotem Kopf und ausgedörrter Kehle umhergeirrt war, fand ich endlich meinen Wagen wieder. Dieser Ausflug in das Land der Geister hätte auch mein letzter sein können. Das wurde mir klar, als ich auf der Karte nachsah und begriff, wie groß das Gebiet der Badlands war und in welch winzigem Areal ich umhergeirrt war.

Mein zweiter Tag im Reservat war also nicht unbedingt ein Erfolg gewesen. Meine ersten, selbständigen Bemühungen Kontakt zu knüpfen, waren kläglich gescheitert. Niemand wollte meine Hilfe und keiner hatte Interesse daran, mir zu helfen. Ich hatte mich verlaufen und wäre beinahe in der Präriesonne verdorrt. Nur knapp war ich dem Schicksal einer Mumie entkommen.

In diesem Augenblick war ich nahe dran aufzugeben. Bestimmt war es nicht schwierig, den Flug umzubuchen und ins sichere Deutschland zurückzukehren. Aber was für einen Grund sollte ich angeben für meine vorzeitige Abreise? Dass ich Angst hatte? Wovor eigentlich? Dass alles nicht so reibungslos lief, wie ich es mir ausgemalt hatte? Ein armseliger Grund, das war mir klar. Eine feige Kapitulation vor der kleinsten Schwierigkeit. In den Augen meiner Chefin und meiner Mitarbeiter hätte ich kläglich versagt und meine Mutter hätte mal wieder Recht behalten. Damit musste Schluss sein, für immer. Ich würde nicht aufgeben, jedenfalls noch nicht jetzt.

Am Montagvormittag fuhr ich ins *Wápika*-Dorf und begrüßte die indianischen Helfer und meine Kollegen, die schon bei der Arbeit waren. Joris Vermeer, der holländische Diplomgärtner, stand auf einen Spaten gestützt im Gemüsegarten und erklärte zwei Lakota-Frauen, welche Gemüsesorten zusammen ausgesät werden durften und wie viel Feuchtigkeit sie brauchten. Er war ein stämmiger kurzer Mann mit einem Wust grauer Haare um Kinn und Wangen und keinem einzigen auf dem Kopf. In seinen kurzen Hosen sah er aus wie ein Gartenzwerg.

Vermeer schüttelte mir mit erdigen Fingern die Hand und als ich ihm meinen Namen nannte, blitzte ein Erkennen in seinen Augen auf. Er wusste also, wer ich war und warum ich hier war. Bevor er sich wieder den beiden Frauen zuwandte, bat er mich, ihm nicht davonzulaufen, weil er noch etwas Wichtiges mit mir zu besprechen hätte.

Ich begrüßte zwei indianische Arbeiter mit einem „Hallo". Einem von ihnen fehlten drei oder vier Zähne im Oberkiefer, was seinem charmanten Lächeln jedoch keinen Abbruch tat. Ich schätzte ihn auf höchstens 20 und erfuhr, dass er Mark hieß. Der Name des anderen war Jesse und er lachte nicht. Seine Augen waren hinter einer dunklen Sonnenbrille verborgen und trotzdem spürte ich seinen unangenehmen Blick. Ich wechselte ein paar Worte mit den beiden und ging schnell weiter.

Der Architekt Lester Swan aus Boston arbeitete am Fundament des dritten Hauses. In heller Stoffhose und blauem Hemd stand er im ausgeschachteten Graben und redete mit den Händen auf einen Indianer und einen weißen Mitarbeiter ein, den ich noch nicht kannte. Wir begrüßten einander und Swan stellte mir die beiden Männer vor.

„Das ist Pete Yellow Dog, ein guter Arbeiter. Und das ist Manfred, unser Dachdecker. Lutz hat ihn mitgebracht."

Schließlich entdeckte ich auch Lutz Winter, den Psychologen und Hobbyfotografen aus Berlin. Er kam auf mich zu und nahm mich fest in die Arme, denn wir kannten uns bereits. Er war Ende dreißig, langhaarig und braungebrannt und deshalb kaum von den indianischen Arbeitern zu unterscheiden. Mit einem breiten Band hielt er sich die Haare aus der Stirn.

Er schob mich auf Armeslänge von sich und bestürmte mich mit Fragen. „Wie geht es dir? Wann bist du angekommen? Ist deine Unterkunft okay?"

„Ich bin Freitagabend angekommen und wohne in einem Motel in Martin. Das Zimmer ist in Ordnung, auch wenn ich lieber näher am Dorf gewohnt hätte. Und wie läuft es hier? Gibt es Probleme?"

„Nein, im Moment keine, jedenfalls keine großen. Alles läuft prima. Zurzeit sind auch genug Leute zum Arbeiten da, das war nicht immer so. Jesse, Mark und Pete kommen jeden Tag. Meistens bringen sie noch jemanden mit." Lutz wies in Richtung Essenszelt, einem mit Planen bespannten Dach, wo einige Männer standen und Wasser tranken.

„Ich gehe später zu ihnen", sagte ich. „Aber wo ist eigentlich Katrin?" Katrin Weber war unsere Ernährungsberaterin und ich hatte mich auf sie gefreut, weil wir uns auch privat gut verstanden. Gelegentlich hatten wir uns an den Wochenenden getroffen und gemeinsam etwas unternommen.

„Sie hatte einen Unfall ..."

„Was?"

Lutz lächelte über mein erschrockenes Gesicht. „Sie hat sich beim Inlineskaten den Fußknöchel gebrochen. Eine langwierige Sache, wir werden diesen Sommer auf sie verzichten müssen."

Ich sackte in mich zusammen. „Das ist schade", sagte ich, wo ich doch so auf Katrins Hilfe gehofft hatte.

Lutz führte mich in eines der Tipis, das Beratungszelt. Als wir allein waren, sah er mich eindringlich an und bemerkte: „Du siehst nicht gerade glücklich aus. Ist irgendetwas?"

„Die Menschen hier mögen Weiße nicht", erwiderte ich, froh, mich endlich jemandem mitteilen zu können, der mich verstehen würde. „Sie lassen mich abblitzen als wäre ich ein Staubsaugervertreter."

Lutz lachte über meinen Vergleich. „Das stimmt nicht", sagte er. „Als Deutsche haben wir sogar einen Bonus bei den Lakota. Wir fallen nicht unter das Feindbild Angloamerikaner, sondern haben einen neutralen Status. Anfangs ist es vielleicht ein bisschen schwierig, sich zurechtzufinden, aber du schaffst das schon. Die Indianer öffnen dir nicht gleich am ersten Tag ihr Herz, du musst Geduld haben. Du musst dir ihre Achtung sozusagen erarbeiten."

Ich ließ mir das schweigend durch den Kopf gehen. Schließlich brummte ich: „Ich weiß nicht, ob ich das will: mir ihre Achtung erarbeiten."

Lutz zuckte die Achseln. „Wenn du es nicht versuchst, dann wirst du es hier sehr schwer haben und dir bald wünschen, wieder in Deutschland zu sein." Er kramte in seiner abgewetzten ledernen Aktentasche und reichte mir eine

Tube mit Sonnenschutzlotion. „Ist vielleicht besser, du benutzt das erst mal."

„Danke", sagte ich, und cremte mir Gesicht und Arme ein. „Ich war gestern in den Badlands."

Lutz nickte. „Das dachte ich mir. Faszinierende Gegend, nicht wahr?"

„Ja, ist nur ziemlich heiß da drin. Ich habe mich verlaufen."

Er schüttelte den Kopf. „Du solltest dort nicht allein herumwandern. Ein Teil der Badlands gehört zur Bombing Range."

„Bombing *was*?"

„Im Zweiten Weltkrieg und noch bis 1965 hat die US-Armee diese Gegend als Testgelände für konventionelle Waffen benutzt. Mehr als hundert Familien mussten damals ihre Häuser und ihr angestammtes Land verlassen. Packt eure Sachen und geht, hatte man ihnen gesagt. Seit Beendigung der Tests liegt dort eine Menge scharfe Munition herum. Überreste von Bomben und Artillerieraketen. Es gab ein Programm zur Säuberung des Geländes und das Gebiet um Cedar Butte ist auch wieder begehbar. Aber nun sind die Gelder für das Säuberungsprogramm erst einmal gestrichen worden. Ist ja bloß Indianerland."

„Das habe ich nicht gewusst."

„Ja, weil kaum noch jemand darüber redet. Es ist eine schlimme Sache, aber die Lakota haben im Augenblick andere Probleme."

„Und jedes dieser Probleme ist von Weißen gemacht", sagte ich.

„Nicht jedes", erwiderte Lutz. „Aber die meisten schon."

Wir verließen das Zelt und ich fragte ihn, wo er untergebracht war. Lutz zeigte auf eine junge Frau, die gerade aus dem Verpflegungswagen stieg.

„Ah", stieß ich überrascht hervor.

„Leola One Feather, wir kennen uns seit einem Jahr. Na komm, helfen wir ihr ausladen."

Leola war mir gegenüber noch zurückhaltender als Billie Blue Bird. Zu Lutz Winter allerdings schien sie eine tiefe innere Bindung zu haben. Sie mochte ihn und er betete sie an. Außer während der Arbeit im Dorf würde ich auf Lutz nicht weiter zählen können.

Später ging ich noch einmal zu Joris Vermeer zurück. Er bat mich, an die Familien im Reservat, die ich während meines Aufenthaltes aufsuchen würde, kostenloses Saatgut für Gemüse und Kräuter zu verteilen. Dazu gab es einen Handzettel mit der Anleitung zur Anlage eines Gemüsegartens.

„Sie haben doch bestimmt Ahnung von so was", meinte er zerstreut. „Machen Sie es den Leuten schmackhaft, eigenes Gemüse anzubauen, dann sind sie nicht mehr auf das welke Zeug im Supermarkt angewiesen."

Irgendjemand musste ihm erzählt haben, dass ich mal Landschaftsgestaltung studiert hatte. Mit Gemüsebeeten hatten meine Kenntnisse allerdings wenig zu tun. Ich wusste zuerst nicht, was ich sagen sollte. Das war eigentlich Katrins Job, aber die war nicht da. Ich hatte schon genug um die Ohren, von dem ich nicht wusste, wie ich es anfangen sollte. Aber ich wollte an diesem ersten Tag Unstimmigkeiten vermeiden, deshalb nickte ich. „Also gut, ich kann es ja versuchen."

Er klopfte mir freundlich auf die Schulter und zeigte auf die Säcke mit dem Saatgut, das ausgereicht hätte, um einige Felder zu bestellen.

Tom Blue Bird sah ich an diesem Tag nur kurz, als er mir die Protokolle des Gärtners und des Architekten brachte. Er hatte zuvor mit seinem alten Pickup Ziegel herangefahren und beim Abladen geholfen. Mit seinem zusammengerollten Unterhemd in der Hand rieb er sich den Schweiß von Nacken und Stirn. Auf seiner dunklen Brust entdeckte ich helle Narben, parallelförmige kurze Schnitte. Ich ahnte, woher sie rührten. Das waren Sonnentanznarben. Tom Blue Bird war ein Sonnentänzer. Aus irgendeinem Grund hatte er sich seine Brusthaut durchbohren lassen und freiwillig gelitten. Ich war so verwirrt, dass ich die Narben eine Weile respektlos anstarrte. Tom drückte mir die Papiere in die Hand und zog sein schmutziges Hemd über. Ohne Kommentar wandte er sich wieder seiner Arbeit zu.

Aber ich konnte nicht vergessen, was ich gesehen hatte. Narben übten schon immer eine eigenartige Faszination auf mich aus. Sie erzählen Geschichten und bemühen die Phantasie. Schmerz war ertragen worden. Die meisten Menschen waren stolz auf ihre Narben. Es schien, als würde die Erinnerung an überstandene Schmerzen ihnen Vergnügen bereiten. Ich selbst konnte darüber nicht aus Erfahrung sprechen, denn ich hatte nie nennenswerte körperliche Verletzungen erlitten. Als Kind war ich – auf Anraten meiner Mutter – immer sehr vorsichtig gewesen und als Erwachsene hatte ich ihren Rat verinnerlicht. Die meisten Frauen in meinem Alter hatten wenigstens den Geburtsschmerz, von dem sie berichten konnten, aber mir fehlte auch diese Erfahrung. Deshalb war mein Respekt vor körperlichem Leid besonders groß.

Ich fragte mich, warum Tom es getan hatte. Nur so, weil er ein Lakota war und man es von ihm erwartete? Er war sicher nicht der Typ, der Angst vor Schmerzen hatte, aber ich vermutete einen anderen, persönlichen Grund. Ich versuchte mir vorzustellen, wie es abgelaufen war: die Hitze, die Trommeln, sein Fleisch an den gespannten Seilen. Ein leises Stöhnen kam aus meiner Kehle und ich schluckte beklommen. Es gab so vieles, was ich nicht verstand und es war so einfach, etwas falsch zu machen.

In den nächsten Tagen fuhr ich jeden Morgen ins Dorf. Ich redete mit den Arbeitern und den Mitarbeitern, hörte mir die Probleme an und machte Aufzeichnungen. Lutz und Leola halfen mir, wann immer ich Schwierigkeiten mit der Verständigung hatte. Es war nicht so, dass es mir an Sprachkenntnissen gemangelt hätte. Aber manchmal schien die Sprache nicht auszureichen, um Befindlichkeiten auszudrücken. Hin und wieder kam es zu Missverständnissen, die nicht gerade zur Völkerverständigung beitrugen. Dann war ich froh, wenn Lutz mir weiterhalf.

Meistens musste ich mir allerdings selbst helfen, denn er und Leola waren nur selten im Dorf. Winters Aufgabe war es, die verschiedenen Bildungseinrichtungen im Pine Ridge- und Rosebud-Reservat abzuklappern und daraufhin ein Konzept für eine Schule im *Wápika*-Dorf zu erstellen. In Kyle gab es bereits einen Waldorfkindergarten und eine Waldorfschule war im Entstehen. Aber das Bildungskonzept für die Kinder im *Wápika*-Dorf sollte nicht von den Ideen eines Europäers geprägt sein, über die Indianer ohnehin kaum etwas wussten.

Mit Hilfe von Leola, die Lehrerin für Stammessprache und Kultur war, hoffte Lutz Winter nun herauszufinden, was die Lakota-Kinder dazu bringen könnte, freiwillig und gern in die Schule zu gehen. Und das nicht nur im Winter, wenn es im Schulgebäude wärmer war als in ihren eigenen Häusern, weil den Eltern das Geld für Heizöl oder Heizgas fehlte. Das Schulkonzept sollte überzeugen, damit Eltern und Großeltern ihre Kinder dazu anhielten zur Schule zu gehen. Das war der einzig mögliche Weg.

Lutz Winter nahm seine Aufgabe sehr ernst und so sah ich ihn und seine Freundin oft nur an den Abenden. Mit Tom traf ich mich jeden Mittag im Beratungszelt. Wir hatten das so vereinbart, damit er mich auf dem Laufenden halten konnte. Manchmal musste er deswegen seine Arbeit unterbrechen und dann war er unwirsch und kurz angebunden. Hatte er jedoch wieder eines der vielen kleinen Probleme gemeistert, die ab und zu auftauchten und den Männern die Arbeit erschwerten, dann bekam ich sein Lachen zu hören und er neckte mich.

Tom Blue Bird schien sich für alles verantwortlich zu fühlen. Wenn nur zwei der erwarteten sechs oder sieben indianischen Arbeiter erschienen. Wenn sich plötzlich herausstellte, dass das Material nicht reichte. Wenn unerwartet das Benzin für den Generator ausging, ohne dass jemand an Ersatz gedacht hatte. Ja, selbst wenn das Essen nicht schmeckte, das man uns mittags brachte, und die indianischen Mitarbeiter etwas von *Sklavenfraß* brummelten, schob er sich die Schuld dafür in die Schuhe. Dann war er den Rest des Tages übel gelaunt und man ging ihm lieber aus dem Weg.

Ich hatte inzwischen begonnen, bei den anfallenden Arbeiten mit anzufassen. Es ergab sich einfach. Denn wo ich mich auch befand, überall wurden mehr Hände gebraucht als gerade zur Verfügung standen. Ich musste Backsteine zureichen, Wassereimer schleppen, Bretter stapeln.

Da ich körperliche Arbeit überhaupt nicht gewohnt war, fiel ich jeden Abend todmüde und mit schmerzenden Gliedern ins Bett. Doch ich war glücklich. Etwas Derartiges, wie mit anderen zusammen ein Haus zu bauen, konnte einen in einen Rauschzustand versetzen. Es war unglaublich, nach getaner Arbeit das Ergebnis zu betrachten und zu wissen, einen Teil dazu beigetragen zu haben.

Ich war zufrieden. Im *Wápika*-Dorf fühlte ich mich wohl. Handlanger zu sein, war eindeutig besser, als mit Stift und Notizbuch in der Hand dumme Fragen zu stellen und allen anderen im Weg zu stehen. Die indianischen Arbeiter akzeptierten mich langsam. Ich wurde von ihnen auch nicht mehr als leichte Beute betrachtet, nachdem sie festgestellt hatten, dass ich jedem von ihnen dieselbe Freundlichkeit entgegenbrachte und nicht vorhatte, mich mit einem von ihnen einzulassen.

Natürlich war auch ich ein Opfer ihrer vielen Späße, mit denen sie sich den Arbeitstag versüßten. Aber längst hatte ich bemerkt, dass ihre Scherze nicht böse oder abfällig gemeint waren. Wenn ich mal wieder an der Reihe war und sie sich über mich amüsierten, lachte ich einfach mit. Mein Selbstvertrauen war größer geworden und ich hatte das Gefühl, Fortschritte zu machen.

Tom sah ich, abgesehen von unseren vereinbarten Treffen, tagsüber selten. Und wenn, dann war er immer beschäftigt oder in Eile. Ich merkte jedoch, dass er mich nie aus den Augen ließ. Was ich auch tat, er wusste es.

Die Abende verbrachten die meisten Mitarbeiter am Lagerfeuer im zukünftigen Dorf. Einige der indianischen Arbeiter waren so weit von zu Hause weg, dass sie in den Tipis nächtigten. Andere fuhren gegen Abend heim zu ihren Familien. Tom Blue Bird fuhr immer nach Hause, wenn es dunkel wurde.

Inzwischen hatten sich zu unserer Truppe noch zwei weitere Helfer gesellt. Jürgen Naumann, ein Universitätsprofessor aus Jena und sein amerikanischer Freund George Hall, der an der Universität von Seattle Geschichte lehrte. Beide wollten einen Teil ihres Jahresurlaubes dem Dorfprojekt widmen.

Während unserer Gespräche am Lagerfeuer lernten wir einander besser kennen. Die Motive für das Engagement der einzelnen Mitarbeiter im Dorf kristallisierten sich nach und nach heraus und zu meinem Erstaunen waren sie unterschiedlichster Natur.

Obwohl Lutz Winter seine Aufgabe durchaus ernst nahm, war doch Leola der Grund, warum er seinen ganzen Urlaub in Pine Ridge verbrachte. Joris Vermeer, der Holländer, hatte zu Hause nervenaufreibenden Ärger mit seiner Frau gehabt und war froh, meilenweit von ihr entfernt zu sein. Jürgen und sein Freund George erfreuten sich am Leben in der freien Natur. Sie waren in eines der Tipis gezogen und die körperliche Arbeit versetzte sie geradezu in euphorische Rauschzustände, obwohl beide nicht unbedingt handwerklich begabt waren und die Indianer oft über sie lächelten.

Manfred, unser Dachdecker, arbeitete die meiste Zeit wie ein Verrückter und mischte sich kaum in die Planung ein. Was er anfasste, hatte Hand und Fuß und die indianischen Arbeiter schätzten ihn sehr, weil er ihnen nie Vorschriften machte, wie es die anderen gelegentlich taten. Manfreds Motive für seine Mitarbeit blieben mir verborgen, er war einfach nur da und half sachkundig, wo er nur konnte.

Der Architekt Lester Swan war ein sympathischer, zurückhaltender Mann. Von Lutz wusste ich, dass er eine Frau und zwei erwachsene Kinder in Boston hatte. Seltsamerweise sprach er nie von ihnen. Wenn er dagegen von seiner Arbeit reden konnte, kam er regelrecht ins Schwärmen und vergaß seine Zurückhaltung. Er erzählte uns von ähnlichen Entwicklungsprojekten wie dem *Wápika*-Dorf, die sein Architekturbüro bereits in Afrika und Australien mit den dortigen Ureinwohnern verwirklicht hatte. „Wir müssen eben lernen, uns im Hintergrund zu halten", sagte er. „Es ist ihr Leben, das sie da aufzubauen versuchen. Wir können nur helfen, ihnen aber nichts vorschreiben. Hilfe zur Selbsthilfe sozusagen."

„Manchmal habe ich den Eindruck, sie wollen unsere Hilfe gar nicht", erwiderte ich.

„Vielleicht ist es sogar so", antwortete er. „Die indianische Sicht der Dinge ist mitunter irritierend. Sie wollen nicht die gute Tat von irgendjemandem sein. Aber ohne fremde Hilfe werden sie es nicht schaffen. Und die westlichen Länder haben die Pflicht, dem Untergang geweihte Kulturen zu erhalten."

So konnte man das natürlich auch sehen. Jetzt wusste ich endlich wieder, warum ich hier war. In Erfüllung einer historischen Pflicht. Die Kultur der Lakota war dem Untergang geweiht und ich würde dazu beitragen, das zu verhindern. Beinahe musste ich lachen, aber ich wollte Swan nicht verärgern. Offensichtlich meinte er es ernst.

Die Gesichter der anderen ließen keinen Zweifel offen, wie sie darüber dachten.

Später fragte ich Swan, wie er mit Tom Blue Birds Arbeit zufrieden war. Er hob die Schultern. „Er ist ein etwas schwieriger Zeitgenosse, und das nicht nur, weil er Indianer ist. Er hinterfragt beinahe alles, was wir hier tun. Ich weiß nicht, ob er wirklich der geeignete Mann ist, das Projekt für die Lakota zu leiten. Aber die Lakota waren einstimmig für ihn."

„Macht er seine Arbeit nicht gut?", wollte ich wissen. Bisher hatte sich niemand beschwert und mit den meisten schien er auszukommen.

„Doch. Er ist sehr gewissenhaft. Zu gewissenhaft. Er will immer alles richtig machen."

Irgendwie war ich erleichtert, das zu hören.

3. Kapitel

Natürlich verlief nicht immer alles reibungslos. Als die Dachsparren auf das erste Haus gesetzt werden sollten, war das ein schwieriges Unterfangen und die Helfer gerieten an ihre Grenzen. Es war ein ungewöhnlich heißer Tag und George, der Uniprofessor aus Seattle, der solches Wetter nicht gewohnt war, lag bereits ermattet in einem der Tipis. Er war gerade eben einem Kreislaufkollaps entkommen.

Jesse und Mark, die beiden jungen Lakota, saßen im Gras und sahen zu, wie der Rest der Mitarbeiter sich auf dem Dach abplagte.

„Weiter links!“, rief Manfred den Männern am hinteren Ende der Sparren zu. „Wieder ein Stück zurück.“

„Scheiße!“, brüllte Joris, der vermutlich noch nie in seinem Leben auf einem Dach gestanden hatte. Er hatte sich mörderisch die Finger geklemmt und jammerte lautstark.

„So schaffen wir es nicht“, sagte Manfred ruhig.

Ich schwitzte erbärmlich und mein Unmut über die beiden Faulenzer im schattigen Gras wuchs. „Vielleicht klappt es, wenn *alle* mit anfassen“, sagte ich.

Tom, der nicht weit von mir auf einer Leiter stand, warf mir einen vernichtenden Blick zu. Ihn und die anderen beiden indianischen Mitarbeiter schien es nicht zu stören, dass Mark und Jesse nicht mit anfassten, obwohl alle Hände gebraucht wurden.

„Nein“, sagte Manfred. „Wir brauchen nicht noch mehr Hände, die überall herumzerren, wir müssen es nur richtig machen.“

Er gab also jedem genaue Anweisungen und schließlich konnten die Dachsparren genagelt werden.

Doch plötzlich ertönte ein wilder Schrei und gleich darauf hörte man von der anderen Seite des Hauses her einen dumpfen Aufprall. Ich stieg eilig von der Leiter und rannte um das Haus herum. Da lag Jürgen auf dem Boden und wurde von Jesse und Mark vorsichtig nach Knochenbrüchen abgetastet. Der Universitätsprofessor war von der Leiter gefallen.

Ich kniete neben ihm nieder und während ich nach seinem Befinden fragte, ging mir die Reihenfolge der Schritte durch den Kopf, die in so einem Fall zu unternehmen waren. Jürgen stöhnte furchtbar, ließ sich aber vom Boden aufheben und zu seinem Freund ins Tipi bringen. Dort lagen die beiden dann und es war unübersehbar, dass sie die besorgte Betreuung der anderen genossen.

Tom tastete kundig Jürgens Rippen ab und ich fand es bemerkenswert, dass er sogar davon etwas verstand. „Ist nichts gebrochen", sagte er. „Aber es wird eine Weile weh tun."

Vor dem Tipi fing ich Tom ab. „Wieso sagst du nichts, wenn zwei faul im Gras liegen und die anderen sich bald umbringen bei der Arbeit", warf ich ihm vor. „Du bist hier der Chef und auf dich hören sie schließlich."

Tom sah mich mitleidig an. „Nun arbeitest du schon so lange mit ihnen zusammen, aber begriffen hast du immer noch nichts."

„Ich verstehe nicht ..."

„Ja, ich weiß", sagte er. „Wir sind verschieden, das musst du zuerst begreifen. Schau dir deine Leute doch an. Nur Manfred versteht etwas davon, wie man ein Dach deckt. Alle anderen haben keine Ahnung, wissen aber immer alles besser. Mark und Jesse sind gute Arbeiter, aber sie haben noch nie ein Dach gedeckt. Sie werden ihre Hilfe immer nur in den Bereichen anbieten, von denen sie etwas verstehen. Sich ungeschickt anzustellen und grobe Fehler zu machen, ist für uns Lakota ein Grund für öffentliche Schande."

„So ein Blödsinn", brummte ich.

„Sag so etwas nicht." Toms Stimme wurde hart. „Es gehört Mut dazu, etwas nicht zu tun, wenn du es nicht kannst."

„Aber andersherum ist es dasselbe: Es gehört auch Mut dazu, etwas zu tun, was du nicht kannst."

„Nein. Das ist Dummheit."

„Danke", erwiderte ich frustriert. „Ich habe auch noch nie in meinem Leben ein Haus gebaut und mache mit."

„Das ist ganz allein dein Problem."

„Und woher kennst du dich mit gebrochenen Knochen aus?", fragte ich.

„Billie hat mir so einiges beigebracht", brummte er.

Nach Toms Lektion über kulturelle Unterschiede gab ich mir mehr Mühe, auf solche Dinge zu achten und so funktionierte die Verständigung zwischen weißen und indianischen Mitarbeitern tatsächlich besser. Zwei Wochen später war ich mit allem, was das *Wápika*-Dorf betraf, gut vertraut. Es ging voran im Dorf und die Koordination der Arbeiten klappte hervorragend unter Toms Leitung. George und Jürgen waren wieder auf den Beinen und arbeiteten ohne zu klagen. Für mich war es nicht mehr erforderlich, ständig anwesend zu sein. Tom würde mich über alles Wichtige informieren.

Es war an der Zeit, mich meiner zweiten Aufgabe zu widmen. Ich nahm also meine Bemühungen, die Gegend kennen zu lernen und Kontakt mit den Menschen zu finden, wieder auf: Ich verschenkte großzügig Joris Vermeers Gemüsesamen und versuchte den Leuten zu erklären, wie wichtig es war, sich selbst mit frischem Gemüse versorgen zu können. In den wenigen Läden im Reservat war die Versorgungslage miserabel. Viele hatten außer überlagerten Konserven und Trockennahrung aus Armeebeständen nichts zu bieten. Frisches Obst und Gemüse fehlten beinahe völlig. Die meisten Lakota waren gefangen im Wohlfahrtssystem des Staates. Für ihre Lebensmittelmarken bekamen sie Überschussprodukte, die oft minderwertig waren. Obst- und Gemüsehändler scheuten den weiten Weg ins Reservat. Unterwegs wurde ihre Ware auf den schlechten Straßen durchgeschüttelt und war nicht mehr einwandfrei, wenn sie im Supermarkt ankam. Für diesen Aufwand und den geringen Umsatz lohnte sich der Weg ins Reservat nicht.

„Die versaufen ihr Geld doch lieber, als dass sie sich Obst und Gemüse dafür kaufen", war die Antwort eines Gemüsehändlers aus Martin, den ich auf das Problem ansprach.

Doch mit dem Gedanken an eigenen Gartenbau konnten die meisten Lakota nicht viel anfangen. Es lag einfach nicht in ihrer Natur. Einst zogen sie als nomadisierende Jäger über die Prärie und das war gar nicht mal so lange her. Es fiel ihnen schwer, sich auf das Bestellen von Boden und das Hegen und Pflegen von zarten Pflänzchen umzustellen.

Die meisten Indianer nahmen die Päckchen mit dem Samen zwar an, aber es entging mir nicht, wie sie mir mitleidig hinterher schauten, wenn ich zu meinem Wagen zurückging. Mein Versuch, über das Verteilen von Saatgut an die Menschen heranzukommen, erwies sich als äußerst schwierig, wenn nicht sogar unmöglich. Ich hatte mir ein paar Fragen zurechtgelegt, von denen ich hoffte, sie würden mich weiterbringen. Aber außerhalb des *Wápika*-Dorfes stand man mir ablehnend gegenüber. Auf meine Fragen bekam ich Antworten, die so knapp waren, wie die Höflichkeit der Lakota es verlangte. Die Indianer hatten kein Interesse daran, mir ihr Leid zu klagen. Die einfachen Leute wollten kein Mitleid und keine Hilfe. Ihr Inneres blieb mir verschlossen wie ein Safe, dessen Code ich nicht kannte.

Und das, obwohl ich mir alle erdenkliche Mühe gab. Ich war freundlich und zurückhaltend. Manchmal half ich bei der Arbeit oder spielte mit den Kindern. Aber nach fünf Tagen intensiver Bemühungen war ich immer noch kein Stück weitergekommen. Einen umfassenden Bericht über die Situation im Reservat und die Zukunft unseres Projektes konnte ich nur abliefern, wenn ich auch umfassend informiert war. Doch die Lakota behielten ihre Geheimnisse lieber für sich. Und was die Wasser- und Bodenproben betraf: Ich besaß noch keine einzige. Zur Bohrstelle am Hause der Familie Many Horses hatte ich mich noch nicht wieder gewagt. Kinder hatten mich zwar zu einem weiteren offenen Bohrloch geführt, ich kannte also die Lage von zwei Bohrlöchern, aber im Reservat sollte es knapp 200 geben. Pine Ridge war groß, wie sollte ich die Bohrlöcher finden, wenn ich niemanden danach fragen konnte?

Es war ein Freitagnachmittag. Tom hatte sich den ganzen Tag nicht auf der Baustelle sehen lassen und niemand wusste, wo er war. Ich brauchte ihn, denn es gab Probleme mit dem Material. Also fuhr ich zum Haus der Blue Birds. Als ich klopfte öffnete mir Billie und sah mich verwundert an.

„*Tiyáta un sni*", sagte sie.

Ich runzelte die Stirn.

Da lachte sie vergnügt über mein Gesicht. „Tom ist nicht zu Hause. Vine auch nicht. Aber komm doch rein und trink einen Kaffee mit uns."

In ihrer Küche stellte sie mir zwei ältere Lakota-Frauen vor. Die füllige Francine Bordeaux, die vermutlich in meinem Alter war, und Theresa Iron Shell, eine kleine alte

Dame mit kurzem, noch erstaunlich dunklem Haar. Ich nahm an, die beiden würden zu den *Frauen mit tapferem Herzen* gehören und der Verein gerade in Billies Küche tagen. Klaglos trank ich den wässrigen Kaffee, den Toms Frau mir vorsetzte. Die Lakota hatten die Angewohnheit, Kaffee zu kochen, der wie Tee aussah, dafür tranken sie die Plörre in Unmengen.

Francine musterte mich mit skeptischen Blicken, nachdem Billie den beiden Frauen mit kurzen Worten erzählt hatte, wer ich war. Mir fiel ein, dass Jesse, einer unserer indianischen Arbeiter im Dorf, mit Familiennamen Bordeaux hieß. Vermutlich war er Francines Mann und nun wog sie ab, ob die Gefahr bestand, er könne meinen äußeren Reizen erliegen.

Sie sagte etwas auf Lakota zu Billie und Billie zuckte die Achseln. Fragend sah ich Toms Frau an.

„Na ja", begann sie zögerlich. „Du solltest vielleicht wissen, dass wir Lakota-Frauen weißen allein reisenden Frauen aus Europa gegenüber sehr misstrauisch sind. Viele von ihnen haben es darauf abgesehen, sich einen unserer Männer zu angeln. Ich weiß auch nicht, was sie an ihnen so bemerkenswert finden. Aber es gibt einfach zu wenige im Reservat, als dass wir sie auch noch mit anderen teilen könnten."

Francine und Theresa lachten verhalten.

„Lakota-Männer sind Männer wie alle anderen auch. Aber es sind unsere", beendete Billie ihre Erklärung.

Ich schluckte beklommen, das war eine unangenehme Situation für mich. Wie einfach wäre alles, wenn ich einen Ehemann und drei Kinder vorzuweisen hätte. Ich bräuchte bloß ein paar bunte Fotos hervorzaubern und alles wäre geklärt. Stattdessen stotterte ich herum.

„Ich bin nicht hier, um mir einen Mann zu suchen", sagte ich schließlich. „Ich bin hier, weil ich für das Dorfprojekt arbeite."

„Ja“, sagte Billie. „Ich weiß das und jetzt wissen es Francine und Theresa. Aber die anderen Frauen wissen es nicht.“

Mir ging plötzlich ein Licht auf. „Könnte es sein, dass die Leute mir deshalb so ablehnend gegenüberstehen, wenn ich versuche, meinen Gemüsesamen zu verteilen und mit ihnen ins Gespräch zu kommen?“

Francine kniff die Lippen zusammen und hob die Schultern.

„Das ist anzunehmen“, sagte Billie.

„Was soll ich denn machen?“, fragte ich zerknirscht. „Mir ein T-Shirt mit dem Aufdruck: LAKOTA-MÄNNER NEIN DANKE! anfertigen lassen?“

Francine prustete los. „Keine schlechte Idee. Darüber könnten wir doch mal nachdenken“, sagte sie und stieß Theresa in die Seite.

„Ach was“, entgegnete die Ältere. „Ich habe damit keine Probleme. Meinen Jim will eh keine mehr haben.“

„Sei dir da mal nicht so sicher“, meinte Francine. „Die nehmen auch alte und hässliche. Hauptsache, er ist Indianer.“

Nun lachte auch Billie und ich lachte einfach mit. Das Eis war gebrochen und wir konnten uns den wirklich wichtigen Themen zuwenden. Ich fragte die drei Frauen, wie die Arbeit bei den *Cante Ohitika Win* vorwärts ging.

Aber da lachten die Indianerinnen erneut schallend los und Francine schlug sich mit den Händen auf die breiten Schenkel.

„Ja“, meinte Theresa mit Tränen in den Augen, „natürlich haben wir alle tapfere Herzen. Aber Billie, Francine und ich gehören zur *Native Resource Coalition*, einer Gruppe von Männern und Frauen, die darauf achten, dass unser Reservat nicht zur Müllhalde für die Weißen wird.“

Ich sah Billie verblüfft an. Sie sagte: „Vine und Tom wissen nicht, dass ich in der NRC mitarbeite. Mit einigen Leuten der Gruppe steht Vine auf Kriegsfuß. Die NRC wacht nämlich auch darüber, dass die Rohstoffe des Reservats nicht auf eine Weise abgebaut werden, die unser Land unbewohnbar macht für die kommenden Generationen." Sie seufzte. „Um Ärger zu vermeiden, habe ich Tom und Vine erzählt, ich wäre auf Zusammenkünften der *Frauen mit tapferem Herzen*. So stellen sie mir keine unangenehmen Fragen. Es interessiert sie nicht, was wir Frauen tun, wenn wir uns nur nicht in ihr Bereiche einmischen."

Theresa, knochig und mit einer starken Brille auf der Nase, lachte gutmütig. „Das ist unsere Macht, Schätzchen", sagte sie. „Wir Frauen gehen drei Meter hinter den Männern, aber nur, um vorauszusehen und ihnen sagen zu können, in welche Richtung sie gehen sollen. Sie merken es gar nicht, weil sie so sehr mit sich selbst und ihrem Ruhm beschäftigt sind. In ihren Herzen sind sie immer noch Krieger. Aber mit Kriegern können wir heutzutage wenig anfangen. Also lassen wir sie in dem Glauben, unsere Beschützer und Helden zu sein."

Ich war beeindruckt.

Billie lachte kopfschüttelnd und sagte etwas auf Lakota zu den beiden Frauen. Diese Sprache faszinierte mich. Die Worte rollten förmlich aus Billies Mund und formten sich zu einem warmen Strom, der sich in den Raum ergoss. Weich wie Quecksilber. Ein paar Brocken Lakota hatte ich inzwischen aufgeschnappt, aber es genügte nicht, um wirklich etwas von dem zu verstehen, was sie sagte. Es störte mich nicht. Ich war einfach nur glücklich, in Billie Blue Birds Küche sitzen zu können.

Nachdem die beiden Frauen sich verabschiedet hatten und gegangen waren, verfiel Billie wieder ins Englische. Sie setzte sich mir gegenüber und ein Seufzer kam aus ihrer Kehle. „Tom hat in letzter Zeit oft Ärger mit seinem Vater gehabt", eröffnete sie mir. „Ihre Meinungen gehen in vielen

Dingen auseinander." Sie lachte trocken und schüttelte den Kopf. „Sogar wegen der Kindererziehung sind sie schon aneinandergeraten, das war bisher nie ein Problem. Tom und ich haben darüber nachgedacht, in ein eigenes Haus zu ziehen. Es ist allerdings nicht leicht, ein ordentliches zu finden. Hat das Haus einen Strom- und Wasseranschluss, dann ist die Miete entsprechend hoch. Tom verdient zwar recht gut", sagte sie, „aber er fährt auch viel herum und eine Menge Dollars gehen für Benzin drauf. Hätte er den Job als Grundschullehrer angenommen, würden wir jetzt in einer Dienstwohnung leben und wären diese Sorge los."

„Lehrer?", fragte ich erstaunt. „Ich denke, er baut Straßen?"

„Er baut Straßen, das ist richtig." Billie nickte und musterte mich kurz, als würde sie sich fragen, was ich noch alles über ihren Mann wusste. „Aber eigentlich ist er Lehrer. Er war vier Jahre auf dem College." Ich hörte den Stolz in ihrer Stimme.

„Und warum hat er die Stelle nicht angenommen?"

„Er hatte sie schon angenommen. Aber dann stellte sich heraus, dass er sie nur bekommen hatte, weil Vine seine Finger im Spiel hatte. Vetternwirtschaft, du kennst das sicher."

Und wie ich das kannte!

„Von denen, die im Stammesrat sitzen", fuhr Billie fort, „haben die meisten zur Hälfte oder zu einem Viertel weißes Blut in den Adern. Und sie besetzen alle guten Posten mit ihrer Verwandtschaft. Tom sagt, man könne nichts dagegen tun, solange der Stammesrat mit dem staatlichen BIA zusammenarbeitet."

Das Büro für Indianerangelegenheiten – BIA – war ursprünglich ein Teil des US-Kriegsministeriums und wurde später auf Betreiben des deutschstämmigen US-Innenministers Karl Schurz dem Innenministerium unterstellt. Schurz musste damals wegen seiner Beteiligung an der Revolution von 1848 aus Deutschland fliehen und seine freiheitliche Gesinnung kam den amerikanischen Ureinwohnern zugute. Inzwischen hatten sich die Zeiten allerdings geändert. Unter den Indianern war der Ruf des BIA denkbar schlecht. Von Billie erfuhr ich, wie die Lakota die drei Buchstaben BIA aufschlüsselten: *Bossing Indians Around*, was so viel bedeutete wie: Indianer herumkommandieren.

Der trockene Humor der Lakota, der ihnen immer wieder zu überleben half, erstaunte mich. Sie waren dabei, sich aus den Fesseln zu lösen, die sie jahrelang in ihrer Opferrolle festgehalten hatten.

„Aber wenn der Stammesrat korrupt ist, mit wem sollen dann Hilfsorganisationen wie die unsere zusammenarbeiten?", fragte ich.

Sie sah mich an, als wäre ich ganz weit weg. „Es gibt andere Möglichkeiten."

Leider kam sie nicht mehr dazu, mir von diesen anderen Möglichkeiten zu erzählen, denn Vine parkte vor dem Haus und Billie wechselte schlagartig das Thema. Ich hörte sie und mich über Kindererziehung reden. Als ihr Schwiegervater die Küche betrat, waren wir beim Wetter angelangt.

Vine war guter Laune. „Sind die Damen beim Kaffeekränzchen? Störe ich?"

Mechanisch schüttelte ich den Kopf.

„Ich hatte heute in Rapid City ein Gespräch mit einem Manager der *West Uranium Cooperation*", offerierte uns Vine und eine gewisse Euphorie lag in seiner Stimme. „Wenn so viel Uran unter den Badlands lagert, wie wir vermuten, dann wird es unserem Volk nie mehr schlecht gehen." Billie lachte missbilligend auf und Vine warf ihr einen kalten Blick zu. „Natürlich müssen wir die Sache sorgfältig angehen."

Ich überlegte, wen er mit *wir* meinte.

„Es gibt auffällig viele Krebskranke im Reservat", wandte er ein, „und die Säuglingssterblichkeit ist hoch. Vielleicht hängt das mit den Bohrlöchern zusammen. Deshalb traf ich mich heute mit diesem Mann. Alle neuen Bohrlöcher sollen in Zukunft gleich wieder verschlossen werden, wenn die Arbeit an ihnen beendet ist. Dann gibt es zwar weniger Geld, aber wir brauchen uns nicht mehr um die Strahlen zu sorgen."

Wieso fing Vine an, in meiner Gegenwart von Bohrlöchern zu reden? Hatte Tom ihm von meinem Interesse am Bohrloch beim Haus der Many Horses erzählt?

„Es wird keine neuen Bohrlöcher geben", sagte Billie und ich horchte auf. Was wusste sie darüber? Hatte ich die ganze Zeit vor meiner besten Informationsquelle gesessen und meine Chance nicht genutzt?

Vine grummelte nur. Sicher wusste er genau, wo sich offene Bohrlöcher befanden. Ich hatte da eine Idee. Mutig zog ich meine Karte aus der Tasche und breitete sie auf dem Tisch aus. „Können Sie mir zeigen, Vine, wo diese unverschlossenen Bohrstellen sind?"

„Wieso?", fragte er. Argwöhnisch blickte er von mir zu Billie und wieder zurück. Billie zuckte die Achseln, als hätte sie keine Ahnung wovon ich redete.

Beiläufig sagte ich: „Meine Chefin hat mich beauftragt, nach einem Standort für ein weiteres Projektdorf zu suchen. Natürlich sollte keines dieser Bohrlöcher in der Nähe sein." Ich hätte zu gern gewusst, ob mein Lächeln so harmlos wirkte, wie ich es mir wünschte. Aber der Köder zog. Vine machte mit seinem zerbissenen Kuli ein paar blaue Kreuze und Kringel auf meine Karte.

„Wenn die Löcher geschlossen sind, besteht kein Grund mehr zur Sorge", sagte er nachdrücklich.

„Ich weiß", erwiderte ich und faltete die Karte zusammen. „Ich muss unbedingt noch mit Tom sprechen", wandte ich mich an Billie. „Er war heute nicht im Dorf und es gibt da ein paar Materialprobleme. Kannst du mir sagen, wo ich ihn finde?"

„Fahren Sie rüber nach Wanblee, Miss Kirsch", antwortete Vine an ihrer Stelle. „Auf dem Festplatz ist ein Tanzfest, ein Powwow. Dort muss Tom sein."

Billie brachte mich zum Wagen. „Komm Montagmittag wieder. Tom muss rüber nach Rosebud und Vine hat einen Termin in Rapid City, da können wir ungestört reden", versprach sie mit verschwörerischer Miene.

Ich nickte und freute mich über ihr Vertrauen. „Ich werde da sein."

Auf einem offenen Platz – kurz hinter dem Ort Wanblee – entdeckte ich tatsächlich eine Menschenansammlung und zwei kleinere Touristenbusse. Ich parkte *Froggy* in einiger Entfernung und stieg aus. Das erste, was ich hörte, waren Trommeln. Die dumpfen Schläge rollten über die Prärie und verloren sich in ihren Weiten. Dann setzten die Stimmen der Sänger ein. Ihr Gesang war schrill, die Tonlage ungewohnt. Die Falsettstimmen der Männer schnitten mir bis ins Mark und setzten sich im Gehirn fest.

Ich hielt Ausschau nach Tom. Im bunten Menschengewirr suchte ich nach seiner hochgewachsenen, selbstsicheren Gestalt. Endlich sah ich ihn. Er unterhielt sich mit einem langhaarigen Jüngling und einem sehr dünnen Mädchen in Hippieklamotten, das gelangweilt auf einem Kaugummi herumkaute. Als er mich entdeckte, ließ er das Pärchen sichtlich erleichtert stehen und kam zu mir herüber.

„Was ist denn hier los?", fragte ich ihn.

Er schnappte mich am Arm und zog mich von den Leuten weg. „Eine deutsche Touristengruppe", erklärte er. „Der Stammesrat hat einen Vertrag mit einem deutschen

Reisebüro. *Powwow-Tours*, der ganz große Renner. Sie sehen ein Powwow, und wer bezahlt, kann an einer Schwitzhüttenzeremonie teilnehmen."

„Was müssen sie denn zahlen?"

„150 Dollar."

„Jeder?"

„Jeder."

„Das ist nicht gerade billig", erwiderte ich verblüfft. Das war Wucher, Abzocke, Veralberung dritten Grades, dachte ich frustriert.

„Ach was", behauptete Tom, „diese Leute wollen es doch nicht anders. Ihr spiritueller Hunger ist unersättlich. Im Übrigen", er sah mich herausfordernd an. „Du kannst dich anschließen, wenn du willst. Ich werde dafür sorgen, dass du nichts bezahlen musst."

Wieder einmal hatte ich das Gefühl, Tom Blue Bird wolle mich testen. „Ich soll mit *ihnen* schwitzen?", schnaubte ich beleidigt. „Ich will mit solchen Leuten nichts zu tun haben." Diese Esoterik-Freaks merkten ja nicht einmal, dass sie auf den Arm genommen wurden.

Tom lachte kopfschüttelnd. „Sie kommen aus deiner Heimat. Fühlst du nicht so etwas wie Zusammengehörigkeit?"

„Nein", protestierte ich. „Im Gegenteil. Ich leide unter meiner Herkunft. Die Schuldkomplexe und so, du verstehst schon."

„Nein, keine Ahnung. Für was solltest du dich schuldig fühlen?"

„Na ja, die deutschen Einwanderer sind nicht gerade unschuldig am indianischen Dilemma."

Spöttisch sah er mich an, aber ich entdeckte in seinen Augen auch einen Funken Sympathie. „Das ist alles schon ziemlich lange her, meinst du nicht?", fragte er. „Die Schuldigen sind tote Männer und Frauen." Er blieb stehen.

„Beunruhigend ist, dass die Geschichte die Angewohnheit hat, sich zu wiederholen."

„Wie meinst du das?"

„Uns wird Land weggenommen, wir werden ausgegrenzt und kriminalisiert. Es nimmt kein Ende."

Erstaunlich, dachte ich, wie zäh diese Menschen sind, dass sie so viele Verwundungen eingesteckt und sie überlebt haben. Toms Verbitterung hielt sich in Grenzen. Er wollte kein Opfer sein. Tom Blue Bird war ein Kämpfer, nur zu spät geboren, um auf dem Schlachtfeld zu sterben

„Hast du denn Verwandte hier in den Staaten?", fragte er.

Es kam nicht oft vor, dass er mich etwas Persönliches fragte und ich nickte bekümmert. „Ich fürchte ja. Irgendwo in Oklahoma."

Er lachte wieder, als er mein betretenes Gesicht sah und deutete mit einem Kopfnicken hinüber zu den Touristen. „Du musst ja in ihrer Gegenwart nicht reden. Sie denken, du bist Amerikanerin und lassen dich in Ruhe. Die deutschen Touristen sind nur wegen der armen Indianer hier, und sie zeigen genügend Mitgefühl, um weiße Amerikaner noch weniger zu mögen als wir selbst es tun. Schuldgefühle kennen sie nicht. Sie möchten nur die *Guten* sein, so einfach ist das. Aber das Schwitzen ist wirklich ein Erlebnis", fügte er nachdrücklich hinzu.

„Danke!" Ich war beleidigt. „Mir tritt auch so der Schweiß aus den Poren, wenn ich das hier sehe." Aber mit seinen Worten hatte er mich getroffen. War ich nicht auch hier, weil ich gut sein wollte? War das nicht der Grund, warum ich mich im Reservat sicher fühlte? Weil man Menschen, die einem helfen wollten, nichts tat?

„Dann schau dich eben ein wenig um", schlug Tom vor. „Ich muss noch ein paar Dinge klären, dann komme ich. Ich nehme an, du bist hier weil du mich brauchst." Er grinste breit.

Seine Arroganz nutzte sich langsam ab. Schwer zu sagen, warum er sich so verhielt und was er damit erreichen wollte. Ich mochte ihn irgendwie und wünschte mir, dass er mich ernst nahm.

Ich lief hinüber zu den Trommlern. In der Mitte des Tanzplatzes hatte man aus Kiefernstämmen und Zweigen einen überdachten Kreis gebaut. Unter diesem Schattendach saßen die Trommler, die gleichzeitig auch Sänger waren. Männer mit Sonnenbrillen und langen Zöpfen, die sich ihre Stimmbänder an den zwingenden Tönen versengten. Mit der freien Hand hielten sie sich ein Ohr zu, wohl, um von ihrem eigenen Geschrei nicht taub zu werden. Mir wurde augenblicklich klar, dass nur sie – die Indianer – solche Töne hervorbringen konnten.

Bunt gefiederte Tänzer in verschiedenerlei Kostümen wirbelten über den Tanzplatz. Ich unterschied quirlig bunte Fantasiekleider mit langen buntgefärbten Wollfransen und Federn. Wenn sie sich im Takt der Trommeln drehten und immer schneller wurden, wenn der Gesang anschwoll, dann sah es aus, als drehten sich bunte Kreisel auf der Wiese. Ganz anders jene Männer, die in traditioneller Kleidung tanzten. In ihren mit bunten Perlen und eingefärbten Stachelschweinborsten bestickten Kostümen wirkten sie wie Gestalten aus einer längst vergangenen Zeit. Vollkommen in Trance, den Blick in unendlich weite Ferne gerichtet, auf etwas, das ich nicht sehen konnte. Als ob sie bis in alle Ewigkeit weitertanzen wollten.

Diese Männer und Frauen tanzten nicht für die Touristen, sondern für sich selbst. Keiner von ihnen wirkte niedergedrückt oder ohne Hoffnung. Sie besaßen Humor, Kraft und Selbstvertrauen. Das waren keine Menschen, die dem Untergang geweiht waren. Aus diesem einfachen Grund mussten sie auch nicht gerettet werden. Wieso also war ich dann überhaupt hier?

Tom fand mich. „Ihre Kostüme sind faszinierend", murmelte ich. Blue Bird runzelte die Stirn. „Wir mögen es nicht, wenn unsere Tanzkleidung als *Kostüm* bezeichnet wird. Hört sich sonst so an, als würden wir einen Karneval veranstalten. Aber das ist es nicht. Tanzen ist ein Teil unseres Lebens. Jede Feder, jeder Knopf, jede Franse an dieser Kleidung hat eine Bedeutung. Sag einfach: *Regalia*."

Das fand ich nun doch etwas weit hergeholt und steif, aber da es der *political correctness* diente, murmelte ich eine Entschuldigung.

„Woher sollst du es auch wissen", sagte er versöhnlich und machte eine wegwerfende Handbewegung. „Na komm schon, verschwinden wir von hier!"

Wir gingen zu den geparkten Autos und ich sah, wie die ersten halbnackten Visionssucher in die Schwitzhütten krochen. Offensichtlich amüsierten sie sich gut, auch wenn die Illusion, spirituellen Beistand zu erlangen, teuer erkauft war.

„Bald wird ihnen das Lachen vergehen." Tom schüttelte den Kopf.

„Wieso?"

„Weil es dann da drinnen so heiß wird, dass ihre Haut Blasen schlägt. In dieser Hitze vergeht ihnen das Lachen bestimmt." Er breitete die Hände aus und hob sie gen Himmel. „Sie wollen dem Großen Geist begegnen und ich möchte wetten, irgendeinem Geist werden sie ganz sicher begegnen. Und wenn es ihr eigener ist."

Eben noch hatte Tom versucht mir das Schwitzen schmackhaft zu machen und nun das. Beinahe empfand ich Mitleid mit meinen Landsleuten. Dabei war meine Abneigung gegen diese Art von Touristen überdurchschnittlich stark ausgeprägt. Aus dem einfachen Grund, weil sie mit ihrem Verhalten das Verständnis von Europäern und Indianern füreinander erschwerten. Die Europäer zahlten mit ihrer Kreditkarte für bunte Illusionen und trugen diese zweifelhaften Erfahrungen nach Hause, was weitere Heilsuchende anlockte. Und die Indianer lernten, aus der Sehnsucht dieser Menschen Kapital zu schlagen. Ein Kreislauf entstand, der nichts Gutes mit sich bringen würde. Aber nicht alle, die hier herkamen, waren auf spirituelle Erfahrungen aus. Manche wollten einfach nur das Land und die Menschen kennen lernen. Manchmal wurde es eben schwierig, die einen von den anderen zu unterscheiden.

„Das ist ganz schön gemein", sagte ich.

„Ach was", schimpfte Tom. „Sie haben es nicht anders verdient. Sie wollen uns gar nicht wirklich verstehen. Alles was sie wollen, ist uns etwas nehmen, das sie in ihrer eigenen Kultur scheinbar nicht finden können." Er stieg in seinen Pickup und sagte: „Fahr mir nach, okay!"

Wir fuhren zurück ins Shannon County und ich folgte Tom an das Ufer des Medicine Root, dessen Wasser ungewöhnlich klar war. Nicht silberhell, wie die Flüsse angeblich in den Black Hills sein sollten, aber doch sauber. Tom hockte sich ins Gras, zupfte einen Halm ab und schob ihn zwischen die Zähne. „Na, schieß los!", forderte er mich auf.

„Was?"

„Na, pack schon das Buch aus und stell deine Fragen. Deswegen sind wir doch hier, oder?" Seine Augen blitzten belustigt auf. Das Sonnenlicht schüttete Silber auf das Laub der Cottonwoodbäume. Gefährlich anmutendes Licht.

Ich tat, was er sagte: Hockte mich neben ihn, schlug mein Notizbuch auf und zog die Kappe vom Stift. Dann sah ich ihn nachdenklich an: „Heute ist Freitag und du betreust deutsche Reisegruppen. Solltest du nicht im Dorf sein?" Ich klopfte mit dem Kuli gegen meine Zähne.

Tom runzelte die Stirn. Meine Frage bereitete ihm sichtlich Unbehagen. „Willst du das wirklich aufschreiben?"

Ich lachte. „Nein, natürlich nicht. Entschuldige, im Grunde geht es mich auch gar nichts an, was du da treibst. Aber es fehlen Bretter auf der Baustelle und Pete sagte, du wüsstest, wo wir preiswert welche bekommen."

„Ich kümmere mich darum", sagte Tom. Er kaute noch eine Weile auf seinem Grashalm herum, bevor er wieder anfing zu sprechen. „Mein Vater bat mich, diese Gruppe Touristen zu übernehmen. Eigentlich ist das sein Job, aber er hatte einen wichtigen Termin. Glaub mir, ich mache das nicht aus Vergnügen."

„Es ödet dich also an?"

Blue Bird nickte. „Ja, Reisebusse und Touristen öden mich an. Eure Sprache geht mir auf die Nerven. Wenn ihr Deutschen miteinander redet, denkt man jedes Mal, ihr würdet streiten."

Ich sah Tom mit großen Augen an.

„Nun guck nicht so", sagte er. „Eure Sprache ist hart und laut, das sind wir nicht gewöhnt. Und wieso fallt ihr plötzlich wie Krähenschwärme in unser Reservat ein? Warum wandelt ihr nicht auf den Spuren eurer eigenen Vergangenheit, sucht nach euren eigenen Symbolen? Irgendetwas muss es doch dort auch geben."

„Schon", ich hob die Schultern. „Aber ich fürchte, das ist alles nichts, worauf man stolz sein könnte. Blutrünstige Germanen, debile Fürsten und dann der Wahnsinnigste aller Deutschen: Adolf Hitler. Das verdrängt man lieber und sucht woanders. Daher die Vorliebe meiner Landsleute für andere Kulturen. Weil sie Schwierigkeiten haben, sich mit ihrer eigenen Vergangenheit auseinander zu setzen."

„Na gut", brummte er. „Das kann ich noch irgendwie verstehen. Aber warum sind sie dann nicht wenigstens ehrlich? In Wahrheit ist unser Sonnentanz für euch eine barbarische Zeremonie. Aber alle Weißen sind scharf drauf, mal dabei gewesen zu sein und einen von uns leiden zu sehen. Ist das nicht absurd?"

„He", sagte ich. „Nicht alle Weißen sind gleich, vielleicht ist dir das schon mal aufgefallen. Ich muss das nicht unbedingt sehen. Ich glaube, ich würde mich höllisch fürchten. Allerdings interessiert es mich, warum du es getan hast."

Tom sah weg und schwieg eine Weile. Ich bereute schon, dass ich so neugierig gewesen war. Aber schließlich sagte er: „Nach dem Tod meines Bruders habe ich an einem Sonnentanz teilgenommen. Ich musste wissen, wie ich weitermachen sollte."

„Und auf diese Weise hast du es herausgefunden?"

„Ja", sagte er entschieden, und ich wusste, er würde keine weiteren Erklärungen abgeben.

„Und du?", fragte er nach einer Weile. „Was ist mit dir? Du bist doch nicht nur hier, um ein paar ziellose Indianer auf den rechten Weg zurückzubringen. Ich bin sicher, du suchst auch nach etwas."

„Ich?", fragte ich überrascht. „Nein. Jedenfalls nicht nach dem Großen Geist."

„Wirklich nicht?" Sein Tonfall war eine einzige Herausforderung.

„Nein. Ich bin mehr der bodenständige Typ, auch wenn ich mit unserer europäischen Philosophie vom Tod wenig anfangen kann. Vielleicht war ich in meinem früheren Leben ein Maikäfer, auf jeden Fall keine Indianerin."

Tom lachte. Dann schüttelte er nachdenklich den Kopf. „Du kannst mir nichts vormachen, Ellen. Irgendetwas stimmt mit dir nicht. Ich werde aus dir nicht schlau."

Nun, da hatten wir ja doch etwas gemeinsam. Und natürlich hatte er Recht. Aber bei wem stimmte schon alles. Ich entschied mich, ein bisschen kooperativ zu sein und etwas von mir preiszugeben, er hatte das ja auch getan. „Ich habe mich lange nutzlos gefühlt", erinnerte ich mich. „Irgendwie leer. Nach dem Studium fand ich keine Arbeit, jedenfalls nichts, was mich wirklich ausgefüllt hätte. Ich habe in verschiedenen Jobs gearbeitet, hatte aber wenig Freude daran. Es war nichts, was mich wirklich begeistert hätte. Dann hörte ich von Inga Morgenroth und ihrer Unterstützergruppe. Ich bewarb mich und bekam den Job. Und seit ich hier bin, und mit den anderen im Dorf arbeite, habe ich dieses Gefühl von Leere nicht mehr."

Tom schüttelte ärgerlich den Kopf.

„Wenn du auf Indianerland nach einem Sinn für dein Leben suchst, wirst du kein Glück haben. Das ist reine Zeitverschwendung, glaub mir. Nur für Indianer ergibt das Reservat einen Sinn." Er schlug nach einem lästigen Insekt und zerquetschte es zwischen den Fingern. „Die Versuchung, anderen zu helfen, überkommt uns alle irgendwann einmal. Daran brauchst du dich nicht festhalten. Weißt du, wie wir solche wie euch nennen? *Do-Gooders*, Leute, die auszogen, den Indianern zu helfen."

Ich ignorierte seinen letzten Satz. „Aber an irgendetwas muss ich mich doch festhalten", sagte ich. „Tust du das nicht?"

„Warum versuchst du es nicht mal mit einer Familie?", fragte er, ohne mir eine Antwort zu geben. „Kinder können deinem Leben einen wunderbaren Sinn geben. Glaub mir, ich weiß wovon ich rede."

Ich wusste nicht, was ich sagen sollte. Dieses zielsichere Treffen meines empfindlichsten Nervs. Tom hatte mich durchschaut. Wahrscheinlich war er einfach ein guter Beobachter.

Ich hatte schon mehrere Anläufe gemacht, eine Familie zu gründen. Sie waren alle kläglich gescheitert. Ich war nie länger als zwei Jahre mit einem Mann zusammen gewesen und auch meine Ehe hatte nicht länger gedauert. Es gab zwei oder drei blinde Leidenschaften und vor einem Jahr hatte ich meine letzte, schmerzhafte Beziehung beendet. Danach war ich fest entschlossen, Männer erst einmal auf Abstand zu halten.

„Ich glaube, ich bin nicht besonders gut im Geliebt-werden", erwiderte ich schließlich traurig. „Auf die Dauer wird es anstrengend, mit mir zusammen zu sein. Außerdem bezweifle ich, dass ich eine gute Mutter abgeben würde. Meine eigene hat ziemlich verkorkste Ansichten, die sich möglicherweise vererbt haben."

Toms Stimme wurde weich als er sagte: „Ach was, das redest du dir bloß ein. Es muss nur der Richtige kommen, dann denkst du: Der ist es, mit dem möchte ich Kinder haben."

„Klar, so ein *Mr Richtig* würde mit einem Schlag alle meine Probleme lösen", antwortete ich amüsiert. Ich seufzte und sagte: „Vielleicht fällt es mir auch schwer zu vertrauen. Ich erinnere mich noch sehr genau an die letzten Minuten, als mein Vater mich und meine Mutter verließ. Sie schrie und heulte und er konnte nicht schnell genug aus der Wohnung kommen. Ich dachte: Geh zum Teufel und lass dich nie wieder bei uns blicken."

„Und?"

„Ich habe ihn nicht wiedergesehen."

„Kein einziges Mal?", fragte Tom ungläubig.

„Nein."

„Nicht alle Männer sind so."

Ach was? Ich sah auf. „Hast du mit Inga Morgenroth geschlafen?"

Die Frage kam unerwartet. Tom blickte mich entsetzt an, dann lachte er verunsichert. „Hat sie das etwa erzählt? Blödsinn." Er schüttelte den Kopf. „Sie war hinter mir her, hat mich nicht in Ruhe gelassen."

„Und, was hast du getan?"

„Nichts."

„Das ist alles?" Ich war beinahe enttäuscht.

„Nicht ganz." Blue Bird druckste herum. „Als die Grundmauern für das erste Haus standen, haben wir kräftig gefeiert. Ein paar der Mitarbeiter setzten die Regel: *Kein Alkohol im* Wápika-*Dorf* einfach außer Kraft und becherten tüchtig. Auch Inga war ziemlich *lila itomni,* wie wir Lakota dazu sagen. Ich brachte sie in ihr Motel und sie überredete mich, mit in ihr Zimmer zu kommen. Sie wollte mir irgendetwas Wichtiges zeigen." Er seufzte. „Sie verschwand im Bad und als sie wieder rauskam, war sie splitternackt und behauptete felsenfest, meine spirituelle Ehefrau zu sein."

Erst gluckste es wild in meinem Bauch, dann prustete ich los. Ich lachte, bis mir die Tränen über die Wangen liefen. Tom schüttelte ungläubig den Kopf und lachte erleichtert mit.

„Und was passierte dann?", fragte ich ihn und wischte mir mit dem Handrücken die Tränen aus dem Gesicht.

„Ich bin einfach abgehauen und ihr von da an aus dem Weg gegangen. Ich glaube, das hat sie mir übel genommen."

Ich wurde ernst. „Warst du deshalb am Anfang mir gegenüber so reserviert?"

Tom hob kurz den Blick um mich anzusehen. „Ich dachte, du wärst wie sie." Er beugte sich zu mir herüber und sein Gesicht war meinem bedrohlich nahe.

„Vielen Dank für das Kompliment", erwiderte ich trocken und klappte mein Notizbuch wieder auf. „Ich muss mit dir noch über etwas anderes reden, Tom: Warum wurde das Bohrloch neben dem Haus der Many Horses nicht wieder geschlossen?"

Blue Bird wich zurück und lächelte. „Du gibst nicht so schnell auf, was? Ich denke, du bist hier, um das Dorfprojekt zu betreuen? Was interessieren dich die Bohrlöcher?"

„Mich interessiert die Familie Many Horses."

„Seit wann?"

„Vielleicht hast du es schon vergessen, aber du hast mich hingeführt. Als du weg warst, kam die Familie zurück. Ich wollte mit dem Mann sprechen und er hat mich abgewiesen."

„Wolltest du Bilder kaufen?", spottete Tom.

„Nicht direkt. Ich wollte etwas über das Bohrloch wissen. Was nützt es, neue Dörfer zu bauen, wenn nach und nach das ganze Reservat radioaktiv verseucht wird?"

„Mann, du hast wirklich von nichts einen Schimmer", erwiderte er unwirsch. „Wenn sich bei diesen Bohrungen herausstellt, dass die Uranvorkommen ertragreich sind, dann wird das ganze Reservat zum Nationalen Opfergebiet erklärt und wir Lakota können gehen. Vielleicht siedeln sie uns auf den Abraumhalden der Uranminen in Arizona an. Ist das Ganze nun klarer geworden?" Er musterte mich ungeduldig.

„Wenn das so ist, warum lasst ihr dann die Bohrungen auf eurem Land überhaupt zu?"

„Ganz einfach, weil es Geld bringt. Aber den Firmen ist es zu teuer, die Löcher wieder zu schließen. Man braucht dazu bestimmte Geräte und viel Beton. Es ist einfacher, alles so zurückzulassen. Von diesen Bohrstellen gibt es mehr als 200 auf Reservatsgrund. Radioaktives Wasser steigt darin auf und Radongase werden freigesetzt. Sie verseuchen unser Land und alles, was darauf wächst und lebt." Blue Bird hatte Mühe seinen Zorn zu zügeln.

„Du hast gesagt, die Verseuchung kommt auch aus den Black Hills?"

„Ja", sagte er. „In den Black Hills wurde viele Jahre Uran abgebaut und unter der Erde gibt es riesige Endlagerstätten. Dort ist schon das Grundwasser radioaktiv verseucht. Es gelangt bis in unsere Flüsse und unsere Brunnen."

„Und niemand beschwert sich?" Ich wollte das nicht glauben.

Er lachte verächtlich auf. „Natürlich haben wir uns beschwert. Mehr als einmal. Aber es passiert nichts. Die letzten Messwerte einer Umweltorganisation lagen im normalen Bereich. Vermutlich waren sie manipuliert. Du hast ja keine Ahnung, wie korrupt einige hier sind."

Zu heiß, um in dieser Richtung weiterzufragen, dachte ich.

„Warum ziehen die Many Horses nicht von diesem Bohrloch weg? Warum ..."

„Die Familie kann dort nicht wegziehen", unterbrach mich Tom. „Sie haben den Trailer erst vor zwei Jahren bekommen. Scotts Tage sind gezählt, du hast ihn doch gesehen. Er hat Magenkrebs. Seine älteste Tochter Mary liegt seit Wochen im Krankenhaus. Leukämie."

„Aber Leukämie ist heute heilbar."

„Sie leben direkt neben dem Bohrloch", erinnerte er mich leise.

„Warum können sie nicht ins *Wápika*-Dorf ziehen? Du bist der Projektleiter."

„Ich habe dir schon mal gesagt, dass ich auf solche Dinge keinen Einfluss habe." Mit verständnisloser Miene schüttelte er den Kopf. Vermutlich hatte meine Frage vorwurfsvoll geklungen.

„Was wird aus dem Geld, das ihr von den Touristen bekommt?"

„Es kommt auf ein Konto", antwortete er. „Wenn genug beisammen ist, soll ein Kasino gebaut werden, oben in Wanblee. Die Pläne sind schon fertig."

„Noch ein Kasino?", fragte ich. „Es gibt doch schon eins in Oglala?"

„Warum nicht zwei? Jedes Wochenende bringen Busse spielwütige Lakota nach Deadwood in den Black Hills. Im Midnight-Star Kasino von Kevin Costner ziehen ihnen einarmige Banditen und Black-Jack Dealer das Geld aus der

Tasche. Aber dort tummeln sich auch viele Weiße. So ein Kasino auf Reservatsgrund bringt dem Stamm eine Menge Geld. Mit zweien hätten wir vielleicht endlich genug Geld, um ordentliche Häuser zu bauen, Schulen, Straßen ..." Er hob ärgerlich die Hände, weil das augenscheinlich nicht in meinen Kopf wollte.

„Ich mag Spielhallen nicht", sagte ich trotzig.

Tom stand auf. Er klopfte sich den Staub von seiner Jeans und lief ein paar Schritte, als hätte er meine letzten Worte nicht gehört. „Sei Montag gegen Mittag am Wounded Knee, dann werde ich dir etwas geben. Am Wochenende muss ich mich um meine Familie kümmern, ich habe es Billie und den Kindern versprochen." Seine Widersprüchlichkeit war immer wieder verblüffend.

Ich lief zu ihm hin und berührte ihn kurz an der Schulter, zum Zeichen der Versöhnung. „Ich danke dir, Tom."

Als ich gehen wollte, hielt er mich am Arm zurück und kam mir mit seinem Gesicht gefährlich nahe. Seine schwarzen Augen funkelten und ich konnte seinen warmen Atem spüren. Auf einmal drückte er mich von sich weg und lief zu seinem Pickup, um damit davonzujagen.

Am Sonntag nahm ich meine erste Bodenprobe vom Bohrloch in der Nähe des Hauses, in dem die Familie Many Horses lebte. Überall lag radioaktiver Gesteinsschutt herum und ich hatte das Gefühl, als würde unsichtbares Gift durch meinen Körper kriechen und mir das Gehirn vernebeln. Radongase, hatte Tom gesagt. Radonnuklide sammelten sich in den hier wachsenden Pflanzen und diese wurden von Tieren verzehrt, die später wiederum dem Menschen als Nahrung dienten.

Zwischen den Gesteinshaufen entdeckte ich seltsame Spuren. Das Ganze sah aus wie ein riesiger Sandkasten, in dem Kinder Straßen gebaut hatten. Erst als ich zwei schlammverkrustete Spielzeuglaster entdeckte, wurde mir klar, dass es tatsächlich so war. Wütend zertrampelte ich die Straßen und eine Parkplatzeinfahrt.

„Hat dich 'ne Klapperschlange gebissen?", fragte plötzlich jemand.

Ich stieß einen Schrei aus und fuhr herum. Die Haare hingen wirr in meine Stirn und ich blies sie aus dem Gesicht um besser sehen zu können. Da stand ein Junge in knielangen schwarzen Baumwollshorts und angeschmuddeltem Hemd. Er blickte mich an, als zweifle er an meiner Zurechnungsfähigkeit. Zwei andere Jungen kamen dazu, die Hände in den Hosentaschen. Es waren die Söhne der Many Horses, ich erkannte sie wieder.

„Ist das eure Baustelle?", fragte ich streng.

Sie blickten mich nur skeptisch an. Hübsche dunkle Gesichter. Schöne Augen mit dichten Wimpern. Ihre Münder hatten volle Lippen mit diesen tief herabhängenden Mundwinkeln, die für die Lakota typisch waren. Ich stand ihnen gegenüber und fühlte mein Selbstbewusstsein schwinden. Aber ich war immer noch wütend. „Hat euch euer Vater nicht gesagt, dass ihr hier nicht spielen sollt?"

Er hatte es ihnen verboten, ich sah es an dem unsicheren Flackern in ihren Augen. „In diesem Loch ist Gift", schimpfte ich. „Man kann es nicht sehen, aber es ist da. Es hat euren Vater krank gemacht und eure Schwester. Wenn ihr weiter hier spielt, wird es euch auch krank machen." Ich ging ein paar Schritte auf den Ältesten zu, der mich immer noch herausfordernd ansah, und packte ihn am Arm. „Das Zeug hier ist radioaktiv. Es macht eure Knochen und euer Blut kaputt."

Der Junge entriss mir seinen Arm. „Wenn's so tödlich ist, was machst du dann hier?", fragte er trotzig.

„Ich nehme Erdproben." Endlich konnte ich meine Anwesenheit plausibel erklären. „Es gibt Geräte, mit denen man das Gift sichtbar machen kann."

„Das weiß ich auch", erwiderte er gelangweilt. „Da war schon mal eine hier."

„So?" Ich begann nervös zu werden.

„Ja. Sie war Ärztin oder so. Und wer bist du?"

Ich wollte gerade antworten, da sah ich Scott Many Horses über die Wiese auf uns zukommen. Die Kinder hatten meine flüchtige Augenbewegung bemerkt und drehten sich rasch um. Als sie ihren Vater sahen, rannten sie davon wie junge Wiesel.

Ohne Eile verstaute ich den Lederkoffer im Kofferraum. Beschriften konnte ich die Probe auch später. Dann wartete ich darauf, dass der Indianer herankam. Sein Gang war der eines alten Mannes, schwerfällig und schleppend. Dennoch schien es ihm besser zu gehen als bei unserer ersten Begegnung. Ich rechnete damit, von ihm vertrieben zu werden.

„Überall, wo ihr Weißen die Erde berührt, ist sie wund", sagte er, als er bei mir angelangt war.

Ich schwieg vorsichtshalber.

„Ist nicht gut, wenn Sie sich hier aufhalten." Many Horses blickte bekümmert. Seine Besorgnis schien echt.

„Sagen Sie das mal Ihren Jungs."

Er seufzte. „Ich habe es ihnen verboten. Aber Sie wissen ja, wie das ist, Verbotenes zieht sie an wie Honig die Bienen."

„Nur, dass es tödlicher Honig ist." Ich kam mir ziemlich dumm vor in meiner Mission. Da stand dieser Mann vor mir, er mochte höchstens Mitte dreißig sein und sah aus wie fünfzig. Seine Tage waren gezählt. Die durchschnittliche Lebenserwartung im Reservat betrug laut Statistik ohnehin nur 44 Jahre. Er würde nicht mal die schaffen.

„Es tut mir Leid. Alles tut mir Leid", stammelte ich.

„Kommen Sie!", sagte der Indianer und machte eine einladende Handbewegung. „Meine Frau hat Bohnen gekocht. Ich lade Sie ein, mit uns zu essen."

Die Familie Many Horses war zu arm, um sich Fleisch kaufen zu können. Und auf die Jagd ging Scott schon lange nicht mehr, dazu fehlte ihm die Kraft. Aufgrund dieser bedrückenden Umstände hatte ich ein überaus schmackhaftes Mittagessen, ohne mich in irgendeiner Weise rechtfertigen zu müssen.

Die Kinder waren zum Essen ins Haus gekommen und spachtelten wortlos, was die Mutter ihnen auf den Teller tat. Mir wurde bewusst, dass Scott und Sarah ihre Kinder nicht bestraften, obwohl sie ein Verbot nicht eingehalten hatten.

Sarah führte mich durch die Räume im Trailer und zum ersten Mal sah ich *Black Mold*, den Schwarzen Schimmelpilz. Er war in allen Ecken, kroch die Wände hoch und vergiftete die Luft mit seinen Sporen.

„Er greift zuerst die Lunge und die Bronchien an", sagte Sarah. „Ich habe schon alles versucht ihn loszuwerden, aber jedes Mal im Winter ist er wieder da." Sie hob die Schultern. „Aber letztendlich ist es auch egal, woran wir draufgehen, ob nun an uranverseuchtem Wasser oder Schwarzen Schimmelpilzen. Es nimmt sich nicht viel."

Ich schwieg beklommen, was sollte ich auch sagen.

Später zeigte mir Scott, womit er sich beschäftigte, seit er nicht mehr arbeiten gehen konnte. Er malte Ölbilder. Menschen und Tiere, umgeben von kraftvoller Natur. Auf seinen Bildern schien sie unzerstörbar. Die Felsen der Badlands, brennend im glutroten Abendlicht. Das dunkle Grün der kiefernbewaldeten Hügel. Die endlose Prärie unter makellosem Blau.

Die Farben seiner Bilder waren wie empörende Schreie. Ich war überwältigt. „Sie gefallen mir sehr", sagte ich. „Wenn ich darf, würde ich gerne eins kaufen." Ich wusste auch schon welches. Es war das flammend Rote mit dem weißen Kojoten im Vordergrund. Bisher hatte ich nicht gewusst, dass es ein Rot wie dieses gab. Ich zeigte auf das Bild. „Was soll es kosten?"

„Fünfzig Dollar", sagte Scott.

Überrascht blickte ich ihn an. „Verkaufst du all deine großartigen Bilder für so wenig Geld?"

Er überlegte einen Moment. „Fünfzig Dollar sind viel Geld für so ein bisschen Leinwand und Farbe", sagte er schließlich und reichte mir das Bild.

„Ich habe heute kein Geld mit", bedauerte ich. Wenn ich alleine im Reservat unterwegs war, hatte ich stets nur ein paar Dollar und meine Kreditkarte bei mir.

„Du wirst es mir bringen. Ich vertraue dir."

Ich verließ den Trailer der Familie kurz vor Mitternacht und Sarah begleitete mich zum Wagen. „Das war ein schöner Abend", sagte sie. „Wir haben lange nicht mehr so gelacht. Tut mir Leid, dass ich anfangs so misstrauisch dir gegenüber war. Aber jedes Mal gibt es Ärger, wenn jemand um dieses Bohrloch herumschnüffelt."

Ich sah sie entgeistert an und meine Knie zitterten. „Was für Ärger?"

„Na ja, einmal wurden junge Leute, die hier irgendwelche Messungen machen wollten, von der Polizei abgeholt. Und dann diese Ärztin, die in unserem Krankenhaus in Pine Ridge gearbeitet hat. Ich kannte sie, sie hat Mary behandelt. Und sie war ein paar Mal am Bohrloch gewesen. Dann verunglückte sie mit ihrem Wagen und wieder tauchte Polizei bei uns auf und stellte Fragen. Die Leute munkelten, es wäre kein Unfall gewesen, sondern ... Mord. Jemand hätte sie von der Straße gedrängt."

Ich schluckte und legte mein neu erworbenes Bild vorsichtig auf den Beifahrersitz. „Sobald ich kann, komme ich wieder vorbei und bezahle meine Schulden", sagte ich und schob mich hinters Lenkrad. Meine Glieder waren auf einmal steif geworden.

„Bis bald, und ... fahr vorsichtig. Die Straßen sind schlecht." Sarah rieb fröstelnd die Hände an ihren Oberarmen und ging langsam zurück ins Haus.

Mord!, hämmerte es in meinen Ohren, als ich zum Motel zurückfuhr. Ich konnte meinen eigenen Herzschlag hören. Ein schnelles, zu schnelles Hämmern in meiner Brust. Mein Bewusstsein war starr vor Entsetzen. Warum hatte mir Tom nichts davon erzählt? Was, um alles in der Welt, ging hier eigentlich vor?

Noch in der selben Nacht rief ich meine Chefin in Deutschland an. „Morgenroth", meldete sich ihre schrille Stimme. Ich hatte das Gefühl, als würde sie mich aus dem benachbarten Badezimmer heraus anschreien.

„Hier ist Ellen", meldete ich mich. „Ich ..."

„Wurde aber auch Zeit, dass Sie ein Lebenszeichen von sich geben", platzte sie mir ins Wort. „Ich hoffe, die Dinge gehen ihren Gang. Oder gibt es irgendwelche Probleme mit Tom Blue Bird?"

„Nein", antwortete ich wahrheitsgemäß, und für einen Augenblick stellte ich mir vor, wie sie nackt in diesem Zimmer gestanden hatte. Das erheiterte mich ein wenig.

„Sie klingen so komisch."

Ich räusperte mich. „Hier ist es zwei Uhr morgens", brummte ich in den Hörer. „Ich bin müde."

„Aber Sie sind doch sicher nicht so lange wach geblieben, nur weil Sie mal meine Stimme hören wollten?"

Bestimmt nicht.

„Was ist los, Ellen?"

„Ist Ihnen der Name Anna Yellow Star ein Begriff?"

Stille.

„Ist das diese Ärztin?", fragte meine Chefin schließlich.

„War", verbesserte ich sie. „Sie *war* Ärztin. Sie hatte einen Unfall. Und die Leute sagen, es wäre *Mord* gewesen. Anna wurde ermordet, weil sie Messungen an den Bohrlöchern gemacht hat."

„Und?"

„Jetzt mache ich diese Messungen", schrie ich empört ins Telefon. „Ich habe noch eine Menge vor in meinem Leben. Ich will nicht sterben."

Ich hörte sie am anderen Ende der Leitung auflachen. „Nun werden Sie mal nicht gleich hysterisch. Denken Sie, wir hätten Ihnen diesen Job gegeben, wenn er gefährlich wäre? Das ist lächerlich."

„Das ist nicht lächerlich", behauptete ich laut. „Und wenn dieser Auftrag so ungefährlich ist, wie Sie es sagen, warum kümmern Sie sich dann nicht selbst darum? Ich jedenfalls habe Angst!"

„Und ich hatte Sie immer als besonders schlagfertig und beherzt eingeschätzt, Ellen, wie kommt es, dass Sie …"

Ich knallte den Hörer auf das Gerät. Blöde Kuh, dachte ich, warf mich auf mein Bett und versuchte zu schlafen.

Montag, kurz vor Mittag, saß ich auf den Stufen der zweiten Sacred Heart Church auf dem Hügel von Wounded Knee und wartete auf Tom Blue Bird. Es wehte ein frischer Wind und dunkel wallende Wolken schwebten drohend über den umliegenden Bergen. Ich kannte diesen Himmel, diese Wolken nicht, und wusste nicht, was sie bedeuteten.

Als Tom kam, lief ich ihm entgegen. Mit einer Hand versuchte er sein langes Haar zu bändigen, das der Wind ihm ins Gesicht wehte. Er trug einen neuen, noch ganz dunkelblauen Denim-Jeansanzug und saubere Cowboystiefel. Sein Gesicht hatte immer etwas Herausforderndes, wenn er mich begrüßte, aber inzwischen hatte ich mich daran gewöhnt. Tom Blue Bird war nicht anders als sonst.

„Es wird gleich regnen", verkündete er und zog mich zum Parkplatz. Die langen Gräser bogen sich im Wind. Ich war nur leicht bekleidet, Dreivierteljeans und ein ärmelloses Hemd. Der Morgen war heiß gewesen wie alle anderen zuvor.

„Fahren wir mit *Froggy*, der Truck ist unbequem." Er setzte sich ans Steuer und wir fuhren nach Pine Ridge Village. Nun spürte ich doch eine gewisse Veränderung. Tom hatte mir gegenüber zu einer Art Vertrautheit gefunden, auf die ich schon nicht mehr zu hoffen gewagt hatte.

Während der Fahrt reichte Tom mir ein Schreiben der Stammesregierung, das ebenfalls vom *Indian Health Service* abgezeichnet war. Es berechtigte die Inhaberin des Schreibens, Ellen Kirsch, sich im Hospital von Pine Ridge frei zu bewegen und gegebenenfalls Einsicht in die Akten zu nehmen.

Dankbar sah ich Tom an. „Wie hast du das fertig gebracht?"

„Ich habe schließlich nicht umsonst einen Vater im Stammesrat", antwortete er zufrieden. Und ich fragte mich, was er dafür von mir als Gegenleistung erwartete.

Zum Mittagessen landeten wir ein zweites Mal in der Sunny Red Fox Hall. Ich bestellte mir wieder einen Salat, diesmal allerdings ohne Dressing. Tom kaute lustlos auf einem Hamburger herum. „Ich muss heute noch rüber nach Rosebud an die Uni", klärte er mich über seine Pläne auf. „Da sind ein paar Leute, die über die verschiedenen Entwicklungsprojekte auf Pine Ridge reden werden. Das dürfte dich interessieren."

Das war eine Einladung und ich überlegte, ob ich Billie versetzen und Toms Angebot annehmen sollte. Mit ihr konnte ich mich auch ein anderes Mal treffen, sie würde das sicher verstehen.

Tom wischte sich mit einer Serviette Soßenreste vom Mund und blickte mich forschend an. Ich kaute noch ein bisschen weiter, obwohl ich nichts mehr im Mund hatte, nur um mir Bedenkzeit zu verschaffen. Toms Blick heftete sich an meine nackten Arme und sein Blick bekam eine Intensität, die mich frösteln ließ.

Dabei an bloße Sympathie zu denken war eindeutig naiv. Mir wurde augenblicklich klar, dass ich Tom nicht begleiten durfte, wenn ich nicht höllisch in Schwierigkeiten geraten wollte.

„Ich habe heute Nachmittag schon eine wichtige Verabredung", sagte ich schnell. „Es tut mir Leid."

Er zuckte enttäuscht die Achseln und lehnte sich zurück. „Dann musst du mich jetzt zu meinem Wagen zurückbringen, sonst schaffe ich es nicht mehr rechtzeitig." Tom war sich also sicher gewesen, dass ich ihn begleiten würde. Bei dem Gedanken, was dann vielleicht zwischen uns passiert wäre, ging für einen Augenblick meine Fantasie mit mir durch. Aber dass er nicht mit einer einzigen Silbe versucht hatte, mich zu überreden, verunsicherte mich noch mehr.

Ich brachte ihn zu seinem Pickup zurück. Inzwischen regnete es in Strömen. Er stülpte seine Jeansjacke über den Kopf und stieg um. Als er losfuhr, sah ich noch, wie er hinter der verregneten Scheibe die Hand zum Gruß hob.

Billie erwartete mich schon, als ich an ihre Tür klopfte. Die beiden älteren Kinder hatte sie zu Freunden geschickt, damit wir in Ruhe reden konnten. Nur Cub, die Dreijährige, spielte auf dem Fußboden mit Bausteinen aus Holz.

Diesmal bat ich Billie um einen Tee. Sie hatte welchen in einer Thermoskanne vorbereitet, goss ihn in einen Henkelbecher und süßte ihn mit Honig, bevor sie ihn mir reichte. „Du musst wissen, dass der Stammesrat mit dem BIA zusammenarbeitet", sagte sie, und setzte ohne Umschweife unser Gespräch an jenem Punkt fort, an dem wir das letzte Mal von Vine gestört worden waren. „Das BIA ist weiß, es untersteht der Regierung und vertritt demzufolge auch die Interessen der Weißen – und nicht unsere. Nächste Woche kommt der Stammesrat zusammen und wird über vier Dinge entscheiden: Erstens, ob es weitere Probebohrungen in den Badlands geben wird. Jede Bohrung bringt der Stammeskasse mindestens 100 000 Dollar", fügte sie als Erklärung hinzu.

Hunderttausend Dollar, dachte ich, und mir wurde einiges klarer. Auf diese Weise versuchte Vine also Geld ins Reservat zu bringen.

„Zweitens, ob auf unserem Land ein riesiges Mülldepot eingerichtet werden soll." Billie verdrehte die Augen, als wäre allein der Gedanke daran völlig absurd. „Dazu gibt es Verhandlungen mit einer Firma aus Connecticut. Einen Dollar für eine Tonne Müll."

Ihr Gesicht zeigte nun ihre Verärgerung. „Drittens", sagte sie, „soll über das Wounded-Knee-Parkprojekt abgestimmt werden und viertens darüber, ob oben in Wanblee ein Kasino gebaut werden soll oder nicht." Entschlossen redete sie weiter: „Sollte der Stammesrat beschließen, diese vier Dinge in die Tat umzusetzen, bedeutet das sehr viel Geld für uns Lakota. Aber es bedeutet auch gleichzeitig das absolute Aus für die Hoffnung, unseren Kindern eine bessere Zukunft auf diesem Land zu bauen, denn dann wird unser Land unheilbar krank sein."

Ich blies in meinen Tee und ließ mir Billies Worte schweigend durch den Kopf gehen. „Und?", fragte ich nach einer Weile. „Wie stehen die Chancen?"

„Schlecht", kam es wie aus der Pistole geschossen.

„Vine ist ein kluger und mächtiger Mann und vor allem ist er gerissen. Er hat die Fäden in der Hand und er weiß das. Die Leute hören auf ihn. Und er passt immer auf, dass alles legal ist und niemand ihm etwas anhängen kann. Vine ist besessen von der Idee, das Volk der Lakota in den Wohlstand zu führen."

Das Wort *Wohlstand* wirkte in diesem Moment wie eine geballte Ladung Zynismus. Aus Billies Augen sprühte jetzt der pure Hass, und da ich Vine mochte, berührte mich das unangenehm. Billie hatte auf mich den Eindruck einer guten Hausfrau und Mutter gemacht, die sich in ihrer Freizeit für das Wohl ihres Volkes einsetzte. Jetzt war ich verblüfft, wie ausgesprochen gut sie sich mit der Stammespolitik auskannte. Vielleicht hatte ich mich getäuscht und sie war cleverer als ich vermutet hatte.

„Aber wenn so viele von euch gegen diese Projekte sind, warum wehren sie sich dann nicht?", wollte ich wissen. „Vertritt der Stammesrat nicht das Volk?"

„Das sollte er", sagte sie gereizt. „Aber die Praxis sieht anders aus. Die meisten Leute wissen nicht mal, dass nächste Woche abgestimmt wird, und schon gar nicht, über was da abgestimmt wird und was es für Folgen für sie haben kann. Das Interesse ist gering und zwar aus guten Gründen. Es ist nicht so, dass sich die Sache mit dem Mehrheitswahlrecht noch nicht herumgesprochen hätte. Doch viele Reservatsbewohner können sich die Fahrt ins Wahllokal einfach nicht leisten. Andere wollen sich nicht dem Verdacht ausgesetzt sehen, dieses korrupte System durch ihre Teilnahme an der Wahl zu akzeptieren."

„Gibt es denn niemanden, der die Leute aufklärt?"

Billie hob resigniert die Schultern. „Die Traditionalisten gehen schon aus Prinzip nicht zur Wahl. Die traditionell Denkenden, aber fortschrittlich Eingestellten, haben ihre eigene Stammesregierung, den *Oglala Treaty Council*.

Aber Entscheidungsgewalt hat nur der von der weißen Regierung unterstützte Stammesrat. Die meisten wissen das."

„Was ist mit Tom?", fragte ich neugierig

Sie nickte. „Tom weiß genau, was vor sich geht. Aber er redet mit mir nie über solche Dinge. Ich spüre seine Zweifel. Doch Vine schafft es immer wieder, seinen Sohn von der Richtigkeit seines Handelns zu überzeugen. Vine Blue Bird ist ein schlauer Fuchs und ein guter Redner. Und Tom verehrt seinen Vater. Wir Lakota werden eben dazu erzogen, unsere Eltern zu verehren."

Draußen hielt ein Auto und Billie warf einen Blick aus dem Fenster. „Vine kommt zurück, reden wir lieber von deiner Arbeit."

Ihre Heimlichtuerei kam mir übertrieben vor, aber dann merkte auch ich, dass etwas nicht stimmte. Vine kam nicht in die Küche, um mich zu begrüßen, obwohl er meinen Wagen gesehen haben musste. Er verschwand ohne ein Wort in seinem Zimmer. Das war vermutlich meine letzte Gelegenheit, Billie nach Anna Yellow Star zu fragen, aber irgendetwas hielt mich davon ab.

Billie Blue Bird lächelte auf einmal siegessicher. „Es ist anscheinend nicht so gelaufen, wie er es gerne hätte. Spätestens nach der Zusammenkunft des Stammesrates werden wir wissen, was es ist, das ihn so verärgert hat."

Es war ein Ausdruck von Schadenfreude in ihren Augen. „Du magst ihn nicht", sagte ich.

„Er mag mich nicht", wiedersprach sie rasch. „Er weiß, dass ich seine Ziele nicht gutheiße. Aber was er nicht weiß ist, dass ich zu seiner ärgsten Gegnerschaft gehöre. Ihn nicht mögen, ist zu gelinde ausgedrückt. Manchmal könnte ich ..."

Eine Tür schlug zu und wir sahen uns gleichzeitig erschrocken um. Keiner von uns hatte Tom bemerkt, der schon eine Weile in der Türöffnung stand. Er schien sich noch nicht schlüssig zu sein, ob er reinkommen wollte oder nicht. In Billies Augen fand ich nicht einen Funken Scham. Tom schien wenig beeindruckt zu sein von dem, was seine Frau über seinen Vater dachte. Vermutlich kannte er ihre Meinung. Er begrüßte mich flüchtig, fragte Billie nach den anderen beiden Kindern und verschwand in einem der vielen Zimmer. Wenn er jetzt hier war, konnte er nicht an der Uni in Rosebud gewesen sein, dafür war der Weg zu weit. Soviel konnte sogar ich mir zusammenreimen.

Es hatte aufgehört zu regnen und durch die Fensterscheiben stießen die goldenen Strahlen der Abendsonne. Ich verabschiedete mich von Billie und machte einen Abstecher zur Familie Many Horses, um Scott seine fünfzig Dollar zu bringen. Es wurde wieder Mitternacht, bevor ich von dort aufbrach. Inzwischen kannte ich mich ganz gut aus auf den wenigen Straßen im Reservat. Wenn es hier einmal dunkel war, dann war es richtig dunkel und man fühlte sich mächtig unheimlich, so allein. Aber vermutlich fühlt sich jeder Fremde in einem Indianerreservat allein.

Die Dunkelheit quoll wie eine zähe schwarze Masse über den Rand der Straße und ich hatte das Gefühl, irgendwann darin stecken zu bleiben. Als die ungleich hellen Scheinwerfer in meinem Rücken auftauchten, packte ich das Lenkrad fester. Schultern und Nacken versteiften sich und mein Atem ging schneller. Der andere Wagen war jetzt direkt hinter mir. Hektisch trat ich aufs Gas. *Froggy* krachte durch ein Schlagloch und hinter mir wurde es dunkel. Aber der Wagen war noch da, ich konnte ihn hören. Er klebte direkt an meiner Stoßstange. Ich gab noch mehr Gas und übersah ein zweites Schlagloch. Die Lichter hinter mir gingen wieder an. Ein Knoten, hart wie ein Stein, wuchs in meinem Magen. Die Gegend war menschenleer und Hilfe nicht zu erwarten, wenn mein Verfolger zur Tat schreiten würde. Anna Yellow Star war mit ihrem Wagen von der Straße gedrängt worden, weil sie Untersuchungen an den Bohrlöchern unternommen hatte. Und jetzt war ich dran, weil ich dasselbe tat. Worauf hatte ich mich da bloß eingelassen! Die Dinge wuchsen mir über den Kopf und ich konnte nichts mehr dagegen tun.

Aber auf einmal wurde es wieder dunkel hinter mir und ich hörte auch kein Motorengeräusch mehr. Das andere Fahrzeug war verschwunden. Es hatte sich in Nichts aufgelöst und tauchte auch nicht wieder auf. Unerlaubt schnell fuhr ich mit *Froggy* aus dem Reservat heraus nach Martin. Froh, heil in meinem Zimmer angekommen zu sein, verriegelte ich die Tür und legte mich angezogen aufs Bett, um jederzeit fluchtbereit zu sein. Während sich der Knoten in meinem Magen langsam auflöste, begann ich darüber nachzudenken, wie ich mich vor etwas schützen konnte, von dem ich nicht einmal wusste, ob es tatsächlich existierte oder nur ein Produkt meiner blühenden Fantasie war.

4. Kapitel

In den nächsten drei Tagen blieb ich aus Furcht, erneut verfolgt zu werden, im Motel. Unter dem fadenscheinigen Vorwand, auch Schreibtischarbeit gehöre zu meinem Job, machte ich mich daran, meine bisherigen Aufzeichnungen zu sortieren und eine Gliederung für den Bericht zu erarbeiten. Während ich das Ganze in meinen Laptop hämmerte, wurde mir klar, dass immer noch der Zusammenhang, der rote Faden in meinem Konzept fehlte. Ich hatte Lutz Winters Entwurf für eine alternative Schule, die Pläne des Gärtners und des Architekten. Aber das Ganze sollte ja kein Einzelfall bleiben, sondern später als Modell für andere Indianerreservate dienen. Mein Bericht musste so aussehen, dass er als Anleitung für weitere Stammesprojekte brauchbar war. Das jedenfalls erhoffte sich Inga Morgenroth von meiner Arbeit.

Zuerst befasste ich mich mit Lutz Winters neuem Schulkonzept. Es war eine Mischung aus Waldorfschule, Survival School und Summerhill, dieser Internatsschule in England, in der in Anlehnung an Freudsche Lehren einige Jahrzehnte antiautoritäre Erziehung versucht worden war. Was Winter da ausprobieren wollte, gefiel mir ganz gut, aber ich wusste, Inga Morgenroth und andere wichtige Leute würden es so nicht akzeptieren. Es fehlte die Systematik dahinter und das konnte manch einem deutschen Geldgeber missfallen. Darüber musste ich mit Lutz reden.

Ich sollte einfach losfahren und ihn suchen. Aber ich konnte nicht. Irgendwie hatte ich das ungute Gefühl, dass da draußen etwas im Gange war und nur darauf wartete, mich allein zu erwischen. Am schlimmsten traf mich, dass mich niemand zu vermissen schien. Drei Tage war ich nicht im Glücksdorf aufgetaucht, aber niemand hatte bei mir angerufen und gefragt, ob es mir gut ging. Immerhin war es nicht abwegig, dass ich vielleicht krank im Bett lag oder da draußen irgendwo überfallen worden war. Ganz zu schweigen von den Klapperschlangen, die es hier überall gab.

Sogar Tom Blue Bird schien auf einmal das Interesse an mir verloren zu haben. Irgendetwas stimmte nicht. Oder war ich tatsächlich eine Gefangene meiner eigenen Wahnvorstellungen? Wurde ich langsam verrückt?

Die Sonne brannte heiß an diesem späten Nachmittag und kein Wölkchen stand am Himmel. Um auf andere Gedanken zu kommen, schrieb ich einen Brief an meine Mutter. Ich erzählte ihr von meiner Arbeit, von den Menschen und dem Land. Von meinen Ängsten und Zweifeln würde sie jedoch nichts erfahren. Ich schwindelte einfach ein paar nette, beruhigende Sätze zusammen, darin war ich schon immer gut gewesen.

Danach versuchte ich es mit einer kalten Dusche. Als ich splitternackt aus dem Bad kam, hockte Tom Blue Bird auf meinem Bett. Ich wollte wirklich nicht schreien und tat es dennoch. Schrill und spitz. Mit über der Brust gekreuzten Armen versuchte ich meine Blöße zu bedecken.

Tom war mehr erschrocken als ich und ich beruhigte mich auch gleich wieder. „Ach so lief das mit der Morgenroth“, zischte ich. „Hätte ich mir gleich denken können.“

„Denk besser gar nichts“, erwiderte er.

Jemand klopfte an die Zimmertür und fragte: „Ist alles in Ordnung, Miss? Oder belästigt Sie der Indianer?“

Man passte also auf mich auf. Ich zog meine Hose und mein T-Shirt unter Toms Hintern hervor und sagte: „Es ist alles in Ordnung, Sir, ich schreie dabei immer.“

Hatte ich das wirklich gesagt? Ich verschwand wieder im Bad und zog mich an. Als ich ins Zimmer zurückkam, fand ich einen kleinlauten Tom vor. „Es tut mir Leid, wirklich", meinte er. „Aber *Froggy* stand draußen und du hast auf mein Klopfen nicht geantwortet. Ich habe mir Sorgen gemacht."

„Wie bist du reingekommen?", fauchte ich ihn an.

„Ich habe einen Schlüssel", gab er unumwunden zu.

Der Schreck saß mir noch in den Gliedern und ich war ärgerlich. „Ich will ein anderes Zimmer", sagte ich.

„Was soll das?" Er stand auf. „Hier, du kannst ihn haben." Tom reichte mir den Schlüssel, aber ich nahm ihn nicht.

„Woher weiß ich, dass du nicht noch einen hast?"

„Weil ich es dir sage." Plötzlich fing er an zu lachen. Es war ein heiseres, trockenes Lachen, ähnlich dem seines Vaters. „Wenn du gesagt hättest: Ja Sir, der Indianer belästigt mich, dann säße ich jetzt hier vielleicht mit einer Kugel im Bauch." Er drückte die Rechte flach auf seinen Bauch und blickte dann auf die Handfläche, als erwarte er, Blut daran zu finden.

Ich schob die Vorhänge beiseite und sah stirnrunzelnd aus dem Fenster. „Du meinst, er hatte ein Schießeisen?"

„Alle diese Typen haben eine Knarre, darauf kannst du Gift nehmen." Tom stand auf und lief im Zimmer auf und ab. Es war nicht viel Platz, er musste immer um das Queen Size Bett herumlaufen. Seine hünenhafte Gestalt schien das kleine Zimmer vollständig auszufüllen. Er konnte durch sein bloßes Auftreten, seine dominierende Art, die Atmosphäre eines Raumes völlig verändern.

„Weiß Billie, dass du hier bist?", fragte ich und gab mir Mühe, es nicht vorwurfsvoll klingen zu lassen.

Er schüttelte den Kopf. „Sie ist verflucht eifersüchtig."

„Hat sie einen Grund?"

Schweigen. Tom hörte nicht auf herumzulaufen. „Es gab mal einen Grund." Seufzend ließ er sich in einen der Sessel fallen.

„Inga Morgenroth oder Anna Yellow Star?" fragte ich, während ich versuchte, mit der Bürste mein Haar zu entwirren. Ich hatte das komische Gefühl, Tom war gekommen, um mir sein Herz auszuschütten. Er sah müde und mitgenommen aus und ich hatte ihm schon verziehen, dass er einfach in mein Zimmer eingedrungen war.

„Wie kommst du auf Anna?" Ertappt sah er mich an.

„Ich habe geraten." Ich zögerte. „Nein, nicht geraten", verbesserte ich mich. „Ich habe genau zugehört, als du mir von ihr erzählt hast. Es ist einfach, über den Tod eines Menschen zu reden, der einem nicht nahe gestanden hat. Dir ist es nicht leicht gefallen, von Anna Yellow Stars Unfall zu erzählen."

Misstrauisch musterte er mich. „Du bringst die Menschen zum Reden, ob sie nun wollen oder nicht. Deine Fragen sind gefährlich."

Bitte keine Drohungen, dachte ich, und setzte mich aufs Bett. „Niemand redet, wenn er nicht reden will. Und ich bin auch nicht vom FBI."

Tom blickte zu Boden, als er es mir erzählte. „Anna und ich, wir liebten uns. Billie kam dahinter und ich hatte keine ruhige Minute mehr. Bis der Unfall passierte. Später fand ich heraus, dass man Anna kurz zuvor in ein anderes Krankenhaus versetzt hatte. Sie hatte es mir nicht gesagt. Sie war eine seltsame Frau."

Jetzt tat er mir auf einmal Leid. „Du hast sie sehr gern gehabt."

Blue Bird nickte. „Ja. Aber was gewesen ist, soll dort begraben bleiben." Er klopfte mit der Faust auf sein Herz, langsam und bitter.

Verdammt, dachte ich, er hat tatsächlich eins. „Und was

ist mit Billie?", fragte ich. „Liebst du sie?" Sein tintenschwarzer Blick durchbohrte mich wie ein Pfeil.

„Sie ist meine Frau."

„Ist das alles?"

„Natürlich liebe ich sie. Was dachtest du denn?"

Ich zuckte die Achseln und hoffte, er würde später nicht bedauern, so offen gewesen zu sein. Die meisten Menschen befiel nach Geständnissen Reue.

Ich blickte Tom an und versuchte, meine Gedanken zu ordnen. Jetzt, nachdem ich die Wahrheit über Anna Yellow Star wusste, hätte ich ihm alles erzählen können: Dass ich verfolgt worden war und Angst hatte; so große Angst, dass ich merkwürdige Verhaltensweisen entwickelte.

Stattdessen sagte ich: „Du bist im Besitz von Annas Karte und ihren Aufzeichnungen, nicht wahr? Es würde mir sehr helfen, wenn ich sie hätte."

„Wozu?"

Er schien keine Ahnung zu haben und ich wollte ihm gerne vertrauen. Ich nahm einfach an, dass er nicht zu den Leuten gehörte, vor denen ich mich in Acht nehmen musste. In diesem Moment setzte ich alles darauf. „Ich bin nicht nur wegen des *Wápika*-Dorfes hier", weihte ich ihn ein. „Ich soll auch noch Boden- und Wasserproben in der Nähe von Bohrlöchern nehmen."

„Für Inga Morgenroth?", fragte er stirnrunzelnd.

„Ja", erwiderte ich schlicht.

„Dacht' ich 's mir doch", raunte Tom.

„Ich wäre dir sehr dankbar, wenn du es für dich behalten könntest."

Er lachte kopfschüttelnd. „Denkst du, die Leute hier sind blöd? Es hat sich bereits herumgesprochen, dass du bei den Bohrlöchern herumkriechst." Er sah mich an, besorgt und zweifelnd zugleich. „Wenn die Aufzeichnungen in falsche Hände geraten, dann war Annas ganze Arbeit umsonst. Dann ist es, als wäre auch ihr Tod umsonst gewesen."

„Ich verstehe." Irgendwie traute Tom mir nicht. Machte ich wirklich den Eindruck, als ob ich nicht zwischen Gut und Böse unterscheiden konnte? Oder konnte er es nicht? „Was ist eigentlich hier los? Du verschweigst mir doch irgendetwas?"

Er sah mich an. Etwas glomm in seinen Augen auf und verschwand hinter tiefer Traurigkeit. „Annas Tod war kein Unfall. Jemand hat sie von der Straße gedrängt."

Ich blieb ruhig, denn ich hörte das Ungeheuerliche ja nicht zum ersten Mal. „Woher willst du das so genau wissen? Die Leute reden eine Menge."

Tom hob den Blick. „Weil ich sie gefunden habe. Sie lebte noch und konnte es mir erzählen. Wir wollten uns an diesem Abend treffen. Wahrscheinlich wollte sie mir sagen, dass es aus ist."

Er blickte ins Leere. Mein ganzer Körper wurde plötzlich steif. Ich wollte etwas sagen, aber meine Kehle war wie zugeschnürt.

Ich saß in der Tinte. Und zwar mächtig. „Wieso hast du das nicht der Polizei gemeldet?", brachte ich schließlich hervor.

„Ich weiß auch nicht", antwortete er und vergrub das Gesicht in den Händen. „Ich hatte Angst um Billie und die Kinder. Die Polizei hatte einen Verdacht, konnte aber nichts beweisen. Es war mir zu gefährlich, der Sache weiter nachzugehen. Du hast ja keine Ahnung, wie die Dinge hier laufen."

Ich stöhnte auf. „Neulich, in der Nacht, hat mich ein Wagen verfolgt. Seine Scheinwerfer gingen mal an, mal aus. Ich war ziemlich in Panik."

„Und?", fragte Tom erschrocken „Was ist passiert?"

„Nichts", antwortete ich achselzuckend. „Mit einem

Mal war er verschwunden. Vielleicht sollte das eine Warnung sein."

Ein Schatten verdunkelte flüchtig Toms Gesicht. „Ach was, da hat dich bloß jemand mit defekten Scheinwerfern dazu benutzt, ihm die Straße auszuleuchten. Eine im Reservat durchaus übliche Methode."

„Und was soll ich jetzt tun?", jammerte ich. „Ich traue mich nicht mehr auf die Straße."

„Unsinn. Sei einfach nur vorsichtig", riet er mir. „Und fahr nachts nicht mehr allein in der Gegend herum."

Welch tröstlicher Rat, dachte ich und stand auf. „Kannst du mir nicht mal irgendwas Nettes erzählen? Etwas, das nichts mit dem Tod oder ähnlich schrecklichen Dingen zu tun hat?"

„Billie ist wieder schwanger", eröffnete Tom mir daraufhin.

„Na, herzlichen Glückwunsch", erwiderte ich. Versöhnlich lächelten wir einander an.

Am Montagmorgen packte ich den schwarzen Koffer in meinen Wagen und fuhr ins Shannon County, in den Norden des Pine Ridge Reservats. Dorthin, wo die Badlands begannen. Ich hatte beschlossen, diese Boden- und Wasserproben zu nehmen und nach Deutschland zu bringen, auch auf die Gefahr hin, dass jemand versuchen könnte, mich daran zu hindern. Vielleicht war das die einzige Gelegenheit in meinem Leben, etwas Heldenhaftes zu tun und ich wollte sie nicht ungenutzt verstreichen lassen.

Die Karte mit Vine Blue Birds Kulikreuzen und -kringeln lag auf *Froggys* Beifahrersitz. Ich mied die Touristenstrecke. Eine unbefestigte Staubpiste jenseits der nummerierten Bundesstraßen schlängelte sich durch den nördlichen Zipfel der Badlands, entlang ausgetrockneter Bachläufe, vorbei an steilen Felsvorsprüngen. Eine Reihe von Telefonmasten wies darauf hin, dass die Gegend doch nicht so einsam war, wie es zuerst den Anschein machte.

Eigentlich war an dem, was ich da tat, überhaupt nichts Heldenhaftes, wie ich feststellen musste. Ich brauchte mich nur zu bücken und meine Glasröhrchen zu füllen. Zuerst zapfte ich den Big Hollow Creek an, einen Seitenarm des White River, in dessen Nähe einige Wohnhäuser standen. Später fuhr ich zu der Stelle, an der der Big Hollow Creek in den White River mündete. Hier wohnte weit und breit niemand und ich hatte es erst nicht für nötig gehalten, Wasserproben zu nehmen. Aber Vine hatte an dieser Stelle ein Kreuzchen gesetzt.

Ich parkte *Froggy* in einem Hohlweg, einer Sackgasse aus Kalkhängen, in der er fast vollständig im Schatten einiger Sträucher stand, damit sich sein Inneres nicht so aufheizte. Dann kletterte ich hinab zum Fluss. Das Uferbett hatte sich im Laufe der Jahre in einen grünen Tafelberg gegraben und die Wände aus Kalk und Lehm tief unterhöhlt. In der fast ausgetrockneten Rinne eines Schmelzbaches konnte ich das Ufer mühelos erreichen. Es war lehmig und glitschig. Schwemmholz sammelte sich am Rand. Verzweigte Wurzeln und totes Geäst bleichten in der Sonne. Vorsichtig tastete ich mich auf abgetrockneten Steinen heran, um ein Glasröhrchen zu füllen. Später hockte ich mich in den Schatten eines mächtigen Lehmüberhanges, wischte die schmierigen Finger an meiner kurzen Jeans ab und holte meine Aufzeichnungen hervor.

Plötzlich hörte ich ein Motorengeräusch.

Direkt über mir raste ein Auto auf das Plateau. Bremsen quietschten. Autotüren klappten und gleich darauf hörte ich heftige Männerstimmen. Die Wortfetzen, die ich aufschnappte, waren nicht gerade freundlich und ich versteckte mich schnell. Drohungen polterten zu mir herab.

Höhnische Beleidigungen drangen an meine Ohren. Erschrocken zog ich meinen Koffer in den Schatten des Überhanges und presste mich rücklings gegen die Lehmwand. Erde rieselte mir in Haare und Nacken. Schweißperlen bildeten sich auf meiner Stirn und ich wagte kaum zu atmen.

Ich vernahm zwei Schläge und einen dumpfen Stoß, als ob ein Kopf gegen Wagenblech geschleudert wurde. Ein Gefühl wie ein Stromschlag jagte durch meinen Körper. Panik. Jemand wurde zusammengeschlagen. Was, wenn man merkte, dass es einen unliebsamen Zeugen gab?

Auf einmal sah ich einen Schatten auf der Wasseroberfläche; die Konturen eines riesigen Vogels, der seine Schwingen ausbreitete um zu fliegen. Und ein menschlicher Körper klatschte vor mir in den Fluss.

Ich wurde nass gespritzt. Lehm bröselte herab, vermischt mit aufgeregten Stimmen. Kurz darauf schlugen Wagentüren zu und ein Fahrzeug entfernte sich mit aufheulendem Motor. Ich hoffte, dass sie fort waren, wer immer es auch gewesen sein mochte. Vor mir schwamm eine leblose Gestalt im Fluss, Kopf und Füße unter Wasser. Das weiße Hemd blähte sich und hielt den Körper an der Oberfläche. Eine verzweigte Wurzel, die aus dem Wasser ragte, verhinderte, dass er von der Strömung fortgetrieben wurde.

Wie in Zeitlupe so langsam löste ich mich von der schützenden Lehmwand und watete durch den Matsch in den Fluss. Ich stieg bis zu den Hüften ins Wasser und nur mit großer Mühe schaffte ich es, die Person umzudrehen. Es war ein junger Mann und er gab kein Lebenszeichen von sich. Mit einem Arm versuchte ich, seinen Kopf über Wasser zu halten und mit dem anderen zerrte ich den leblosen Körper ans Ufer.

Ich dachte nicht über das nach, was ich jetzt tat. Irgendwann war immer das erste Mal. Und entweder man war dazu bereit oder man war es nicht. Ich wischte die nassen langen Haare aus dem Gesicht des Fremden, hielt mit Daumen und Zeigefinger seine Nase zu, presste meine Lippen auf seinen offenen Mund und blies ihm einen kräftigen Schwall meines Atems in die Lungen. Gleich beim ersten Versuch kam er wieder zu sich. Er hustete und wässrig blutiger Schleim floss ihm aus Mund und Nase. Mein Magen kroch mir die Kehle hoch. Nahe dran, mich zu übergeben, stand ich für einen Augenblick vollkommen neben mir. Dann sah ich dem Fremden wieder ins Gesicht. Eine hässliche Platzwunde teilte seine rechte Augenbraue in zwei Hälften. Blut lief ihm auch aus Mund und Nase. Mich beschlich das seltsame Gefühl, diesen Mann irgendwo schon einmal gesehen zu haben. Ich wusste nur nicht mehr wo. Er hustete und krümmte sich, presste die linke Hand auf seine rechte Seite und ich sah dunkles Blut zwischen seinen Fingern hervorquellen. Ich begriff, dass sein Nasenbluten und die Stirnwunde das kleinste seiner Probleme war. Der Anblick des immer größer werdenden roten Fleckes auf seinem Hemd ernüchterte mich schlagartig. Er brauchte Hilfe und ich war die Einzige, die dafür in Frage kam.

Der Verletzte sah mich an als wäre ich ein Geist. Mein ratloses Gesicht spiegelte sich in seinen braunen Augen. Ich musste niesen. Das Echo meines lautstarken: „Hatschi!", hallte über den Fluss.

„Tut mir Leid", entschuldigte ich mich, fuhr mir mit dem Handrücken übers Gesicht und schniefte. Mit weit aufgerissenen Augen starrte der Mann mich immer noch an, so, als wüsste er nichts mit meiner Anwesenheit anzufangen. „Keine Angst, sie sind weg", versuchte ich ihn und mich zu beruhigen. Er bewegte seine Lippen, als wollte er etwas sagen, aber aus seinem Mund kam nur ein rotblasiges Blubbern.

Diesmal spielte mein Magen nicht mehr mit. Blitzschnell drehte ich meinen Kopf zur Seite und spie mein halbverdautes Frühstück hinter einen Stein. Es dauerte eine Weile, bis es vorbei war. Ich kramte in meiner Hose nach einem Taschentuch und wischte mir den Mund ab.

Als ich mich wieder umdrehte, lag er noch genauso da: mit den Beinen halb im Wasser, den Oberkörper in feinen Lehmschlamm getaucht. Ich hoffte, dass er mein kleines Missgeschick nicht bemerkt hatte. Als ich nach seiner Hand griff, die er immer noch auf den roten Fleck presste, widersetzte er sich schwach. Bei dem Gedanken, was unter dieser Hand war, wurde mir gleich wieder schlecht. Noch nie hatte ich so viel echtes Blut gesehen. Bis zu diesem Augenblick hatte ich auch nicht gewusst, was für einen grässlichen metallischen Geruch es hatte. Ich hockte mich auf und atmete tief durch den Mund ein.

„Nicht weit von hier steht mein Wagen“, sagte ich und gab mir alle Mühe, selbstsicher zu klingen. „Ich kann dich nicht tragen, aber vielleicht kannst du laufen, wenn ich dich stütze.“

Ohne die Hand von seiner Seite zu nehmen, begann der verletzte Mann sich aufzurichten. Erst auf die Knie und dann auf die Füße. Er schwankte gefährlich und ich packte seinen Arm.

Irgendwie schafften wir es, den Abhang hinaufzukommen. Wir waren beide nass und schlammig. Der rote Fleck auf dem Hemd des Verletzten wurde mit jeder seiner Bewegungen größer. Der Mann stützte seinen Arm auf meine Schultern und wir taumelten in Richtung Hohlweg, wo *Froggy* in den Büschen verborgen parkte. Zweimal knickten dem Indianer die Knie ein und ich hatte Mühe, uns beide auf den Beinen zu halten. Als der Wagen endlich sichtbar wurde, entdeckte ich einen Hoffnungsschimmer im Gesicht des Fremden.

Dank seiner Tarnfarbe war *Froggy* den Männern nicht aufgefallen. Ich versuchte nicht weiter darüber nachzudenken, was passiert wäre, *wenn* sie ihn im Gebüsch entdeckt hätten.

Der Indianer lehnte keuchend am Kotflügel. Ängstlich blickte er sich um und lauschte. Niemand war da. Aber es schien, als traute er dem Frieden nicht. Seine Stirnwunde hatte aufgehört zu bluten und zwei dunkelrote Schlangen schwärzlichen Blutes waren auf seinem Gesicht erstarrt. Eine über dem linken Nasenflügel und die andere auf der rechten Schläfe. Das Blut aus der Nase hatte er mit seinem nassen Hemdsärmel verschmiert. Der Oberschenkelmuskel seines linken Beines fing an unkontrolliert zu zucken und er presste seine freie Hand darauf, damit es aufhörte.

„Alles in Ordnung?", fragte ich, zutiefst besorgt über seinen Zustand und die fatale Situation, in der wir uns befanden.

Er nickte.

Im Kofferraum stieß ich auf einen Verbandskasten, der mindestens doppelt so alt war wie mein Wagen. Aber immerhin fanden sich darin eingeschweißte Kompressen und Mullbinden. Der Fremde ließ sich die Kopfwunde verbinden und starrte mich dabei unentwegt an, was mir die Sache nicht gerade erleichterte. Ich war eine miserable Krankenschwester.

Es war mir peinlich so zu zittern, dass dadurch alles noch länger dauerte. Ungeduldig nahm er mir eine Kompresse aus der Hand, zerrte sein Hemd aus dem Hosenbund und drückte den Mull auf die Wunde in seiner Hüfte.

„Also gut", sagte ich erleichtert. „So wird es gehen, bis ich dich ins Krankenhaus gebracht habe."

Mein Vorhaben schien ihm nicht zu gefallen. Er griff nach meinem Arm und machte den Mund auf, als wollte er etwas sagen. Aber es kam kein Laut heraus. Stattdessen breitete sich Panik auf seinem Gesicht aus.

„Was ist los?", fragte ich und sah mich um, ob sich uns vielleicht jemand näherte. Doch da war niemand.

„Kein Krankenhaus", stammelte der Verletzte, „... sie werden ... mich töten."

„Schon mal was vom Eid des Hippokrates gehört?"

„Nicht die Ärzte, ... die anderen, wenn sie es herausfinden ... ich lebe noch."

Bestürzt erwiderte ich: „Ja, du lebst noch. Aber du bist schwer verletzt."

„Nicht so schlimm", sagte er leise und schien sich ein wenig zu beruhigen. „Ich schaff' das schon."

„Ich weiß nicht ...", zögerte ich immer noch, weil ich die Verantwortung nicht tragen wollte.

Enttäuscht zog er seine Hand zurück. Das Flehen in seinen nussbraunen Augen wurde immer stärker, bis es in nackte Angst umschlug.

„Also gut", sagte ich. „Nun steig schon ein." Ich brachte es einfach nicht fertig, ihn noch länger zu quälen und öffnete die Wagentür. Er brauchte einige Zeit, um zu begreifen, dass er fürs Erste in Sicherheit war. Dankbar sah er mich an und kroch ächzend auf den Rücksitz. Ich schlug die Wagentür zu, stieg ebenfalls ein und startete den Motor. *Froggy* rollte los.

„Wohin fahren wir?", fragte der Indianer leise.

„Wohin du willst. Zu deiner Familie vielleicht", schlug ich vor.

„Nein. Das geht nicht." Er hustete.

„Zu deinen Freunden", bot ich ihm an.

„Das geht auch nicht."

Ich bremste und hielt an. „Kein Krankenhaus, keine Familie, keine Freunde. Wohin *dann*?"

Vom Rücksitz kam ein leises Stöhnen. „Ich weiß es nicht."

Auch das noch, dachte ich und blickte in den Rückspiegel. Was sollte ich jetzt mit ihm machen? Er sah mich an und schien darauf zu warten, dass ich eine Lösung fand. Angestrengt dachte ich nach. Umsonst. Ich konnte weder einen klaren Gedanken fassen noch einen Plan ersinnen. Keine Ahnung, welche Kräfte in diesem Augenblick meine Entscheidung beeinflussten, aber als ich weiterfuhr, rollte ich in Richtung Martin.

An einer Tankstelle füllte ich *Froggys* Tank auf und kaufte ein paar abgepackte Sandwiches. Außer dem mürrischen Tankwart war niemand da, der mich sonst noch hätte misstrauisch beobachten können. Obwohl ich eine gute Tat vollbracht hatte, kam ich mir vor wie eine Verbrecherin.

Es war bereits Nachmittag, als wir das „Candlelight Inn" erreichten. Die Parkplätze vor den Zimmern waren leer. Meine beiden Nachbarn waren entweder ausgezogen oder noch nicht von der Arbeit zurück. Wir mussten uns beeilen.

Der Indianer dämmerte auf dem Rücksitz dahin. Als ich ihn eine Weile rüttelte, stöhnte er leise und blickte mich schließlich so befremdet an, als hätte er mich noch nie gesehen. Nur langsam schien die Erinnerung zurückzukehren. Und mit ihr der Schmerz. „Wo sind wir?", fragte er, und richtete sich mühsam auf, um aus dem Fenster zu schauen.

„Außerhalb des Reservats. Vor einem Motel in Martin. Ich habe hier ein Zimmer. Du musst versuchen reinzukommen, ohne dass jemand das Blut sieht. Wir kriegen sonst mächtigen Ärger."

Ich schloss die Tür auf, half dem Verletzten aus dem Wagen und schob ihn schnellstens in mein Zimmer. Obwohl er sich vor Schmerzen kaum normal bewegen konnte, verriegelte er zuerst die Tür und zog die Vorhänge vor beide Fenster. Erst dann sah er sich um.

Während meiner Abwesenheit hatte das Zimmermädchen sauber gemacht und das Bett frisch bezogen. Trotzdem sah es immer noch chaotisch aus. Schmutzwäsche auf beiden Sesseln, meine Schuhe verstreut auf dem Fußboden, leere Joghurtbecher und Coladosen auf dem Tisch neben dem Laptop. Ordnung war nicht gerade meine Stärke. Ich entschuldigte mich mit einem Achselzucken und räumte einen der Sessel von meinen Sachen frei.

Aber der Verletzte wankte ins Bad. Durch die offene Tür konnte ich sehen, wie er vor seinem Spiegelbild erschrak. Irgendwie glich er einem armen bleichen Gespenst, das unglücklich die Kellertreppe heruntergefallen war. Der Lehm in seinen Haaren war hart geworden und ein paar Strähnen standen unnatürlich vom Kopf ab. Die Schlangen getrockneten Blutes sahen aus wie verrutschte Kriegsbemalung. Er ging mit dem Gesicht so nahe an den großen Spiegel heran, bis seine Nase die kalte Glasfläche berührte. Der Spiegel beschlug und wurde blind. Der Fremde wischte seinen Atem fort. Mit einer Hand löste er den Verband von seiner Stirn und ließ ihn ins Waschbecken fallen. Über der rechten Augenbraue klaffte ein fast vier Zentimeter langer Riss. Die Wunde blutete zwar nicht mehr, sah aber böse aus. Ihm wurde schwindlig und er klammerte sich am Waschbecken fest. Ich litt mit ihm und hätte ihm gern geholfen, wusste aber nicht wie.

Schließlich merkte er, dass ich ihn beobachtete und er schloss die Tür hinter sich. Kurz darauf hörte ich die Toilettenspülung.

Was nun, Ellen? Mit Vernunft kommst du nicht weiter, dazu ist es zu spät. Jetzt musst du sehen, wie du den Burschen unauffällig wieder loswirst.

Im Badezimmer war es totenstill. Ich lauschte an der Tür. Nichts. Was zum Teufel machte er da drinnen? Ich hatte schon die Hand auf der Klinke, als plötzlich die Dusche anging und ich den Mann laut fluchen hörte. Das war sehr lebendig und ich ließ die Tür zu.

Ich ging noch einmal kurz nach draußen und holte meine Sachen und den Verbandskasten aus dem Wagen. Auf den Rücksitzen waren Spuren von getrocknetem Lehm, aber kein Blut, wie ich erleichtert feststellte. Der Lehm würde keinen Schaden anrichten, schließlich waren die Sitze mit Kunstleder bezogen.

Wieder zurück im Zimmer, hörte ich immer noch das Wasser in der Dusche rauschen. Nervös lief ich auf und ab. Ich musste etwas tun, also beschloss ich Wäsche zu waschen. Ich zog mich um und sortierte meine schmutzigen Sachen auf zwei Haufen. Dann wartete ich darauf, dass der Indianer wieder aus dem Bad kam, damit ich seine Sachen mitwaschen konnte. Es dauerte beinahe eine halbe Stunde, bis sich die Badezimmertür wieder öffnete.

Der Fremde trug nur seine Jeans, die langsam trocknete und drückte einen von den weißen Motelwaschlappen auf die Wunde in der Hüfte. Sein blutiges Hemd hing über dem Waschbecken. An den Armen und auf der Brust hatte er Hautabschürfungen. Wassertropfen rannen aus seinen glänzenden nassen Haaren und hinterließen Rinnsale auf seiner Haut. Ich entdeckte Tätowierungen an seinen Handgelenken. Punkte und Zickzacklinien, ähnlich denen an Blue Birds Gelenken. Jetzt bereute ich, Tom nie danach gefragt zu haben. Vielleicht hätte mir das in diesem Augenblick einen winzigen Vorteil verschafft.

In meiner Verlegenheit holte ich eine weitere Kompresse aus dem Verbandskasten und riss die Hülle auf. Er nahm sie mir aus der Hand, und als er sie mit dem Waschlappen austauschte, konnte ich kurz die Verletzung sehen. Es war eine Stichwunde und sie blutete nicht mehr. Ein sauberer roter Strich. Ich bekam trotzdem ein flaues Gefühl in der Magengegend bei dem Gedanken, dass harter Stahl durch Hautlappen, Blutgefäße und vielleicht in ein lebenswichtiges Organ gedrungen war. Ein Alptraum für meine Fantasie. Du bist *verrückt*, Ellen, Wahnsinn! Was, wenn er am Ende doch noch stirbt? Dann hast du eine Leiche am Hals.

„Bist du sicher, dass ich dich nicht doch lieber in ein Krankenhaus bringen soll?", fragte ich zaghaft. „Ich fahre dich auch nach Rapid City, wenn du nicht ins Hospital von Pine Ridge willst."

„Nein", beharrte der Mann.

„Und wenn du innere Verletzungen hast?"

„Ich hatte Glück. Es ist nicht weiter schlimm, wirklich. Aber vielleicht kannst du mir ein bisschen helfen." Er griff in den Verbandskasten und reichte mir eine Rolle breites Pflaster. Ich schnitt ein Stück ab und er klebte es über die Kompresse. Dann wagte ich einen erneuten Blick auf seine zweigeteilte Augenbraue und zeigte mit dem Finger darauf. „Das müsste genäht werden." Mir wurde wieder flau in der Magengegend und ich zog ein Gesicht. Hatte da nicht eben der Schädelknochen durch die Wundränder geschimmert? Das war einfach zuviel für meine Nerven und ich musste mich setzen.

„Hast du Alkohol da?", fragte er und blickte sich suchend im Zimmer um. „Irgendwas Hochprozentiges?"

Ich holte den Whisky aus dem Schrank und reichte dem Indianer die Flasche. In dieser Situation wirkte ein guter Schluck Whisky wie ein Allheilmittel. Ich konnte ihn da wirklich gut verstehen.

Aber statt zu trinken, roch er nur daran, benetzte eine Kompresse mit meinem guten Scotch und drückte sie gegen die Wunde an seiner Stirn. „Verdammt", entfuhr es ihm erschrocken. „Das brennt wie Feuer." Eine Weile sah es aus als wollte er tanzen. Er drehte sich auf einem Bein und hob das andere manchmal an, wie ich es beim Twostep der Powwow-Tänzer gesehen hatte.

„Es müsste genäht werden", sagte ich hilflos. Ich wiederholte mich, aber was blieb mir anderes übrig. Die Situation war absurd. Eigentlich sollte dieser Mann überhaupt nicht hier sein.

Er antwortete nicht. Ich kramte im Verbandskasten und förderte ein Päckchen mit dünnen Pflasterstreifen zutage. Ich hatte das mal im Fernsehen gesehen. Benutzte man diese Streifen, hielten die klaffenden Wundränder zusammen und es kam trotzdem Luft an die Wunde.

„Wie wäre es damit?", fragte ich.

Er nickte und setzte sich aufs Bett, damit ich es leichter hatte. Jedes Mal, wenn ich die lädierte Augenbraue zusammendrückte, um einen weiteren Streifen darüber zu kleben, hielt er die Luft an. Seine Nasenflügel blähten sich und seine Lippen wurden zu einem schmalen Strich.

„Wird es gehen?", fragte ich mitfühlend. Meine Hände zitterten, meine Stimme auch.

„Ja", sagte er. „Du machst das sehr gut." Vermutlich versuchte er bloß, mich zu trösten. Aber es funktionierte tatsächlich ganz gut. Wo kämen wir hin, wenn wir das lehrreiche Fernsehen nicht hätten, dachte ich.

Ich war fertig und konnte mich wieder der schmutzigen Wäsche zuwenden; einer Sache, von der ich zumindest etwas Ahnung hatte. Ich stopfte meine Schmutzwäsche in einen Stoffbeutel und sagte: „Ich muss sowieso waschen. Du könntest mir deine Hose mitgeben."

Der Indianer sah durch mich hindurch als wäre ich Luft. Ich holte sein Hemd aus dem Bad und ließ es im Wäschebeutel verschwinden.

„He, was ist?" Ich wurde ungeduldig.

„Was?"

„Deine Hose! So kannst du nirgendwo hingehen."

Er warf einen Blick auf seine lehmige Hose, die zudem voller Blut war – und dann auf mich. Verwirrt starrte ich auf seinen mageren braunen Körper, bis ich merkte, dass es ihm unangenehm war. Wäre er nicht in dieser Mitleid erregenden Verfassung gewesen, hätte ich laut aufgelacht, aber so verkniff ich es mir. Es gab tatsächlich Männer, die in jeder Situation die Hosen anbehalten wollten.

„Eine Stunde und du hast sie wieder", beruhigte ich ihn. „Die Waschmaschinen stehen gleich um die Ecke."

Er kroch umständlich aus seinen Hosen. Jede seiner Bewegungen war offensichtlich mit Schmerzen verbunden. Es war nicht nur die Stichwunde. Sie hatten ihn geschlagen. Zusammengeschlagen. Er ächzte gequält.

„Na also!", sagte ich. „Es geht doch."

Einen Blick riskierte ich noch. Mein Schützling trug tatsächlich Boxer-Shorts von Calvin Klein. Beinahe musste ich lachen. Ich griff nach seiner Jeans und sagte: „Bis gleich!" Draußen hörte ich, wie er hinter mir die Kette ins Schloss schob und ich hoffte, dass er mich später wieder hereinlassen würde.

Beide Waschmaschinen waren frei. Ich füllte die Wäsche in die Trommeln, schob meine Quarter in die Schlitze und stellte beide Maschinen an. Draußen lauschte ich noch kurz auf die Geräusche aus den beiden anderen bewohnten Zimmern. Meine Nachbarn waren zurückgekehrt, ihre Fernseher liefen lautstark. Ich hörte Geschrei und Pistolenschüsse. Synchron. Beide hatten sich für denselben Sender entschieden. Ich tappte zurück und klopfte zweimal kurz hintereinander an meine Tür, Pause, und dann noch zweimal kurz. Wir hatten uns natürlich kein Zeichen ausgemacht, aber vielleicht würde es klappen.

„Wer ist da?", brummte es von drinnen.

„General Custer", sagte ich. „Mach auf, du bist umzingelt!"

Die Tür öffnete sich einen Spalt. Ich sah eine Hälfte seines misstrauischen Gesichts, drückte die Tür weiter auf und schob mich hinein. Mein Zimmergast sah verändert aus. So, als wäre ihm das ganze Ausmaß seines Dilemmas erst jetzt bewusst geworden. Unter seiner dunklen Haut war er blass und seine glasigen Augen verrieten Schmerz. Ich brachte ihm ein Glas Wasser und zwei Schmerztabletten, die er ohne Fragen hinunterschluckte. Er stellte den Fernseher an, zog die Überdecke beiseite und setzte sich auf mein Bett. Als wenn er hier zu Hause wäre, dachte ich.

Die erdfarbene Tönung seiner Haut und das Rabenhaar bildeten einen scharfen Kontrast zur strahlend weißen Bettwäsche. Dass ich einen fast nackten Mann in meinem Bett hatte, irritierte mich schon ein wenig, auch wenn die Absurdität der Situation alle anderen Empfindungen überdeckte.

Was hatte ich mir da bloß eingebrockt.

„Hast du auch einen Namen?", fragte ich ihn, während ich meine restlichen Kleidungsstücke sortierte. Vielleicht half es ja, wenn ich wenigstens so etwas wie Steven, Dennis, Leo oder Gary hatte, woran ich mich festhalten konnte. Aber der Indianer schüttelte nur den Kopf. Mit der Linken tastete er vorsichtig nach den Pflasterstreifen über seiner Augenbraue und mit der Rechten knipste er auf der Fernbedienung herum.

Dann eben nicht, dachte ich, enttäuscht über sein Misstrauen. „Hunger?", fragte ich nach einer Weile und hielt die eingepackten Sandwiches in die Höhe.

„Was ist drauf?"

Als ob das von Bedeutung wäre, wenn man seit Stunden nichts gegessen hatte. „Truthahn und Käse oder Beef mit Fleischsalat", antwortete ich.

„Truthahn", wählte er und ich warf ihm sein Sandwich auf das Bett. Er wickelte es aus der Folie und schlang es gierig in sich hinein. Seine inneren Organe schienen noch zu funktionieren, sonst wäre er spätestens jetzt von der Bettkante gekippt. Ich bedauerte, kaum etwas von Anatomie zu verstehen.

Im Fernsehen begann eine Folge von „Reich und Schön", eine dieser schrecklichen Vorabendserien, die man auch dem deutschen Publikum nicht vorenthalten hatte. Mein namenloser Findling stierte auf den Bildschirm, aber ich merkte, dass er durch die Figuren hindurchsah, als ob er nach etwas suchte, was weit dahinter lag. Sein Blick bohrte sich durch den Kasten, die Wand, und wanderte über die Prärie bis hin zum White River.

„Was ist eigentlich da draußen passiert?", unterbrach ich die Reise in seinem Kopf. „Wer waren diese Männer und warum wollten sie dich töten?" Immerhin, ich hatte ihm vermutlich das Leben gerettet und fand, er war mir eine Erklärung schuldig.

Eine Weile schien er nachzudenken und zu versuchen, die Risse in seiner Erinnerung zu kitten. Ich hatte das Gefühl, gleich etwas mehr zu erfahren. Aber dann sagte er nur müde: „Ich weiß es nicht. Ich kann mich an nichts erinnern."

Obwohl sein Kopf einen ziemlichen Stoß abbekommen haben musste, bezweifelte ich, dass die Amnesie echt war. Auf diese Weise verschaffte er sich bloß genügend Zeit, um sich eine passende Antwort zurechtzulegen.

Das gefiel mir überhaupt nicht, aber was sollte ich tun?

Später ging ich noch einmal nach draußen, um die Wäsche in den Trockner zu stecken. Als ich zurückkam, war der Fremde, eingerollt in die Decke, in der Mitte des Bettes eingeschlafen. Eine Stimme aus dem Fernseher mühte sich um meine Aufmerksamkeit. „*Stay tuned*, bleiben Sie dran, ‚Der Feind in meinem Bett', gleich hier auf diesem Sender!"

Ich schaltete den Kasten aus. Die blutige Mullbinde und den Motelwaschlappen steckte ich in eine Papiertüte, knüllte sie zusammen und ließ sie in einer Plastiktüte verschwinden, die ich vorsichtshalber nicht in den Papierkorb warf. Endlich konnte ich selbst duschen und machte das Bad notdürftig sauber. Weil ich keine andere Möglichkeit hatte, legte ich mich neben dem Schlafenden auf die Bettkante.

Während ich im Schein der Nachttischlampe sein Gesicht betrachtete, fiel mir auch wieder ein, wo ich ihn schon mal gesehen hatte. Wieso war ich nicht eher darauf gekommen? Er war der *Möchtegern-Russel Means*, der junge Mann, mit dem Tom in der Tür des Stammesrichters zusammengestoßen war. „Einer, der immer nur Ärger macht", waren Blue Birds Worte gewesen. Jemand, der häufig Ärger macht, kam ebenso häufig in Schwierigkeiten.

Mein Russel Means war in Schwierigkeiten.

Und ich ebenfalls, denn ich hatte ihm geholfen. Dabei wusste ich nicht einmal, wer er wirklich war und warum diese Männer versucht hatten, ihn zu töten. Dunkle, grauenhafte Dinge gingen mir durch den Kopf. Er konnte ein Drogendealer sein, der von seinen Gläubigern aus dem Weg geräumt werden sollte. Vielleicht wurde er von der Polizei gesucht und wollte deshalb in kein Krankenhaus. Vielleicht war er selbst ein kaltblütiger Mörder, jemand, der noch nicht einmal zu seiner Familie oder zu seinen Freunden gehen konnte, weil er etwas Scheußliches getan hatte. Möglicherweise war ich zur Komplizin eines ganz gemeinen Verbrechers geworden.

Mist, dachte ich unglücklich, jetzt sitzt du wirklich in der Tinte. Ich konnte nicht glauben, dass ich mich selbst in diese Lage gebracht hatte. Heldentum war nichts für mich. Lieber hielt ich mich im Hintergrund und sah aus sicherer Entfernung zu, wie die Dinge sich entwickelten. Aber dazu war es nun zu spät. Diese Möglichkeit hatte ich mir selbst verbaut. Wo, zum Teufel, hatte ich eigentlich meinen Verstand gelassen?

Der Morgen dämmerte schon, als ich aufwachte, weil mein seltsamer Gast im Schlaf verzweifelt um sich schlug. Ich wich seinen Armen aus. Er schwitzte, japste gehetzt und stammelte etwas von: „Mördern" und „Verrätern".

Also doch, dachte ich entsetzt. Ich rüttelte ihn wach und es dauerte eine Weile bis er begriff, wo er war. „Verdammter Mist", schimpfte er und hockte sich stöhnend auf die Bettkante. Presste die Hände gegen seine Schläfen. Mein Blick glitt über seinen braunen, glatten Rücken. Unter seinem linken Schulterblatt entdeckte ich eine etwa zehn Zentimeter lange Narbe, die genäht worden war. Sie war lange verheilt, das Narbengewebe jedoch hell geblieben. Dunkle Haut war anfälliger für Narben als weiße. Eine Weile blieb mein Blick daran hängen.

Schließlich erhob er sich schwerfällig und schleppte sich ächzend ins Bad. Ich huschte im Nachthemd nach draußen und holte den Traumfänger, den Tom mir geschenkt hatte, aus dem Thunderbird. Vielleicht war ja etwas dran, an diesem Ding. Unauffällig platzierte ich ihn über dem Bett.

Als der Indianer aus dem Badezimmer zurückkam, blieb er vor dem Bett stehen, als würde ihm erst jetzt klar werden, dass wir nebeneinander gelegen hatten. Müde sah er sich nach einer Ausweichmöglichkeit um. Unter der Platzwunde an seiner Stirn hatte sich eine hässliche blaue Beule gebildet und während ich ihn ansah, hörte ich den dumpfen Aufprall wieder, als sein Kopf gegen das Blech des Autos gestoßen worden war. Vielleicht hatte er doch innere Verletzungen davongetragen. Vielleicht hatte sein Verstand gelitten.

„Leg dich wieder hin", schlug ich vor. „Es ist erst fünf Uhr."

Er legte sich gehorsam auf die äußerste Bettkante und starrte an die Decke. Im Dämmerlicht des heraufziehenden Morgens betrachtete ich seine weichen, beinahe sanften Gesichtszüge. Es war kein typisches Lakotagesicht, das sah sogar ich. Ihm fehlte die Härte. Der Fremde hatte feingeschwungene Lippen, eine breite Nase und dichte, gerade Wimpern, so schwarz, als hätte jemand mit Tusche nachgeholfen.

Es gab Stellen an seinem Körper, die hatten sich über Nacht blau gefärbt. Prellungen. Das bemerkte ich erst jetzt. Zum ersten Mal wurde mir klar, dass sein Körper ein Knoten aus Schmerz sein musste. Etwas, wovon ich mir keine Vorstellungen machen konnte.

Auf einmal wandte er sich mir zu und sagte: „Ich war tot." Seine Stimme klang völlig emotionslos. Er hatte nichts weiter als eine Tatsache festgestellt.

„Wie kommst du jetzt darauf?", wollte ich wissen.

„Ich habe jemanden gesehen, den es nur in der anderen Welt gibt."

„Ah", sagte ich interessiert. „Aber wie kommt es dann, dass du ihn erkannt hast?"

„Sie", verbesserte er mich. „Es war *Hinhán Kaga*, die Eulenfrau. Ich weiß auch nicht warum, aber ich bin sicher, dass sie es war. Sie sah genauso aus, wie meine Großmutter sie mir immer beschrieben hat. Ich war tot", wiederholte er. Dann fragte er: „Hast du was damit zu tun? Was ist passiert am White River? Was hast du dort gemacht? Wer bist du überhaupt?"

So viele Fragen auf einmal.

„Ich könnte dich dasselbe fragen", sagte ich.

Er schwieg verwirrt und ich dachte, es könne ja nichts schaden, wenn er etwas über mich erfuhr. Inzwischen kannten mich hier sowieso eine Menge Leute. „Mein Name ist Ellen Kirsch", sagte ich und setzte mich auf. „Ich komme aus Deutschland und bin Mitarbeiterin am *Wápika*-Dorfprojekt. Schon mal was davon gehört?"

„Flüchtig", bekannte er. „Aber wieso warst du am Fluss?"

„Ich mag Flüsse. Reiner Zufall, dass ich gerade unten am Ufer war, als du reingefallen bist."

„Ich bin nicht reingefallen", protestierte er. „Sie haben mich hineingestoßen."

„Wer sind *sie*?"

„Keine Ahnung."

„Und wer bist du?"

„Das kann ich dir nicht sagen", antwortete er.

„Willst du es nicht oder weißt du es nicht?"

Er stöhnte leise. „Mach dich nicht lustig. Die Sache ist verdammt ernst."

„Na schön", erwiderte ich. „Dann eben nicht." Ich konnte ihm nicht verübeln, dass er misstrauisch war. Ich war es schließlich auch.

„Du hast mich aus dem Fluss gefischt?", fragte er nach einer Weile.

„Ja", sagte ich. „Ich meine, ich konnte dich schließlich nicht drin lassen. Als ich dich rausholte, hast du nicht mehr geatmet. Wer immer auch diese *Kagajaga* ist, vielleicht hast du sie tatsächlich gesehen."

Er wandte seinen Kopf und sah mich an. Verwirrung tanzte in seinen braunen Augen.

„Ich musste dich beatmen", erklärte ich ihm. „Nur einmal, dann warst du wieder da."

Instinktiv fasste er mit den Fingerkuppen an seine Lippen und starrte auf meinen Mund. Unsicherheit spiegelte sich auf seinem Gesicht. Doch die Erinnerung schien zu ihm zurückzukehren. „Also wäre ich jetzt tot, wenn du nicht am Fluss gewesen wärst."

„Das ist anzunehmen. Dein Kopf war unter Wasser und du warst bewusstlos. Du wärst einfach ertrunken."

„Dann hast du mir das Leben gerettet." Verlegenheit färbte seine Stimme warm. „Ich weiß nicht, was ich jetzt machen soll. So etwas ist mir noch nie passiert."

Wie wäre es mit einem einfachen *Danke,* dachte ich. Aber ich sagte: „Mir auch nicht. Vergessen wir es einfach. Ich war eben zufällig dort."

Schweigen trat ein, während er über meine Worte nachdachte. „Zufälle sind die Würfelspiele von *Wakan Tanka,* dem Großen Geist. Und es gibt Regeln für diese Spiele. Aber du hast nicht die Polizei gerufen, obwohl du die Möglichkeit dazu hattest."

Jetzt, wo er selbst feststellte, dass mein Handeln nicht normal war, befielen mich erneut Zweifel. „Hast du jemanden umgebracht?", fragte ich argwöhnisch.

Empört setzte er sich auf und sah mich an. „Jemand wollte mich umbringen, hast du das schon wieder vergessen?"

„Wirst du von der Polizei gesucht?", versuchte ich es mit einem weniger verwerflichen Grund.

„Natürlich nicht. Ich weiß nicht, was das Ganze überhaupt sollte. Ich habe niemandem etwas getan. Die beiden Männer, die mich anhielten, sahen vollkommen harmlos aus. Ich dachte, sie hätten eine Reifenpanne oder so was. Aber plötzlich bedrohten sie mich mit dem Messer und zerrten mich in ihren Wagen. Vielleicht wollten sie nur mein Auto, mein Geld oder meine Papiere. Ich kannte sie nicht." Nachdenklich starrte er in den Raum.

„Waren es Weiße?"

Er blickte mich verwundert an. „Hast du sie nicht gesehen?"

„Nein. Ich habe sie nicht gesehen und sie haben mich nicht gesehen. Sonst wären wir beide jetzt vermutlich nicht hier und ich hätte dir diese Frage nicht gestellt."

„Es waren Indianer", antwortete er. Und als ich ihn ungläubig ansah, fügte er hinzu: „Die gleiche Hautfarbe macht Menschen nicht unbedingt zu Brüdern. Ist ja wohl nichts Neues, dass wir uns gelegentlich auch gegenseitig dezimieren."

Ich ignorierte seinen Sarkasmus. „Waren sie aus dem Reservat?"

„Ich sagte doch schon: Ich kannte sie nicht."

Wir bewegten uns im Kreis mit unserem Frage-und-Antwort-Spiel. Er schien wirklich nichts zu wissen, und wenn, dann würde ich es nicht erfahren. Ich rollte mich in die Decke und versuchte noch ein wenig zu schlafen. Minuten später hörte ich sein Stöhnen. Ich dachte, vielleicht träumt er wieder, aber er lag auf dem Rücken und seine Augen waren offen. Ich rutschte zu ihm hinüber und fühlte vorsichtig seine Stirn. Sie war schweißfeucht und heiß.

„Hast du große Schmerzen?", fragte ich. Das Fieber war kein gutes Zeichen. Ich machte mir ernsthaft Sorgen um seine Gesundheit.

„Alles ist Schmerz", antwortete er gedehnt. Es klang ziemlich mystisch. Ich hoffte, dass er nicht doch noch sterben wollte.

„Willst du noch eine Schmerztablette?"

„Nein."

Ich wusste, der Körper hatte seine Methoden, um mit Schmerz und Schock fertig zu werden. Aber es schadete auch nichts, ihn dabei ein wenig zu unterstützen. Ich ging ins Bad und ließ den Wasserhahn laufen, bis das Wasser eiskalt war. Dann hielt ich einen Waschlappen darunter und wrang ihn aus. Damit kühlte ich die schweißnasse Stirn meines geheimnisvollen Zimmergastes und er ließ es wortlos geschehen.

Inzwischen war ich so wach, dass an Weiterschlafen nicht mehr zu denken war. Ich zog mich an, ging nach draußen und holte die Wäsche aus dem Trockner. Ich flickte das Hemd des Fremden, das wieder erstaunlich sauber geworden war und wartete, dass etwas passierte. Aber der Indianer war wieder eingeschlafen und wachte auch nicht auf, als ich aufhörte leise zu sein.

Zugegeben, ich fühlte mich orientierungslos. Vielleicht sollte ich meine Mutter anrufen. Seit mein Vater sie verlassen hatte, war gezwungenermaßen ihre pragmatische Seite zum Vorschein gekommen und sie wusste auch in der verfahrensten Situation noch einen Ausweg. Ich hatte den Hörer schon in der Hand, da fiel mir ein, dass sie mit ihrer Freundin für drei Wochen nach Lanzarote geflogen war. Das war wohl auch besser so. Womöglich hätte sie sonst ihren Koffer gepackt und morgen hier vor der Tür gestanden.

Ich machte mir ein paar Cornflakes zurecht und während ich darauf herumkaute, überlegte ich, was ich jetzt tun sollte. Wen konnte ich um Hilfe bitten, ohne dass es fatale Folgen für mich und den Mann in meinem Bett haben würde?

Plötzlich hörte ich draußen auf dem Motelvorplatz Bremsen quietschen. Eine Wagentür schlug zu, und – wie befürchtet – klopfte es gleich darauf an meine Zimmertür.

„Wer ist da?", rief ich, obwohl ich natürlich ahnte, wer es war.

„Ich bin's, Tom. Ich muss mit dir sprechen, Ellen. Mach auf!"

Mein erster Gedanke war, dass er alles wusste. Ich war erledigt. „Worüber?", fragte ich misstrauisch.

„Nun mach schon auf! Ich habe etwas für dich."

Trotz des Fiebers war der Mann in meinem Bett sofort wach geworden als der Wortwechsel begann. Er sah mich erschrocken an und ich wies auf die Tür zum Bad und machte Grimassen.

„Kleinen Moment!", hielt ich Tom hin. „Ich will mir nur etwas anziehen."

Der Indianer verschwand im Bad und schloss ab. Ich öffnete die Tür und Tom stiefelte schnurstracks ins Zimmer. Ich zog die Vorhänge zurück und langte nach einem blutigen Taschentuch, das mir beim Aufräumen nicht aufgefallen war. Aber Tom Blue Birds Adleraugen war es nicht entgangen.

„Ich hatte Nasenbluten", log ich.

„Schlimm?", fragte er besorgt.

Ich schüttelte heftig den Kopf. Es gefiel mir nicht, ihn anzuschwindeln, aber was sollte ich machen?

Tom trug etwas unter dem Arm, eine Mappe. Er will dir die Papiere bringen, schoss es mir durch den Kopf. Nichts weiter. Natürlich entdeckte er als nächstes die Schuhe des anderen. Lehmverkrustete Turnschuhe von Nike, Größe vierundvierzig.

„Du hast Männerbesuch", stellte Tom enttäuscht fest. Sein Blick glitt über das zerwühlte Laken auf meinem Bett.

„Hm", sagte ich, denn es war ja nicht mehr zu leugnen. In diesem Moment ging im Bad die Dusche an und ich wurde doch noch rot. Es sah so aus, als wollte Tom unverrichteter Dinge wieder gehen, aber dann schien er sich zu besinnen.

Er reichte mir die blaue Ledermappe mit Papieren. „Anna Yellow Stars Aufzeichnungen. Zeig sie niemandem, du weißt, warum. Es ist auch ihre Karte drin. Ich hoffe, du kannst etwas damit anfangen." Ebenso schnell wie er gekommen war stand er auch wieder in der Tür. „Eigentlich wollte ich dich zum Frühstück einladen, aber das hat sich ja nun erübrigt. Ich hoffe, du vergisst deinen Termin im Krankenhaus nicht." Er nickte hinüber zur Badezimmertür. „Wer ist es?"

„Ein Mann“, antwortete ich wahrheitsgemäß. Das war ja auch schon alles, was ich mit Sicherheit über den Fremden unter meiner Dusche wusste.

„Kenne ich ihn?“

Ich hob die Schultern. Tom durfte auf keinen Fall wissen, wen ich beherbergte. Für einen Lakota war er ziemlich neugierig.

„Weißer oder Indianer?“

Das ging ihn ebenfalls nichts an. Ich hob die Schultern.

Seine Augen strahlten eine gefährliche Ruhe aus. *„Full Blood, Half Blood* oder *Sell-out*?“, fragte er.

„Was?“

„Vergiss es!“, knurrte Tom.

Ich bugsierte ihn zur Tür hinaus. Als sein Wagen vom Motelvorplatz verschwunden war, klopfte ich an die Badezimmertür und sagte: „Du kannst rauskommen, er ist weg.“

Der Indianer lugte hinter der Tür hervor und fragte als erstes: „Wer war das?“

„Jemand, mit dem ich zusammenarbeite. Ein Freund.“

„Wer?“

„Du kennst ihn“, spielte ich meinen einzigen, kläglichen Trumpf aus.

„Ja?“ Er sah mich an und schien darüber nachzudenken, woher ich das wissen konnte.

„Wenn du mir deinen Namen sagst, werde ich dir seinen nennen. Findest du nicht, ich hätte ein bisschen Vertrauen verdient? Schließlich bist du immer noch hier und ich habe auch nicht die Polizei angerufen, was vermutlich das einzig Vernünftige wäre.“

Er schluckte. Widerwillig nannte er mir seinen Namen. „Keenan.“

„Was?“

„Ich heiße Keenan“, wiederholte er mürrisch.

„Wirklich?“, fragte ich skeptisch. Sein Name hatte einen schönen Klang, aber ich hatte dergleichen noch nie gehört.

„Wirklich.“ Zum ersten Mal lächelte er.

„Na schön. Das war Tom Blue Bird aus dem Pine Ridge Reservat. Wir arbeiten zusammen. Er und sein Vater Vine sind die Verantwortlichen für das *Wápika*-Dorfprojekt“, erklärte ich ihm.

Keenan musterte mich so eindringlich, dass ich nervös wurde. „Jetzt weiß ich auch, wo ich dich schon mal gesehen habe“, sagte er. „Im Büro des Stammesrichters. Zusammen mit Tom.“

„Du erinnerst dich?“

„Ja, na klar.“ Er schien nachzudenken, was ihm sichtlich Kopfschmerzen bereitete. „Was wollte Tom bei Robert Fast Elk?“

„Mich mit ihm bekannt machen.“

„Weiter nichts?“

„Jedenfalls nicht, dass ich wüsste.“

Keenan nickte nachdenklich. „Hat Tom dir das gebracht“, fragte er und zeigte auf die blaue Mappe mit den Papieren.

„Hm“, brummte ich zustimmend. „Woher kennst du Blue Bird?“

„Wir waren zusammen auf dem College“, antwortete er. „Eigentlich wollten wir beide Lehrer werden. Aber jetzt baut er Straßen für die Weißen und ich Häuser.“ Er griff nach der Mappe. Sein Fieber schien verflogen zu sein. „Kann ich mir das mal ansehen?“ Und schon hatte er sie in der Hand.

„Warum sollte ich dir vertrauen“, protestierte ich. „Tom Blue Bird ist ein Mann, der etwas für sein Volk zu tun versucht. Es war offensichtlich, dass er dich nicht besonders mag. Er sagte, du wärst jemand, der immer nur Ärger macht.“

Ich hätte zu gerne gesagt, wie Tom ihn noch betitelt hatte, aber ich verkniff es mir, denn Keenan grinste schon jetzt belustigt. „Vielleicht bist du jemand, der unsere ganze Arbeit zunichte machen kann", fauchte ich ihn an.

Keenan nahm erschrocken seine Hände von der Mappe, die er schon aufgeschlagen hatte. Er sah mich an und schien sich zu fragen, wie ich auf solche Gedanken kam. Dann sagte er, nicht ohne eine Portion Spott in der Stimme: „Glaubst du das wirklich? Warum sollte ich das tun? *Lakota hemaca*!"

„Wie?"

„Ich bin ein Lakota."

„Na und?" Ich zuckte die Achseln. „Ich weiß nicht, was ich glauben soll und was nicht. Ich weiß überhaupt nichts von dir."

Keenan warf noch einen neugierigen Blick auf die Mappe, ließ aber die Finger davon. Er entdeckte sein geflicktes Hemd und zog es an. Nicht ein einziges Mal versuchte er sich zu verteidigen, das verunsicherte mich gewaltig.

Aber was sollte ich tun? Ihn fortschicken? Einfach so? Und das, nachdem ich ihn verbunden, gefüttert und beherbergt hatte? Ich brachte es einfach nicht fertig. Irgendwie fühlte ich mich für ihn verantwortlich.

Als er auf dem Tisch die Schüssel mit den inzwischen aufgequollenen Cornflakes entdeckte, rümpfte er die Nase. „Was ist das?"

„Mein Frühstück", sagte ich. Beinahe musste ich lachen, als ich sein entsetztes Gesicht sah. „Im Kühlschrank sind noch Sandwiches und Eistee. Heute Abend werde ich dir was anderes mitbringen. Ich muss jetzt weg."

„Wohin?" Schon wieder machte sich Panik auf seinem Gesicht breit.

„Ich habe heute Vormittag einen Termin im Hospital

von Pine Ridge", ließ ich ihn wissen. „Danach muss ich ins *Wápika*-Dorf." Er sah mich misstrauisch an. „Keine Angst", beruhigte ich ihn lächelnd. „Ich werde dich nicht verraten. Aber wenn ich nicht komme, dann werden sie vielleicht nach mir suchen." Ich nahm die blaue Mappe und steckte sie in meine Tasche. Bevor ich nicht wusste, was darin stand, sollte sie auch kein anderer lesen.

Als ich hinausging, hörte ich ihn sagen: „Hüte dich vor Vine!" Ich drehte mich überrascht um. Keenan hatte große, braune Augen, gerahmt von einem Band schwarzer Augenbrauen, das auf der rechten Seite jetzt allerdings etwas lädiert aussah. Ihm war die Unruhe, in die er mich versetzt hatte, nicht entgangen.

Ich ahnte, dass er mir auf die Frage *Warum*?, keine Antwort geben würde. Also stellte ich sie erst gar nicht.

5. Kapitel

„Hüte dich vor Vine!", hämmerte es in meinem Kopf. Ich fuhr in Richtung Pine Ridge Village und kämpfte gegen die pure Angst, die dieser Satz in mir ausgelöst hatte. Jetzt bloß nicht feige sein, dachte ich. Wenn man unbedingt die Wahrheit herausfinden will, sollte man auch in der Lage sein, sie zu ertragen.

Keenan – ich hatte beschlossen ihm zu glauben, dass das sein wirklicher Name war – Keenan wusste irgendetwas. Vermutlich zu viel. Vielleicht hatte deshalb jemand versucht ihn umzubringen. Bisher war es mir nicht in den Sinn gekommen, das Geschehen am White River mit den Bohrlöchern in Zusammenhang zu bringen. Aber jetzt, nach Keenans Warnung, kamen mir die ersten Zweifel.

Sollte ich Billie fragen? Wenn Keenan mit Tom aufs College gegangen war, kannte sie ihn vielleicht auch. Aber bevor ich Billie Blue Bird aufsuchte, musste ich erst meinen Termin im Hospital wahrnehmen. Tom hatte mich für 10 Uhr angemeldet und jemand würde da sein, um mich herumzuführen.

Das Reservatskrankenhaus war ein großes flaches Backsteingebäude mit einem weiträumigen, asphaltierten Parkplatz. Ein riesiger Betonblock, in dessen Putz unter anderem die Spuren verschiedener Tiere gezeichnet waren, zierte den Eingang. Eine indianische Ärztin mittleren Alters, die sich mir als Irene Zaporah vorstellte, erwartete mich bereits an der Aufnahme. Ihr schwarzes, von Silbersträhnen durchzogenes Haar war im Nacken zu einem Knoten zusammengesteckt. Sie hatte große grüne Augen, die mich freundlich anblickten und zugleich zielsicher unter die Lupe nahmen.

Ich war vorsichtig. Keenans Andeutung hatte mich misstrauisch gemacht.

„Mein Äußeres ist nicht sehr indianisch", kommentierte Irene lachend mein fragendes Gesicht. „Mein Name auch nicht. Unter meinen Vorfahren gab es Iren, Franzosen und Navajoindianer. Mein Mann ist Mexikaner. Aber ich bin die einzige Ärztin an diesem Krankenhaus, die es zwanzig Jahre hier ausgehalten hat."

„Eine lange Zeit", sagte ich, nachdem ich mich von ihrem Blick erholt hatte. „Da sieht und erlebt man sicher einiges."

„O ja", versicherte sie. „Die Patienten kommen und gehen, aber etwas bleibt immer zurück." Sie hatte eine tiefe, kehlige Stimme, die vertrauenerweckend klang.

„Kannten Sie Anna Yellow Star?", fragte ich spontan.

Irene sah mich einen Moment verwundert an, stellte dann aber den Zusammenhang zu Tom her. „Ja, ich kannte sie gut." Sie schien zu überlegen, ob sie eingehender auf meine Frage antworten sollte oder nicht. Schließlich sagte sie: „Anna war eine außergewöhnliche junge Frau. Sehr schön und sehr mutig. Aber sie wurde vom *Indian Health Service* in ein anderes Reservat versetzt, weil sie sich ständig gegen alle Regeln stellte. Bevor sie gehen musste, wurde sie das Opfer eines schrecklichen Verkehrsunfalls."

Ich nickte. „Tom hat mir davon erzählt."

„Anna war im siebenten Monat schwanger, als es passierte. In Sioux Falls versuchten sie, wenigstens das Baby zu retten, aber ohne Erfolg."

Verdammt, das hatte ich nicht gewusst. Wer zu viel fragt, der bekommt unbequeme Antworten. Mein gesamter Verstand war wie durch einen grausamen Schock lahm gelegt. Anna Yellow Star hatte ein Kind von Tom erwartet. Und mit diesem Kind wäre sie von hier fortgegangen, wenn dieser Unfall nicht passiert wäre. Tom hatte mir erzählt, dass er sie gefunden hatte. War sie unterwegs gewesen zu einem Treffen, bei dem sie Tom sagen wollte, dass sie fortgehen würde – mit seinem Kind? Ich wagte nicht mir auszumalen, was sich in dieser Nacht abgespielt hatte und wie schmerzlich die Erinnerung für Tom sein musste.

„Seit Anna tot ist, gab es niemanden mehr, der so engagiert war wie sie", fuhr Irene fort. „Die jungen Ärzte werden von der Universität hierher geschickt, um zwei Pflichtjahre zu absolvieren. Oft haben sie ein Stipendium vom *Indian Health Service* oder kommen durch ein Programm der US-Armee ins Reservat. Danach verschwinden sie alle schnell wieder, denn die Karriereleiter reicht nicht weit hinauf in diesem Krankenhaus. Für die meisten ist die Arbeit deshalb nicht sehr verlockend. Ein Vertrauensverhältnis zwischen Patient und Arzt kann sich so nicht entwickeln. Was an guten Ärzten bleibt, ist hoffnungslos überlastet." Sie führte mich an hellen Krankenzimmern vorbei, deren Türen zum Flur offen standen. „Das Haus hat eine Kapazität von 58 Betten. Für rund 20000 Bewohner scheint das zunächst ausreichend. Aber der Einzugsbereich des Krankenhauses ist in Wirklichkeit um vieles größer."

Durch Fenster zeigte Irene mir die beiden OP-Säle, in denen gearbeitet wurde. „Stellen Sie sich vor, jemand aus Wanblee braucht dringend ärztliche Hilfe. Die Außenstellen sind nur zweimal wöchentlich zu den Sprechstundenzeiten besetzt. Die Entfernung von Wanblee bis zu uns beträgt etwa 95 Meilen. Kaum jemand kann sich die enormen Transportkosten leisten. In Notfällen müssen meistens die Dienstautos der Stammespolizei herhalten, um die Patienten überhaupt bis zu uns bringen zu können."

Wie oft hat sie das schon erzählt?, fragte ich mich. Wie viele Berichte gab es über diese Probleme? Papiere, die in irgendwelchen dunklen Schubladen lagen. Die Subventionen für die Indianerreservate wurden von der US-Regierung jedes Jahr um tausende Dollar gekürzt. Deshalb waren die Stammesregierungen auf Unterstützungen aus anderen Ländern angewiesen und deshalb überhaupt erst die Fragen: Probebohrungen – ja oder nein. Kasino – ja oder nein. Dasselbe galt für das Wounded-Knee-Parkprojekt und die geplante Müllhalde. Es war ein Teufelskreis. Mit einem Mal wurde mir das ganze Ausmaß des Problems bewusst.

Mutlos folgte ich Irene Zaporah durch die Flure des Krankenhauses. Es roch nach Desinfektionsmittel. Auf der Kinderstation lernte ich drei der kleinen Patienten persönlich kennen. Kim war ihren Blindarm losgeworden und hüpfte schon wieder recht munter in ihrem Bett herum. Susie, eine Vierjährige, lag zur Beobachtung hier. Ihr Unterleib war angeschwollen und schmerzte, die Ärzte hatten aber den Grund dafür bisher noch nicht finden können. Meryl, ein ungefähr siebenjähriges Mädchen lag mit einem Gipsbein im Bett. Irene scherzte mit den Kindern und streichelte Meryl, deren stumpfer Blick mich erschreckte. Eines ihrer Augenlider hing unnatürlich herunter. Die ganze Physiognomie des Mädchens schien irgendwie aus den Fugen geraten zu sein. Die Augen standen weit auseinander, die Nase war zu kurz und der Nasenrücken lag tief. Die Rinne an der Oberlippe war praktisch nicht vorhanden.

Die Ärztin führte mich in ihr Sprechzimmer. „Meryl hat FAS", klärte sie mich auf, „das Fetale-Alkohol-Syndrom."

Ich entsann mich, erst vor kurzem etwas über diese Krankheit gelesen zu haben, die in allen Ländern der Erde und in allen Gesellschaftsschichten auftauchte. Aber ich hatte noch nie einen Menschen gesehen, der davon betroffen war.

Ich setzte mich, während Irene aus dem offenen Fenster blickte und fortfuhr. „Meryls Mutter hat während der

Schwangerschaft getrunken, obwohl ich es ihr ausdrücklich verboten hatte. Meryl lag nicht in Fruchtwasser, sie kam in einer Biersuppe zur Welt. Sie ist schon zwölf, hat aber den Geist einer Sechsjährigen. Sie hat bisher keine Schule besucht und wird es auch nie können. Meryl brach sich das Bein, als sie von einer Mauer sprang, deren Höhe sie nicht einschätzen konnte. Das ist typisch für dieses Krankheitsbild. Das Mädchen wird nie einen Bezug zur Realität haben." Die Ärztin drehte sich um und sah mich traurig an. „Es gibt so viele Kinder wie Meryl in diesem Reservat."

„Wie viele?", fragte ich.

„25 Prozent. Vielleicht auch mehr."

Ein Viertel der Kinder im Pine Ridge Reservat. Und das Problem war nicht neu. Was war mit denen, die ihre Kindheit überlebten? Was würde aus ihnen werden?

„Gibt es keine Möglichkeit, etwas dagegen zu tun?"

Die Ärztin zuckte die Achseln. „Einige schlaue Männer vertreten die Ansicht, man sollte die Frauen einsperren, die während ihrer Schwangerschaft nicht aufhören zu trinken. Ich kann diese Haltung irgendwie verstehen, aber ich bin nicht für solche rabiaten Methoden. Männerhirne haben sich das ausgedacht."

Das Telefon auf ihrem Schreibtisch klingelte. Irene nahm den Hörer ab und meldete sich mit einem kurzen: „Ja?" Dann lauschte sie aufmerksam. Als sie auflegte, sagte sie: „Ich werde gebraucht. Sehen Sie sich ruhig noch eine Weile um. Und kommen Sie wieder, wenn es noch Fragen gibt." Ihre Stimme wirkte wieder kühl und sachlich. Sie verabschiedete sich mit einem flüchtigen Händedruck und eilte den Gang hinunter.

Ich warf einen Blick auf meine Armbanduhr. Es war Mittag. Jetzt standen die Chancen schlecht, Billie allein zu Hause anzutreffen. Ich wollte es trotzdem versuchen.

Beim Hinausgehen kam ich an einem Aufenthaltsraum

für Patienten vorbei: drei Resopaltische mit Plastikstühlen und zwei Sessel. Ein Regal mit zerlesenen Büchern, ein Christus am Kreuz und Häuptling Sitting Bull auf einem bräunlich vergilbten Plakat, das vermutlich irgendwann als Flugblatt über das Reservat geweht war, denn es fand sich in jedem Haushalt und in jedem öffentlichen Gebäude.

Der Fernseher lief, obwohl niemand im Raum war. Die Regionalnachrichten hatten begonnen und nach den ersten Worten des Sprechers blieb mir beinahe das Herz stehen. Wie gelähmt starrte ich auf das bunte Fernsehbild: Im Zusammenhang mit dem Mord an dem stellvertretenden Vorsitzenden des Stammesrates von Pine Ridge, Murdo Garret, fahndete man nach dem fünfunddreißigjährigen Keenan Kills Straight, einem Zimmermann aus dem Pine Ridge Indianerreservat, der seit dem gestrigen Tag verschwunden war. Sie blendeten ein Foto von Murdo Garret ein und eins von Kills Straight, das ihn auf einer Verbrecherkartei der Polizei zeigte.

Es war *mein* Keenan. Einmal von rechts, einmal von links und einmal von vorn. Kein Zweifel. Ich presste eine Hand auf meine Lippen, um den einsamen Schrei zu ersticken, der aus meiner Kehle kam.

Murdo Garret war mit zwölf Messerstichen in der Brust in seinem Trailer in Kyle aufgefunden worden. Es hatte Spuren eines Kampfes gegeben und in Garrets Wohnung waren überall Kills Straights Fingerabdrücke gefunden worden. Die Tatwaffe, ein Bowiemesser, hatte das FBI gleich in der Nähe des Trailers in einem Gebüsch entdeckt. Der Mörder hatte alle Fingerabdrücke sorgfältig vom Messergriff entfernt.

„Garret gehörte zu jenen Mitgliedern des Stammesrates, die sich für Uranprobebohrungen in den Badlands einsetzen", erklärte der Nachrichtensprecher. „Keenan Kills Straight ist Mitglied einer Vereinigung, die sich strikt gegen eine Uranförderung im Reservat ausgesprochen hat. Diese Vereinigung, die sich NRC – *Native Resource Coalition* – nennt, schreckt auch vor militanten Aktionen nicht zurück, um auf die tödlichen Gefahren für die Bewohner des Reservats aufmerksam zu machen, die sich aus einer industriellen Uranförderung ergeben würden."

Ich schnaufte empört. Alles passte hervorragend zusammen. Garrets Stimme hätte entscheidendes Gewicht gehabt, wenn der Stammesrat über die Probebohrungen abstimmte. Also hatte ihn Kills Straight einfach umgebracht ...

... Nein, dachte ich, so war es nicht. Das war zu einfach.

Keine Ahnung warum, aber ich sträubte mich dagegen, diese Dinge zu glauben. Der verstörte junge Mann, der eine Nacht in meinem Zimmer und meinem Bett verbracht hatte, sollte kaltblütig gemordet haben? Nur um die Interessen einer Öko-Organisation durchzusetzen? Wie ein Umweltfanatiker war Keenan mir nun wirklich nicht vorgekommen. Und wie ein Mörder erst recht nicht.

Aber es hatte wenig Sinn, sich in Spekulationen zu ergehen. Ich musste auf der Stelle zurück ins Motel. War Keenan weg, dann war er schuldig und ich tat gut daran, das Zimmer zu wechseln. War er noch da, würde ich ihm einige unangenehme Fragen stellen müssen. Eilig verließ ich das Hospital und machte mich auf den Weg zurück nach Martin.

Ich fuhr schneller als die erlaubten 55 Meilen pro Stunde, kam aber unbehelligt wieder im „Candlelight Inn" an. Mit der flachen Hand schlug ich gegen die Zimmertür und meldete mich mit: „General Custer, mach sofort auf!"

Keenan öffnete mir und seinem Gesichtsausdruck konnte ich entnehmen, dass er die Regionalnachrichten ebenfalls verfolgt hatte. Er sah noch bleicher und verwirrter aus als am Morgen. Aber er war noch da. Das musste nicht unbedingt etwas heißen, aber vorerst nahm ich es als gutes Zeichen.

Diesmal war ich es, die die Kette vor das Schloss schob. „Keenan Kills Straight", sagte ich. „Ich nehme an, das ist dein vollständiger Name."

Mit Furcht und Misstrauen in den Augen starrte er mich an.

„Kills Straight. *Tötet sofort*. Ich würde gerne wissen, ob du gestern deinem Namen Ehre gemacht hast?"

Keenan verstand den Spott in meiner Frage und seine Furcht verwandelte sich in Zorn. Es gab ein paar indianische Namen, über die sich prima spotten ließ. Ich war sehr wütend und es war mir egal, auf welche Weise ich ihn treffen konnte. Er hatte mich reingelegt.

Schweigen.

„Warum, verdammt noch mal, soll ich mich vor Vine Blue Bird in Acht nehmen?", schrie ich ihn an. „Warum hat die Polizei dein Foto in ihrer Verbrecherkartei und warum sind deine Fingerabdrücke überall in Garrets Wohnung?"

Der Zorn in Keenans Augen erlosch. Er hob unglücklich die Schultern und beantwortete eine Frage, die ich nicht gestellt hatte. Er sagte: „Ich habe Murdo Garret nicht umgebracht."

Na gut, dachte ich.

„Aber jeder konnte an diesem Tag im Gerichtsgebäude sehen, wie du dich mit ihm gestritten hast", warf ich ein.

Er seufzte: „Ich weiß." Seine Bewegungen verrieten Erregung. Seine Hände bemühten sich, die Spuren der Angst auszulöschen. Er presste sie fest zusammen, dass die Knöchel weiß durch die straffe braune Haut schienen.

Auch wenn so vieles gegen ihn sprach, glaubte etwas in mir daran, dass er die Wahrheit sagte. Resigniert ließ ich mich in einen der Sessel fallen.

Mit einem Mal hockte sich Keenan ächzend vor mir auf die Knie und bekannte: „Ich saß mal in Untersuchungshaft. Es war vor zwei Jahren. Wir hatten eine Straßenblockade auf dem Highway 33 errichtet. Autowracks, altes Holz, Reifen. Damit wollten wir Fremde und Touristen auf unser Anliegen aufmerksam machen: Keine Uranförderung in den Badlands, kein verseuchter Nationalpark.

Die Polizei kam, und irgend so ein fanatischer Idiot zündete den ganzen Haufen an. Die schwarze Rauchfahne hätte man bis Rapid City sehen können, haben die Leute später erzählt. Wir wurden alle festgenommen, man machte diese Fotos und nahm unsere Fingerabdrücke. Sie versuchten uns einzuschüchtern, ließen uns aber nach zwei Tagen wieder gehen."

Okay, dachte ich, das erklärt das Foto in der Verbrecherkartei. „Aber was ist mit den Fingerabdrücken in Garrets Wohnung!", erinnerte ich ihn an die zweite, offene Frage.

„Ich war am Sonntag tatsächlich bei Garret", berichtete er kleinlaut. „Wir haben über die Abstimmung gesprochen. Bevor ich ging, bat er mich, ihm zu helfen ein paar seiner Möbel umzustellen. Garret lebte allein und seine Bandscheiben machten ihm zu schaffen."

„Willst du mich für dumm verkaufen?", schnaubte ich.

Keenan hob erschrocken die Hände. „Hört sich nicht sehr glaubwürdig an, ich weiß. Aber es ist die Wahrheit."

„Was ist mit ... Vine?"

„Vine Blue Bird, dieser Hundesohn", sagte er. „Der hat überall seine Finger drin, wo es um Geld geht."

„Du willst doch nicht behaupten, er hätte was mit der Sache zu tun?"

„Ich traue es ihm zu, er ..."

„Das glaube ich nicht", unterbrach ich Keenan aufgebracht. „Vine ist ein wichtiger Mann. Ich verstehe nicht, warum er seine gute Position durch derart haarsträubende Methoden aufs Spiel setzen sollte?"

Kills Straight legte seine Hände über meine Beine und sagte: „Kein Weißer kann verstehen, warum ein Indianer etwas tut oder auch nicht. Das sind Dinge, von denen du keine Ahnung hast. Ihr Weißen nehmt einfach hin, was eure Augen und euer Verstand euch als Wahrheit hinstellen. Nur zu glauben, was man sieht, ist keine Garantie für gesunden Menschenverstand."

Beleidigt schob ich seine Finger von meinen Knien und stand auf, um ein Stück von ihm wegzukommen. „Zugegeben, ich halte mich an das, was ich sehe", erwiderte ich. „Wie stellst du dir das vor, nach all dem, was da im Fernsehen gelaufen ist? Erwartest du immer noch, dass ich dir glaube?"

„Mir wäre wohler, wenn du es tun würdest", gab er zu.

„Warum gehst du nicht zur Polizei und erklärst ihnen alles. Ich komme mit und bezeuge, was ich gesehen habe."

Keenan stützte sich auf der Sessellehne ab und erhob sich. Er stöhnte vor Schmerz, oder war es Ratlosigkeit? „Das ist es ja gerade: Gar nichts hast du gesehen. Und ich kann nicht beweisen, dass ich Murdo Garret nicht getötet habe. Zuletzt hat man mich mit ihm streiten sehen und meine Fingerabdrücke sind überall in seiner Wohnung." Er klopfte langsam mit der Faust gegen die Wand. „Für Mordfälle in Indianerreservaten ist das FBI zuständig. Sie werden froh sein, einen schuldigen Indianer gefunden zu haben und sich nicht die Mühe machen, die Wahrheit herauszufinden. Für mich bedeutet das lebenslänglich im Gefängnis oder den elektrischen Stuhl." Verbittert sah er mich an, als wäre es meine Schuld, dass er sich in dieser Lage befand.

Ein kalter Schauer jagte über meinen Rücken. Schlagartig wurde mir das Ausmaß meines zukünftigen Handelns bewusst. Keenans Leben lag in meiner Hand, jedenfalls lief es darauf hinaus. Es war nicht fair, mich derart unter Druck zu setzen, aber es hatte gewirkt.

Amerika gehört zu jenen Ländern, in denen Mörder zum Tode verurteilt werden konnten, daran hatte ich überhaupt nicht gedacht. Die Idee der Todesstrafe war so alt wie die Geschichte der Europäer auf diesem Kontinent. Und sie hat sich hartnäckig gehalten. Ein großer Teil der amerikanischen Bevölkerung war für die Todesstrafe, wobei in Kauf genommen wurde, dass auch ab und zu ein Unschuldiger daran glauben musste. In einigen US-Staaten wurde die Todesstrafe zwar nicht mehr vollzogen, aber ich war mir nicht sicher, ob South Dakota dazugehörte. Keenans Chancen standen denkbar schlecht. Egal, was er getan hatte oder auch nicht, ich wollte nicht für den Tod eines Menschen verantwortlich sein.

„Und was willst du nun tun?", fragte ich, um einiges sanfter. „Hier bleiben kannst du nicht. Tom oder einer der Projektmitarbeiter könnten jederzeit auftauchen und ich kann dich nicht jedes Mal im Badezimmer verstecken." Ich fühlte mich schrecklich hilflos angesichts der Tatsache, dass ich in den Augen des amerikanischen Gesetzes einem flüchtigen Mörder Unterschlupf gewährte. Würde man herausfinden, dass ich ihn versteckt hatte, wäre meine Mission hier zu Ende und ich würde vermutlich selber im Gefängnis landen.

„Mein Bild war im Fernsehen und in dieser Gegend kennen mich eine Menge Leute", sagte Keenan. „Du musst mich von hier wegbringen."

„*Wegbringen*?"

„Zu jemandem, dem ich vertrauen kann."

Ich ließ mich wieder in den Ledersessel fallen. „Vergiss es! Ich kann das nicht tun."

Keenan lief im Zimmer auf und ab, wie ein gefangener Wolf hinter den Gitterstäben eines Zoos. Ich überlegte krampfhaft: Nutzte er meine Ahnungslosigkeit aus oder war ich seine einzige Chance? War er der sympathische Indianer, für den ich ihn hielt, oder war er einfach bloß ein netter Mörder?

Ich wusste es nicht. Ich würde es heute auch nicht mehr herausfinden. Wenn ich ihn der Polizei auslieferte oder ihn sich selbst überließ – was das Naheliegendste war und mir weniger Gewissensbisse bereiten würde – würde ich es nie erfahren.

„Wohin soll ich dich bringen ... und zu wem?", fragte ich.

Keenan blieb stehen. „Bitte versteh, weshalb ich dir das nicht sagen kann. Wenn sie uns anhalten, dann ist es besser, du weißt von nichts."

Anhalten? Das Pochen in meinem Magen wurde stärker. Ich dachte an Dempster Little Crow und sein furchterregendes Gesicht. An den Revolver an seinem Gürtel. Ich würde meine Heimat und meine Freunde vielleicht niemals wiedersehen. „Unmöglich", sagte ich.

Keenan blickte ratlos zu Boden.

Ich litt mit ihm und wieder einmal entschied mein Herz über den Verstand. „Wie lange wird es dauern?"

„Ich weiß nicht", erwiderte er erleichtert. „Eine Woche vielleicht."

„Eine Woche?", stieß ich hervor. „Soll ich dich bis Mexiko bringen? Ausgeschlossen! Du hast vergessen, dass ich nicht zum Privatvergnügen hier bin, sondern zu arbeiten habe. Ich kann nicht einfach so für eine Woche verschwinden."

Unglücklich kaute Keenan auf der Innenseite seiner Wange herum. Er sah müde und verzweifelt aus und plötzlich wurde mir klar: Er hatte richtig Angst. Es war eine Art Angst, die ich nicht kannte. Dieser Mann fürchtete um sein Leben. Aber es war nicht die Angst vor dem Tod, sondern davor, was bis dahin geschehen würde. Die Erniedrigungen, die ihn erwarteten, wenn die Polizei ihn erwischte. Die Tage und Wochen, Jahre vielleicht, die er allein in einer Gefängniszelle sitzen würde. Und am Ende das Unausweichliche. Vielleicht glaubte Keenan Kills Straight an *Wakan Tanka* – an weiße Gerechtigkeit glaubte er jedenfalls nicht.

„Ich könnte bei der Motelbesitzerin einen Brief für Tom hinterlegen", räumte ich ein, „in dem ich ihm weismache, dass ich für eine Woche nach Oklahoma zu meinen Verwandten gefahren bin." Himmel, was redete ich da!

„Das würdest du tun?" Prüfend blickte er mich an, wieder einen Funken Hoffnung im Gesicht.

Ich war mit einem Mal erstaunlich ruhig. „Wann fahren wir los?"

Keenan sah mich immer noch an, mit diesen Augen, die jetzt wie geschliffene Halbedelsteine glänzten – oder glühten, ich konnte mich nicht entscheiden. Er kam zu mir herüber und kniff mich in den Arm. „Hast du's dir auch gut überlegt?"

„Überlegt? Du hast gesagt: Ich muss!"

„Du *musst* gar nichts", brummte er mürrisch. „Ich kann dich schließlich nicht zwingen. Sonst verhaften sie mich am Ende noch wegen Geiselnahme."

Wenigstens hatte er Humor. Ich wiederholte meine Frage: „Wann also fahren wir los?"

„Sofort", war seine Antwort.

Ich begann augenblicklich hektisch zu werden. Fahrig packte ich ein paar Kleidungsstücke zusammen und schrieb einen Brief an Tom Blue Bird, den ich bei der Besitzerin des „Candlelight Inn" hinterlegte. Ich bat sie, ihn Tom zu geben, falls er nach mir fragen sollte. Ich sagte ihr, dass ich Verwandte in Oklahoma besuchen wolle und in ungefähr einer Woche zurück sein würde. Sie war freundlich und verständnisvoll, das Zimmer war ja schließlich bezahlt.

Als ich mich hinters Steuer setzen wollte, sagte Keenan: „Lass lieber mich fahren."

„Wieso?" Er sah nicht so aus, als ob er ein guter Fahrer sein würde.

„Dann musst du nicht dauernd nach dem Weg fragen."

Ich gab ich ihm die Schlüssel und überließ ihm auch noch meine Sonnenbrille – zur Tarnung. Keenan schaltete das Radio ein. Während wir stumm die Meldungen über den Mord verfolgten, fuhr er den kürzesten Weg runter nach Nebraska und lenkte *Froggy* an der nächsten Kreuzung nach Westen. Wir passierten Gordon und Chadron, um auf dem Highway 18 wieder nach South Dakota hineinzufahren. Über Hot Springs und Edgemont erreichten wir am Nachmittag den Bundesstaat Wyoming. Auf den Straßen waren uns zwar einige Polizeifahrzeuge begegnet – dabei war mir auch jedes Mal beinahe das Herz aus der Brust gesprungen –, aber es hatte keine Komplikationen gegeben. Irgendjemand schien schützend seine Hände über uns zu halten.

Mir ging es deutlich besser, als wir endlich die Staatsgrenze passiert hatten, obwohl ich ahnte, dass es kaum von Bedeutung sein würde. Ich war immer noch felsenfest davon überzeugt, dass sich bald alles aufklären und die Sache ein gutes Ende nehmen würde.

Keenan erwies sich als guter Fahrer. Er lenkte den Wagen ruhig und sicher. Mich störte nur, dass er nicht die Absicht hatte, mit mir zu reden, und sei es auch nur über das Wetter.

„Wird sich deine Frau keine Sorgen machen, nach dem, was sie da im Fernsehen gebracht haben?", fragte ich ihn, nur um das Schweigen zu brechen. Im Fernsehen war keine Ehefrau erwähnt worden, aber immerhin war Keenan alt genug, um eine zu haben.

„Ich bin nicht verheiratet", sagte er.

„Was ist mit deinen Eltern?"

„Meine Mutter hat sich noch nie um mich gesorgt", antwortete er unwillig. „Sie ist Alkoholikerin und ihre einzige Sorge ist, wo sie neuen Schnaps herbekommen kann. Unseren Fernseher hat sie schon vor Wochen in Alkohol umgesetzt. Es war der dritte. Ich habe keinen mehr gekauft."

„Und dein Vater?"

„Es gibt keinen."

Ich war noch nie einem Menschen begegnet, der behauptete, keinen Vater zu haben, aber ich beließ es dabei.

„Hast du Geschwister?"

Keenan holte jedes Mal tief Luft, bevor er antwortete. Vermutlich nervte ich ihn mehr, als ich es mir ausmalen konnte. Er sagte: „Ich hatte einen kleinen Bruder, er ist tot."

„Das tut mir Leid." Keenans Familiengeschichte erwies sich als wenig erbaulich und meine Befragung war an seinen einsilbigen Antworten gescheitert. Dieser Mann trug sein Herz nicht auf der Zunge. Gegen ihn war Tom Blue Bird ein Schwätzer.

Wir fuhren den Highway 85 nach Norden und mit einem Mal befanden wir uns wieder in den Black Hills. Zurück in South Dakota. Auf meine Frage, warum er diesen enormen Umweg gefahren war, antwortete Keenan: „Ich konnte nicht durchs Reservat fahren. Vermutlich haben sie dort überall Straßensperren errichtet."

Straßensperren. Ich versuchte einfach, nicht darüber nachzudenken. Obwohl ich keine Ahnung hatte, was mich am Ende dieser Reise erwartete, wünschte ich dennoch, wir wären schon dort. Die Ungewissheit zermürbte, was von meinem gesunden Menschenverstand noch übrig geblieben war.

Dann mit einem Mal: Sanfte Hügel, wilde Felsen und dunkle Wälder. Von Menschenhand scheinbar unberührte Natur. Es hätte ein unvergessliches Erlebnis werden können, wenn ich nicht vor Angst, an einer Straßensperre angehalten zu werden, wie gelähmt auf dem Beifahrersitz gesessen hätte.

Wir passierten Sturgis. Die Straßen waren wie ausgestorben, obwohl erst später Nachmittag war. Hier tobte das wilde Leben vermutlich nur einmal im Jahr, und zwar in der ersten Augustwoche, wenn hunderte Harley Davidsons ihre Auspuffgase in die Berge stießen, weil Biker aus ganz Amerika sich in dem kleinen Ort trafen, um gegenseitig mit ihren aufgemotzten Maschinen anzugeben.

„Hast du mit Tom Blue Bird geschlafen?", fragte Keenan.

Ich stieß einen verblüfften Laut aus. „Er ist verheiratet", erwiderte ich empört.

„Das war noch nie ein Hindernis für einen Lakota."

„Du hast ja eine tolle Meinung von deinen Stammesbrüdern", bemerkte ich sarkastisch. „Zugegeben, Tom Blue Bird ist ein attraktiver Mann. Aber unser Interesse aneinander ist rein beruflicher Natur." Es war eine kleine Notlüge. Keenan brauchte nicht zu wissen, dass ich, was Tom betraf, hin und wieder einen lustvollen Gedanken gehegt hatte. Ich wollte nicht, dass er sich ein falsches Bild von mir machte.

„Ist dir nie aufgefallen, dass er seltsam ist?"

„Nein. Ich glaube, Tom Blue Bird ist nicht seltsamer als du und ich. Wieso fragst du das?" Stirnrunzelnd blickte ich ihn von der Seite an.

„Tom ist verrückt." Keenan benutzte das Wort *mad* und nicht *crazy*, was eine harmlosere Art von unnormal bedeutet hätte.

„Davon habe ich nichts bemerkt."

„Glaub mir", beschwörte er mich. „Tom hat es von seiner Mutter geerbt."

„Von seiner Mutter? Was?"

„Sie war geisteskrank, manisch depressiv. Hat sich aufgehängt. Vor zehn Jahren war das, glaube ich."

Zwölf, verbesserte ich ihn in Gedanken. Toms Mutter war 1990 gestorben. Ich hatte an ihrem Grab gestanden. Während ich Keenans Bemerkung verarbeitete, blickte ich aus dem Fenster, wo endloses Grün an uns vorüberzog. Das soll ja bekanntlich eine heilsame Wirkung haben. Langsam legte sich die Dämmerung über die Landschaft und tauchte alles in unwirkliches Licht.

Warum hatte Tom es mir nicht erzählt? Weil er annehmen musste, ich würde ihm leichthin den Stempel des genetisch belasteten Sohnes aufdrücken? „Du hast bloß was gegen Tom", entgegnete ich. „Deshalb sagst du solche Sachen. Ich mag ihn."

„Alle Frauen mögen ihn."

Diese Schublade war mir nun wirklich zu eng, aber ich wollte mich mit Keenan nicht auf eine Grundsatzdiskussion über Emanzipation oder dergleichen einlassen. Inga Morgenroth hatte behauptet, die meisten Lakota-Männer wären ziemliche Machos. Irgendwas war wohl dran an ihrer Behauptung, aber ich wollte es selbst herausfinden. Viele Klischees über die Lakota, für die ich so naiv anfällig gewesen war, hatten sich bisher als Stolpersteine erwiesen.

„Ist das der Grund, warum du ihn nicht leiden kannst?", wollte ich wissen. Ich dachte an die schwangere Anna Yellow Star und eine eifersüchtige Billie, und dass es für einen Mann nicht immer leicht war, wenn die Frauen ihn mochten. Es konnte jemanden wie Tom auch in ganz schön unangenehme Situationen bringen.

Keenan stieß ärgerlich Luft durch die Zähne. „Natürlich nicht. Unsere Auffassungen über die Zukunft des Reservats gehen nur vollkommen auseinander."

Großartig. Zwei Helden, die sich aus irgendeinem Grund entzweit hatten, und dann den Streit um ihre verletzte männliche Eitelkeit in einem lokalpolitischen Machtkampf austrugen. Ich hätte mich einfach raushalten sollen. Weitere Fragen verkniff ich mir, Keenan würde mir sowieso nicht die Antworten geben, die ich hören wollte.

Ein paar Meilen hinter Sturgis bog er nach Süden ab. Auf einer unbefestigten Schotterstraße passierten wir den Deadman Mountain, ein graues Felsmassiv, zu dem es ganz sicher eine Legende gab. Vielleicht kannte Keenan die Geschichte des toten Mannes, aber ich hielt es für unsensibel, ihn jetzt danach zu fragen.

Wir fuhren ein Stück durch die nördlichen Black Hills, *Paha Sapa*, wie die Lakota ihre heiligen Berge nannten. Hügel, schwarz von den dunklen Kiefern, die dort oben so zahlreich wuchsen. Inzwischen machten die Berge ihrem Namen alle Ehre, denn die Schwärze der Bäume verschluckte alle Schattierungen der Dunkelheit.

Bald darauf bog Keenan in einen schmalen, unscheinbaren Seitenweg ein. Er parkte *Froggy* hinter einem Stapel geschnittener Kiefernstämme und wies auf ein Blockhaus mit erleuchteten kleinen Fenstern. „Wir sind da", sagte er. „Hier werden wir ein oder zwei Tage bleiben. Nimm deine Sachen mit."

Hatte er eben von bleiben geredet? Ich war darauf fixiert, Keenan dort abzuliefern, wo er sich sicher fühlte und wollte dann so schnell wie möglich wieder zurück nach Pine Ridge. Unter diesen Umständen hatte ich keine Lust, irgendjemandes Gast zu sein. Das würde nur neue Probleme mit sich bringen.

„Wer wohnt hier?", fragte ich leise. Ich war müde und das Haus wirkte einladend. Vielleicht sollte ich heute einfach keine Fragen mehr stellen.

„Der einzige Mensch, dem ich vertrauen kann", verkündete Keenan, und damit wusste ich, wir waren am Ziel. Was aber hatte er den Rest der Woche mit mir vor?

„Kann ich nicht gleich zurückfahren?", versuchte ich es ein letztes Mal.

Er berührte meinen Arm. „Du bist viel zu müde. Du kannst nicht mehr fahren."

„Ich suche mir ein Motel."

„Nein", entschied er. „Du bleibst bei mir."

Keenan war nicht aufgelegt für Erklärungen. Es ging ihm schlecht. Das Gehen fiel ihm schwer. Und so verkrampft wie er den Kopf geneigt hielt, hatte er scheinbar immer noch Kopfschmerzen. Er war in den letzten Stunden fast 300 Meilen gefahren und wir hatten nur einmal eine kurze Pause an einer Raststätte gemacht, wo er im Wagen sitzen geblieben war und ich etwas zu Essen gekauft hatte. Unter der Last seiner Müdigkeit und seiner Schmerzen wirkte er wie ein alter Mann. Ich folgte ihm einfach, was auch immer mich erwarten würde.

Vor dem Haus stand ein rostiger Pickup Truck unter einem windschiefen Bretterdach. Es gab einen kleinen umzäunten Gemüsegarten, dessen Beete lange nicht mehr vom Unkraut befreit worden waren. Auf einer Wäscheleine schaukelten träge ein paar Damenschlüpfer und ein altmodisches langes Kleid im Abendwind. Im spärlichen Licht, das aus dem Haus kam, sah alles ziemlich gespenstisch aus. Aber dass eine Frau im Hause sein würde, beruhigte mich.

Wir stiegen auf die Veranda des Blockhauses. Keenan klopfte und rief: „Auntie, mach auf, ich bin es, Keenan." Ich übersetzte *Auntie* mit *Tantchen* und war wirklich neugierig.

Es rumorte hinter der Tür, und als Keenan warnend die Hand hob und sagte: „Erschrick nicht!", stieß ich auch schon einen entsetzten Heuler aus und machte einen Satz zurück.

Ein langhaariges Wesen stand in der Türöffnung und blickte mich fragend an. Eine Frau, etwas größer als ich, mit einem leichten Buckel. Hexe *Baba Jaga*, schoss es durch mein Hirn. Lockige, von silbernen Strähnen durchzogene Haare; ein dunkles, von Falten durchfurchtes Gesicht. Augen, scharf wie die eines Raubvogels und die Nase gebogen und spitz wie der Schnabel desselben. Oder war es die Eulenfrau, von der Keenan gesprochen hatte? *Kagajaga* oder wie auch immer?

Die Alte zerrte uns herein und umarmte Keenan kurz. Jetzt sah ich, dass sie ein lange aus der Mode gekommenes, lavendelfarbenes Kleid aus Seide trug, dessen schwarze Spitze auf dem Bretterfußboden herumschleifte und dementsprechend ausgefranst war. Ihr Haar schmückten bunte Lederbänder, ein paar falsche Perlen ihren Hals. Ich konnte meinen Blick nicht von ihr wenden. Keine Ahnung, ob ich jemandem wie dieser Frau mein Leben anvertrauen würde, aber Keenan schien genau das vorzuhaben.

„Das ist Ellen", stellte er mich vor. „Sie kommt aus Deutschland." Es war das erste Mal, dass ich ihn meinen Namen aussprechen hörte und es beruhigte mich. Ich kam mir nicht mehr so benutzt vor. „Hast du die Nachrichten gesehen?", fragte Keenan gleich darauf.

Die hexenhafte Gestalt nickte. „Ich habe auf dich gewartet." Ihre Augen funkelten beunruhigend, aber ihre Stimme war tief und weckte Vertrauen. Keenan schob sich steif auf die hölzerne Eckbank hinter dem Tisch und stöhnte dabei.

„Bist du verletzt?", fragte das Tantchen stirnrunzelnd. „Ich meine natürlich, abgesehen davon", sagte sie und deutete auf die dilettantisch geheftete Augenbraue.

„Nichts Ernstes", winkte Keenan ab. „Jedenfalls jetzt nicht mehr."

Es erstaunte mich, dass er plötzlich anfing, die ganze Geschichte zu erzählen, ohne von der Alten dazu aufgefordert worden zu sein. Keenan redete und ich hörte gespannt zu, in der Hoffnung, etwas mehr über ihn zu erfahren als das Wenige, das ich schon wusste.

„Ich war auf dem Weg zur Arbeit", berichtete er, „als plötzlich zwei Männer an der Straße standen und winkten. Es war kurz vor der Reservatsgrenze. Ich dachte, sie hätten vielleicht eine Autopanne oder so. Also hielt ich an und fragte, ob ich helfen könne. Dann ging alles ganz schnell. Sie schlugen mich zusammen, warfen mich in den Kofferraum ihres Wagens und fuhren mit mir zum White River."

„Kanntest du die Männer?", fragte Auntie, und ich war gespannt, was er diesmal antworten würde.

„Nein, ich hatte sie noch nie gesehen. Dem Slang nach waren es Fremde, niemand aus dem Reservat."

„Und ihr Wagen?"

„Ein roter Pontiac, mehr konnte ich nicht erkennen. Es ging alles so schnell und außerdem hatten sie mir schon eins drübergezogen. Ich muss eine Weile bewusstlos gewesen sein."

„Was passierte am White River?"

„Sie zerrten mich aus dem Kofferraum, traten auf mich ein, prügelten mich zusammen und einer stieß mir das Messer in die Seite. Dann warfen sie mich in den Fluss. Als ich wieder zu mir kam, hockte sie neben mir." Er nickte zu mir hinüber. „Ellen hat mich rausgeholt. Ich war ...", er zögerte und sah mich hilfesuchend an. „Ich war bewusstlos", sagte er schließlich.

Er wollte nicht, dass Tantchen sich noch mehr Sorgen machte, das rührte mich. Den Rest der Geschichte kannte ich ja. Ich hörte nur noch halb zu, ob er auch nichts verdrehte, und sah mich ein wenig um. So ähnlich hatte ich mir das Innere einer Hexenbehausung vorgestellt: dunkel und niedrig, überall Kräuter und irgendwelche bunten Fetische aus Leder, Federn und Perlen. Das Faszinierendste allerdings war die Hexe, die leibhaftig vor mir saß und mich mit ihren lebhaften dunklen Augen anfunkelte. Sie war eine kräftige Lady, darüber täuschte auch die lila Seide nicht hinweg.

Aber es gab noch ein paar andere Dinge, die meine Aufmerksamkeit erregten. Alles war blitzblank im Haus. Der Fußboden, die Fenster, ein paar Kochtöpfe, die mit funkelnder Unterseite über dem Herd hingen. Nirgendwo lag Staub, trotz des zahlreichen Trödels: kleinen Tonfiguren, Schnitzereien aus Holz und Speckstein, und einer stattlichen Sammlung glimmernder Mineralien und Kristalle. Sogar etwas, das wie Gold aussah, entdeckte ich.

Interessant waren auch die vielen Bücher, die in den Regalen standen. Die Bretter bogen sich unter der Last dieser enormen Anhäufung von gedrucktem Wissen. Ich kam zu dem Schluss, dass Keenans Tantchen eine belesene alte Dame mit einer fröhlichen Sammelleidenschaft war.

Keenan hatte seinen Bericht beendet und Auntie sagte: „Vor einer halben Stunde wurde in den Nachrichten gebracht, dass sie dein Auto gefunden haben."

„Wo?" Keenan war sichtlich überrascht. Im Radio hatten wir noch nichts davon gehört.

„Nicht weit von der Stelle, an der die beiden Männer dich angehalten haben, wie du sagst. In der Nähe von Sheep Mountain, kurz hinter der Reservatsgrenze. Der Wagen war abgeschlossen, deine Papiere lagen drin. Sie vermuten, dass du dich irgendwo in den Badlands versteckst. Jetzt ist es dunkel und sie werden die Suche morgen mit Hubschraubern fortsetzen. Außerdem haben sie herausgefunden, dass nicht nur Murdo Garrets Blut an diesem Messer ist."

Keenan sagte nichts.

„Ich nehme an, das andere ist deins“, fragte Auntie und musterte Keenan scharf.

„Schon möglich“, erwiderte er.

Tantchen warf mir einen kurzen, fragenden Blick zu. Sie stand auf und ich merkte, dass sie humpelte. Ein krankes Bein. Wenn sie stand, verlagerte sie ihr Körpergewicht unnatürlich stark auf das gesunde Bein. Deshalb wirkte sie schief und der Eindruck eines Buckels verstärkte sich.

„Was haben sie mit dem Wagen gemacht?“, fragte Keenan.

„Vermutlich haben sie ihn zur weiteren Untersuchung mitgenommen. Das ist üblich in einem Mordfall. Er ist schließlich ein Beweisstück.“

„Mist“, schimpfte er. „Ich habe die Kiste gerade erst gekauft. Mein ganzes Geld ist dafür draufgegangen. Er hatte sogar einen Tempomat.“

„Ein Auto lässt sich ersetzen“, brummte Tantchen missbilligend. „Ein Leben nicht.“ Sie machte sich am Herd zu schaffen.

„Ich hab dir doch gesagt, ich bin okay“, brauste Keenan auf.

„Aber nur, weil sie“, – Auntie stieß mit dem Zeigefinger nach mir – „zufällig dort am Flussufer zu tun hatte. Und du hattest Glück, dass sie eine Fremde ist und es sich noch nicht bis nach Deutschland herumgesprochen hat, dass man sich von Indianern, die halbtot in Flüssen schwimmen, lieber fern hält.“

„Das weiß ich“, erwiderte Keenan.

Tantchen sagte: „Du wirst mein Haus nicht eher verlassen, bevor ich mir die Stichwunde angesehen habe.“

Keenan widersprach nicht, er knurrte nur leise. Nach einer Weile bekamen wir ein spätes Abendessen vorgesetzt: Schwarze Bohnen, Lammkeule und Fry Bread, in Fett gebackenes Indianerbrot. Dazu einen selbstgemachten Kirschwein.

Ich nahm mir von den Bohnen und dem Brot, das köstlich schmeckte. „Ich esse kein Fleisch", sagte ich tapfer, als Auntie mir ein extra großes Stück auf den Teller legen wollte.

Sie akzeptierte es mit einem Achselzucken: „In Ordnung", und legte es auf Keenans Teller. Er warf mir einen kurzen, fragenden Blick zu, dann begann er zu essen. Kein Kommentar, kein Spott, dafür war ich den beiden dankbar. Während wir aßen lief der Fernseher. Die Polizei hatte tatsächlich ein paar Straßensperren errichtet, aber nur dort, wo man Keenan noch vermutete. Es schien, als würden sich die Bemühungen des FBI, den Mörder zu finden, in Grenzen halten. In Reservatsgrenzen. Murdo Garret war zwar Stellvertretender Vorsitzender des Stammesrates der Oglala Lakota gewesen, aber andererseits war er eben auch nur ein Indianer.

Weitere Neuigkeiten im Mordfall gab es nicht.

Ich drückte mich zufrieden in die weinroten Plüschkissen, begann langsam mich zu entspannen und ruhiger zu werden. Seit ich Keenan aus dem Fluss gefischt hatte, fühlte ich das erste Mal wieder so etwas wie Sicherheit. Und so, wie sich dieses Gefühl langsam in mir ausbreitete, legten sich die letzten Zweifel, dass ich in die Gesellschaft böser Menschen geraten sein könnte. Keenan hatte die Wahrheit gesagt. Er war das Opfer eines gemeinen Komplotts geworden, also hatte ich richtig gehandelt. Abgesehen davon, war ich inzwischen nicht mehr allein für ihn verantwortlich. Diese Tatsache beruhigte mich ungemein. Denn Tantchen schien, im Gegensatz zu mir, genaue Vorstellungen zu haben, wie es weitergehen sollte.

Ich wurde schläfrig.

Keenans Blick streifte mich flüchtig und seine braunen Augen blickten plötzlich mild. „Sie ist müde", bemerkte er und nickte mit dem Kinn in meine Richtung.

Auntie kam zu mir herüber und legte ihre Hand auf meine Schulter. „Na komm, Schätzchen. Ich zeige dir, wo du schlafen kannst." Sie zeigte mir das Badezimmer und führte mich in eine Kammer mit einer großen Matratze auf dem Fußboden, die frisch bezogen war. Scheinbar hatte sie Keenan tatsächlich erwartet.

Von der niedrigen Decke hingen Kräuterbündel und Federfetische mit echten Vogelfüßen. Ich unterdrückte ein Schaudern und versuchte, nicht so genau hinzusehen. Am Kopfende der Matratze baumelte ein Traumfänger. Na, wenigstens etwas, das mir vertraut war.

Tantchen brachte mir einen Schlafsack und ich zog mich dankbar zurück. Ich duschte und wunderte mich über den Komfort in dieser einfachen Hütte. Meine Waschtasche ließ ich im Badezimmer stehen, falls Keenan meine Zahnbürste, meine Seife oder vielleicht mein Deo benutzen wollte, wie er es im Motel auch getan hatte.

Ich kuschelte mich in den Schlafsack und schlief vor Erschöpfung auf der Stelle ein. Irgendwann fühlte ich mich sanft zur Seite geschoben und jemand legte sich neben mich. Ich erkannte ihn am Geruch meiner Seife.

6. Kapitel

Tantchen hatte uns ausschlafen lassen. Jetzt wanderte sie im plüschig-grünen Morgenrock durch die Küche und kochte Kaffee. Sie war auffallend wortkarg und ich fand auch bald heraus, warum. Keenan ging es weitaus schlechter als am vorangegangenen Tag. Er schleppte sich herum und sprach kein Wort. Seine Augen glänzten fiebrig und seine Haut hatte die Farbe von verwelktem Wirsing. Auntie blickte besorgt. „Du solltest dich ausruhen, Junge. Leg dich wieder hin!"

„Ich weiß schon, was ich tue", entgegnete Keenan ungehalten. „Es ist unangenehm, aber ich muss in Bewegung bleiben."

„Was ist mit deinen Kopfschmerzen?"

„Sind auszuhalten."

„Na gut", meinte Tantchen achselzuckend. „Du bist schließlich alt genug. Ich fahre dann mal rüber nach Deadwood und besorge ein paar Sachen. Gibt es noch irgendetwas, an das ich denken sollte?"

Keenan schüttelte den Kopf. „Steht alles auf der Liste."

Was für eine Liste?

Ich beobachtete Auntie, wie sie zwanzig Minuten später in die Fahrerkabine des rostigen Kleinlasters kletterte. Sie hatte sich für die Stadt hübsch zurechtgemacht und trug ein langes, dunkelgrünes Kleid, drüber eine helle Schafwollstrickjacke mit Zopfmuster. Ich hoffte, sie würde durchkommen in diesem Aufzug.

Der seitliche Auspuff spie bläuliche Dieselwolken in die Landschaft, als der Pickup den Waldweg ins Tal holperte.

„Sie ist viel zu warm angezogen", murmelte ich.

„Kümmere dich nicht um ihre Kleidung. Zugegeben, sie hat einen etwas schrägen Geschmack, dafür aber einen scharfen Verstand."

Daran zweifelte ich nicht. Ich räumte den Tisch ab und kümmerte mich um den Abwasch. Das Frühstück war eines der besten gewesen, das ich bisher in diesem Land gehabt hatte. Fry Bread – Auntie machte hervorragendes Fry Bread – verschiedene Marmeladensorten und dunkler, sehr schmackhafter Honig. Außerdem hatte Tantchen gebacken. Heidelbeerkuchen, mit einem dicken süßen Guss aus Sahne.

„Bist du wirklich mit ihr verwandt?", fragte ich Keenan.

„Sie ist meine Tante", antwortete er unwirsch.

„Die Schwester deiner Mutter?"

„Meines Vaters." Er redete nicht, er knurrte wie ein gereizter Wolf.

„Ich denke, du hast keinen?"

Keine Antwort.

„Keenan, was ist ein *Sell-Out*?"

Er sah mich an und ich entdeckte ein überraschtes Lachen in seinen Augen. „Woher hast du diesen Begriff?"

„Als Tom Blue Bird merkte, dass ich einen Mann in meinem Zimmer habe, fragte er, ob es ein *Full-Blood*, ein *Mixed-Blood* oder ein *Sell-Out* wäre."

Keenan schüttelte verwundert den Kopf. „Ein *Sell-Out* ist ein Indianer, der sich verkauft. Dafür gibt es verschiedene Möglichkeiten: Du kannst dein Land verkaufen, deine Vergangenheit, deine Seele, deine Haut." Er wurde ernst. „Tom und sein Vater Vine wollen, dass auf unserem Land noch mehr Uranprobebohrungen durchgeführt werden. Sie sind *Sell-Outs*."

Ich begann abzutrocknen. „Ich verstehe ja, dass du etwas gegen diese Bohrungen hast. Aber wenn genug Uran gefunden wird, ist dann nicht der gesamte Stamm aus dem Schneider?", fragte ich.

„Mein Gott, du hast tatsächlich von nichts eine Ahnung", stöhnte Keenan. Er mühte sich nicht, die Bitterkeit in seiner Stimme zu verbergen. „Möglicherweise lagern die größten Uranvorkommen Amerikas unter den Badlands. Uran im Wert von mehreren Milliarden Dollar. Aber wenn du glaubst, dass die Lakota etwas davon haben werden, dann bist du wirklich naiv. Die Regierung wird die Badlands zum Nationalen Opfergebiet erklären."

Ich erinnerte mich. Tom hatte den Begriff *Nationales Opfergebiet* mir gegenüber ebenfalls erwähnt. Diesmal wollte ich es genauer wissen. „Was heißt das?"

„Das heißt, wir müssen unser Land ein weiteres Mal den Weißen opfern", antwortete Keenan ungeduldig. „Seit 500 Jahren tun wir nichts anderes. Vielleicht fällt es dir schwer, das zu verstehen, weil du gesehen hast, wie arm dieses Land ist. Aber es ist unseres und wir lieben es." Er seufzte. „Ich bin ein *Full-Blood*. Meine Mutter stammt aus Kanada. Sie ist halb Cree, halb Dakota. Mein Vater ist ein Oglala Lakota. Und ich verkaufe mich nicht. Ich werde nicht zulassen, dass sie uns unser Land noch einmal wegnehmen."

„Tom hat gesagt, du …", ich zögerte.

„Was hat er gesagt?"

„Er hat gesagt, du wärst ein Möchtegern-Russel Means."

Keenan sog nachdenklich seine Wangen ein. Er überlegte, was er mir darauf antworten sollte. „Ein miserabler Vergleich," sagte er, schien aber getroffen. „Ich hatte nie schauspielerische Ambitionen. Seit Russel Means sich als Tomahawk schwingender Schauspieler versucht hat, nimmt ihn vom AIM niemand mehr ernst."

„Es ist einer meiner Lieblingsfilme", gab ich bekümmert zu und dachte an den schönen Uncas in *Der letzte Mo-*

hikaner, und wie grausam er sterben musste. Ich fand, Keenan hatte gewisse Ähnlichkeit mit ihm.

Keenan zuckte die Achseln. „Ich nehme es dir nicht übel. All diese schönen Filme: *Der mit dem Wolf tanzt*, *Der letzte Mohikaner*, *Squanto* und so weiter. Ihr drüben in Europa habt ja keine Ahnung. Es gibt kaum einen Film über Indianer, der die Wirklichkeit trifft, es sei denn, ein Indianer hat ihn gemacht. Im Hollywoodkino kann man all die Sachen über Indianer sehen, die nicht wahr sind. Die Wahrheit findet einzig und allein vor unserer Haustür statt. Indianerfilme sind für die *Wasícun*." Er betrachtete mich schräg von der Seite und zeigte dann mit dem Finger auf mich. „Weißt du überhaupt, was *Wasícun* bedeutet?"

Das Lakotawort *Wasícun* war gelegentlich gefallen, wenn ich aufgetaucht war. Ich hatte angenommen, dass es einfach nur *weiß* bedeutete, aber nun ahnte ich, dass es kein freundliches Wort war. Mit zusammengekniffenen Lippen schüttelte ich den Kopf.

„Es bedeutet: *Die den Rahm abschöpfen*. Leute, die sich immer nur das Beste nehmen und nie genug haben können." Er zeigte immer noch mit dem Finger auf mich, das hielt ich für unfair.

„Aber ihr nennt jeden so, der weiß ist", entgegnete ich frustriert.

„Das stimmt." Er humpelte in die Kammer und kam nicht wieder. Als ich kurz darauf nach ihm sah, war er eingeschlafen.

Später kam Tantchen zurück. Sie hatte eingekauft, als stünden ihr zwei Wochen Campingurlaub bevor. Konserven, abgepacktes Brot und eingeschweißte Schinkenscheiben. Plastiktüten mit neuen Sachen für Keenan. Jeans, T-Shirts und Unterwäsche. Neue Schuhe. Sie musste ihn gut kennen, wenn sie seine Größen so genau wusste.

Auntie zerrte Tüten und Kartons von der Ladefläche und ich half ihr, die Sachen ins Haus zu bringen. Sie hatte auch eine Zeitung gekauft. In großen schwarzen Lettern prangte mir die Schlagzeile entgegen: LAKOTA-STAMMESRATS-MITGLIED BRUTAL ERMORDET. Der mutmaßliche Mörder, Keenan Kills Straight, sei flüchtig und verstecke sich vermutlich in den Badlands im Reservat. Kein Wort von mir. Niemand konnte nachfühlen, wie sehr mich das erleichterte.

Das abgedruckte Schwarzweißfoto von Keenan war aus der Verbrecherkartei der Polizei. Auf solchen Fotos sah jeder Mann wie ein Mörder aus, fand ich. Niemand würde Keenan daraufhin wiedererkennen.

Tantchen kniff die Augen zusammen und fragte: „Hat er es dir gesagt?"

„*Was* gesagt?"

„Dass du ihn nach Kanada bringen sollst, Schätzchen."

Ich schnappte nach Luft und beinahe wäre mir die Tüte mit den Äpfeln aus der Hand geglitten. Mit offenem Mund starrte ich die alte Frau an.

„Er hat es dir *nicht* gesagt", brummte sie. „So ein Feigling!"

Jetzt wurde mir einiges klarer. „Aber er hat es die ganze Zeit vorgehabt, nicht wahr?" Deshalb hatte Keenan mich nicht zurückfahren lassen. Ich hatte also mit Mexiko gar nicht so falsch gelegen, nur dass es die entgegengesetzte Richtung war.

„Ja. Er glaubt, es wäre eine Lösung", meinte Auntie.

Ich sagte dazu erst einmal nichts und half Tantchen das Gemüse für eine Suppe zu schneiden. Mit flinken Fingern teilte sie Lauch, Zwiebeln und Möhren in kleine Stücke. „Ich kann das nicht selbst übernehmen, weil wir denselben Namen haben", entschuldigte sie sich. „Wenn sie in meinen Pass schauen und den Namen lesen, werden sie stutzig.

Keenans Großvater lebt in Kanada, oben am Lake Winnipeg. Dort will er hin."

Sie waren also beide vollkommen davon überzeugt, dass ich diese Aufgabe übernehmen würde. Ich wurde gar nicht gefragt. Sie erwarteten es einfach von mir. Noch nie hatte jemand Derartiges von mir erwartet. Ich sah mich schon wieder vor eine schwerwiegende Entscheidung gestellt. „Ist er dort sicher?", fragte ich, denn nach all den Erlebnissen lag mir Keenans Wohlergehen schon am Herzen.

„Nein. Sicher ist er nirgendwo. Das FBI gibt so schnell nicht auf."

FBI? Ich sackte auf einen Stuhl. „Ich kann das nicht machen."

Auntie zog die Augenbrauen nach oben und schnalzte mit der Zunge. „*Kannst* nicht oder *willst* nicht, Schätzchen?"

Ich schwieg und versuchte nachzudenken. „Ich kann und will nicht. Ich bin total ungeeignet für solche Aktionen. Ich kann nicht lügen, ich werde rot, meine Hände fangen an zu zittern, ich ..."

Sie fasste mich an der Schulter um mich aufzuhalten. „Dann hat Keenan ein völlig falsches Bild von dir. Er hat mir gestern Abend erzählt, dass ..."

Ich horchte auf. „Was hat er erzählt?"

Auntie drückte meine Schulter. Sie griff fest zu und ich war überrascht, welche Kraft sie hatte. „Mensch, Mädchen", sagte sie eindringlich. „Denkst du, es gibt hier eine Frau im Umkreis von dreihundert Meilen, die so verrückt gehandelt hätte wie du?"

Ach verdammt, dachte ich, den Tränen nahe, diese Tour wirkt bei mir nicht. „Kann ich nicht einfach in mein Motelzimmer zurückkehren und so tun als wäre nichts gewesen?", fragte ich Tantchen. „Gibt es keinen anderen, der das für mich übernehmen kann?"

Sie ließ mich los und kümmerte sich wieder um ihr Gemüse. „Du musst dich nicht sofort entscheiden."

„Ich möchte das Richtige tun", erwiderte ich kläglich. „Aber ich weiß nicht, was das ist." Mein altes Problem. Da war es wieder.

„Denk drüber nach!"

Nachdenken? Meinte sie wirklich, ich sollte *nachdenken*? Mechanisch zerkleinerte ich eine Karotte bis in atomare Einzelteilchen und brütete mit finsterer Miene vor mich hin.

Während des späten Mittagessens – Suppe ohne Fleisch – gerieten Keenan und Auntie in Streit. Sie sagte ihm, was sie wirklich von seinen Kanadaplänen hielt und ich hörte verwundert zu.

„Wenn du denkst, dass die Kanadier sich an die Auslieferungsabkommen halten, dann irrst du dich", argumentierte sie. „Du kennst ihre Methoden, denk an Peltier."

„Das ist fast 30 Jahre her", entgegnete er. „Kanada hat inzwischen zugegeben, dass es nicht rechtens war, Leonard Peltier auszuliefern." Mürrisch löffelte er seine Suppe.

„Macht schafft Recht. Tu nicht so, als wüsstest du davon nichts. Peltier sitzt seit 27 Jahren unschuldig hinter Gittern, obwohl es eindeutig ist, dass damals Beweise gefälscht und Geständnisse erpresst worden sind."

„Zum Teufel damit!", Keenan hob ärgerlich die Hände. „Die Zeiten haben sich geändert und ich bin nicht Leonard Peltier. Niemand wird sich für mich interessieren. Ich tauche in Kanada unter und sie werden mich bald vergessen."

Tantchen sah ihn schräg von der Seite an. Enttäuschung spiegelte sich in ihren Augen. „Ist es das, was du willst, mein Sohn: Vergessen werden?"

Keenan hatte die Arme wie zum Schutz vor der Brust verschränkt und blickte stumm zum Fenster hinaus. „Ja. Im Augenblick fällt mir nichts Besseres ein."

„Alle werden denken, du hast es wirklich getan."

„Niemand, der mich kennt, wird glauben, ich hätte so etwas getan", knurrte er. „Und das weißt du auch."

Er schien sich in seinen Ärger hineinzusteigern und ich hielt es für besser, mich da rauszuhalten. Vielleicht konnte Tantchen Keenan ja noch umstimmen und ich musste mich nicht entscheiden, ob ich eine Heldin oder lieber doch Ellen Kirsch sein wollte.

Auntie schabte mit ihrem Löffel im leeren Teller herum. „Ich werde jetzt Steine für ein *Inipi* heiß machen. Vielleicht zaubert die Hitze einen vernünftigen Gedanken in dein Gehirn."

Keenan seufzte und schob seinen Teller so heftig von sich, dass der Löffel darin klirrte.

Die alte Indianerin machte Steine für etwas heiß, das sich *Inipi* nannte und ich war wieder mit dem Abwasch dran. Keenan kauerte schräg auf der Eckbank hinter dem Tisch. Er hatte Schmerzen und wollte es nicht zugeben.

„Was ist ein *Inipi*?", fragte ich ihn, auch auf die Gefahr hin, mich lächerlich zu machen.

„Ein Schwitzbad. Eine Reinigungszeremonie. Davon verstehst du nichts."

Aber ich ließ mich nicht so einfach abfertigen und bohrte weiter. „Du sollst den Großen Geist um Rat befragen?"

Er sah mich an, sein Blick wurde dunkel und brannte auf meinem Gesicht. „Mach dich nicht lustig über Dinge, von denen du keine Ahnung hast."

„Ich mache mich nicht lustig", verteidigte ich mich. „Ich wollte nur wissen, was passiert, wenn du ein *Inipi* machst."

„Ich glaube nicht, dass du schon reif für solche Gedanken bist", erwiderte er, und folgte seiner Tante nach draußen. In der Tür drehte er sich noch einmal um und stellte eindeutig klar: „Ich brauche den Großen Geist nicht. Was aus mir wird, hängt von deiner Entscheidung ab."

Na prima, dachte ich.

Alles kam anders, als ich es erwartet hatte. Nicht Keenan allein sollte schwitzen und in der Hitze nach einer Antwort suchen – wir sollten es gemeinsam tun. Tantchen war unerbittlich.

„Ihr werdet diese Reise ins Innere eurer Seelen zusammen antreten. Nur wenn Körper und Geist gereinigt sind, könnt ihr eine Antwort finden", behauptete sie.

Dinge, von denen ich nichts verstand.

Für einen Augenblick dachte ich an all das, was für mich real gewesen war, bevor ich meinen Fuß auf amerikanischen Boden gesetzt hatte. Meine Freunde, meine kleine Wohnung, mein Klavier, auf dem ich es zu einigem Können gebracht hatte, und das mir in vielen Momenten ein Trost war. Dieses Leben schien nun unwirklich und Lichtjahre entfernt. Aber was war aus meinen Ängsten geworden, meinen Zweifeln?

Ich schleppte sie immer noch mit mir herum.

Eigentlich hatte ich nichts dagegen, dieses Schwitzbad zu nehmen. Neugierig wie ich war, bekam ich nun die einmalige Gelegenheit, eine Erfahrung zu machen, für die andere Vertreter meiner Hautfarbe 150 $ hinblättern mussten. Obwohl Tom Blue Bird mir später versichert hatte, dass derartige Zeremonien bei Weißen vollkommen wirkungslos waren, wollte ich es wissen. Vielleicht erfuhr ich ja tatsächlich etwas über mich selbst, das mir weiterhelfen konnte.

Keenan fand die Idee, mich dabei zu haben, weniger gut. Aber er fügte sich. Vielleicht dachte er, das Schwitzbad könnte meine Meinung beeinflussen. Doch mit dieser Methode würden seine wunderliche Tante und er bei mir kein Glück haben, dessen war ich mir sicher.

In einem Holzfeuer hatte Tantchen Steine zum Glühen gebracht. Keenan und ich krochen in das niedrige Kuppelzelt hinter dem Blockhaus. Es bestand aus einem Geflecht gebogener Weidenäste, bedeckt mit zerschlissenem Segeltuch und alten Decken. Drinnen war es dunkel und es roch nach Salbei. Eingewickelt in zwei bunte Frotteehandtücher hockten wir auf dem mit alten Fellen ausgelegten Boden und warteten auf die heißen Steine. Auf einer großen Metallgabel schob Auntie den ersten herein und legte ihn in die dafür vorbereitete Mulde in der Mitte. Es folgten noch sieben oder acht weitere glühende Steine, dann schloss sich der Eingang.

Nun war es vollkommen finster und heiß. Als Keenan das mit Salbei angereicherte Wasser über die Steine kippte, drohte ich zu ersticken. Ich japste laut nach Luft, aber das rührte ihn in keiner Weise. Er murmelte etwas von *Wakan Tanka*, so wusste ich wenigstens, dass er noch da war, denn sehen konnte ich ihn nicht.

Ächzend versuchte ich, es Keenan gleich zu tun. Ich fing an zu beten, schaden konnte es ja nicht. Ich betete zu Wakan Tanka, Krishna, Gott, Allah. Ich probierte alle durch, aber es nützte nichts. Die Hitze wurde immer stärker. Unerträglich. Würde ich bei Verstand bleiben? Oder stürzte ich bereits in den Abgrund des Wahnsinns? Der Schweiß schoss mir aus allen Poren und ich hatte Angst, meine Haut könnte Blasen schlagen. Ich versuchte an etwas anderes zu denken, um mich von der Hitze abzulenken. Es funktionierte nicht. Es war zu heiß. Ich konnte an überhaupt nichts denken. Mein Kreislauf drohte zusammenzubrechen.

„Ich ersticke", japste ich. Meine Stimme hörte sich wie die einer Fremden an. War ich das noch? Oder war ich bereits transformiert?

Keenan hielt ein Büschel Salbei auf die glühenden Steine und wedelte mir damit vor der Nase herum. Zu meiner Qual kamen nun noch brennende, tränende Augen. Meine Kehle war strohtrocken.

Ich dachte an Flucht.

Sollte er doch sehen, wie er über die Grenze nach Kanada kam. War ich erst hier drinnen verglüht, konnte ich ihm auch nicht mehr helfen. Das letzte bisschen Fett schmolz unter meiner Haut, keine Reserven mehr, auf die ich im Notfall zurückgreifen konnte.

Noch einmal goss Keenan mit Salbei angereichertes Wasser auf die Steine. Heißer Dampf schlug mir entgegen wie eine glühende Wolke, die mich in sich aufnahm. Es brannte in Nase und Lungen. Instinktiv beugte ich diesmal meinen Kopf zwischen die Knie, in der Hoffnung, dass am Boden die Luft etwas kühler sein würde. Es half zwar ein wenig, trotzdem dachte ich an sterben.

Aber mit einem Mal konnte ich wieder normal atmen. Die Hitze wurde erträglicher und ich hob den Kopf. Meine Augen gewöhnten sich an die Dunkelheit und das Brennen hörte auf. Immer deutlicher nahm ich die Umrisse von Keenans Körpers wahr. Wir hockten in einer finsteren Höhle des Schweigens.

Plötzlich begann er zu singen. Auf Lakota. Unverständliche Worte, aus denen ich nur manchmal Vertrautes heraushörte. Seine Stimme klang dunkel und weich, wenn er sang. Sie hatte etwas Entrücktes an sich. Dann unterbrach er seinen Gesang und redete. Von *Wakan Tanka* und *Tunkashila*. Ich nahm an, dass es Gebete waren, und wünschte ihm, dass sie erhört wurden.

Als Keenan wieder zu singen begann, fühlte ich mich besser. In gewisser Weise eins mit mir. Stark. Im Einklang mit mir selbst, oder wie immer man es nennen mochte. Das *Inipi* hatte seine Wirkung getan, obwohl ich weiß war und nicht daran glaubte.

Mit einem Mal ging ein Zittern durch den winzigen dunklen Raum, das von Keenans Körper ausging. „*Ikówapa*, Ellen! Ich habe Angst", flüsterte er mit erstickter Stimme.

Und ich erst. Aber jetzt, wo Keenan seine Angst zugab, durfte ich meine nicht zeigen. „Alles wird gut", beruhigte ich ihn, als hätte ich die Dinge im Griff. „Morgen bist du in Sicherheit."

Unruhig schüttelte er den Kopf. Schweiß perlte über seine Wangen und tropfte ihm vom Kinn. „Es ist der Rabe, der manchmal durch meine Gedanken fliegt. Er macht mir Angst. Ich weiß nicht, was er bedeutet."

„Gar nichts, vielleicht", sagte ich, weil ich mich immer noch dagegen wehrte, an so etwas zu glauben.

Aber Keenan ließ sich davon nicht beirren. „*Alles* hat eine Bedeutung", sagte er. „Wusstest du das nicht? Der Rabe, er sitzt auf meiner Brust und sein Schnabel zerrt an meinem Fleisch. Er will mein Herz." Seine Augen glühten wie die Steine vor unseren Füßen. Er zitterte. Vermutlich befand er sich bereits auf einer anderen Bewusstseinsebene und hatte mich allein in der dunklen Hitze zurückgelassen.

„Lass uns hier verschwinden, Keenan!", schlug ich vor, in der Hoffnung, er würde mich verstehen. „Es ist zu heiß." Besser wir beendeten die Sache, bevor er seinen Verstand verlor.

„Ich habe es nicht getan", sagte Keenan. „Ich habe Murdo Garret nicht umgebracht."

Mit beiden Händen wischte ich mir den Schweiß aus

dem Gesicht. „Ich weiß, Keenan, ich weiß." Ich hatte mich bereits entschieden. „Ich will hier raus!"

„*Mitakuye oyasin*", sagte Keenan. Und als ob er eine Zauberformel ausgesprochen hatte, öffnete sich das Eingangsloch und frische Luft strömte herein.

Nach einer kalten Dusche und einem Becher Kräutertee waren die Qualen des Schwitzens vergessen. Trotz großer Erschöpfung fühlte ich mich leicht und wie von innen gereinigt. Keenan informierte Tantchen von meiner Entscheidung, dann legten wir uns schlafen. Wir lagen nebeneinander und dachten wohl beide dasselbe. Denn als ich ihn fragte, ob er Angst vor dem Tod hätte, antwortete er ohne zu überlegen.

„Nein, nicht vor dem Tod. Nur davor, dass die Eulenfrau mir den Weg ins Land der vielen Zelte verweigern könnte."

Eines musste man ihm lassen: Er schaffte es immer wieder, mich zu verunsichern. „Keine Ahnung, wovon du sprichst", gab ich zu.

„Wir Lakota glauben, dass die Verstorbenen *Tachánku*, den Geisterpfad, hinaufwandern", erklärte er mir. „Die Weißen nennen es Milchstraße. Für uns ist es der Weg ins Land der vielen Zelte. Dort leben die Menschen in Frieden und Überfluss."

Ich dachte darüber nach. Dann fragte ich: „Und jeder darf in dieses wunderbare Land? Auch der Mann, der dich töten wollte; der Murdo Garret getötet hat?"

„Nein, nicht jeder. *Hinhán Kaga*, die Eulenfrau, sitzt auf halbem Wege und verdammt jeden ins Bodenlose, der keine Eintrittskarte hat."

„Eintrittskarte?", piepste ich.

Keenan streckte seine Handgelenke ins Mondlicht. „Du brauchst Tätowierungen."

„Das ist alles?", fragte ich ungläubig. „Du brauchst bloß ein paar Punkte und Striche in der Haut und das sichert dir einen Platz im Himmel?"

„Es nennt sich: Land der vielen Zelte", brummte er unwillig. „Und wenn du in deinem Erdenleben nicht ehrlich gewesen bist, oder anderen geschadet hast, dann nützen dir auch die Tätowierungen nichts. *Hinhán Kaga* wird dich nicht vorbeilassen."

Ich stützte meinen Kopf auf den rechten Arm und versuchte im blassen Schein des Mondlichtes Keenans Gesicht zu erkennen. So offen hatte er bisher nicht mit mir geredet. Vielleicht lag es an der Dunkelheit. Unter ihrem Schutz neigt der Mensch zu Bekenntnissen. Möglicherweise war es aber auch das gemeinsame Schwitzen, das uns einander näher gebracht hatte. Vielleicht war Tantchen eine weise Frau.

„Du glaubst daran?", fragte ich ihn.

„*Slolwáye sni*", antwortete er. „Ich weiß nicht. Manchmal schon." Es gefiel mir, wenn er seine Sprache benutzte. Seit wir gemeinsam die barbarische Hitze in der Schwitzhütte ausgehalten hatten, war die alte Sprache wieder in seinem Kopf. Als ob er zu etwas zurückgefunden hatte.

Keenan schluckte. „Einmal träumte ich, dass auch ich so lebte wie unsere Vorfahren. Ich war ein Krieger und trug Kleidung aus Hirschleder, die meine Frau für mich gemacht hatte. Es war ein langer kalter Winter und die Menschen im Lager hungerten schon seit Wochen, da kam mein kleiner Sohn zu mir und fragte mich, wer sich das ausgedacht hatte: uns so leiden zu lassen.

Wankan Tanka, antwortete ich ihm, aber er prüft uns nur. Unsere beste Zeit liegt noch vor uns." Keenan wandte sich mir zu und sagte: „Das ist es, woran ich glaube. Dass unsere beste Zeit noch vor uns liegt. Dafür lebe ich. Was nicht heißt, dass ich wild darauf bin, dafür zu sterben", fügte er hinzu.

„Schwer zu sagen, warum“, seufzte ich nach einer Weile, „aber ich will versuchen dich morgen nach Kanada zu bringen. Wenn alles klappt, werden wir uns nie wiedersehen.“

Keenan hörte die Trauer in meinen Worten nicht. „Erleichtert dich der Gedanke?“, fragte er.

„Auf gewisse Art schon“, log ich. „Ich wünschte, wir wären uns unter anderen Umständen begegnet.“

„Unmöglich“, behauptete er. „Einer hätte durch den anderen hindurchgesehen.“

Enttäuscht legte ich mich zurück und drehte mich von ihm weg. „Ich sehe *nie* durch jemanden hindurch. Und ich hatte gehofft, du könntest vergessen, dass ich weiß bin.“

Keenan antwortete darauf nicht. Ich hörte nicht mal seinen Atem. Aber dann spürte ich seine warme Hand auf meiner Schulter. „Es macht mir nichts aus, dass du weiß bist“, sagte er leise. „Aber vergessen kann ich es nicht.“

Keenan weckte mich im Morgengrauen. „*Kiktá yo*! Wach auf!“ Ich war noch müde und hätte gerne weitergeschlafen. Am liebsten den ganzen Tag und den nächsten auch noch. Aber Keenan rüttelte mich unsanft: „Wach schon auf, Ellen. Wir müssen los! Bis Kanada ist es weit und es wäre nicht gut, wenn wir erst im Dunkeln am Grenzübergang sind.“

Es war also soweit. Mit einem Schlag verflog meine Müdigkeit. Noch war es nicht zu spät. Ich konnte Keenan und seiner Tante sagen, dass ich es mir anders überlegt hatte. Was machte es schon, wenn zwei Indianer in South Dakota mich für feige hielten? In ein paar Wochen würde ich wieder nach Deutschland fliegen, in mein normales Leben zurückkehren und alles wäre vergessen.

„Geht nicht das geringste Risiko ein, dass Keenan erkannt werden könnte“, warnte uns Tantchen. „Wenn ihr tanken müsst", wandte sie sich an Keenan, „dann ist es besser, Ellen setzt dich irgendwo ab und holt dich später wieder. Dein Foto ist in allen Zeitungen."

Sag nein, dachte ich. Tu es jetzt! Ich bewegte die Lippen, aber es kam kein Ton heraus.

In den Frühnachrichten meldeten sie, dass zwei Frauen Keenan im Rosebud Reservat gesehen haben wollten. In einem kurzen Interview äußerte sich der Stammesratsvorsitzende Marcus Red Bull betroffen über den brutalen Mord an seinem Stellvertreter. Der flüchtende Keenan Kills Straight wäre ihm gut bekannt und er hätte ihn immer für einen rechtschaffenen jungen Mann gehalten, der nur das Beste für sein Volk wollte.

Verdammter Mist, dachte ich, in Keenans Haut wollte ich jetzt nicht stecken. Es schien wirklich aussichtslos, dass sich irgendjemand von der einfachen Wahrheit überzeugen lassen würde. Schon gar nicht die Polizei oder das FBI. In ihren Augen war er ein Mörder und sie würden ihn gnadenlos jagen.

Wir verabschiedeten uns von Tantchen und mir war, als hätte ich Tränen in ihren Augen gesehen. Ich musste daran denken, was Tom Blue Bird über seine Mutter gesagt hatte. „Eigentlich war sie keine Kämpfernatur, aber dieses eine Mal tat sie, was getan werden musste." Und genau das würde ich jetzt auch tun.

Diesmal saß ich hinter dem Steuer. Ich hatte darauf bestanden, denn es würde mich ablenken. Dunkelgraue Wolken standen am Himmel, die sich erst orange und dann gelb verfärbten und sich im Morgenlicht später ganz auflösten. Keenan schien es merklich besser zu gehen. Er hatte eine gesunde Gesichtsfarbe und die Wunde über seinem Auge hatte sich geschlossen, sodass die Pflasterstreifen überflüssig geworden waren. Die Beule darunter färbte sich langsam grün und schwoll ab.

„Sie ist eine seltsame alte Lady, deine Tante", sagte ich, als wir den Wald verließen und auf die Hauptstraße bogen.

Keenan reagierte nicht. Und mir war, als spürte ich in seinem Schweigen ein Unbehagen.

„Was ist mit ihrem Bein passiert?"

„Autounfall", antwortete er.

Ich ahnte, dass er log. „War sie mal verheiratet?"

„Ja."

„Hat sie Kinder?"

Er machte große Augen.

„Cousins und Cousinen, hm?", fragte ich.

„Nein." Keenan war gereizt. Wieder das Knurren. „Wieso interessiert dich das?"

„Ich mag sie, auch wenn sie immer *Schätzchen* zu mir gesagt hat. Ich hatte das Gefühl, als würde sie mich akzeptieren – obwohl ich eine Weiße bin."

Keenan blickte verwundert zu mir herüber. „Ach verdammt!", schimpfte er plötzlich und schlug mit der Faust gegen das Handschuhfach. „Ich habe es satt, dich anzulügen."

Blitzschnell lenkte ich *Froggy* auf den Randstreifen und bremste. Die Reifen quietschten. Keenan stützte sich erschrocken am Armaturenbrett ab. „Du hast es satt, mich anzulügen?", schnaufte ich empört. „Was soll das heißen? Hast du Murdo Garret doch umgebracht? Hast du die ganze Zeit Theater gespielt, mich ausgenutzt, mir Märchen erzählt?" Verletzt und ungläubig starrte ich ihn an.

Er beugte sich herüber und streckte die Hand nach mir aus. Ich zuckte zurück. „Na, he", meinte er kopfschüttelnd. „Du hast doch nicht etwa plötzlich Angst vor mir? Ich bin kein Mörder."

„Du hast mich angelogen?"

„Ja. Aber nur wegen Auntie."

Ich sagte erst einmal nichts. Wenn das alles war, wollte ich ihm verzeihen. „Sie ist gar nicht deine Tante, nicht wahr?"

„Nein."

„Aber wer ist sie dann? Sieht so aus, als würdet ihr euch ziemlich nahe stehen. Sie war sehr besorgt um dich." Es war nicht nur Sorge gewesen, das wurde mir jetzt klar. Tantchen, wer immer sie auch war, liebte Keenan wie einen eigenen Sohn.

Er druckste herum. „Sie ist ..." Er räusperte sich, schwieg.

„Was? Nun rede schon!" Was konnte so Entsetzliches an dieser Frau sein, dass er es mir nicht sagen wollte?

„Sie ist ..., er ist ... mein Vater", offenbarte Keenan mir schließlich. Dann sagte er nichts mehr, den Blick aus dem Fenster gerichtet.

Meine Kinnlade klappte nach unten. „Du machst Scherze!"

„Fahr schon weiter", brummte er. „Ich werde es dir erklären."

Mechanisch brachte ich den Thunderbird auf die Straße zurück. Keenan erzählte mir, dass Tantchen richtig mit seiner Mutter verheiratet sei, als Soldat im Vietnamkrieg gekämpft hatte – daher auch die Verletzung am Bein – und wie er irgendwann herausgefunden hatte, dass er lieber als Frau leben wollte und es von da an auch tat. „Mein Vater ist ein *Winkte*. So nennen wir Lakota Männer mit derartigen Neigungen."

„Hat es sich vererbt?", fragte ich vorsichtshalber.

Er hätte beleidigt sein können, aber er lachte erleichtert und schüttelte den Kopf: „Nein, jedenfalls nicht, dass ich wüsste. Übrigens, früher war ein *Winkte* eine angesehene Person im Dorf. Man holte ihn, um neugeborenen Kindern einen geheimen Namen zu geben. Es sollte Glück bringen." Keenan sah zu mir herüber, blickte mich lange an. „Seit er die Blockhütte gekauft hat, lebt er als Frau. Niemand käme auf den Gedanken, er könne mein Vater sein. Ich sehe ihn oft, aber nicht einmal meine Freunde wissen, wer er wirklich ist."

„Hast du denn welche?"

Keenan merkte sofort, worauf ich hinauswollte. „Ja, ich habe Freunde, auch wenn du das vielleicht im Augenblick nicht glauben willst. Aber sie werden jetzt sicher alle vom FBI verhört und ich will nicht, dass sie meinetwegen noch mehr Ärger bekommen. Ich kann keinen von ihnen bitten, mich über die Grenze zu bringen."

„Du willst nicht, dass einer deiner Freunde dich nach Kanada bringt, weil alle deine Freunde Indianer sind. Du willst sie nicht der Gefahr aussetzen, verhaftet zu werden und im Gefängnis zu schmoren. Was aus mir wird, wenn sie uns erwischen, ist dir vollkommen gleichgültig. Du kennst mich überhaupt nicht und so ist es für dich am besten." Ich war gekränkt. Irgendwie hatten er und sein Vater mich glauben lassen, dass das, was ich tat, etwas Besonderes war. Dabei hatten sie mich nur zu ihrem Werkzeug gemacht.

„So darfst du das nicht sehen", versuchte Keenan einzulenken. „Dir können sie nicht viel anhaben. Du bist eine Weiße und noch nicht mal Bürgerin der Vereinigten Staaten. Sie könnten dich höchstens für ein halbes Jahr einsperren."

Ich japste nach Luft. „Ein halbes Jahr?", rief ich. „Ich würde nicht mal *einen Tag* im Gefängnis überleben."

Keenan lächelte spöttisch. „Keine Angst, du bist zäh. Es ist wirklich schade, dass uns nicht mehr die Zeit bleibt, einander besser kennen zu lernen. Ich könnte dich mögen."

„Idiot!", zischte ich verletzt.

Er sah wohl die Tränen in meinen Augen. „Ich meine es ernst. In den letzten vier Tagen warst du meinetwegen mindestens vier Mal einer Situation ausgesetzt, in der du hättest hysterisch werden können. Aber jedes Mal bist du ruhig geblieben und hast vollkommen kühl reagiert."

„Blödsinn", schniefte ich, schon wieder fast besänftigt. „Ich habe nicht reagiert, ich wurde regiert."

„Regiert ... von wem?", fragte Keenan stirnrunzelnd.

„Von meiner guten Erziehung. Ich bin dazu erzogen worden, anderen zu helfen, wenn sie in Schwierigkeiten stecken. Meine Mutter lehrte mich auch, höflich zu sein und meine wahren Gedanken für mich zu behalten."

„Dann hat sie versäumt dir beizubringen, dass es auch unhöflich ist, zu viele Fragen zu stellen."

„Du hast vergessen, wo ich herkomme. Meine Mutter ist keine Lakota-Indianerin und ich bin es auch nicht. Ich riskiere hier eine ganze Menge und ich will einfach nur wissen, warum ich das tue und für wen. Ist das etwa zu viel verlangt?"

Plötzlich gab Keenan nach. „Also gut, Ellen", lenkte er ein. „Ich werde dir ein paar Dinge über mich erzählen."

Ich erfuhr, dass er mit seiner Mutter in einem Haus in der Siedlung Kills Straight, oben im Distrikt Eagle Nest wohnte. Dort war er auch geboren und aufgewachsen. 1969 holte die Army seinen Vater nach Vietnam. Damals war Keenan zwei Jahre alt und an diese Zeit konnte er sich nicht erinnern. Sein Vater wurde im Krieg schwer am Bein verletzt und in ein Hospital in Washington gebracht. Aber auch als er wieder gehen konnte, kehrte er nicht mehr zu seiner Familie zurück. Eine Weile war er in psychiatrischer Behandlung, dann zog er für ein paar Jahre durch die verschiedenen Bundesstaaten, bis er schließlich dieses Blockhaus in den Black Hills kaufte.

Keenan sah aus dem Fenster. Die Erinnerungen holten

ihn ein. „Meine Mutter brachte andere Männer mit nach Hause", erzählte er leise, „und sie begann zu trinken. Ich war zu jung, um das alles zu begreifen und etwas dagegen unternehmen zu können. Dann wurde mein Bruder June geboren." Keenan schluckte, fuhr aber gleich zu sprechen fort, als wolle er es schnell hinter sich bringen. „Von Anfang an war June anders als andere Kinder. Er machte lange in die Hosen und ins Bett, auch noch, als er schon fünf war. Ich kümmerte mich um ihn, wenn meine Mutter trank; so viel trank, dass sie nicht mehr laufen und sprechen konnte." Ich hörte sein Seufzen. „Aber mein Bruder June war anders. Das Lernen fiel ihm schwer, und wenn ich nicht aufpasste, ging er einfach nicht zur Schule.

Irgendwann hörte ich jemanden sagen, er hätte FAS. Ich fragte meine Lehrerin, was das sei: FAS? Sie erklärte mir, June sei nicht so klug wie andere Kinder, weil meine Mutter getrunken hatte, während er in ihrem Bauch gewachsen war." Keenan zuckte traurig die Achseln. „Ich hatte einige Freunde, die nicht besonders klug waren, also machte ich mir wegen June keine Sorgen.

Aber eines Tages stieg er in den Wagen meiner Mutter, weil er glaubte, er könne Auto fahren. June kam nicht weit. Er stieß frontal mit einem anderen Wagen zusammen, nur wenige Meter vor unserer Haustür. Ich habe alles gesehen. Ich habe meinen Bruder sterben sehen. Er wurde nur neun Jahre alt. Seit dem Tod meines Bruders fliegt manchmal der Rabe durch meine Gedanken."

Keenan verstummte. Seine Hände waren zu Fäusten geballt. Aber dann blickte er mich an und fügte hinzu: „Ich habe es meiner Mutter nie verziehen, das mit June."

„Und wann ist dein Vater – äh, Auntie wieder aufgetaucht?"

„Erst, als ich schon auf dem College war", sagte er und wurde wieder lockerer. „Sie hat mich auf der Straße angesprochen, mich zu einem Kaffee eingeladen und es mir erzählt. Erst habe ich ihr nicht geglaubt, aber sie hatte Beweise. Ich war schockiert und verletzt. All die Jahre hatte ich geglaubt, mein Vater wäre tot – und nun das. Ich wollte nichts mit ihr zu tun haben. Aber Auntie ließ nicht locker. Immer, wenn ich irgendwie in Schwierigkeiten steckte, war sie da und half mir aus der Klemme. Irgendwann habe ich die Tatsache, dass ich einen Vater in Frauenkleidern habe, einfach akzeptiert und wir wurden Freunde."

„Was für Schwierigkeiten hattest du denn?"

„Das Übliche", antwortete Keenan mit einem Achselzucken. „Als Reservatsindianer sind Schwierigkeiten in deinem Leben vorprogrammiert."

„Bist du jemals aus South Dakota weggekommen?"

Er stieß ärgerlich Luft durch die Zähne. „Du bist wohl auch eine von denen, die glauben, dass ein Indianer sein ganzes Leben im Reservat dahinvegetiert, weil er Angst hat, in der großen weiten Welt nicht zurechtzukommen."

Ich schwieg. So ungefähr hatte ich es mir vorgestellt.

„Nach dem College war ich zwei Jahre nur unterwegs", brummte er. „Auf den Bahamas, Mexiko, Alaska, New York."

Ich war ehrlich überrascht. Er war ganz schön herumgekommen, jedenfalls mehr als ich. „Wovon hast du gelebt?"

„Ich habe alles Mögliche gemacht. Bin Taxi gefahren, habe auf Feldern gearbeitet und Bäume gefällt. In Alaska habe ich Zimmermann gelernt. Zwei Monate war ich bei Verwandten meines Großvaters in den Wäldern. Das war wirklich irre, so ganz allein da draußen." Seine Augen leuchteten. Ich beneidete ihn um seine Erinnerungen. Im Gegensatz zu ihm, hatte ich nicht viel, woran ich gerne zurückdachte.

„Du hast viel gesehen. Das muss schön gewesen sein."

„Einiges war schön."

„Aber du bist zurückgekommen. Zurück in die Siedlung Kills Straight."

„Ja. Da gehöre ich hin."

„Und mit Tom Blue Bird warst du zusammen auf dem College?"

„Ja. Wir waren mal Freunde, richtig dicke sogar. Er hat mich nie abfällig behandelt, wegen meiner Mutter und so, und wegen der chaotischen Zustände zu Hause. Und ich wusste, welche Angst er um seine Mutter hatte. Er hat sie geliebt. Sie war schön und sehr klug, wenn sie nicht gerade verrückt war. Aber dann fuhr Toms jüngerer Bruder Silas volltrunken gegen einen Baum und starb. Sie hat es nicht verkraftet. Und Tom wohl auch nicht. Er verschwand spurlos und tauchte erst nach drei Wochen völlig abgemagert wieder auf. Von da an war er nicht mehr derselbe."

Ich schluckte. Von all diesen Dingen hatte ich nichts gewusst. Es gab eine Menge, wovon ich noch nichts wusste. „Und wie kam es, dass ihr euch nicht mehr riechen könnt?"

Er sah mich belustigt an. „Hast du auch noch ein paar Sätze ohne Fragezeichen am Ende?"

Ich hob die Schultern und machte eine Unschuldsmiene. „Im Augenblick nicht."

„Nun, wie kommt es wohl", fragte er spöttisch, „dass zwei, die alles miteinander teilten, sich plötzlich nicht mehr ausstehen können?"

„Es war wegen einer Frau", schlussfolgerte ich.

„Richtig."

„Doch nicht etwa wegen Billie?" Ich sah ihn kurz an und wusste die Antwort schon, bevor er den Mund aufmachte.

„Sie gehörte mir", behauptete Keenan. „Aber Tom Blue Bird konnte die Finger nicht von ihr lassen."

Ich glaubte, mich verhört zu haben. „Erstens", protestierte ich, „Frauen gehören Männern nicht. Und zweitens:

Ich bin sicher, Tom musste Billie nicht nötigen, seine Frau zu werden."

Keenan winkte ärgerlich ab. „Blue Bird ist ein Blender. Er hat ihr ein Kind gemacht, das ist alles. Also hat sie ihn geheiratet."

Ich musste lachen. „Zufällig weiß ich, dass Billie Tom sehr liebt. Und er mag vielleicht ein bisschen arrogant sein, ein Blender ist er nicht. Er weiß eine Menge und er kennt Gefühle. Auch wenn er meistens versucht, sie zu verbergen."

Keenan sah mich von der Seite an. „Tom scheint ja tatsächlich Eindruck auf dich gemacht zu haben. Woher weißt du überhaupt so viel über ihn?"

„Er ist der Leiter des *Wápika*-Projektes", erwiderte ich und mir wurde klar, dass ich diese Antwort schon einmal benutzt hatte, damals, um Billie zu beruhigen. Es schien eine Ewigkeit her zu sein. „Und er macht seine Arbeit wirklich gut", fügte ich hinzu.

„Ach hör mir doch auf mit diesem dämlichen Dorf", schimpfte Keenan. „Vine und Tom machen einen Wind um dieses Projekt, als ob es das Einzige im Reservat wäre. Es gibt aber noch eine ganze Reihe anderer solcher *Tiospaye*-Projekte in Rosebud und Pine Ridge. Das *Wápika*-Dorf und noch zwei weitere werden mit europäischen Geldern unterstützt. Alle übrigen funktionieren allein durch den unbeugsamen Willen ihrer Bewohner."

Ich war überrascht, wie gut Keenan informiert war. „Ich weiß, dass es noch andere Projekte gibt, aber mir ist nichts über die Einzelheiten bekannt", erwiderte ich betreten. „Niemand hat mir davon erzählt."

Er lachte plötzlich. „Nein, natürlich nicht. Tom wollte schon immer gern etwas Besonderes sein. Die Menschen aber, die in diesen *Tiospaye*-Dörfern leben, für die ist es nichts Besonderes. Es ist ihr Leben. Sie versuchen, von der

Welt der Weißen zu übernehmen, was am wenigsten Schaden anrichten kann. Und sie versuchen, von den alten Traditionen so viel zu bewahren, wie sie zum Überleben brauchen. Wieso glauben bloß immer alle, das Neue sei besser als das Alte."

Ich schwieg. Mir fiel nichts ein, was ich hätte erwidern können. Ich dachte an Tom. Gewiss hätte er eine passende Antwort gehabt. Tom Blue Bird hatte immer eine passende Antwort parat.

7. Kapitel

Gegen Mittag erreichten wir mit *Froggy* North Dakota und wechselten uns beim Fahren ab. Die Gegend war flach und eintönig. Prärie, Felder, einzelne Farmhäuser und hin und wieder ein kleiner Ort prägten die Landschaft. Kein Baum, kein Strauch. Die riesigen grasbewachsenen Ebenen und die endlosen gelb-braunen Felder waren gesprenkelt mit Wolkenschatten. Meile für Meile bewältigten wir diese schier unendliche Asphaltschlange, die sich als graues Band durch die Landschaft zog. Ich bekam eine Ahnung von der Größe dieses Kontinents, der noch vor 500 Jahren den Ureinwohnern Amerikas allein gehört hatte. Bis Kolumbus kam und alles durcheinander brachte. Nachweislich war er zwar nicht der erste Fremde, der die Neue Welt betreten hatte. Aber durch seinen Besuch, wenn man das so nennen konnte, wurde das Leben der Ureinwohner so nachhaltig verändert, dass kaum noch etwas von ihrer ursprünglichen Lebensweise erhalten geblieben war. In diesem Zwiespalt, das Alte zu bewahren und zu ehren, aber das Neue leben zu müssen, befanden sie sich noch heute.

Gegen Abend waren wir kurz vor der kanadischen Grenze. Dicke Frösche sprangen in meinem Magen auf und ab und schlugen Purzelbäume. Es war die letzte Gelegenheit zu kneifen, aber gleichzeitig wusste ich auch, dass ich jetzt keinen Rückzieher mehr machen konnte. Ich wollte es auch nicht. Obwohl ich immer noch nicht viel mehr über Keenan wusste, als ich zusammen mit ihm erlebt hatte, schien es, als würde ich ihn schon lange kennen. Als Fremder hatte er sich in mein Leben geschlichen und sich darin einen Platz gesucht. Ich hatte ihn wirklich gern und wäre am liebsten mit ihm nach Kanada gegangen.

Wenn einem klar wird, dass man sich verliebt hat, sieht man alles mit anderen Augen. Aber was Männer betraf, hatte ich schon einiges durchgemacht und wusste, dass es nichts brachte, sich in Illusionen zu ergehen. Das Herz hatte mein Handeln bestimmt, schon von dem Augenblick an, als ich Keenan aus dem White River fischte. Natürlich machte ich mir nichts vor: Zusammen waren wir nur deshalb noch, weil er jemanden brauchte, der ihn in Sicherheit bringen konnte. Und nicht etwa, weil er für mich mehr empfand als Dankbarkeit. Das Klischee von der kollektiven Faszination der Lakota-Männer für blonde Frauen hatte sich als haltlos erwiesen.

Keenan parkte auf einem mit Bäumen und Büschen bewachsenen Picknickplatz abseits der Straße. Weit und breit war keine Menschenseele zu sehen. Er leerte den Kofferraum und als er fertig war, legte er mir eine Hand auf die Schulter und drückte mit dem Daumen fest zu. „Bleib ganz ruhig, Ellen. Es wird nichts schief gehen."

„Ich bin ruhig", log ich. Seine Hand lag schwer auf meiner Schulter, wie eine Last. War er erst auf der anderen Seite, würde ich ihn nie wiedersehen.

„Sollten sie mich doch finden", sagte er mit zusammengekniffenen Lidern, „dann verweigere einfach die Aussage." Einen Augenblick lang hoffte ich, Keenan würde mich umarmen, aber dann sagte er: *„Hoka hey!"*, und kletterte er in den Kofferraum. Ich verstaute das Gepäck über ihm, deckte ihn mit allem zu, was ich zur Verfügung hatte, bis er nicht mehr zu sehen war. Dann stieg ich in den Wagen und fuhr los, bevor ich in Versuchung kam, es mir doch noch anders zu überlegen.

Keenan und Tantchen hatten Northgate als Übergang gewählt, einen kleinen Ort an einer ganz normalen Straße. Außer *Froggy* stand nur ein weiteres Fahrzeug am Übergang und ich hoffte, die Grenzbeamten würden trotzdem nicht allzu viel Zeit für mich übrig haben. Nach dem Attentat auf die Zwillingstürme in New York am 11. September 2001 waren die Grenzkontrollen nach Kanada verschärft worden. Aber seitdem waren einige Monate vergangen und ich hoffte inständig, dass ich harmlos genug wirkte, um die Grenzbeamten nicht genauer nachsehen zu lassen. Eine blonde junge Frau mit Pferdeschwanz, gekleidet in eine dunkelblaue Uniform, kam aus dem Zollgebäude und warf einen kritischen Blick in meinen Pass. „Weshalb wollen Sie nach Kanada einreisen?", fragte sie mich.

Was geht sie das an?, dachte ich und gab mir Mühe, harmlos auszusehen. Wie abgesprochen antwortete ich: „Ich habe Freunde in Winnipeg, sie erwarten mich", und zeigte ihr mein Rückflugticket. „Es soll nur ein kurzer Besuch sein."

„Haben Sie Waffen bei sich, Drogen, Alkohol oder lebende Tiere?"

Ich hörte nicht mehr auf, meinen Kopf zu schütteln und hoffte, sie würde sich von meinem Nein nicht persönlich überzeugen wollen. Aber dann forderte sie mich auf, den Kofferraum zu öffnen. Das Herz klopfte mir bis zum Hals, als ich es tat. Ich muss kreidebleich gewesen sein und die Knie wurden mir weich. Sie begutachtete den gefüllten Kofferraum, warf einen Blick in den Beutel mit der Schmutzwäsche und in meine Waschtasche, die obenauf lag.

Wenn Keenan jetzt einen Mucks von sich gab, war alles verloren. Die Sekunden dehnten sich.

„Und Sie haben wirklich keinen Alkohol bei sich?", fragte die Beamtin noch einmal.

„Ich trinke nicht", log ich und sie schien sich damit zufrieden zu geben. Ich musste ihr noch versichern, dass ich genügend Geld für meinen Aufenthalt bei mir trug, dann verschwand sie mit meinem Pass und dem Rückflugticket im Zollgebäude. Ich schlug die Kofferraumklappe zu und setzte mich wieder in den Wagen. Das Lenkrad umklammert, starrte ich durch die schmutzige Windschutzscheibe. Waffen, Drogen, lebende Tiere! Immerhin, ich hatte etwas Lebendiges im Kofferraum. Das konnte man mir glatt als Lüge auslegen und mich dafür einsperren.

Ein Mann, ebenfalls in blauer Uniform, verließ das Gebäude und schlich um *Froggy* herum. Gleich passiert es, dachte ich. Gleich musst du auspacken und dann sind wir beide geliefert. Aber als ich mich nach dem Uniformierten umdrehte, grinste er mich freundlich an.

Ich hielt es nicht mehr länger aus und stieg aus dem Wagen. Als könnte ich so alles hinter mir lassen. Nicht mehr dazugehören. Ich ging in das Gebäude, suchte mir ein paar Prospekte aus und fragte nach einer Karte von Saskatchewan und dem nächsten Motel.

„In Regway gibt es eins, nur fünf Kilometer von hier", sagte der freundliche Zollbeamte, der wieder hereingekommen war.

Salzige Perlen rollten zwischen meinen Brüsten hinab und bildeten nasse Flecken auf meinem Hemd. Wie musste es Keenan erst gehen? Eingeklemmt zwischen meiner Tasche, Konservendosen und den Schlafsäcken. Ob er hinter all dem Kram überhaupt noch atmen konnte?

Meine Daten wurden gerade durch den Computer geschickt und ich hoffte, dass Tom Blue Bird meinen Brief erhalten und keine Vermisstenmeldung nach mir aufgegeben hatte. Dann ging alles sehr schnell. Mit einem freundlichen Augenzwinkern erhielt ich einen lustigen Stempel in meinen Pass, bekam eine Autokarte von Saskatchewan dazu und man wünschte mir einen angenehmen Aufenthalt in Kanada.

Vor Aufregung ließ ich den Motor zweimal absaufen und beim zweiten Mal vermeinte ich ein leises Stöhnen aus dem Kofferraum zu hören. Aber dann rollte der T-Bird nach Kanada hinein und ich fühlte eine ekstaseartige Erleichterung.

„Wir haben es geschafft", brüllte ich laut und brach in albernes Gelächter aus. Keenan hatte sich geirrt, ich konnte durchaus hysterisch werden, es brauchte nur einen entsprechenden Anlass.

Nach wenigen Kilometern bog ich wieder auf einen Picknickplatz und räumte den Kofferraum aus. Ich warf alles auf die Wiese, bis ich Keenans Gesicht sehen konnte. Sein Anblick erinnerte mich irgendwie an meine weiße Maus Herbert, die ich als Kind einmal zu lange in einer engen Schachtel transportiert hatte. Sie hatte sich nie wieder richtig davon erholt.

„Alles in Ordnung?", fragte ich ihn zaghaft.

„Es geht schon", ächzte er gequält.

Mit beiden Händen griff ich nach seiner und half ihm heraus. Er streckte sich und rieb seinen Nacken. Wir standen auf einer Wiese unter riesigen Cottonwoods, in der Nähe plätscherte ein Bach. Sonst war es ganz still.

Plötzlich stieß Keenan eine Art Kriegsschrei aus, riss mich an sich und umarmte mich heftig. Die unerwartete Nähe seines Körpers schickte Wogen der Verwirrung durch mein Hirn. Erst diese Aufregung und jetzt das.

Aber genauso schnell ließ er mich auch wieder los. Als hätte er sich verbrannt. Als hätte die Berührung etwas in ihm ausgelöst, das er sich nicht eingestehen konnte. Ich wankte gefährlich. Keenan streckte die Hand aus, als wollte er sie an meine Wange legen, aber dann hielt er inne, die Hand sank zurück. „Suchen wir ein Telefon. Ich muss meinen Vater anrufen und ihm sagen, dass alles gut gegangen ist."

Wir beschlossen, in diesem Motel in Regway zu übernachten. Es stand am Ausgang des verschlafenen Ortes, der aus wenigen verstreuten Hütten und einem Handelsposten bestand. Vermutlich waren wir die einzigen Gäste. Keenan telefonierte und ich kümmerte mich um das Zimmer. Der Inhaber, ein dicker, glatzköpfiger Mann mit rosiger Haut, hockte im schmuddeligen Unterhemd am Empfang. Sein feuchtes Grinsen war wie die Schleimspur einer Schnecke. Keenan kam durch die Glastür und der Mann sah mich verächtlich an, als er begriff, dass der Indianer zu mir gehörte. Wortlos verließ Keenan den Raum wieder. Ich erledigte die Formalitäten und zahlte. Die Brüste des Mannes zitterten und er leckte sich die Lippen, während er mein Geld in Empfang nahm.

Das Zimmer war warm und stickig und voller breiter Schatten. Der Boden, ausgelegt mit einem knallroten, langhaarigen Teppich, verstärkte diesen Eindruck von Hitze noch. Aber der Raum war sauber und mit etwas gutem Willen konnte man durchaus etwas Gemütliches an ihm finden.

„Wie ich es hasse, wenn sie mich anstarren und ihre Gesichter spiegeln ihre Vorurteile wider", sagte Keenan voller Zorn. „Dann weiß ich, dass sie uns Indianer in ihrer Welt nicht haben wollen. Die Reservate sind für sie wie Raubtiergehege. Bricht eines der wilden Tiere aus, muss es entweder eingefangen oder getötet werden."

Sein Ausbruch verblüffte mich. „Der Mann hat gar nichts gesagt", beschwichtigte ich ihn. „Seine Missbilligung galt mir, weil ich weiß bin und – wie er annehmen musste – mit dir befreundet. Immerhin schlafen wir in einem Zimmer."

„Du verstehst gar nichts", verkündete Keenan bissig. Beleidigt suchte ich ein paar saubere Sachen aus meiner Tasche und verschwand unter der Dusche. Danach fühlte ich mich besser. Sogar die Müdigkeit war verflogen und mein Groll über Keenans Worte. Ich selbst fühlte nichts als Freude und Erleichterung darüber, dass alles ohne Zwischenfälle geklappt hatte. Ich hatte es geschafft. Ich war eine Heldin.

Als ich aus dem Bad kam, hockte Keenan erschöpft in einem Sessel und stierte auf einen imaginären Punkt an der holzvertäfelten Wand.

„Was ist los?", fragte ich. „Wir haben es geschafft. Du bist in Sicherheit. Wieso freust du dich nicht?"

Keenan antwortete nicht.

„He", sagte ich. „Ein bisschen Dankbarkeit würde mir schon helfen. Das war nicht gerade einfach für mich. Schließlich mache ich so was nicht jeden Tag."

Er blieb still.

Ich hatte keine Ahnung, was für seltsame Gedanken durch seinen Kopf irrten. Was ich aber ahnte: Die Müdigkeit in seinen Augen rührte nicht nur von der anstrengenden Fahrt und dem fehlenden Schlaf. Sie hatte ganz andere Ursachen.

Ich sagte: „Packen dich plötzlich grausame Zweifel, ob es richtig war, einfach abzuhauen? Glaubst du, manche deiner Freunde könnten *doch* denken, du hättest es getan?" Keine Ahnung, woher mit einem Mal dieser Wunsch in mir aufkeimte, ihn zu verletzen. Ihn zurückzustoßen und zu entmutigen. Ich fühlte mich überfordert. Überfordert von dem Verständnis, das er von mir verlangte.

Keenans Gesicht wurde düster, aber er verharrte wie ein Taubstummer. Er sah mich mit ungerührtem Blick an, in dem seine Verachtung für mein Unvermögen lag, ihn zu verstehen. Das machte mich noch wütender.

„Du hast dir dein Leben ganz anders vorgestellt, nicht wahr?“, rief ich. „Jetzt bist du auf der Flucht und alles ist durcheinander.“

Immer noch Schweigen.

„Was wird aus deiner Mutter, deinen Freunden, deinem Mädchen, wenn du denn eins hast?“

Keenan war unter der Flut meiner Worte erstarrt. Seine Augen funkelten vor Zorn. „*Inìla*!“, knurrte er. „Sei still!“

Als ich den Mund öffnete, um meinen Gefühlen weiter freien Lauf zu lassen, war er mit einem Satz bei mir und umklammerte mein Handgelenk. Seine Fingernägel bohrten sich zwischen die Sehnen und ich spürte meinen eigenen Puls gegen seine Fingerkuppen pochen. „Du willst wissen, wie es ist?“ Sein Atem ging schwer. Seine sonst so sanften Gesichtszüge verwandelten sich in die eines zornigen, gnadenlosen Kriegers. Ich versuchte, mich aus seinem Griff zu winden. Keenan tat mir weh. Das passte überhaupt nicht zu ihm. „Ich werde dir sagen, wie es ist.“ Er stieß mich unsanft von sich und ich fiel rücklings auf das Bett. So blieb ich liegen. Zum ersten Mal hatte ich Angst vor ihm.

„Es ist ein Tag wie jeder andere“, sagte er mit verhaltener Stimme. „Plötzlich findest du dich voller Schlamm und blutend an einem Flussufer wieder. Zuerst musst du damit fertig werden, dass dich jemand umbringen wollte und dann auch noch damit, dass es ausgerechnet eine weiße Frau ist, der du dein Leben zu verdanken hast.“

Jetzt kniete er mit einem Bein auf dem Bett. In drohender Gebärde beugte er sich über mich und ich hielt den Atem an. „Na gut“, fuhr er fort. „Aus unerfindlichen Gründen hast du alles gemacht, worum ich dich gebeten habe. Hast mich sogar über die Grenze gebracht. In meinem Kopf war nichts anderes als Angst vor dem Gefängnis. Ich musste raus aus diesem Land, egal wie. Aber jetzt“, er seufzte und hockte sich resigniert neben mich auf die Bettkante.

„Jetzt sieht tatsächlich alles ganz anders aus. Das FBI wird meine Mutter belästigen und die anderen aus der Siedlung auch. Mein Chef und meine Arbeitskollegen werden zu den unterschiedlichsten Schlüssen kommen, auf welche Weise ich es fertig gebracht habe, sie so lange über mein wahres Ich hinwegzutäuschen. Tom Blue Bird wird sich die Hände reiben und sein Vater auch, denn nun sind sie einen ihrer hartnäckigsten Gegner ganz einfach los. Ich bin den Männern entkommen, die mich töten wollten, aber ich weiß nicht mal, wer sie sind. Ich weiß überhaupt nichts mehr." Er vergrub das Gesicht in den Händen und rieb es heftig als hätte er Schmerzen.

Ich hatte Keenan noch nie so viel hintereinander reden hören. Was er sagte, rührte mich. Beinahe hätte ich Mitleid mit ihm haben können. Aber mein Selbstmitleid war stärker.

„Und was ist mit mir?", fragte ich gekränkt. „Gerade hatte ich das Gefühl, mein Leben hätte wieder einen Sinn. Ich war wirklich überzeugt vom *Wápika*-Projekt und davon, ein paar armen Leuten helfen zu können. Ich dachte, wir geben Geld und sie bekommen eine Chance. Aber jetzt muss ich erfahren, dass ihr unsere Hilfe gar nicht wollt." Ich seufzte. „Und ich kann nichts machen. Ich muss zurückkehren, wieder mit Tom und Vine zusammenarbeiten und so tun, als wäre nichts gewesen. Ich kann niemandem erklären, warum ich für ein paar Tage spurlos verschwunden war. Das ganze mühsam erkämpfte Vertrauen wird dahin sein. Ich ..."

Keenan drehte sich zu mir herum und ich verstummte. Er sah mich an, ohne seinen Mund zu einem Lächeln zu verziehen, aber seine Stimme klang voller Wärme, als er sagte: „Hör zu, Ellen, es gibt da eine kleine Geschichte von einem indianischen Jungen und seinem Großvater. Der Junge sieht einem Schmetterling zu wie er sich entpuppt.

Er streckt die Finger aus, um ihn aus seiner Hülle zu befreien. Aber der Großvater warnt seinen Enkel: Du darfst ihm dabei nicht helfen, der Schmetterling muss es alleine schaffen.

Der Junge sitzt also da und sieht dem Schmetterling zu, und es dauert ihn, wie der sich müht. Schließlich hält er es nicht länger aus. Er hilft ihm doch und verletzt dabei seine Flügel. Aus eigener Kraft kann der Schmetterling nicht mehr fliegen und muss sterben."

Mühsam wehrte ich mich gegen die Tränen, die in mir aufstiegen. Ich musste schlucken. Verschwinde, bevor es zu spät ist, sagt eine Stimme in meinem Inneren. Keenan legte seine Finger unter mein Kinn und zwang mich, ihm in die Augen zu sehen. „Ich wollte dich nicht entmutigen, glaub mir das. Fahr zu ihnen zurück und du wirst ihr Vertrauen wiederfinden. Du bist auf dem richtigen Weg, Ellen, weil du das Unvollkommene liebst und das Schöne darin finden kannst."

Sein Kuss schmeckte nach etwas, das ich lange nicht verspürt hatte: Sehnsucht und Verlangen. Die Stimme in meinem Inneren verstummte kläglich. Ich wollte von ihm geliebt werden, ich sehnte mich so sehr danach.

Keenan half mir aus dem T-Shirt, wobei seine Finger mich überall dort berührten, wo die Berührung warme Schauer auslöste. Er betrachtete mich aufmerksam, voller Ruhe, als wolle er sich nichts entgehen lassen. Dann nahm er seine Hände von mir, um sich selbst aus seinen Kleidern zu helfen.

Ich fürchtete, er könne meinen hellen Körper nicht anziehend finden, nach all dem, was ich von ihm über Indianer und Weiße gehört hatte. Vielleicht empfand er es als eine Art kulturelle Ausbeutung, was hier passierte, als etwas, dass schon hunderte Male geschehen und aus diesem Grund nichts Besonderes mehr war.

Aber Keenan ließ nicht zu, dass ich mir über solche Dinge Gedanken machen konnte. Vorsichtig legte er sich über mich und das Gewicht seiner Schultern und seines Brustkorbes drückte mich tief in die Matratze.

Seine Küsse waren überall. Ich spürte die Kraft in seinen Händen, wenn er meine Glieder lenkte. Mit meinem ganzen Körper empfand ich Keenans Lebendigkeit und die Wärme, die seine Haut ausstrahlte, wenn sie vor Begehren in den verschiedensten Schattierungen schimmerte.

Meine Schenkel klebten feucht an seinen. Er hielt mich in seinen Armen. „Ich kann dich noch bis zu deinem Großvater bringen", schlug ich vor. „Morgen ist Freitag, da passiert sowieso nicht viel im Dorf. Es genügt, wenn ich am Montag wieder da bin."

„Auf einmal?", flüsterte er an meinem Ohr. Er löste sich von mir und sein dunkler Blick durchdrang meinen. Ich versuchte mir sein Gesicht einzuprägen. Seine schönen braunen Augen; die gewölbten Augenlider, beginnend in einer Rundung und dann schräg auslaufend. Die vollen, von einem Netz winziger Rillen überzogenen Lippen. Die lange Narbe, ein Strich aus schwärzlichem Blut, der das Band seiner schwarzen Brauen auf der rechten Seite in zwei Hälften teilte.

„Was siehst du?", fragte er.

„Ich sehe dich", erwiderte ich. „Ich wusste nicht, dass …"

Er zog mich zu sich herum und hob mich auf sich. Meine Brüste lagen auf seiner Brust. Keenan reckte seinen Kopf, um mein Kinn und meinen Mund zu küssen. „Was ist?", fragte er.

„Ich dachte immer, *weiß* ist gleichbedeutend mit *hässlich* für dich."

„Dachte ich auch", spottete er liebevoll und schaukelte

mich ein wenig hin und her. „Ich war noch nie mit einer weißen Frau zusammen. Aber jetzt weiß ich es: Es bedeutet nichts weiter als: eben anders."

„Wie anders?"

„Ungewohnt, mehr nicht." Er steckte beide Daumen in meine Achselhöhlen und kitzelte mich. „Zum Beispiel deine Haare da."

„Was ist damit?"

„Ich war noch nie mit einer Frau zusammen, die sie wachsen lässt."

Schlagartig war mir klar, warum ich hin und wieder so seltsam angestarrt worden war – auch von Tom. „Es ist natürlich, sie wachsen zu lassen."

„In Amerika findet man so was ... ungepflegt."

„Und wie findest du es?", fragte ich frustriert.

„Interessant."

Ich ließ den Kopf stöhnend auf seine Schulter sinken und hörte sein leises Lachen. „Ich weiß nicht warum", sagte er, „aber ich habe das Gefühl, du schämst dich dafür, dass du weiß bist. *Hécetu sni yeló*, das ist nicht richtig. Niemand sollte sich für das schämen, was er ist."

„Hast du dir niemals gewünscht, kein Indianer zu sein, sondern lieber ein Grieche oder Franzose oder Holländer?"

Er schien kurz zu überlegen, dann glitten seine Hände über meine Schultern. „Nein, ich habe meine Herkunft niemals verleugnet. Ehrlich gesagt, am liebsten bin ich mit meinesgleichen zusammen. Wenn du einen Weißen fragst, wer er ist, dann sagt er dir: Autoschlosser, oder: Lehrer, Rechtsanwalt, Farmer. Ein Indianer sagt: Ich bin ein Navajo, ein Cree, ein Pawnee, Cheyenne oder Lakota.

Außerdem, Weiße kennen das Prinzip der Selbstlosigkeit nicht. Sie denken immer zuerst an sich." Er begann wieder spöttisch zu schaukeln und meinte: „Ausgenommen du natürlich. Was du getan hast, war verdammt selbstlos. Oder?"

„Ich hatte von Anfang an nichts anderes im Sinn, als so auf dir zu liegen und mich von dir schaukeln zu lassen wie ein Ruderboot von der rauen See."

Keenan lachte und ich spürte, wie sich seine Bauchmuskulatur unter mir bewegte. Seine Verletzung schien ihn nicht zu behindern. Er rollte sich mit mir herum und hielt mich mit seinen Armen und mit seiner Brust nieder. Und wieder war er rings um mich und in mir, mit seiner warmen dunklen Haut, die glatt auf meiner lag und sich an meinen Gliedern rieb.

Keenan war fort. Noch ehe ich die Augen aufschlug, spürte ich die Leere neben mir. Ich tastete über die Stelle, an der er gelegen hatte. Sie war kalt. Er hatte mich schon vor einiger Zeit verlassen.

War ich jetzt enttäuscht oder hatte ich es gewusst? Ich hatte es gewusst und war trotzdem enttäuscht. Es lag an seinen Umarmungen, den Küssen der vergangenen Nacht, die wie ein Versprechen gewesen waren. Wenn sich ein Mensch in dir festsetzt, ist es fraglich, ob er dich je wieder verlässt. Keenan war auf eine Weise in mir, wie kein anderer Mann zuvor. Mit ihm hatte ich Dinge erlebt, die ich niemandem erzählen konnte. Es würde noch sehr lange weh tun.

Wie in Trance packte ich meine Sachen zusammen und entdeckte, dass Keenan mir etwas zurückgelassen hatte. Es war eines seiner T-Shirts, ein weinrotes, mit dem Aufdruck: BORN TO BE WILD – LIVE LIKE AN INDIAN. Natürlich wusste ich nicht sicher, ob er es mir zurückgelassen oder es einfach nur vergessen hatte. Aber als ich es an meine Nase presste, atmete ich den vertrauten Geruch der vergangenen fünf Tage und zog es über. Dann verließ ich das Motel, das im Vormittagslicht heruntergekommen und schäbig aussah. Sicherheitshalber wählte ich einen anderen Grenzübergang und fuhr von dort den kürzesten Weg zurück nach South Dakota.

Ich fuhr den ganzen Freitag, führte Selbstgespräche und redete laut mit einem Keenan Kills Straight, der körperlich nicht mehr vorhanden war, aber im Geist neben mir zu sitzen schien. Ich fragte ihn, warum er nicht wenigstens den Mut gehabt hatte, sich von mir zu verabschieden. Er hatte alles von mir bekommen, was ich zu geben in der Lage gewesen war. Und noch ein wenig mehr. Ich heulte hemmungslos. Ach verdammter Mist, dachte ich, irgendwie habe ich kein Glück mit Männern. Keine Ahnung, wie andere Frauen das fertig brachten: Einen Mann an sich zu binden. Ich konnte es jedenfalls nicht, hatte es noch nie gekonnt. Ich fühlte mich so einsam und leer wie noch nie in meinem Leben. Es war ein tiefer, pochender Schmerz und ich fürchtete, ihn nie mehr loszuwerden.

Kurz nach Mitternacht erreichte ich todmüde und erschöpft mein Motel in Martin. Im Zimmer lagen einige kleine Zettel von Mrs Hauge; Nachrichten von Tom Blue Bird und von Lester Swan, nichts Weltbewegendes im Gegensatz zu dem, was ich gerade hinter mir hatte.

Meine Chefin hatte mehrere Male versucht mich zu erreichen. Ich sollte sofort zurückrufen, wenn ich wieder da war. Obwohl ich im Augenblick nicht auf Inga Morgenroths Stimme, ihre Fragen und ihre Vorwürfe erpicht war, erwachte mein Pflichtbewusstsein und ich wählte Deutschland an. „Hier ist Ellen", sagte ich. „Was gibt's?"

„Na endlich", polterte es aus dem Hörer. „Was haben Sie sich bloß dabei gedacht? Tom sagte, Sie wären bei Ihrer Familie in Oklahoma. Ich wusste gar nicht, dass Sie in Oklahoma eine Familie haben, Frau Kirsch", brüllte die

Morgenroth ins Telefon. Ich hielt den Hörer ein Stück von meinem Ohr entfernt.

„Ich war nicht in Oklahoma", sagte ich ruhig.

„Mein Gott, Ellen, Sie haben gelogen."

Stille.

„Es war ein Notfall."

„Ein Notfall? Sind Sie in Ordnung? Ist was passiert?" Klang da etwa gerade so etwas wie Sorge aus ihrer Stimme?

„Ellen?", rief sie. Und zum ersten Mal wurde mir klar, dass sie vielleicht überfordert war mit all dem, was sie da zu erreichen versuchte. Ich jedenfalls fühlte mich überfordert und ich war fast sieben Jahre älter als sie. Inga Morgenroth hatte ihre Kollektion vorgeschoben, um sich vor der Verantwortung zu drücken. Jetzt bekam sie es mit der Angst zu tun.

„Ja, Chefin, ich bin in Ordnung. Ich war bloß drei Tage weg und es hatte mit meiner Arbeit zu tun. Ich glaube, ich bin da einer Sache auf der Spur", sagte ich.

„Tatsächlich?"

„Ja, es hängt mit den Uranbohrungen zusammen."

„Also gut", jetzt klang sie wieder zufrieden. „Machen Sie weiter Ihre Arbeit, aber seien Sie vorsichtig. Im Reservat soll ein Mord passiert sein. Der stellvertretende Stammesratsvorsitzende ..."

„Murdo Garret", bestätigte ich und kam mir dabei ziemlich erwachsen vor.

„Ja, genau der. Ich kannte ihn persönlich, das ist einfach furchtbar. Sind Sie ihm mal begegnet?"

„Ja, aber nur sehr kurz. Er war ein freundlicher Mann."

„Weiß man schon etwas Neues? Über den Mörder, meine ich."

„Ja, ja. Ich glaube, es war irgend so ein Zimmermann. Ein Indianer aus dem Reservat. Komplizierter Name, konnte ich mir nicht merken."

„Dumme Sache", sagte Inga Morgenroth etwas leiser. „Passen Sie gut auf sich auf, Ellen."

„Das werde ich", seufzte ich in den Hörer und legte auf. Ich duschte noch und dann kroch ich in mein großes, leeres Bett.

Heftige Schläge gegen die Tür weckten mich aus einem todesähnlichen Schlaf. Einen Augenblick lang wusste ich nicht, wo ich war. Würde man mich jetzt verhaften?

„Ellen mach auf! Ich weiß, dass du da bist."

Es war nicht mehr Morgen, es war Mittag. Und niemand wollte mich verhaften. Draußen ließ Tom Blue Bird seine Kraft und seinen Unmut an der Tür aus. Ich quälte mich aus dem Bett und öffnete ihm. Tom kam hereingeschossen und mit seinem Adlerblick suchte er das Zimmer nach *Mann* ab.

Müde rieb ich meine geschwollenen Augen und sagte provozierend: *„Full Blood."* Ich unterdrückte ein Gähnen.

„Wie war es in Oklahoma?", fragte er, ohne auf meine Anspielung einzugehen.

Ich ließ mich aufs Bett fallen und stöhnte. Er zog die Vorhänge auf und starrte mich an. Ich zog mir das Nachthemd über die Knie.

„Du warst gar nicht in Oklahoma", sagte Tom wütend. Die kleine Ader über seiner Nasenwurzel schwoll dunkel an. „Du warst mit diesem Kerl unterwegs. Du hast so getan, als würdest du dich wirklich für uns interessieren. Du hast dir das Vertrauen der Leute erschlichen, sogar mich hast du so weit gebracht, dir zu glauben. Und das alles nur, um hier billig Urlaub zu machen und sich eine spirituelle Erfahrung im Bett zu holen. Du bist eine verdammte Lügnerin, Ellen."

Blue Bird war richtig wütend. Wenn er erst erfuhr, bei wem ich mir die spirituelle Erfahrung geholt hatte, würde er sich nicht mehr die Mühe machen, überhaupt noch mit mir zu reden. Und das nicht nur, weil derjenige ein Verdächtiger in einem Mordfall war und von der Polizei gesucht wurde.

Mir fiel nichts ein, womit ich Tom hätte beruhigen können. Um ihm die Wahrheit zu erzählen, musste ich erst herausfinden, welche Rolle ihm in diesem Spiel zugedacht war. Vielleicht wusste er ja irgendwas. Ich war mir sogar ziemlich sicher, dass er etwas wusste.

Plötzlich wurde Tom unheimlich ruhig. „Und?", fragte er kalt. „Wie war es? Lieben rote Männer anders als weiße? Hat er dir Worte von *Wakan Tanka* ins Ohr geflüstert? Hat er dir Geschichten seiner Vorfahren erzählt, während ihr miteinander geschlafen habt? War es das, was du wolltest, Ellen?"

Die Enttäuschung in seiner Stimme traf mich tief. „Du kennst mich doch gar nicht, Tom Blue Bird", erwiderte ich leise. „Ich bin nicht aus Stein, weißt du! Aber du steigerst dich da derart in etwas hinein, dass du gar nicht merkst, was wirklich passiert."

Tom richtete sich wortlos auf und ging aus dem Zimmer. Ich hörte ihn wegfahren. Tränen liefen über meine Wangen, ein warmer Strom, den ich nicht aufhalten konnte. Ich fühlte mich verloren. Als wäre ich allem beraubt worden, was ich je besessen hatte. Sogar meiner Gefühle.

Ja, ich mochte sie, diese Menschen. Ich sah das Schöne in ihren Gefühlen, ihrem Denken, ihrem Leben. Aber aus irgendeinem Grund konnten sie meine Sympathie nicht erwidern.

Mechanisch schloss ich die Tür und holte mir eine Coladose aus dem Kühlschrank. Dann fing ich an, die Papiere zu studieren, die Tom mir letzte Woche gebracht hatte.

Bisher war ich noch nicht dazugekommen, sie mir anzusehen. Meine Arbeit sollte ich machen, hatte die Morgenroth heute Nacht gesagt. Arbeit war ein gutes Heilmittel. Und ich brauchte etwas, um mich abzulenken.

Beim Studium der Karte und dem Lesen der Blätter wurde offensichtlich, dass Anna Yellow Star sehr gründlich gearbeitet hatte. Alle Bohrlöcher waren eingezeichnet – 188 im Ganzen – und es gab eine Liste der Bewohner, die in der Nähe der Bohrlöcher lebten und von denen mehr als die Hälfte an irgendeiner Art Krebs erkrankt waren. Dazu eine Adresse und eine Telefonnummer der Frauenorganisation WARN, *Woman Of All Red Nations*, die vor einigen Jahren schon einmal eine genaue Studie über Krebsfälle und Totgeburten im Reservat gemacht hatte.

Ich rief dort an, aber die Nummer stimmte nicht mehr, die Organisation hatte ihr Büro nicht mehr in diesem Gebäude. Die neue Nummer konnte oder wollte mir niemand nennen. Also packte ich meinen Koffer ein und mein Notizbuch und fuhr ins Reservat. An der Tankstelle in Kyle kaufte ich mir ein paar Lebensmittel und Gummibären für die Kinder und machte einen Abstecher zum Trailer der Many Horses.

Einer der Jungs öffnete mir die Tür. Ich fand Sarah, wie sie auf dem Boden kniete und Kleider in einen Karton sortierte. Sie empfing mich mit einem zuversichtlichen Leuchten in den Augen. Im Inneren des Hauses sah es kahl und leer aus. Ein Teil der Möbel und Scotts Bilder fehlten. „Was ist los?", fragte ich verunsichert.

„Wir ziehen bald um", klärte Sarah mich auf. „Wir bekommen das erste bezugsfertige Haus im neuen Dorf."

„Ihr zieht ins Glücksdorf?" Ich war überrascht.

Sie nickte freudestrahlend. „Mary wird vielleicht wieder gesund."

„Und wieso geht das so plötzlich?"

„Du weiß gar nichts davon? Tom Blue Bird war hier und hat gesagt, du hättest dich für uns eingesetzt."

Ich war ehrlich verblüfft. Ging jetzt alles durcheinander? Gar nichts hatte ich getan. Ich war nicht mal da gewesen.

„Sarah", sagte ich und sah sie eindringlich an. „Gibt es was Neues über den Mord an Murdo Garret? Hat man den Mörder schon gefunden?"

Die Indianerin schüttelte den Kopf. Ihre brombeerfarbenen Augen verdunkelten sich vor Ärger. Hatte ich etwas Falsches gesagt?

Auf einmal schimpfte Sarah los: „Sie verdächtigen Keenan Kills Straight, einen jungen Mann aus dem Reservat. Aber er war es nicht. Ich kenne ihn gut, er würde so etwas niemals tun. Er war immer gegen diese Bohrungen und er hat wirklich verrückte Sachen gemacht. Aber er würde nie jemanden töten. Er geht nicht mal auf die Jagd", fügte sie empört hinzu.

„Hat man eine Spur von ihm?"

„Sie denken, er wird versuchen nach Kanada zu kommen. Seine Mutter stammt von dort. Sie hat der Polizei gesagt, dass er vielleicht zu seinem Großvater will. Keenans Mutter trinkt. Sie weiß nicht, dass sie zur Verräterin wird, wenn sie so was sagt."

Ich musste mich einen Augenblick an der Wand abstützen. Die Polizei wusste also davon, dass Keenan nach Kanada wollte. Waren wir gerade noch so davongekommen?

Sarah legte eine Kinderhose zusammen und presste sie in den Karton. „Tom hat gesagt, du wärst bei deiner Familie in Oklahoma?" Ihre Stimme klang plötzlich anders.

Ich nickte. „War ich auch."

Sie schlug die Augen nieder. „Die Leute reden."

„Was?"

„Die Leute reden über dich, Ellen. Reservatsklatsch", fügte sie achselzuckend hinzu. Dann sah sie mich wieder an.

Nur mit Mühe konnte ich mein Zittern verbergen. Hatte mich doch jemand zusammen mit Keenan gesehen? Hatte die Motelbesitzerin etwas bemerkt oder einer meiner Nachbarn? War ich jetzt geliefert?

„Was reden sie denn?"

Schweigen trat ein, während Sarah weiter Kleider in die Kiste räumte.

„Sie sagen, du wärst hinter Tom her. Arme Billie", meinte sie vorwurfsvoll.

Ich war erleichtert und verärgert zugleich. Wenn sie „arme Billie" sagte, dann glaubte sie an das Gerede der Leute. „Daran ist kein Funken Wahrheit, Sarah, das musst du mir glauben", rechtfertigte ich mich. „Billie ist meine Freundin, ich würde sie nicht hintergehen. Was denkt ihr eigentlich von uns deutschen Frauen, verdammt noch mal? Dass wir nichts anderes im Kopf haben, als mit einem eurer Krieger ins Bett zu steigen?" Zwar hatte ich genau das getan, aber nicht auf die Weise, wie man es mir nachsagte. Außerdem hatte ich Keenan keiner anderen Frau weggenommen.

Sarah erwiderte nichts, doch der Zweifel sprach noch aus ihren Augen. „Na gut", sagte ich, weil ich merkte, dass ich sie nicht überzeugen konnte. „Dann will ich dich nicht weiter beim Packen stören. Ich besuche euch später im neuen Haus."

Auf schnellstem Wege fuhr ich zum Haus der Blue Birds und ich hatte Glück, denn außer Billie war niemand zu Hause. Vorsichtig lächelte ich sie an. Ganz sicher waren die Gerüchte über Tom und mich auch schon bis zu ihr vorgedrungen. Und selbst wenn nichts dran war, ich befand mich in einer dummen Situation. „Hi Billie!", begrüßte ich sie zaghaft.

„Hi", sagte sie und lächelte unverbindlich. „Komm rein!"

Billie kochte Tee und ich bekam Heidelbeerkuchen. „Wolltest du zu Tom?", fragte sie endlich.

„Nein", begann ich. „Ich wollte zu dir. Tom ist wütend, weil ich drei Tage weg war, ohne ihm vorher was davon zu sagen."

„Na, schließlich gehörst du ihm nicht", erwiderte sie gequält.

Es hatte wenig Sinn, sie auf diese Art davon zu überzeugen, dass ich kein Interesse an ihrem Mann hatte. Sie würde mir noch weniger glauben als Sarah es getan hatte.

„Weißt du", sagte sie. „Er war einfach sauer auf dich. Während du weg warst, haben deine Leute mit Tom einen Ausflug in die Badlands unternommen. Die indianischen Mitarbeiter waren allein auf der Baustelle und haben den ganzen Tag hart gearbeitet. Wahrscheinlich waren sie mal froh, dass ihnen nicht dauernd jemand reingeredet hat. Aber als die anderen am nächsten Tag wiederkamen, haben sie erst einmal alles bemängelt, was in ihrer Abwesenheit gemacht worden war. Unsere Leute waren so verärgert, dass sie am Tag darauf nicht gekommen sind. Tom hätte deine Hilfe gebraucht. Du hättest den anderen Mitarbeitern besser erklären können, dass es so nicht geht."

Ich bekam auf der Stelle ein schlechtes Gewissen. „Ich werde mich darum kümmern", sagte ich. „Es tut mir sehr Leid, dass so etwas passiert ist."

„Tom hat schon mit ihnen geredet. Sie arbeiten wieder, aber die Stimmung ist nicht besonders gut."

„Ich war noch nicht wieder im Dorf."

„Und warum wolltest du mich sprechen?"

Ich fragte geradeheraus: „Was weißt du über Keenan Kills Straight, Billie?"

Sie sah mich überrascht an. Dann stand sie auf und ging aus der Küche, um in den Flur zu lauschen. „Gehen wir nach draußen und laufen ein Stück", schlug sie vor. „Besser, uns hört niemand zu."

Wir liefen durch das Pappelwäldchen und auf der anderen Seite hinaus in die offene Prärie. Ich suchte Billie Blue Birds Leib nach Anzeichen für eine neue Schwangerschaft ab, aber noch war sie schlank und wendig. Man sah ihr nicht an, dass sie schon drei Kinder geboren hatte.

„Bevor ich Tom kennen lernte, war ich mit Keenan befreundet", erklärte sie überraschend offen. „Die beiden waren Freunde; gute Freunde. Aber seit ich mich damals für Tom entschieden habe, sind sie zu Rivalen geworden. Keenan tut immer noch beleidigt, obwohl er sich in Wahrheit schon lange nichts mehr aus mir macht."

Ich fragte mich, ob sie ihre Entscheidung schon manchmal bereut hatte, aber darum ging es jetzt nicht.

„Hassen sie sich?"

Billie schüttelte den Kopf. „Nicht wirklich. Wenn möglich, gehen sie sich aus dem Weg. Ich habe Tom nichts von meiner Arbeit in der NRC erzählt, weil er weiß, dass Keenan einer der führenden Köpfe ist. Wir sehen uns regelmäßig auf den Treffen der Vereinigung, das würde Tom nicht gefallen. Kills Straight koordiniert unsere Aktionen, er hat den Überblick. Und jetzt, wo wir es beinahe geschafft haben, will ihm jemand diesen Mord anhängen."

„*Was* habt ihr beinahe geschafft?"

„Wir hatten Murdo Garret davon überzeugt, in der Stammesratssitzung gegen die Probebohrungen, das Kasino und das Parkprojekt zu stimmen. Damit wären die Gegner des Ausverkaufs in der Überzahl gewesen. Mit einer Stimme."

Ich zuckte zusammen, das hatte ich vollkommen vergessen. „Die Stammesratssitzung!", rief ich. „Wie ist sie ausgegangen?"

„Es gab keine Sitzung", eröffnete mir Billie. „Wenn ein Mitglied stirbt, dann dauert es mindestens vier Wochen, bevor ein neues gewählt werden kann. Erst wenn der Stammesrat vollständig ist, darf er wieder Beschlüsse fassen."

„Und wie ist es euch gelungen, Garret so kurz vor der Sitzung umzustimmen?"

Billie warf ihren schweren Zopf in den Nacken. Sie druckste herum.

„Billie, bitte! Ich habe Keenan kennen gelernt. Er war es nicht. Jemand muss ihm helfen."

Sie packte mich am Arm. „Du weißt, wo er ist?" Ihre Nasenflügel blähten sich.

„In Kanada."

„Sicher?"

„So sicher wie die Tatsache, dass ich in keiner Weise hinter Tom her bin."

„Das glaube ich nicht", sagte sie.

„Was glaubst du nicht? Dass ich mit Tom nur arbeite, nichts weiter?" Mein Herz pochte schneller. Wieso sagte sie das?

„Dass Keenan in Kanada ist", meinte Billie entschieden. „Wie soll er das so schnell geschafft haben?"

„Ich habe ihn mit *Froggy* über die Grenze gebracht." Ich wusste selbst nicht, weshalb ich mich ihr derart auslieferte, aber ich musste es tun. Es war der Preis für ihr Vertrauen.

„Beschreibe ihn mir!", forderte sie misstrauisch.

Nicht auch das noch. „Ein wenig größer als ich", begann ich. „Dunkle Haut, die Haare lang ..." Feingliedrige Hände, die einen mächtig durcheinander bringen konnten, schöne braune Augen, weiche Lippen ...

Mit einer hochgezogenen Augenbraue sah Billie mich an und meinte: „Irgendein Indianer. Das kannst du alles in der Zeitung gelesen haben."

„Na gut", seufzte ich. „Er hat tätowierte Handgelenke, dasselbe Muster wie Tom, und er hat eine Operationsnarbe hier", ich zeigte ihr eine Stelle im Kreuz. „Zwei Narben sind dazugekommen. Eine teilt seine rechte Augenbraue, die andere rührt von einem Messerstich. Genau hier!" Ich tippte in Hüfthöhe.

Verblüfft starrte sie mich an. Ich wurde rot und biss mir auf die Lippen.

Jetzt, wo sie einmal so viel wusste, konnte ich ihr auch noch den Rest erzählen. „Ich war am White River und nahm Wasserproben, als zwei Männer ihn zusammenschlugen. Einer verletzte ihn mit dem Messer und sie warfen ihn in den Fluss. Ich habe die Männer nicht gesehen und sie sahen mich nicht. Als sie weg waren, habe ich ihn rausgefischt. Er hat nicht mehr geatmet."

Billie musterte mich durch schmale Augenschlitze. „Du hast Keenan das Leben gerettet?"

„Vermutlich. Er wollte nicht ins Krankenhaus. Er wusste nicht, wer die Männer waren und warum sie ihn töten wollten. Was passiert war, erfuhren wir erst am nächsten Tag aus dem Fernsehen." Wir waren inmitten des weiten Graslandes stehen geblieben. Präriehunde eilten von einem Erdloch zum anderen und schepperten laut, wenn wir ihnen zu nahe kamen. Es war erheiternd, ihnen zuzusehen. Ich behielt Billie trotzdem im Auge, während sie schweigend in die Ferne starrte.

„Erzähl Tom bitte nichts von Keenan und mir", bat ich sie. „Aus irgendeinem Grund ist er so wütend auf Kills Straight, dass er sich vergessen könnte. Immerhin wird Keenan von der Polizei gesucht und ich habe ihn versteckt und ihm zur Flucht verholfen."

„Natürlich werde ich nichts sagen", versicherte mir Billie. „Keenan ist immer noch mein Freund und wir kämpfen für dieselbe Sache."

Etwas stach in meiner Brust. War ich etwa eifersüchtig? „Was wirst du jetzt unternehmen?", fragte ich sie. Ich merkte, dass es in ihrem Kopf arbeitete. Wieso war ich bloß nicht eher darauf gekommen, mich ihr anzuvertrauen? Wir Frauen mussten schließlich zusammenhalten.

„Ich werde mich mal umhorchen, wer außer Vine noch ein Interesse an Garrets Tod haben könnte", antwortete sie. Wir liefen zurück zum Haus.

„Das kann ja ewig dauern", klagte ich.

„Nein", behauptete Billie. „Es wird nicht ewig dauern."

Der nächste Tag war ein Sonntag. Ich fuhr an den White River, dorthin, wo ich Keenan aus dem Fluss gezogen hatte. Der Ort zog mich magisch an, als könne ich hier auf Geheimnisse stoßen, die alles erklären würden. Ich suchte nach Spuren im Gras, konnte aber nichts mehr entdecken, was auf die Geschehnisse vor sieben Tagen hindeutete. Es musste während meiner Abwesenheit hier geregnet haben, denn das Gras stand frisch und grün. Wenn je Spuren da gewesen waren, hatte der Regen sie beseitigt.

Enttäuscht kletterte ich hinab zum Flussufer und setzte mich unter den Erdüberhang auf einen Stein. Der White River trieb träge dahin, die Strudel hatten sich geglättet. Ich holte mein Notizbuch hervor und beschloss dasselbe zu tun wie Billie: Herausfinden, wer alles ein Interesse an Garrets Tod gehabt haben könnte.

Ohne lange nachzudenken, schrieb ich zwei Namen auf ein leeres Blatt.

Plötzlich rieselte Dreck auf das Papier. Ich wischte die Krümel fort und blickte auf. Im trüben Wasser des Flusses spiegelte sich ein Schatten. Vorsichtig stand ich auf und presste mich mit dem Rücken gegen die Kalkwand. Mit der Zunge fuhr ich durch meinen trockenen Mund. Mein Herz klopfte, als wollte es zerspringen.

„Ellen?", rief jemand von oben.

Es war Tom Blue Bird. Er musste mir gefolgt sein – wie sonst konnte er wissen, dass ich hier war. An solche Zufälle glaubte ich nicht; jedenfalls nicht mehr, seit ich so viel wusste. Billie hatte vielleicht ihr Versprechen gebrochen und Tom alles erzählt. Immerhin, sie war seine Frau und sie wollte ihn um jeden Preis behalten.

Ich gab keine Antwort. *Froggy* stand oben auf dem Plateau. Ich hatte mir nicht die Mühe gemacht, ihn zu verstecken. Es wunderte mich nur, dass ich Toms Wagen nicht gehört hatte, wo der alte Truck doch so klapprig und laut war.

Eine Woge nackter Angst schlug über mir zusammen. Vine Blue Bird stand an oberster Stelle auf meiner Liste. Tom war sein Sohn. Zu wem würde er halten, wenn es darauf ankam; wenn es um Leben oder Tod ging? Zu einer weißen Frau, die er kaum kannte, oder zu seinem mächtigen Vater? Wie stand es in diesem Augenblick um Tom Blue Birds Familienloyalität?

Tom kam herunter ans Flussufer. Ich stand immer noch da, den Rücken gegen die Lehmwand gepresst, und bat stumm: „Sesam öffne dich! Bitte! *Wakan Tanka* …"

Meine Hände umklammerten das Notizbuch. „Komm mir nicht zu nahe!", blaffte ich Tom an. Er kam zwei weitere Schritte auf mich zu und ich schrie: „Du sollst steh-hen-blei-ben!"

Abrupt hielt er inne und blickte mich eine Weile seltsam an. Er trug eine löchrige, verwaschene Jeans und ein hellblaues T-Shirt. Unter seinen Armen und auf der Brust hatten sich dunkle Flecken gebildet. Es war heiß, sehr heiß. *Lila katé*, wie die Lakota zu sagen pflegen. Also, alles ganz normal. Aber was war mit Blue Birds Augen? Sie fixierten einen Punkt irgendwo in Brusthöhe. War er der verrückte Sohn einer verrückten Mutter? Würde er erst über mich herfallen und mich dann umbringen? Oder waren es wieder nur meine Achselhaare, die er anstarrte?

„Ich bin gekommen, um mich bei dir zu entschuldigen", sagte Tom.

Ein ungläubiger Laut entfloh meiner Kehle. Tom Blue Bird und Entschuldigungen, das war etwas, das nicht zusammenpasste.

„Ich hätte dich brauchen können und du warst nicht da. Ich war sauer auf dich."

„Verschwinde!", stieß ich hysterisch hervor.

„Ellen, ich wollte mich nur entschuldigen." Tom machte einen Schritt auf mich zu, streckte einen Arm nach mir aus – und ich versuchte davonzurennen. Aber ich glitt im schmierigen Lehm aus und stürzte. Er war sofort bei mir und versuchte mir aufzuhelfen. Ich trat nach ihm. Ich schlug nach ihm. Ich brüllte los.

Doch Tom war ein großer Mann und er hatte Kraft. Und vor allem verlor er jetzt die Geduld. Er zerrte mich an den Oberarmen aus dem Dreck und auf die Beine und schüttelte mich. „Was zum Teufel ist bloß in dich gefahren?", herrschte er mich an. „Ich erkenne dich überhaupt nicht wieder. Du tust ja gerade so, als wollte ich dich umbringen."

„Dachte ich ja auch", wimmerte ich.

Tom bückte sich nach meinem Notizbuch und gab es mir zurück.

„Danke!", schniefte ich frustriert und presste es an meine Brust wie einen Schild.

„Würdest du mir jetzt bitte mal erklären, was dieses seltsame Verhalten soll?", fragte er aufgebracht. „Warum sollte ich dich umbringen? Weil du mit irgendeinem Indianer ins Bett gegangen bist?" Er lachte kopfschüttelnd. „Na, so schrecklich ist das nun auch wieder nicht. Ich hab mich bloß mächtig geärgert. Dachte, du wärst anders. Ich war der Meinung, du wärst wirklich hier, um uns zu helfen."

„Bin ich ja auch", erwiderte ich gekränkt.

„Wo warst du dann in den vergangenen drei Tagen, an

denen ich deine Hilfe wirklich gebraucht hätte? Und erzähl mir nichts von Oklahoma!"

„Ich war in Kanada", beichtete ich.

„In Kanada?"

„Es war ein Notfall." Mit dem Handrücken versuchte ich, mir den Lehm aus dem Gesicht zu wischen, aber ich schmierte ihn nur breit.

„Was für ein verdammter Notfall?" Tom runzelte besorgt die Stirn.

Er war wirklich überrascht und schien nichts zu wissen, sonst hätte er mich spätestens jetzt mit Keenan in Verbindung gebracht. Ich beruhigte mich ein wenig. Billie hatte mich nicht verraten. Ich konnte noch versuchen, die Dinge in den Griff zu kriegen.

„Das kann ich dir nicht sagen", antwortete ich.

„Warum nicht?", fragte Tom enttäuscht. „Ich war von Anfang an auf deiner Seite und habe dir geholfen, wo ich konnte. Weil ich das Gefühl hatte, du meinst es ehrlich. Die Menschen im Reservat mögen Leute wie dich nicht. Sie brauchen keine Ethnologen, Soziologen oder irgendwelche edlen Helfer, egal ob es Angloamerikaner, Engländer oder Deutsche sind. Das Einzige, was wir von den Weißen brauchen ist, dass sie uns in Ruhe lassen. Das sind doch alles verdammte Masochisten. Es gefällt ihnen, sich schuldig zu fühlen. Sie geben vor, uns zu helfen, aber in Wirklichkeit sind sie nur daran interessiert, wie sie sich selbst dabei fühlen. Und sie wissen verdammt noch mal immer alles besser." Er verstummte.

„Ich bin keine Masochistin", sagte ich. „Und ich dachte, du magst mich ein bisschen."

„Das dachte ich auch", brummte Tom versöhnlich.

Wir waren beide nass und lehmverschmiert und ich war geneigt, ihm alles zu erzählen und mich ihm anzuvertrauen, wie ich mich Billie anvertraut hatte. Aber ich hatte immer noch Angst. Tom erschien mir zu clever, als dass er wirklich gar nichts von den Dingen wusste, die da vor sich gingen. Ich sagte: „Gib mir noch etwas Zeit. Ich muss erst einmal selbst damit klarkommen."

„Okay", meinte er und schien diese Antwort zu akzeptieren. Er griff nach dem Probenkoffer. „Hier brauchst du nicht zu messen. Soweit ich informiert bin, ist der Fluss nicht verseucht."

„Aber dein Vater hat mich hierher geschickt."

„Frag nicht ihn, frag mich." Dann grinste er und sagte: „Außerdem gibt es hier Klapperschlangen."

Gemeiner Lügner, dachte ich frustriert, denn ich hatte hier noch nie eine Klapperschlange gesehen. Wir kletterten hinauf auf das Plateau und Tom stellte den Koffer in meinen Wagen. Ich sah mich nach seinem Pickup um und entdeckte ihn in dem Hohlweg, in dem ich vor einer Woche *Froggy* geparkt hatte. Das war ein ganzes Stück weg vom Fluss, deshalb hatte ich Tom nicht kommen hören.

„Wann entscheidet der Stammesrat über die neuen Projekte und das Sondermülldepot?", fragte ich ihn, bevor ich in meinen Wagen stieg.

„Willst du jetzt auch noch in die Indianerpolitik einsteigen?", spottete er.

Das war gemein und ich wünschte, er würde mich endlich ernst nehmen. „Gibst du niemals eine direkte Antwort?"

Er zuckte die Achseln. „In drei Wochen wird ein neues Ratsmitglied gewählt. Danach werden sie zusammenkommen."

„Weiß man schon, wer der Neue ist?"

Tom schien sich über mein plötzliches Interesse an diesen Dingen zu wundern. „Sein Name steht jedenfalls noch nicht auf deiner Liste."

Das Wort *Liste* sauste wie ein brennender Pfeil durch meinen Kopf. Aber dann wurde mir klar, Tom konnte nicht jene meinen, die ich eben erst geschrieben hatte. Zwei Namen ergaben noch keine Liste. Ich gab mir Mühe, wieder normal zu klingen. „Na komm schon!“, sagte ich. „Lass dich nicht so bitten.“

„Vermutlich wird es Richard Three Star“, sagte er. „Die übrigen Ratsmitglieder haben ihn als Kandidaten aufgestellt.“ Ich war mir sicher, den Namen schon einmal gehört zu haben, konnte mich aber nicht erinnern, wo. „Was machst du morgen?“ Seine Stimme klang müde und versöhnlich.

„Im *Wápika*-Dorf arbeiten, was sonst.“

„Dann sehen wir uns dort.“ Er lief den Feldweg entlang zu seinem Wagen und ich blickte ihm fassungslos hinterher. Aus diesem Mann würde ich nie schlau werden. Ich versuchte vergeblich, den Lehm aus meinem Gesicht zu rubbeln, der inzwischen angetrocknet war wie eine Gesichtsmaske.

8. Kapitel

Ich kam mit einem schlechten Gewissen ins Dorf zurück, aber außer Tom und meiner Chefin schien sich niemand daran zu stören, dass ich ein paar Tage nicht da gewesen war.

In meiner Abwesenheit hatte sich einiges verändert. Das erste Haus war einzugsfertig und beim zweiten wurde gerade das Dach gebaut. Lutz Winter kroch auf den bereits vorhandenen Dachbalken herum und machte Fotos für seine Dokumentation. Wie gerne hätte ich mich ihm anvertraut. Aber es schien mir sicherer, dass niemand von den Leuten, mit denen ich arbeitete, über mein Problem Bescheid wusste.

So begann ich dort weiterzumachen, wo ich vor einer Woche aufgehört hatte. An den Vormittagen arbeitete ich auf der Baustelle und kümmerte mich darum, dass es nicht wieder zu Missverständnissen kam. In der übrigen Zeit vervollständigte ich Anna Yellow Stars Karte und nahm Erd- und Wasserproben an Stellen, wo sie es auch getan hatte. Es wurde jeden Tag wärmer und zur Mittagszeit brannte die Sonne so unbarmherzig heiß vom wolkenlosen Himmel, dass die Erde zu glühen schien. Dann erlahmten auch die Arbeiten auf der Baustelle und man saß zusammen in den Tipis und erzählte sich Geschichten oder döste vor sich hin. Die Lakota waren nicht nachtragend, das musste ich ihnen zugute halten. Tom hatte die Zwistigkeiten aus dem Weg geräumt und die Stimmung hatte sich wieder gebessert. Nur Lester Swan war auf Tom nun gar nicht mehr gut zu sprechen. Ich versuchte zu vermitteln, aber die beiden Männer gingen sich lieber aus dem Weg.

Ich selbst kam mit der Art der Lakota inzwischen viel besser zurecht. Wenn ich auf meinen Fahrten durchs Reservat jemandem begegnete und es zu einem Gespräch kam, dann erkundigte ich mich nicht mehr nach offenen Bohrlöchern oder Krebsfällen, oder wie derjenige wohnte und was er zu essen pflegte. Anstatt zu wirken, als wolle ich mir ihre Freundschaft oder Duldung erbetteln, fragte ich nach dem Namen für ein duftendes Kraut mit blauen Schnappblüten, das zu meinen Füßen wuchs. Ich fragte nach einer Eulenart, die in Erdhöhlen lebte. Ich ließ mir erklären, woraus *Kinnikinnik*, der bittere Indianertabak, gewonnen wurde und wie man aus braunen Stachelschweinborsten diese wunderschönen farbigen Quillstickereien fertigte.

Die Menschen sprachen mit mir und vertrauten mir von ganz allein ihre Sorgen an. Oft wurde ich zum Essen eingeladen oder zu einem kalten Tee. Ich war sehr traurig und vielleicht sah man mir das an. Vielleicht hatten die Lakota das Gefühl, mich trösten zu müssen.

Manchmal geschehen Dinge, die verändern ein Leben für immer. Das wurde mir klar, als ich eines Abends wieder auf dem Hügel von Wounded Knee stand und darüber nachdachte, wie es weitergehen sollte. Die Gedanken an Keenan ließen mir keine Ruhe. Wo war er jetzt? War er in Sicherheit? Was hatte er für Pläne? Warum ließ er mir keine Nachricht zukommen? Ich vermisste ihn. Ich liebte ihn, auch wenn meine Liebe ins Leere strömte.

Großartig, dachte ich. Als wenn alles andere nicht schon genug wäre. Versunken in Erinnerungen, schlenderte ich hinunter ins Tal zum anderen Friedhof. Während ich die melancholische Stimmung des Ortes auf mich wirken ließ, stieß ich wieder auf den Namen Three Star. Diesmal hatte ich den Zusammenhang sofort. Jemand mit dem Namen

Three Star war der neue Kandidat für den Stammesrat. Und Three Star war auch der Familienname von Toms Mutter. Das neue Stammesratsmitglied war vielleicht durch Korruption an diese Kandidatur gekommen. Vielleicht hatte Keenan Recht und Vine steckte tatsächlich hinter dem Mord an Murdo Garret. Ich musste herausfinden, ob dieser Richard Three Star – sein Vorname war mir nun wieder eingefallen – mit Toms Mutter und somit auch irgendwie mit Vine verwandt war.

Auf dem Weg nach Martin hatte ich einen blutroten Sonnenuntergang im Rückspiegel. Das Farbenspiel des Lichts war betörend. Es wirkte wie ein Sog, der mich vom Ankommen zurückhalten wollte. Ich hätte ewig so weiterfahren können.

Niemand verfolgte mich. Und niemand versuchte, mich von der Straße zu drängen.

Am nächsten Tag fuhr ich nach Norden, in den Eagle Nest Distrikt. Ich lenkte *Froggy* in den kleinen Ort Wanblee hinein und fragte dort nach der Siedlung Kills Straight. Man schickte mich denselben Weg wieder ein Stück zurück, die erste Straße nach links sollte ich abbiegen.

Auf einem kahlen Platz zählte ich einundzwanzig Holzhäuser. Alle hatten die gleiche Farbe, ein trübsinniges Einheitsgrau. Es gab keinen Baum, keinen Busch, nicht mal einen mickrigen Strauch. Vor und neben den Häusern standen alte Autos und eine Gruppe Halbwüchsiger spielte Basketball. Sie tummelten sich unter dem Netz, Jungs und Mädchen mit pechschwarzen Haaren und hübschen Gesichtern, von denen einige vielleicht mit Keenan verwandt waren.

Froggy passte gut zu den anderen Fahrzeugen, deshalb kümmerte sich auch niemand darum, als ich ihn daneben parkte. Bis ich ausstieg.

Die Kinder starrten mich feindselig an. Ich wusste nicht, für wen sie mich hielten und warum. Einen guten Start hatte ich jedenfalls nicht. „Wohnt hier eine Sally Kills Straight?“, wandte ich mich an einen größeren Jungen mit schimmernden Zöpfen. Er presste den abgeschabten Lederball an seine Brust und kniff die Lippen zusammen. Kein Wort.

„Was wollen Sie denn von ihr?“, fragte mich ein etwa fünfzehnjähriges Mädchen in halblangen Jeans und weißer Bluse.

„Ich habe Nachricht von ihrem Sohn“, verkündete ich spontan. Vielleicht war das ein Fehler, aber ich wollte nicht wieder als Feind dastehen. „Sie?“ Die Augen des Jungen wurden zu kleinen Halbmonden.

„Ich war mit ihm zusammen“, stieß ich hervor. In kürzester Zeit hatten diese Kindergesichter aus mir hervorgelockt, was ich selbst Tom verschwiegen hatte. Unter ihren eindringlichen Blicken fühlte ich mich nackt und hilflos. Sie sahen einander an, ähnlich den sieben Geißlein, als sie sich fragten, ob sie dem Wolf mit der schönen Stimme die Tür öffnen sollten. Das war's, dachte ich traurig.

Aber dann fragte das Mädchen neugierig: „Ist er in Kanada?“

Ich nickte. „Ja. Ich habe ihn hingebracht.“

„Und du bist wirklich nicht vom FBI?“

„Nein, natürlich nicht.“ Ich sah sie überrascht an. Das war es also. Keenan hatte es vorhergesehen. Sie alle waren vom FBI ausgefragt worden. Dass sie misstrauisch waren, konnte ich ihnen nicht verübeln.

Die ganze Eskorte brachte mich zum letzten Haus der Siedlung. „Danke!“, sagte ich. Ich dachte, sie würden gehen, aber sie folgten mir mit ihren wachsamen Kohleaugen, bis ich vor der klapprigen Tür stand und zaghaft klopfte.

Drinnen rührte sich nichts.

„Sally Kills Straight!", rief ich verhalten und klopfte etwas lauter. Nichts. Ich sah die Kinder hilflos an.

„Sie hört dich nicht", sagte das Mädchen entschuldigend. „Sie ist betrunken. Du musst schon reingehen."

Ich ging hinein und blieb gleich hinter der Tür stehen. Die Fenster waren mit löchrigen grauen Gardinen verhangen. Es herrschte diffuses Dämmerlicht im Raum und roch streng nach Fäulnis und Urin. Ich merkte, wie mir schlecht wurde. Der Gestank schnürte sich um meine Kehle wie ein derbes Seil. Durch den Türspalt sah ich nach draußen und erhaschte etwas frische Luft. Die Kinder warteten und beobachteten die Tür. Entweder, sie misstrauten mir immer noch oder sie waren einfach nur neugierig, was passieren würde.

Ich rief etwas lauter: „Sally?" Der Lichtschalter klebte und noch dazu hatte ich ihn umsonst angefasst. Die Birne schien kaputt zu sein. Ich machte ein paar Schritte in den Raum hinein und sah mich um. Es herrschte Chaos. Die Einrichtungsgegenstände beschränkten sich auf einen wackeligen runden Holztisch, zwei Stühle, ein altes, reparaturbedürftiges Sofa und einen abgeschabten Sessel. Der Fernseher flimmerte tonlos vor sich hin. Sally musste sich wieder einen gekauft haben, nachdem Keenan verschwunden war. Flaschen und Bierdosen kullerten auf dem Boden herum und das schmutzige Geschirr von zwei Wochen türmte sich im und um das Abwaschbecken.

Ich versuchte mir vorzustellen, wie er hier gelebt hatte. Es fiel mir schwer. Wie hatte er das nur ertragen können? Es war widerwärtig und machte mich traurig.

„Sally!", rief ich noch einmal.

Plötzlich hörte ich unter mir jemanden schimpfen und eine magere, verwahrloste Frau kam die Kellertreppe herauf. „Was wollen Sie", geiferte sie mich an. „Sind Sie Reporterin oder vom FBI? Wenn Sie ins Zimmer meines Sohnes wollen, dann kostet Sie das 50 Dollar." Sie hielt die Hand auf. Auf diese Weise war sie vermutlich an das Geld für den Fernseher gekommen.

Zitternde Finger mit abgebrochenen Nägeln. Rote, schorfige Flecken am Unterarm. Sie schien irgendeine Hautkrankheit zu haben. Ihr Atem stank nach Alkohol. Ich kämpfte gegen den Ekel, der mich befiel. Dann zwang ich mich, ihr ins Gesicht zu sehen. Die ausdruckslosen Augen, der Mund, alt und unfreundlich. Ich konnte nichts an ihr entdecken, das mich an Keenan erinnert hätte. Zum Glück, dachte ich. Ich sagte nichts, wühlte in meiner Tasche und förderte einen Geldschein zutage. „Zwanzig Dollar, mehr habe ich nicht." Ihre Finger schlossen sich um den Schein und sie zeigte auf eine Tür am Ende des Ganges.

Ich fühlte mich wie ein Eindringling. Was würde Keenan dazu sagen, wenn er erfuhr, dass ich mir mit zwanzig Dollar Zutritt zu seinem Zimmer erkauft hatte?

Die Tür war aufgebrochen und im Zimmer herrschte heilloses Durcheinander. Stühle lagen umgekippt auf dem Boden, Bücher und Papiere. Wie viele 50 Dollarscheine mochte Sarah Kills Straight schon einkassiert haben, dafür, dass sie Reporter und Fotografen in dieses Zimmer ließ. Es sah so aus, als wären es mindestens hundert gewesen.

Ich konnte noch erkennen, dass er hier mal zu Hause gewesen war. Fotos gab es keine mehr, die hatte sicher jemand mitgenommen. Aber ich sah noch die Nadeln in der Tapete, mit der sie an die Wand gepinnt gewesen waren. Es gab ein paar Zeichnungen, Skizzen von Häusern und Tieren. Ich hob die verstreuten Blätter vom Boden auf und legte sie ordentlich zusammen. Dann schob ich sie kurzerhand in meine Tasche.

Die restlichen Papiere brauchte ich nicht zu durchsuchen, es würde sich garantiert nichts Wichtiges mehr finden. Die vor mir da gewesen waren, hatten gründlich gearbeitet. Ich setzte mich auf das Bett mit den Messinggitterstäben und betrachtete verzweifelt das Chaos. Sollte Keenan jemals hierher zurückkehren, gab es kein Willkommen.

Ich sammelte noch ein paar Dinge ein, die wertlos waren, aber für Keenan vielleicht von Wichtigkeit. Eine zerknickte Feder, an der ein mit bunten Stachelschweinborsten verziertes Medizinrad befestigt war. Eine geschnitzte Holzfigur, ein paar Muscheln mit seltsamen Zeichen und eine kleine Schildkröte aus Horn, die ich unter dem Bett gefunden hatte. Er besaß viele Bücher, die jetzt teilweise auf dem Boden verstreut lagen. Aufgeschlagen, die Seiten zerknittert und beschmutzt. Es tat weh.

Plötzlich merkte ich, wie mich jemand beobachtete. In der Tür stand das Mädchen von vorhin und musterte mich. Ein langer, schwerer Zopf lag auf ihrer Brust.

„Wie heißt du?", fragte ich sie.

„Kathy."

„Bist du mit Keenan verwandt?"

„Er ist mein Onkel." Nach allem, was Keenan mir erzählt hatte, konnte er nicht wirklich ihr Onkel sein, aber ich wusste, dass sie auch nicht gelogen hatte. Die Verwandtschaftsbezeichnungen der Lakota waren mitunter verwirrend, weil sie ein weitläufiges System von Wahlverwandtschaften pflegten.

„Hast du ihn gern?", wollte ich wissen. Sie nickte traurig.

„Wo ist seine Mutter jetzt hin?"

„Sie ist losgegangen, um sich Schnaps zu besorgen, von dem Geld, das du ihr gegeben hast", sagte Kathy vorwurfsvoll. „Du hast hier herumgeschnüffelt, wie all die anderen vor dir."

„Nein, Kathy, das stimmt nicht. Ich habe Keenan auch gern. Ich habe nur versucht zu retten, was zu retten ist." Und fragte mich, warum nicht schon eher jemand auf den Gedanken gekommen war.

Das Mädchen sagte nichts, die Arme hinter dem Rücken verschränkt, lehnte sie an der Wand und ließ die Augen nicht von mir.

„Würdest du mir einen Gefallen tun?“, fragte ich sie.

„Kommt darauf an!“

„Es werden noch mehr Leute kommen und hier herumstöbern“, sagte ich. „Es ist schade um die schönen Bücher. Kannst du sie holen und bei dir aufbewahren, bis Keenan zurückkommt?“

Ihre Augen begannen zu leuchten. „Er kommt wieder?“

„Wir müssen erst beweisen, dass er unschuldig ist. Dann kommt er vielleicht wieder.“

Sie nickte und sagte: „Ich brauche nur einen Karton, dann hole ich die Bücher.“ – Und rannte davon.

Da ich nun allein im Haus war, holte ich auch noch ein paar Sachen aus Keenans Kleiderschrank, aber selbst darin hatte jemand herumgestöbert.

Als ich die Sachen ins Auto packte, kam die Kleine mit einem Karton zurück. Ihr anfängliches Misstrauen war verschwunden. Ich gab ihr einen Zettel mit meiner Telefonnummer und bat sie, mich anzurufen, wenn irgendetwas Auffälliges passieren sollte. Dann fuhr ich zurück ins Motel.

Ich fühlte mich einsam und verlassen und ziemlich durcheinander. Den Abend verbrachte ich vor dem Fernseher, dessen sinnloses Programm mich ein wenig von meinen Problemen ablenkte. Als ich später zu schlafen versuchte, änderte sich das schlagartig. Die Nacht, die Einsamkeit schufen Geister und wilden Zauber. Ich träumte von einem Raben, der auf meiner Brust hockte und mein Herz in Stücke hackte. Seine Augen waren starr und böse, der gelbe Schnabel blutgetränkt. Als ich ihn verjagen wollte und er seine Flügel hob, verwandelte er sich in Vine Blue Bird. Schweißgebadet wachte ich auf und hielt mein Kopfkissen wie einen Schild vor die Brust gepresst.

Freitagvormittag rief ich bei den Blue Birds an. Vine war am Apparat. Seine Stimme klang gereizt, ich merkte, wie er sich krampfhaft um Höflichkeit bemühte.

„Ich wollte mit Tom oder Billie sprechen", sagte ich.

„Die beiden wohnen nicht mehr hier, sie sind ausgezogen", verkündete er brummig.

„Wo sind sie denn hingezogen?", fragte ich verwundert.

„Nach Kyle", antwortete er und legte auf.

Einen Augenblick saß ich da und starrte den Hörer an. Billie hatte es also geschafft. Sie waren ausgezogen. Was war vorgefallen?

Ich packte ein paar Klamotten zusammen, verstaute meine Tasche im Kofferraum und fuhr los. Mein eigentliches Ziel waren die Black Hills, aber vorher machte ich noch einen Abstecher nach Kyle. Es war nicht schwer, das neue Wohnhaus der Blue Birds zu finden. Jeder im Ort wusste von den neuen Mitbewohnern. Tom war wie immer nicht zu Hause, aber Billie freute sich, mich zu sehen. Keine Spur mehr von Eifersucht. So schien es jedenfalls.

Sie bat mich herein und ich sah, dass sie noch beim Renovieren waren. Farbeimer standen herum und Umzugskartons.

„Ich konnte Tom davon überzeugen", sagte Billie, „dass es besser für uns alle ist, wenn wir nicht mehr mit Vine in einem Haus leben. Außerdem hat er jetzt einen kurzen Weg zur Arbeit. Tom wird ab September als Lehrer an der Little Wound Highschool hier in Kyle anfangen."

Ich umarmte Billie spontan. „Ich freu mich für euch."

„Ich bin auch sehr froh. Jetzt wird alles gut werden."

„Hast du was rausgefunden?", erkundigte ich mich beiläufig.

Sie zuckte bedauernd die Achseln. „Nein, noch nichts."

Ich hatte das ungute Gefühl, Billie log mich an, aber ich würde sie ohnehin nicht dazu kriegen, mir die Wahrheit zu sagen. „Ist Richard Three Star mit Toms Mutter verwandt?“, fragte ich.

„Ja“, bestätigte sie und sah mich überrascht an. „Sie war seine Schwester.“

„Three Star ist der neue Kandidat für den Stammesrat“, erklärte ich ihr. Sie hatte es nicht gewusst. Sie war so überrascht, dass sie sich setzen musste. „Was ist?“ Ich sah forschend in ihr Gesicht.

„Richard Three Star gehört viel Land rund um Wounded Knee. Wenn er in den Rat gewählt wird, wird er für das Parkprojekt stimmen. Soweit ich weiß, ist schon ein Architekturbüro mit der Planung beauftragt.“

„Das heißt, Three Star hätte eindeutig ein Interesse an Garrets Tod!“

Billie nickte, die Hände auf den Knien.

„Nun, da haben wir doch eine Spur“, sagte ich hoffnungsvoll. „Kennst du ihn denn? Würdest du ihm einen Mord zutrauen?“

Billie hob die Schultern „Ich werde Augen und Ohren offen halten.“ Sie lächelte hintergründig und legte eine Hand auf meinen Arm. „Wenn du möchtest“, sagte sie, „kannst du zum Essen bleiben. Tom wird sicher bald kommen.“

„Danke für die Einladung Billie, aber ich habe vor, das Wochenende in den Black Hills zu verbringen. Ich will sehen, ob ich was für Keenan tun kann.“

„In den Black Hills?“, fragte sie erstaunt. „Willst du in den heiligen Bergen für ihn beten?“

„So was Ähnliches“, erwiderte ich mit einem schiefen Lächeln und dachte an die Schwitzhütte. Dann sah ich sie sehr ernst an. „Tom weiß schon lange, dass Three Star der neue Kandidat ist. Er weiß auch von dem Land. Warum hat ihn das alles nicht genauso stutzig gemacht wie dich?“

Sie zuckte die Achseln. „Es ist seine Familie. So was ist schwer zu verstehen.“

Ich fuhr nach Westen – geradewegs in die Black Hills –, wählte diesmal aber einen anderen Weg, als Keenan ihn genommen hatte. Aus Solidarität mit den Lakota sah ich mir den Mount Rushmore mit den vier in Stein gehauenen Präsidentenköpfen nicht an, obwohl ich neugierig war. Dafür warf ich einen Blick auf das noch in Arbeit befindliche Crazy Horse Monument, das dort aus dem Fels gesprengt werden sollte.

Wie es am Ende aussehen würde, war ohne Phantasie und guten Willen nur schwer zu erkennen. Crazy Horse, ein berühmter Häuptling, sitzt auf seinem Pferd und weist mit ausgestrecktem Arm in die Zukunft. Den Kopf des Pferdes hatte man mit dicken Farbstrichen auf den riesigen Fels gemalt. Der Thunderhead Mountain, den man für dieses wahnwitzige Projekt auserkoren hatte, war mindestens 200 Meter hoch.

Ich war beeindruckt von der gewaltigen Größe des zukünftigen Monuments. Das war Amerika: Unmögliches wahr werden lassen; die Grenzen überschreiten, als wären sie gar nicht vorhanden. Was wohl Häuptling Crazy Horse zu diesem gigantischen Ehrenmal sagen würde, wenn er aus dem Grab steigen und es sehen könnte?

Von Tom wusste ich, dass die Meinungen der Indianer über das Ehrenmal ihres geheimnisvollen Häuptlings auseinander gingen. Einige fanden die Idee gut, andere schworen, dass Mutter Erde sich rächen würde für die Verunstaltung des Berges. Niemand wisse, wie Crazy Horse ausgesehen habe, weil er sich nie fotografieren oder zeichnen ließ.

Nachdem ich mich noch ein paar Mal verfahren hatte, fand ich den Weg zum Blockhaus von Auntie wieder. Tantchen arbeitete draußen in ihrem Garten. Sie trug ein lindgrünes Chiffonkleid, das sie mit einem Hanfstrick nach oben geschürzt hatte, sodass man ihre muskulösen braunen Beine sehen konnte. Ein breitkrempiger Strohhut mit großen künstlichen Kirschen schützte ihren Kopf vor der Sonne. Der Hut war nicht mehr ganz heil, das Stroh franste an einigen Stellen aus. Tantchens Anblick erinnerte mich an eine Vogelscheuche und wärmte augenblicklich mein Herz.

Als Auntie sich aufrichtete und mich erkannte, flog ein Schatten der Verwunderung über ihr Gesicht. Aber dann wanderten ihre Mundwinkel nach oben. Sie hörte auf zu arbeiten und winkte mich heran. Ich fiel ihr um den Hals. Ich wusste nicht wieso, aber ich musste es tun. Das haute sie bald um, im wahrsten Sinne des Wortes.

„He he, nicht so stürmisch! Komm rein, *Schätzchen*", sagte sie und es gefiel mir, mich von ihr Schätzchen nennen zu lassen. Ich brauchte jetzt jemanden, der sich um mich kümmerte. Jemanden, mit dem ich über alles reden, bei dem ich mich ausheulen konnte.

Ich folgte ihr ins Haus. Sie wusch sich die Hände und zupfte ihr Kleid zurecht. „Hat er sich gemeldet?", fragte sie. „Weißt du, wo er ist?"

Und ich hatte gehofft, genau das von ihr zu erfahren.

Ich schüttelte den Kopf. „Nein. Ich weiß gar nichts. Er ist einfach abgehauen, hat mich in diesem Motel hinter der Grenze sitzen gelassen."

„Ich weiß." Sie stellte ein großes Glas vor mich hin und goss kalten Kirschsaft ein. Selbstgemacht, wie ich vermutete, nachdem ich gierig getrunken hatte.

„Er hat angerufen, nicht wahr? Geht es ihm gut?"

„Da muss ich dich leider enttäuschen, Schätzchen", brummelte sie. „Seit seinem Anruf am Donnerstagabend habe ich auch nichts mehr von ihm gehört."

„Aber woher wissen Sie dann ..."

„Es war meine Idee. Zu seiner Sicherheit. Es ist besser,

du weißt nicht, wo er ist. Besser, du hast nichts mit seiner Familie, seinem Leben zu tun. Deshalb ist er einfach so verschwunden."

Ich bekam Saft in die Luftröhre und hustete. Meine Wangen glühten und ich musste wegsehen.

„Du hast ihn gern", stellte sie fest.

Ich hustete wieder.

„Hat er ..., habt ihr ...?"

„Er hat nicht mal auf Wiedersehen gesagt", beschwerte ich mich und wischte mir ein paar vorwitzige Tränen aus den Augen.

Tantchen fluchte leise. Aber dann tätschelte sie zärtlich meinen Arm. „Keenan hat nicht auf Wiedersehen gesagt, weil es kein Wiedersehen geben wird. Er hat diesen Weg gewählt, obwohl ich ihn nicht gutheiße. Wenn er nicht vorsichtig ist, dann kann es ihm passieren, dass er auf dieselbe Art wieder in die USA einreist, wie er sie verlassen hat. Das FBI kennt mitunter rüde Methoden, wenn sie einen flüchtigen Verbrecher zurückhaben wollen, um ihn in ihren Hochsicherheitsgefängnissen verrotten zu lassen."

Eiskalte Schauer krochen über meinen Rücken. Das Bild vom elektrischen Stuhl erschien vor meinen Augen.

„Keenan ist kein Verbrecher", sagte ich. „Jemand wollte ihn töten."

„Ja. Wenn wir herausfinden, wer das war und Beweise dafür haben, dann vielleicht kannst du ihn wiedersehen."

„Hat er eine Freundin?"

Tantchen sah mich schräg von der Seite an, dann lächelte sie amüsiert. „Reichlich spät, dass du das fragst. Findest du nicht?"

„Ich habe nicht danach gefragt, weil ich ... Ich hatte nicht vor ..."

„Ist schon gut", unterbrach sie mein Gestammel. „Die Liebe hat euch sozusagen überwältigt. Soll ja vorkommen.

Und soweit ich weiß, gibt es da niemanden. Keenan hat lange mit einem Mädchen aus Montana zusammengelebt, einer Cheyenne. Aber irgendwann ertrug die Kleine das Chaos nicht mehr, das seine Mutter immer wieder anrichtete. Kehly drohte ständig, ihn zu verlassen. Sie verschwand auch manchmal für ein paar Tage, kam jedoch immer wieder zurück. Also nahm er ihre Drohungen nicht mehr ernst. Aber eines Tages kehrte sie tatsächlich nicht zurück. Keenan hat sie gesucht. Seinen ganzen Urlaub hat er damit zugebracht, Leute in Montana nach Kehly zu fragen. Er hat sie nicht gefunden. Als eine Karte von ihr aus New Mexiko kam, war sie bereits verheiratet. Mit einem Rockmusiker."

„Wie lange ist das her?", fragte ich beeindruckt.

Auntie dachte nach. „Anderthalb Jahre ungefähr."

„Haben Sie Kehly gekannt?"

„Ja, er hat sie mit hierher gebracht. Seitdem aber keine mehr." Sie sah mich an. „Ich war in Wanblee, in der Siedlung Kills Straight", offenbarte ich ihr.

Erschrocken fragte Auntie: „Was wolltest du dort?"

„Seine Mutter kennen lernen. Sehen, wie er gelebt hat."

„Und, was hast du gesehen?"

„Alles war durcheinander und zerwühlt. Seine Mutter nimmt Geld dafür, dass sie Reporter in sein Zimmer lässt. Ich habe seine Bücher in Sicherheit gebracht und ein paar seiner Sachen mit hierher genommen. Vielleicht können Sie sie aufbewahren, bis Keenan zurückkommt."

Nachsicht und Wut paaren sich selten in einem Blick. Jetzt musste ich diese seltsame Mischung ertragen. „Du hast es gut gemeint, aber es war auch sehr dumm von dir. Möglicherweise wird das Haus vom FBI überwacht und nun wissen sie, wer du bist. Vielleicht ist dir sogar jemand gefolgt." Ihr Blick streifte nervös die Eingangstür.

Verdammt, daran hatte ich nicht gedacht. Aber mir fiel

etwas ein. „Ich war in vielen Häusern im Reservat. Meine Arbeit könnte mich in Keenans Haus geführt haben."

Tantchen nickte. „Vielleicht reicht dem FBI das sogar als Erklärung. Der wirkliche Mörder wird es jedoch besser wissen." Ich brauchte eine Weile, bis ich begriff, was sie mir damit sagen wollte. „Das ist idiotisch. Was habe ich mit der ganzen Sache zu tun?"

„Ist das wirklich so schwer zu begreifen?" Auntie schüttelte ungeduldig den Kopf. „Wer immer Murdo Garret getötet hat, hat auch versucht, es Keenan in die Schuhe zu schieben. Und er weiß inzwischen, dass sein Versuch, Keenan zu töten und es wie einen Überfall aussehen zu lassen, gescheitert ist. Inzwischen hätte man seine Leiche finden müssen. Es liegt auf der Hand, dass Keenan es mit dieser Verletzung nicht allein geschafft haben kann. Also wird der Mörder nach dem Unbekannten suchen, der ihm geholfen hat, und der vielleicht mehr weiß als er wissen sollte."

„Aber ich weiß gar nichts", stieß ich erschrocken hervor. „Ich habe die Männer am Fluss ja nicht gesehen."

„Wirklich nicht?" Sie betrachtete mich eindringlich.

„Nein. Ich habe auch mit niemandem geredet, außer mit Billie. Sie hat gesagt ..."

„Billie?", unterbrach sie mich. „Billie Blue Bird? Du kennst sie?"

Ich nickte müde. „Wir sind beinahe Freundinnen. Ich arbeite mit ihrem Mann Tom zusammen."

„Großer Geist", brummte Auntie. „Dann steckst du ja mittendrin im Wespennest. Was hat Billie gesagt?"

„Richard Three Star ist der neue Kandidat für den Stammesrat. Er hat viel Land am Wounded Knee und wenn das Parkprojekt realisiert werden würde, bekäme er eine Menge Geld. Billie sagt, es gäbe schon die fertigen Pläne eines Architekten."

„Wenn Billie sagt, Three Star hat was damit zu tun, dann hat er was damit zu tun. Sie ist verdammt klug."

„Sie kennen Billie?"

„Ja, ziemlich gut. Ist aber schon eine Weile her, dass ich sie das letzte Mal gesehen habe."

„Wieso hat sie damals Tom geheiratet und nicht Keenan?", fragte ich.

„Du weißt davon?" Mit gehobener Augenbraue sah Auntie mich an.

„Ja, er hat es mir erzählt?"

„Wer hat es dir erzählt? Tom oder Keenan?"

„Keenan", antwortete ich und verdrehte die Augen.

„Ich weiß nicht", sagte sie und zuckte die Achseln. „Vielleicht imponierte Billie damals Toms coole Art. Er ist ein richtiger Krieger, einer vom alten Schlag. Er gehörte schon damals einem der Geheimbünde an, den Kit Foxes, glaube ich. Er ist durch den Sonnentanz gegangen, Keenan nicht. Ich denke, er hätte es Tom gerne gleichgetan, aber er hat sich immer zurückgehalten. Er war einfach noch nicht so weit."

„Und für eine Lakota-Frau ist das von Bedeutung? Ich meine, dass ein Mann sich die Brusthaut zerfleischt."

Tantchen sah mich prüfend an. „Wie du das sagst, klingt es tatsächlich etwas abartig. Aber das ist es beileibe nicht. Tom tat es nicht für Billie, er tat es für seinen Bruder und seine Mutter."

„Ich habe mit Billie über alles geredet", gab ich kleinlaut zu. „Sie weiß auch, dass ich Keenan über die Grenze gebracht habe."

Auntie vergrub ihr runzeliges Gesicht in den Händen. „Kindchen, Kindchen", seufzte sie. „Wieso hast du das getan?"

„Es ist mir wichtig, dass sie nichts Falsches von mir denkt. Ich weiß auch nicht, warum. Im Reservat geht das

Gerücht um, ich wäre hinter Tom her. Um sie davon zu überzeugen, dass es nur leeres Gerede ist, habe ich ihr von Keenan erzählt. Ich vertraue ihr."

„Hoffentlich war das kein Fehler", bemerkte Auntie bekümmert. „Eifersüchtige Lakota-Frauen kommen mitunter auf die wildesten Ideen, um ihre Rivalinnen loszuwerden."

„Aber ich bin nicht Billies Rivalin."

„Das sagst du, aber wie empfindet sie es? Vielleicht hat sie sich bloß hervorragend verstellt. Eine verzweifelte Frau kann sehr gefährlich werden."

„Was soll ich jetzt nur tun?", fragte ich verwirrt. „Sie müssen mir helfen, Sie sind schließlich Keenans Vater und er ist schuld, dass ich jetzt in dieser Falle sitze."

Tantchens Mund blieb offen stehen. Schweigen trat ein, während sie mich mit unergründlichem Blick anstarrte.

Was hatte ich gesagt? Entsetzt schlug ich eine Hand auf meine Lippen. Zu spät. Es war schon heraus. „Er hat es mir gesagt", offenbarte ich und sah Auntie verlegen an.

„Wieso?" Ihre schwarzen Adleraugen funkelten nervös.

„Weil er nicht mehr lügen wollte."

„Nicht mal Kehly hat es gewusst."

„Aber ich weiß es und es ändert nichts. Ich bin hier, weil ich Ihre Hilfe brauche. Es ist mir vollkommen gleichgültig, ob Sie mir als Mann helfen oder als Frau. Ich brauche jemanden, dem ich vertrauen kann."

„Also gut", seufzte Tantchen. „Ich versuche, mich an den Gedanken zu gewöhnen." Plötzlich sank ihre Stimme um eine Nuance tiefer. „Findest du mich lächerlich?"

„Nein, ich finde, das Kleid ist wirklich süß."

Sie musterte mich misstrauisch und ich war kurz davor, aus Angst und Verwirrung in Panik zu verfallen. Schließlich brachen wir beide in rettendes Gelächter aus.

„Okay", sagte sie, als wir uns wieder beruhigt hatten. „Vielleicht hast du Recht und wir können Billie trauen.

Keenan hat mit ihr in der NRC zusammengearbeitet und er hält große Stücke auf sie." Sie stand auf und humpelte um den Tisch herum. „Sei einfach vorsichtig, Ellen. Fahr nachts nicht im Reservat herum und schließe dein Zimmer gut ab. Ich werde mich kümmern."

„Danke!", sagte ich, unendlich erleichtert.

Regen kam in der Nacht und durch das offene Fenster atmete ich einen schweren Duft von Harz und nassem Gras. Die Gedanken kamen von überall her aus der Dunkelheit und bewegten sich wieder fort von mir. Es war eine lautlose, fließende Bewegung und am Morgen konnte ich mich an nichts mehr erinnern.

Der Regen hinterließ getränkte Erde in Tantchens Garten. In weißen Schwaden zog die Sonne die Feuchtigkeit aus den Gräsern und Bäumen.

„*Anpetu wa'sté*, ein Morgen wie ich ihn liebe", meinte sie. „Und eine gute Gelegenheit, dem Unkraut im Garten den Garaus zu machen."

Ich half ihr bei der Arbeit. Sie hatte Recht: Das Unkraut ließ sich ganz leicht mit der Wurzel aus dem Boden ziehen.

„So ist es immer", erklärte Tantchen. „Man muss nur den richtigen Moment abpassen, dann haben Veränderungen auch eine Chance. Irgendwann werden wir das Unkraut aus dem Reservat entfernen, ob es nun rot ist oder weiß. Es muss mit der Wurzel herausgezogen werden."

Im Laufe des weiteren Gesprächs verriet Tantchen mir sogar ihren Namen: Ich durfte Ruthie zu ihr sagen.

Ruthie war ungewöhnlich gesprächig an diesem Tag. Zornig sprach sie vom Krieg und was er aus den Menschen machte. „Als ich damals aus Vietnam zurückkehrte", sagte sie, „hatte ich viel Zeit über mein Leben nachzudenken. Meine Neigungen waren stark, im Krieg hatte meine Abneigung gegen männliche Geltungssucht noch zugenommen. Ich konnte nicht mehr zurück zu meiner Familie. Aber ich verlor Keenan nie aus den Augen. Ich war überall dabei, ohne dass er es wusste. Als er in die Schule kam, als er sich bei einem Sturz so schwer verletzte, dass die Wunde genäht werden musste, und als er auf einem Powwow seinen ersten Preis bekam. Aber erst als er auf dem College war, hielt ich den Zeitpunkt für gekommen, mich ihm zu offenbaren."

Ich richtete mich auf und wischte mir den Schweiß von der Stirn. Hände und Beine brannten von meinem Kampf mit kleinen Brennnesseln. „Und wie hat er reagiert?"

„Zuerst glaubte er mir nicht, dann wurde er wütend. Aber als Tom ihm Billie wegschnappte, brauchte er jemanden, mit dem er darüber reden konnte. Seine Mutter war ständig betrunken und verlor langsam ihren Verstand. Also kam er zu mir. Seitdem sind wir gute Freunde."

„Hier lässt es sich leben", bemerkte ich.

„Ja. War nicht leicht zu kriegen, das Haus. Aber ich hatte etwas Geld von der Regierung bekommen, die Abfindung von der Armee. Also kaufte ich es. Ich wollte an der Quelle sein."

„Der Quelle?"

„Die heiligen Berge. Harneys Peak. Das ist die Mitte der Welt, der Ursprung unseres Volkes. Von der Höhle des Windes schickte einst *Wakan Tanka* die Büffel in die Prärie." Sie räusperte sich, sonnte sich in meinem verwirrten Gesicht.

„Hat dir noch niemand erzählt, wie es dazu kam, dass es Menschen mit unterschiedlicher Hautfarbe auf der Erde gibt?"

Ich schüttelte den Kopf. „Nicht direkt." Ich hatte darüber natürlich dies und das gelesen, aber das deckte sich gewiss nicht mit dem, was Ruthie mir erzählen wollte.

„Vor langer Zeit waren wir alle eins", begann sie. „In der Höhle des Windes suchten wir Schutz vor der Kälte, und erst später, als die Erde sich erwärmte, wurden wir von den Geistern in verschiedene Richtungen geschickt. Die erste Gruppe wanderte nach Süden und wurde zu den Menschen mit schwarzer Hautfarbe. Die nächste Gruppe ging nach Norden und wurde zu den Weißen. Eine Gruppe ging nach Osten und aus ihr wurden die Menschen mit gelber Hautfarbe. Die letzte Gruppe, die die Höhle des Windes verließ, traf draußen auf einen Adler und einen Büffel. Die beiden sprachen zu den Menschen. Sie sagten: Wir werden euch lehren, die Kräfte zu verstehen, die ihr nicht sehen könnt. Und wir werden euch zeigen, wie ihr mit allen Lebewesen, die um euch sind, in Harmonie leben könnt.

Denen das mit auf den Weg gegeben wurde, das waren wir, die roten Menschen."

Tantchen stieß den Spaten tief in die Erde und lockerte den Boden. „Viele von uns haben vergessen, was Adler und Büffel ihre Vorfahren lehrten. Aber es gibt noch genug, die sich gut erinnern. Wenn die jungen Leute wieder bereit sind, auf sie zu hören, dann wird es auch eine Zukunft für uns geben. Und eines Tages werden diese Berge wieder uns gehören."

„Glaubst du wirklich an das alles? Den sprechenden Adler, die Höhle des Windes und so?", fragte ich sie.

„Glaubst du an Adam und Eva?"

Ich schüttelte den Kopf.

„Aber die Sache mit dem Apfel und der Schlange klingt doch so viel hübscher als die Story mit den Neandertalern." Sie grinste mich fröhlich an. „Keine Angst, ich weiß, wo wir wirklich herkommen. Aber ich mag die alten Geschichten. Schon mal was von spirituellem Trost gehört?"

Ich verneinte lächelnd.

„Die meisten Weißen, denen man im Reservat begegnet,

kommen aus diesem Grund. Sie haben ein psychisches Problem, ein Defizit, das ihre Persönlichkeit betrifft. Sie suchen nach ihrer Identität, aber im Grunde versuchen sie nur, die indianische Spiritualität mit ihrem eigenen Glauben zusammenzubringen. Sie können nicht darüber hinaus sehen, verstehst du?"

„Du urteilst hart", erwiderte ich. „Einige eurer Medizinmänner sind auch nicht viel besser als die, die bei ihnen um Rat suchen. Sie tun ihnen den Gefallen, gaukeln ihnen eine spirituelle Erfahrung vor und machen sich danach über sie lustig."

„Das ist ein vergleichsweise harmloses Vergnügen gegenüber der Ausrottungspolitik der Weißen, der wir uns seit 500 Jahren ausgesetzt sehen."

„Bist du verbittert?"

„Nein, nur bissig."

Ich blieb noch bis Sonntagnachmittag, dann fuhr ich zurück nach Martin. Ich wollte es nicht riskieren, im Dunkeln über die Straßen des Reservats fahren zu müssen.

9. Kapitel

Dass jemand mein Zimmer durchstöbert hatte, bemerkte ich erst später, als ich mich an den Schreibtisch setzte und Anna Yellow Stars Aufzeichnungen weiter durchsehen wollte. Die ganze Mappe war verschwunden. Ich suchte in jedem Winkel meines Zimmers, sah auch im Wagen nach, aber sie war nicht da. Meine übrigen Papiere waren vollständig, auch der Laptop stand unberührt an seinem Platz.

Als erste Reaktion auf die verschwundene Mappe schob ich die Kette vor die Tür und lehnte mich dagegen. Ich hörte mein Herz klopfen, aber mein Hirn begann ganz nüchtern zu kombinieren. Tom Blue Bird würde nicht hier einbrechen, um sich zu holen, was er mir freiwillig gegeben hatte. Aber wer sollte es dann gewesen sein? Wem gehörten die falschen Hände, in die Anna Yellow Stars Unterlagen jetzt geraten waren? Die zweite Frage, die mich brennend interessierte, lautete: Wie war derjenige reingekommen, ohne das Schloss zu beschädigen? Tom Blue Bird hatte immer noch den Schlüssel für das Motelzimmer. Ich hatte ihn damals, als er ihn mir geben wollte, nicht genommen. Mit ziemlicher Sicherheit wusste Vine von dem Schlüssel. Vielleicht hatte er ihn unbemerkt an sich genommen. Obwohl Tom und sein Vater nicht mehr in einem Haus wohnten, war diese Möglichkeit nicht auszuschließen.

Es wurde eine schlaflose Nacht. Ich lauschte auf jedes Geräusch, und wenn ich doch einmal wegnickte, träumte ich sofort die unmöglichsten Dinge. Als ich Mrs Hauge am nächsten Morgen fragte, ob sich am Wochenende jemand nach mir erkundigt hatte, sagte sie, sie hätte eine junge

Frau gesehen, die dann aber wieder gegangen war, nachdem sie mich nicht angetroffen hatte.

Eine junge Frau? Billie hatte von meinem Vorhaben, übers Wochenende in die Black Hills zu fahren, gewusst. Misstraute sie mir derart, dass sie sich vergewissern wollte, ob ich nicht heimliche Stelldicheins mit Tom hatte? Sollte Tantchen Recht behalten, was eifersüchtige Lakota-Frauen betraf? Ansonsten blieb da noch Sarah Many Horses. Von den Indianern aus dem Glücksdorf wusste auch jeder, wo ich wohnte. Schließlich war es bisher nicht nötig gewesen, mich zu verstecken.

Inzwischen aber kamen mir solche Gedanken.

Nachdem ich meine Lage überdacht hatte, erschien mir das Glücksdorf im Moment als sicherer Ort. Deshalb machte ich mich gleich auf den Weg dorthin. Ich fand die Baustelle ziemlich bevölkert vor und sah, dass außer den Many Horses auch noch Tom und Vine Blue Bird da waren. Sie standen mit Lester Swan und einigen Arbeitern zusammen und diskutierten. Ich holte einmal tief Luft und ging auf sie zu, um sie zu begrüßen. Swan nickte kurz in meine Richtung, hörte dabei aber nicht auf, den indianischen Arbeitern ein Problem zu erläutern. Sein Hemd und die weiße Baseballmütze hatten in den letzten Tagen ordentlich Lehm abbekommen und seine Haut war sonnengebräunt. Er sah gut aus, obwohl ich hin und wieder das Gefühl hatte, als ob ihn etwas bedrückte.

Vine Blue Bird lachte breit, als er mir die Hand schüttelte und sagte: „Hallo, Miss Köösch!“ Er trug eine schwarze Ray Ban Sonnenbrille, sodass ich seine Augen nicht sehen konnte. War Vine in meinem Zimmer gewesen? Er grinste penetrant freundlich und ich traute es ihm durchaus zu. Außerdem stand er an oberster Stelle auf meiner Liste der

Verdächtigen, die ich inzwischen um einen Namen erweitert hatte.

Zugegeben, das Wort *Liste* traf es nicht ganz. In meinem Notizbuch standen drei Namen untereinander: Tom Blue Bird, Vine Blue Bird und Richard Three Star. Vine war darauf erpicht, dass die Probebohrungen fortgesetzt und die Uranvorkommen unter den Badlands erschlossen wurden. Tom und Richard hatten ein Interesse am Wounded Knee Parkprojekt. Jetzt musste ich nur noch diejenigen finden, die persönlich von der Mülldeponie und dem Bau des Kasinos profitieren würden. Diese Personen gab es ganz sicher. Ich hatte, seit ich hier war, einiges dazugelernt.

Tom begrüßte mich und fragte spöttisch: „Na, wie war's in den Schwarzen Bergen?"

„Herrliche Gegend", erwiderte ich.

„Hast du dir den Mount Rushmore angesehen?"

„Nein, aber Crazy Horse."

„Seine Fertigstellung werden wir nicht erleben, also müssen wir auch nicht weiter darüber reden. Bist du hier, weil du mich brauchst?"

„Nein", sagte ich mit gespielter Gelassenheit. „Ich komme ganz gut zurecht. Ich wollte Scott und Sarah zum Umzug gratulieren. Wie ich sehe, sind sie die Ersten, die hier wohnen werden."

Tom benahm sich nicht anders als sonst, wie mir sofort klar wurde. Entweder er war ein Meister der Verstellung oder er hatte tatsächlich nichts mit dem Verschwinden der Mappe zu tun.

Joris Vermeer, der holländische Diplomgärtner, kam mit einem verwelkten Kraut in der Hand auf uns zu und beanspruchte Vines Aufmerksamkeit. Ich nutzte die Gelegenheit, um mich zu verdrücken.

Tom schlenderte mir unaufällig aber zielstrebig hinterher. „Vier Deutsche, zwei Amerikaner und ein Holländer", sagte er. „Sie haben viel Geld im Rücken und noch mehr Ideen in ihren Köpfen. Die Sache ist in Ordnung, das Problem ist nur: So vielen von uns geht es schlecht. Wer aber hat den Treffer im Lebenslotto und darf im Glückdorf wohnen?"

Er verspottete mich, aber ich ignorierte es. „Du hast dafür gesorgt, dass Scott und seine Familie die Ersten sind. Ich bin sehr froh darüber. Das war ein feiner Zug von dir."

Tom zuckte die Achseln. Lob behagte ihm nicht.

Ich begriff, dass Tom Blue Bird wirklich das Beste für sein Volk wollte. Er würde Bohrlöcher, einen Nationalpark und ein Kasino befürworten, wenn es den Lakota Geld und Arbeitsplätze brachte und dadurch die Not vieler gelindert werden konnte. Aber wie weit würde er tatsächlich gehen, um seine eigenen Ideen durchzusetzen?

„Tom", sagte ich leise. „Ich muss mit dir reden."

Er nickte und meinte: „Ich kann im Augenblick nicht weg. Leute von der Bauaufsichtsbehörde sind da. Es gibt noch Probleme mit der Kanalisation."

„Jemand war in meinem Zimmer und hat Annas Aufzeichnungen gestohlen. Die ganze Mappe", flüsterte ich.

Er packte mich am Arm und zog mich zu den geparkten Autos. „Was sagst du da?"

„Ich war das ganze Wochenende nicht im Zimmer und als ich Sonntagabend wiederkam, fehlte die Mappe. Das Schloss war heil, ich weiß nicht, wie derjenige reingekommen ist."

Stille.

„Verdächtigst du etwa mich?", fragte Tom. Und als ich betreten schwieg, meinte er: „Schwachsinn. Ich habe dir die Mappe doch gegeben, warum sollte ich sie dir wieder wegnehmen?" Er war wütend und sah mich an, als wäre ich für alles verantwortlich, was nicht so funktionierte, wie er sich das vorgestellt hatte.

„Tom, was glaubst du, wer sich die Mappe geholt hat?"

Er hob die Schultern. „Keine Ahnung. Warte einen Augenblick, ich komme gleich zurück." Er ließ mich stehen und lief zu einer Gruppe von Leuten hinüber, unter denen auch sein Vater war. Er sprach mit ihm und ich sah, wie Vine seinem Sohn lachend auf die Schulter klopfte. Gleich darauf kam Tom zurück.

„Fahr mir hinterher!", befahl er mir und kletterte in seinen Pickup. Er fuhr aus den Hügeln heraus und dann in Richtung Süden. Ich folgte ihm, obwohl ich nicht wusste, was er vorhatte. Kurz hinter der Grenze nach Nebraska bog Tom auf eine kleine Tankstelle. Anscheinend hatte er nicht vor zu tanken, denn er parkte vor dem Cola-Automaten und nicht vor der Zapfsäule. Ich stellte *Froggy* neben seinen Truck und öffnete meine Tür. Ein Schwall warmer Luft drang in meinen klimatisierten Wagen. Tom schloss seinen Truck ab und beugte sich zu mir herein. Er trug wie sein Vater eine schwarze Ray Ban Sonnenbrille und ich mein namenloses Gestell, das ich für 5 Dollar im Supermarkt von Martin erstanden hatte.

„Ist dein Tank voll?" Tom schielte über den Rand seiner Brillengläser hinweg auf die Tankanzeige. Voll war der Tank nicht mehr, aber noch fast über die Hälfte. Wo wollte Blue Bird mit mir hin? „Rutsch rüber!", sagte er.

Ich machte ihm Platz und er stieg ein. Wenn wir uns ansahen, sahen wir nur die schwarzen Gläser unserer Sonnenbrillen und wie sich unsere eigenen, augenlosen Gesichter darin spiegelten.

Hinter Gordon bog Tom auf die Bundesstraße 20 nach Osten ab.

„Wohin fahren wir?", fragte ich.

„Ich wollte nur raus aus dem Reservat." Blue Bird fuhr und fuhr und als ich Luft holte, um etwas zu sagen, meinte er: „Rede jetzt nicht."

Ich betrachtete die Landschaft, die flach und kaum bewohnt war. Aber irgendwann begann Kiefernwald und durch die Stämme der Bäume schimmerte ein großer See. Es gab eine Anlegestelle für kleine Boote und einen Kiosk. Tom parkte *Froggy* im Schatten eines Baumes und wies hinunter zum See. „Dort ist irgendwo ein Steg. Ich komme gleich. Möchtest du Kaffee oder Eistee?"

„Eistee", sagte ich und wunderte mich über seine Ruhe und Gelassenheit, nachdem ich ihm einen Einbruch unterstellt hatte. Ich lief zum See hinunter und suchte mir einen Steg aus, an dem keine Boote lagen. Er war etwas morsch und es fehlten auch schon ein paar Bretter, sodass ich zweimal einen großen Schritt machen musste. Ich setzte mich und steckte mein Haar zu einem Knoten auf. Es war heiß und ich schwitzte nicht nur im Nacken.

Pelikane flogen über das glitzernde Wasser des Merrit Lake. Ich streckte mich auf dem warmen weichen Holz des Steges aus und vergaß für einen Augenblick meine traurige Lage. Wo mochte Keenan jetzt sein? Bei seinem Großvater oder auf dem Weg in die Anonymität einer großen Stadt? Ob er noch manchmal an mich dachte, an unsere gemeinsame Nacht in Kanada, in diesem Motel hinter der Grenze? Vielleicht war ich nicht die große Liebe seines Lebens, aber ich hatte seine Haut gerettet und ihn vor der Verhaftung bewahrt.

An den Schwankungen des Steges merkte ich, dass Tom zu mir unterwegs war. Ich setzte mich wieder auf und nahm ihm den Eistee ab, den er mir reichte. Er selbst hatte sich einen Kaffee gekauft. Vorsichtig setzte sich Tom neben mich.

„Du hast dir den schönsten Steg ausgesucht", sagte er lächelnd. Ich wusste nicht, ob er das ernst meinte, oder ob er mich schon wieder verspottete. Er schlürfte seinen Kaffee und schimpfte irgendetwas von braunem Wasser.

Schließlich nahm er seine Sonnenbrille ab und steckte sie in die Hemdtasche. „Du glaubst also wirklich, ich war in deinem Zimmer?" Fragend sah er mir ins Gesicht.

„Ich hatte eher an deinen Vater gedacht."

Ich machte mich auf einen Schwall Unmut gefasst, aber Tom reagierte gelassen. „Blödsinn", sagte er. „Warum sollte mein Vater das tun?"

Keine Ahnung, wie ich anfangen und es ihm beibringen sollte, ohne dass er wieder wütend auf mich sein würde.

„Ich habe Angst um mein Leben, Tom", beichtete ich leise. „Ich war mit Keenan Kills Straight zusammen. Ich war diejenige, die ihn nach Kanada gebracht hat."

Tom wandte sich ab, offensichtlich völlig aus der Fassung. Er trank noch einen Schluck von seinem Kaffee und starrte auf den See hinaus, wo ein Mann im Boot seine Angel auswarf. Aber er fand sehr schnell zu seiner gewohnten Selbstbeherrschung zurück. Sein Gesicht war verschlossen.

Tom mied jetzt meinen Blick. Er schwieg noch eine Weile, dann lachte er auf einmal in sich hinein, als wäre das, was ich da gerade gesagt hatte, vollkommen absurd. „Ich glaube, du steckst ganz schön tief in der ..." Er räusperte sich. „In Schwierigkeiten."

„Ja", erwiderte ich reuevoll. „Du hast Recht. Deswegen brauche ich deine Hilfe." Tom sah mich nun doch an. Seine Neugier war stärker. „Wo ist Kills Straight jetzt?"

„Ich weiß es nicht, ich habe seit Tagen kein Lebenszeichen mehr von ihm." Ich versuchte aus Blue Birds Augen herauszulesen, was er jetzt von mir dachte. Ob er enttäuscht war, wütend, oder einfach nur überrascht. Nervös umklammerte ich den Becher mit dem Eistee.

„Das war also der Notfall", sagte er und schüttelte mit verständnisloser Miene den Kopf.

„Ja."

„Du hast einem kaltblütigen Mörder zur Flucht verholfen, Ellen. Ich verstehe dich nicht." In seinen Worten schwang Verachtung mit und Traurigkeit. „Ich habe dich nie verstanden. Du verdienst deinen Lebensunterhalt damit, Rechenschaft über das Leben anderer Leute abzulegen. Und weil das nicht genug ist, redest du ihnen auch noch rein. Befriedigt dich das? Scheinbar nicht, sonst wärst du dabei geblieben und hättest dich nicht mit einem flüchtigen Mörder eingelassen. Und überhaupt, wieso erzählst du ausgerechnet mir das alles?"

„Keenan hat Murdo Garret nicht umgebracht, Tom, das weiß ich sicher. Jemand wollte ihn töten und ihm den Mord anhängen. Während derjenige Garret ermordete, war Keenan schwer verletzt und mit mir zusammen."

„Er war verletzt?", fragte Tom vorsichtig. „Davon haben sie im Fernsehen gar nichts gebracht." Dann erinnerte er sich. „Das blutige Taschentuch. Du hattest gar kein Nasenbluten."

Ich schüttelte den Kopf. „Zwei Männer schlugen Keenan zusammen und verletzten ihn mit einem Messer. Dann warfen sie ihn in den White River, du weißt schon wo. Ein Toter kann sich nicht mehr verteidigen. Aber ich war zufällig dort, holte ihn raus und nahm ihn mit ins Motel. Er tat mir irgendwie Leid."

Tom stieß Luft durch die Zähne: „Und deshalb bist du mit ihm ins Bett gegangen? Weil er dir *Leid* tat?"

„Bin ich gar nicht", log ich. An seinen Augen sah ich, dass er mir nicht glaubte. „Kills Straight hat dich doch nur benutzt, Ellen, merkst du das nicht? Dass du da warst, kam ihm sehr gelegen. Er konnte dir sonst was erzählen und du hast ihm alles geglaubt."

„Ich bin vielleicht naiv", wehrte ich mich. „Aber ich bin nicht blöd. Keenan hat Garret nicht umgebracht, darum geht es und um nichts anderes."

Tom erhob sich. „Wenn er unschuldig ist, wieso stellt er sich dann nicht der Polizei? Warum lässt er sich von dir nach Kanada bringen?“

Ich stand ebenfalls auf. „Sie haben seine Fingerabdrücke überall in Garrets Wohnung gefunden, weil Keenan einen Tag zuvor bei ihm gewesen ist. Und Keenans Blut war an diesem Messer. Es ist die Mordwaffe und dasselbe Messer, mit dem sie vorher auf ihn eingestochen hatten. Und außerdem ist er der perfekte Schuldige, das brauche ich dir nicht zu erzählen. Denk an Leonard Peltier“, fügte ich erregt hinzu.

Tom Blue Bird lachte kalt. „Was weißt du schon über Leonard Peltier?“ Er zerdrückte seinen Kaffeebecher zwischen den Fingern und fixierte wieder den Angler, der damit beschäftigt war, einen großen Fisch aus dem Wasser zu holen. „Erzähl mir alles von vorn“, brummte er. „Vielleicht ergibt sich ja irgendein Sinn.“

Während wir den Steg verließen, erzählte ich Tom die ganze Geschichte noch einmal von vorn: Wie ich Keenan gefunden, versorgt und schließlich über die Grenze gebracht hatte. Von Tantchen erzählte ich vorsichtshalber nichts, ich wollte sie nicht unnötig in Schwierigkeiten bringen. Zum Schluss äußerte ich Billies Verdacht: „Deine Frau sagt, Richard Three Star könnte ein Interesse am Tod von Garret gehabt haben. Er besitzt Land in Wounded Knee und die Realisierung des Parkprojektes würde ihm eine Stange Geld einbringen.“

„Das ist absurd“, Tom wandte sich zu mir um. „Richard Three Star ist mein Onkel und ich kenne ihn gut. Er ist gewiss nicht fähig, jemanden umzubringen. Im Übrigen kannst du mich dann auch gleich verdächtigen. Mir gehört ebenfalls ein Stück Land am Wounded Knee.“

Auch das noch!

„Ich dachte, du könntest mir helfen. Stattdessen erzählst

du mir, dass ich auch vor dir Angst haben muss", sagte ich.

„Angst?" Tom lachte und sah mich an, als wäre ich verrückt.

„Du warst es doch, der mir zur Vorsicht geraten hat. Jetzt ist jemand in mein Zimmer eingebrochen und hat Anna Yellow Stars Karte gestohlen. Und auf einmal soll ich keine Angst mehr haben?", schnaubte ich. „Ich meine, ich kam mit den besten Absichten hierher und jetzt bin ich in dieser beschissenen Lage."

„Dein Selbstmitleid widert mich an", sagte er.

Was ich noch sagen wollte, blieb mir im Hals stecken. Eine Weile war es still, nur das Summen der Insekten im Gras war zu hören. Dann überwand ich mich und bat Tom mit rauer Stimme: „Ich wäre dir trotz allem dankbar, wenn du mit niemandem über dieses Gespräch reden würdest."

Blue Bird lachte hart. „Du bist es doch, die zuviel redet, Ellen. Wie viel weiß eigentlich Billie über die ganze Sache?"

„Beinahe alles", gab ich zu. Wir waren bei *Froggy* angekommen und Blue Bird reichte mir die Schlüssel. Ich schloss auf und wartete darauf, dass er einstieg.

„Fahr!", sagte er. „Ich komme schon zu meinem Truck zurück."

Keine Ahnung, was das nun wieder sollte, aber ich stieg ein. Tom stand unschlüssig neben der offenen Fahrertür. Er schien darüber nachzudenken, ob nicht vielleicht doch etwas dran war an dem, was ich eben erzählt hatte.

Ich fragte ihn: „Warum hast du mir nicht gesagt, dass es für die Parkanlage am Wounded Knee bereits ein Projekt gibt?"

„Das ist kein Geheimnis, Ellen. Im Gebäude des Stammesrates steht ein Modell der ganzen Anlage. Angefertigt vom Architekturbüro Wilcox & Swan. Du hättest eben deine Augen besser offen halten sollen."

Swan? „Was?“ Ich sah ihn entgeistert an.

Tom beugte den Kopf so tief, dass er über den Rand seiner Brille sehen konnte. „Du hast schon richtig gehört. Lester Swan und sein Partner haben den Zuschlag für die Projektierung der Anlage erhalten, falls sie denn jemals gebaut werden sollte.“ Ein Augenzwinkern. „Eine kleine Belohnung für Swans selbstlose Arbeit am *Wápika*-Dorf. Hast du vor ihm jetzt auch Angst?“ Tom musterte mich mitleidig und ich drehte den Zündschlüssel um. Mit einem lauten Knall schlug er die Wagentür zu und ich fuhr los.

Vom See war es nicht weit bis Martin. Ich schloss mich in meinem Zimmer ein, warf mich aufs Bett und weinte. Tränen lindern bekanntlich Kummer, weil sich in ihnen körpereigene Schmerzstiller befinden. Ich heulte also, bis keine Tränen mehr kamen, dann starrte ich an die Decke und versuchte nachzudenken.

Als erstes wurde mir klar, dass ich nur mangelhaft begabt war, was meine kriminalistischen Fähigkeiten betraf. Zwar hatte ich mir hin und wieder ganz gerne einen Krimi im Fernsehen angesehen, aber es war nie vorgekommen, dass ich wusste, wer der Mörder war, *bevor* er entlarvt wurde. Es sei denn, der Film war miserabel.

Aber das hier war kein Film, sondern die nackte Wirklichkeit. Ich konnte nicht einfach die Polizei anrufen und dem sympathischen Detective mit Dreitagebart und Reibeisenstimme alles erzählen, damit er mir raushalf. Ich steckte zu tief drin, das war meine eigene Schuld, und jetzt musste ich mir selber helfen. Natürlich konnte ich die ganze Sache auch hinschmeißen und schon etwas früher als geplant mit meinem Ticket nach Berlin zurückfliegen. Im Augenblick war mir wirklich nach Flucht zumute. Aber dann brauchte ich mich hier nie mehr blicken zu lassen. Und außerdem hatte ich das ungute Gefühl, dass es jemanden gab, der sich diebisch freuen würde, wenn ich plötzlich von der Bildfläche verschwand.

O nein, dachte ich. So nicht! Ich gab mir einen Ruck, sprang vom Bett auf und nahm eine Dusche. Dann fuhr ich ins *Wápika*-Dorf zurück. Es war erst später Nachmittag und mit etwas Glück würde ich Lester Swan noch erwischen und zwar nicht allein. Denn auch wenn es immer wieder dieselben Lakota waren, die zum Arbeiten auf der Baustelle erschienen, zu den Essenszeiten sah ich häufig fremde Gesichter. Es hatte sich schnell herumgesprochen, dass es im Glücksdorf regelmäßige Mahlzeiten für die Mitarbeiter gab und dass jedes Mal genug übrig blieb, um noch ein paar fremde Leute satt zu kriegen.

Anfangs hatte mich das geärgert: Dass sie nur zum Essen kamen, sich alles ansahen, darüber ihre Späße machten und wieder verschwanden. Inzwischen störte es mich nicht mehr, denn Teilen war Lakota-Art. Außerdem merkte ich mit der Zeit, dass doch hin und wieder jemand blieb, um zu helfen, und wenn es nur für einen Tag oder ein paar Stunden war.

Als ich das Dorf endlich erreichte, war von den Projektmitarbeitern keiner mehr da und die indianischen Arbeiter hatten die Werkzeuge fallen lassen, wo sie gerade gestanden hatten. Nun saßen sie zusammen, tranken Cola oder Seven Up und machten sich über diejenigen lustig, die nicht mehr auf der Baustelle waren. Ihre Späße waren mitunter derb, aber nicht bösartig. Indianischer Humor eben. Nur kurz überlegte ich, was sie wohl über mich redeten, wenn ich nicht da war. Dann entdeckte ich Lutz Winter, der noch am Aufräumen war.

„Wo sind die anderen?", fragte ich ihn. „Es ist Zeit für das Abendessen." Ich sah auf meine Armbanduhr.

Winter lächelte kopfschüttelnd. „Du trägst deine Uhr immer noch? Hast du gar nichts gelernt?"

Ich zuckte die Achseln, ließ die Schultern hängen.

„Die anderen sind heute früher weg, weil sie zu einer Geburtstagsfeier eingeladen sind. Pete Yellow Dogs Vater wird 80 und seine Familie gibt ein großes Fest."

„Warum bist du nicht dort?"

„Weil ich noch Baumaterial für morgen besorgen und hier ein wenig aufräumen musste." Er blickte misstrauisch gen Himmel. „Sieht nach Regen aus."

„Warum lässt du dir nicht helfen?" Ich nickte hinüber zu den anderen, die sich köstlich amüsierten, in diesem Moment vermutlich über Lutz und mich.

„Du weißt doch wie sie sind. Aufräumen liegt ihnen nicht."

„Dann müssen sie es eben lernen", brummelte ich.

Lutz lächelte. „Willst du bessere Menschen aus ihnen machen?" Ich schüttelte den Kopf.

„Es bringt nichts, sie ständig zu bevormunden und ihnen zu sagen, wie sie es richtig machen sollen. Auf ihre Art machen sie es richtig."

„Verstehe."

„Ich bin hier gleich fertig, dann fahre ich auch zur Geburtstagsfeier. Du kannst mir hinterherfahren", sagte er, eine Hand auf meiner Schulter.

„Ist Swan auch dort?", fragte ich.

„Nein. Er ist schon am Vormittag fort, weil er den Flieger nach Boston noch kriegen wollte", sagte Lutz. Er musterte mich eingehend. „Warum, gibt es ein Problem?"

„Nein, nein, ich wollte ihn bloß was fragen. Warum fliegt er nach Boston?"

„Seine Frau ist krank. Schon eine ganze Weile, aber jetzt liegt sie im Krankenhaus. Der arme Kerl war ziemlich durcheinander."

„Was hat sie denn?" Verdammt, dachte ich, da hast du mit ihnen gearbeitet und geredet und gelacht, aber letztendlich weißt du überhaupt nichts über sie. Lester hatte nie erwähnt, dass er eine kranke Frau hat.

„Multiple Sklerose", antwortete Winter. „Im vergangenen Jahr hat sich ihr Zustand plötzlich verschlimmert und jetzt fressen die Arztkosten ihn auf. Eigentlich kann er sich solche Projekte wie dieses Dorf gar nicht mehr leisten. Er sieht ja keinen Pfennig für seine Arbeit." Winter zog eine Plane über einen Bretterstapel und ich half ihm dabei. Wir befestigten sie mit Steinen. „Lester redet nicht gern drüber", fuhr Lutz fort. „Aber ich weiß, dass sein Partner ihn ziemlich unter Druck setzt. Wilcox will, dass Swan aufhört für das Projekt zu arbeiten oder sich die Arbeit von den Lakota bezahlen lässt. Ansonsten will er sich von ihm trennen. Das würde Swans Ruin bedeuten. Ich glaube, er fliegt nach Hause, um mit Wilcox zu reden."

Heiliger Strohsack, dachte ich. Swan hatte erhebliche finanzielle Probleme und stand unter enormem psychischen Druck. Es gab Menschen, die hatten schon aus geringeren Gründen getötet. Murdo Garret wollte gegen das Parkprojekt stimmen, also musste er beseitigt werden. Ich fragte mich nur, woher Swan das Geld hatte, zwei Indianer damit zu beauftragen. Aber vielleicht waren die ja auch schon mit ein paar Dollar und Whisky zufrieden gewesen. Und zum Glück hatten sie, zumindest was Keenan betraf, schlechte Arbeit geleistet.

„Was ist los?", fragte Winter. „Du siehst auf einmal ganz blass aus."

„Wusstest du, dass Swans Architekturbüro den Zuschlag für das Wounded Knee Parkprojekt erhalten hat?"

Lutz nickte. „Ja. Swan hatte Vine von seinen finanziellen Schwierigkeiten erzählt und so beauftragten ihn die Lakota mit dem Parkprojekt. Als Dankeschön sozusagen. Für das Parkprojekt gibt es nämlich eine ganze Menge Geld von der Regierung."

„Aber es ist doch überhaupt noch nicht sicher, ob das Parkprojekt überhaupt realisiert wird", sagte ich aufgeregt. „Die Leute, die dort leben, wollen nicht, dass man ihr Dorf umpflügt, damit das Land später von Touristen bevölkert wird."

„He he, du darfst das nicht so verbissen sehen, Ellen", rügte er mich. „Klar gibt es immer ein paar Leute, die sich gegen den Fortschritt sträuben. Man nennt sie hier *road blocks*. Aber letzten Endes wird sich durchsetzen, was Zukunft hat."

Mein Gott, dachte ich enttäuscht. Selbst Lutz Winter fehlte der nötige Weitblick. „Wo ist das Arbeitsbuch?", fragte ich beiläufig. „Ich habe mich heute noch nicht eingetragen."

„Im fertigen Haus, es liegt auf einem Stuhl gleich neben dem Eingang."

Ich nickte und sagte: „Viel Spaß bei der Feier. Wir sehen uns morgen."

„Kommst du nicht mit?"

„Nein, ich muss noch jemanden treffen", sagte ich und lief zum Haus.

In diesem sogenannten Arbeitsbuch trug sich jeder ein, der im *Wápika*-Dorf arbeitete. Auch ich natürlich. Ich fand es gleich, schlug es auf und blätterte zurück. Der Tag, an dem Murdo Garret ermordet worden war, war der 16. Juni gewesen. Alle drei, Tom, Vine und Lester Swan, waren zwischen 8 Uhr und 9 Uhr 30 im Glücksdorf erschienen und hatten sich erst nach 21 Uhr wieder ausgetragen. Aber was hatte ich auch erwartet? Die Männer, die man auf Keenan angesetzt hatte, waren fremde Indianer gewesen. Jemand hatte sie gekauft, aber wer?

Obwohl jetzt ein vierter Name auf meiner Liste stand,

war ich mit dem Ergebnis meiner kriminalistischen Ermittlungen unzufrieden. Ich hatte vor, Lester Swan direkt auf das Parkprojekt und Garrets Tod anzusprechen, aber das konnte ich erst tun, wenn er wieder aus Boston zurück war.

Noch bevor es dunkel wurde, erreichte ich wohlbehalten das „Candlelight Inn" und schloss mich in meinem Zimmer ein. Wie gern wäre ich mit den anderen zu dieser Geburtstagsfeier gefahren. Aber Pete Yellow Dogs Familie wohnte in Oglala, was bedeutet hätte, dass ich nachts meilenweit durch das Reservat hätte fahren müssen, um zurück ins Motel zu kommen. Da Swan in Boston war, fühlte ich mich im Augenblick relativ sicher, aber ich wollte kein Risiko eingehen.

Deshalb hockte ich nun allein in meinem Zimmer und widmete mich den verbliebenen Ungereimtheiten. Der Architekt Lester Swan war vielleicht für den Tod von Murdo Garret verantwortlich, aber er dürfte kaum ein Interesse an der Mappe der Ärztin gehabt haben. Außerdem hatte er unmöglich wissen können, dass sie in meinen Händen war. Nur Tom wusste das. Wusste es wirklich nur Tom?

Am Ende war ich zu müde, um auf diese Frage irgendeine Antwort zu finden. Ich putzte mir die Zähne und kroch ins Bett. Dann lag ich da und wartete darauf, endlich einzuschlafen. Draußen herrschte eine drückende, unangenehme Schwüle. Auch im Zimmer war es unerträglich warm und ich schaltete die Klimaanlage ein. Sie machte furchtbaren Krach, trotzdem schlief ich irgendwann ein.

Doch mit dem Schlaf kamen die Träume. Da war wieder der Rabe auf meiner Brust, der an meinem Fleisch zerrte und riss. Ich stöhnte laut und versuchte ihn zu vertreiben. Aber die spitzen Klauen seiner Krallen hatten sich fest in meiner Haut verankert.

Ein lauter Schlag riss mich aus meinen finsteren, blutigen Träumen. Was ich wie einen erlösenden Todesschuss ins Herz empfunden hatte, entpuppte sich als Donnerschlag, der die Fenster erzittern ließ. Das heftige Licht des Blitzes drang durch die dunklen Vorhänge und gleich darauf krachte es noch einmal. Draußen goss es in Strömen. Das Gewitter war direkt über dem Ort.

Ich stellte die Klimaanlage ab und warf einen Blick aus dem kleinen Fenster auf den Motelvorplatz, wo die parkenden Autos von Lichtblitzen erhellt wurden. Angst vor Gewittern hatte ich noch nie gehabt, aber dieses hier schien Unheil anzukündigen. Es war jetzt kurz vor Mitternacht und ich fühlte mich außerstande, bei diesem Getöse weiterzuschlafen. Im Kühlschrank fand ich noch eine Seven Up und als ich sie an die Lippen setzen wollte, klopfte es an meine Zimmertür.

Wie ein Stromstoß fuhr der Schreck durch meine Glieder. Überall auf meiner Haut richteten sich die kleinen Härchen auf. Mein Hirn versuchte Worte zu formen, die mir hoffnungslos im Mund stecken blieben. „Wer ... ist da?", fragte ich schließlich, konnte mich jedoch nicht von der Stelle rühren. Draußen antwortete jemand, aber ein neuer Donnerschlag verschluckte seine Worte. Ich ging langsam zur Tür, die nun von Faustschlägen malträtiert wurde. „Wer ist da?"

„Sitting Bull! Mach auf, du bist umzingelt!"

Mit zitternden Fingern löste ich die Kette und drehte den Schlüssel herum. Die Tür wurde aufgedrückt und Keenan stürzte ins Zimmer. Er schloss die Tür hinter sich und legte die Kette wieder vor. Dann lehnte er mit dem Rücken dagegen. Sekundenlang standen wir einander unbeweglich im bläulichen Lichtschein des Unwetters gegenüber.

„Hast du mich erwartet?" Keenan lächelte breit.

Ich war zu benommen um zu begreifen, wovon er da redete. Ich konnte ihn nur ansehen, so unglaublich schien mir, dass er wieder da war. Keenan hatte nichts bei sich, keine Tasche, keine Jacke, nichts. Nur das, was er auf der Haut trug, seine alte Jeans und ein T-Shirt. Es war wunderbar, ihn endlich wiederzusehen und seine Stimme zu hören.

Er kam auf mich zu und küsste mich heftig. Zielstrebig drängte er mich aufs Bett. Ich stemmte meine Hände gegen seine Brust, weil er mir nicht genug Zeit gelassen hatte, ihn anzusehen. Keine Zeit, mich an den Gedanken zu gewöhnen, dass er zurückgekommen war und mich wollte.

Keenan hockte sich neben mich auf die Bettkante. Ich zog die Knie fest an meinen Körper, legte mein Kinn darauf und sah ihn an. Auf der Narbe über seiner Augenbraue war kein Grind mehr. Nur ein blasser, rötlicher Strich war übriggeblieben. „Wo kommst du her?", fragte ich ihn, als ich meine Sprache wiedergefunden hatte. „Wieso bist du wieder hier?"

„Stell keine Fragen", erwiderte er ruhig. „Glaub mir, es ist besser so."

„Jemand war hier, in diesem Zimmer und hat die blaue Mappe gestohlen", stieß ich hervor. „Das alles wird langsam zu einem Alptraum, Keenan. Ich habe solche Angst."

Keenan fuhr mit der Hand meinen Arm hinauf und meine Armmuskeln spannten sich. Ich hörte auf zu reden. Er löste meine Arme aus der Umklammerung und drückte mich an den Schultern zurück. Seine Hände glitten unter mein langes T-Shirt und ich dachte noch: Männer! Ringsum gerieten die Dinge außer Kontrolle, ein sintflutartiges Unwetter tobte und er konnte alles vergessen, nur wegen einer Frau. Dann vergaß auch ich alles.

Es war nicht wie beim ersten Mal, dort oben, in Kanada. Ich spürte, dass er zurückgekommen war, weil er, außer nach dem Mörder, auch noch nach etwas anderem suchte. Nach etwas, das tief war und dauerhaft und mit mir zu tun hatte.

Was am nächsten Morgen passierte, überraschte mich kaum noch. Keenan war fort. Vielleicht hatte ich im Halbschlaf sogar mitbekommen, wie er gegangen war, aber ich hatte nicht versucht, ihn zurückzuhalten. Mir war klar geworden, warum Keenan in die Staaten zurückgekehrt war. Er wollte nicht länger davonlaufen, denn das bedeutete, für immer auf der Flucht zu sein.

Ich stand auf und stellte den Fernseher an. In den 8 Uhr Nachrichten brachten sie, was ich bereits vermutet hatte. Keenan hatte sich in den Morgenstunden der Polizei in Rapid City gestellt. Ich konnte sehen, wie sie ihn in Handschellen abführten. Er blickte direkt in die Kamera. Ich sah, dass er Angst hatte. Der Sprecher sagte, Kills Straight hätte vehement seine Unschuld beteuert. Er habe sich den Behörden nur gestellt, damit sich die Polizei auf die Suche nach dem wahren Mörder konzentrieren konnte. Ich hoffte inständig, die Polizei würde diesen Vorschlag annehmen.

Nachdem ich schnell geduscht hatte, zog ich mein grünes Kleid an und machte mich sorgfältig zurecht. Das Haar steckte ich zu einem Knoten hoch, was mich älter und seriöser erscheinen ließ. Am Ende kam der Lippenstift zum Einsatz.

Plötzlich klopfte es an der Tür. Ich zuckte zusammen und malte versehentlich einen braunen Strich über meine Wange. Mit dem Handrücken verrieb ich ihn und ging zur Tür. Wer sollte das sein? Ich öffnete und draußen stand ein grauhaariger Mann im Nadelstreifenanzug, den ich nach einigem Zögern als Auntie identifizierte. Keenans Vater hatte sein langes Haar zu zwei Zöpfen geflochten und machte den Eindruck eines seriösen älteren Herrn.

Er reichte mir die Hand, wies auf einen Mann, der diskret neben der Tür wartete, und sagte: „Guten Morgen, Ellen. Ich möchte dir Walter Goodhawk vorstellen, er ist Keenans Anwalt und wird ihn vor Gericht vertreten."

Es dauerte ein Weile, bis ich mich an Tantchens neuen, sehr männlichen Anblick gewöhnt hatte. Die Gegenwart von Keenans Vater beruhigte mich in dieser schwierigen Situation. Er war mein Freund, egal welche Kleider er gerade trug. Ich bewunderte ihn, weil er – um seinem Sohn zu helfen – wieder in seine alte Haut geschlüpft war. Sicher war ihm das nicht leicht gefallen. Ich hätte zu gerne gewusst, ob Walter Goodhawk eine Vorstellung davon hatte, wie sein Gegenüber aussah, wenn er gerade mal keinen Nadelstreifenanzug trug.

Goodhawk war noch recht jung, ich schätzte ihn auf fünfunddreißig, höchstens vierzig. Er trug Jeans, ein weißes Hemd und eine Lederweste. Auch sein Haar war zu langen Zöpfen geflochten, die schwarz und glänzend auf seiner Brust lagen. Ich fand ihn sofort sympathisch und die Worte sprudelten ohne Halt aus mir heraus, nachdem er mir die ersten Fragen gestellt hatte. Endlich jemand, dem ich all meine Verdächtigungen, Befürchtungen und Ängste mitteilen konnte. Ich hörte erst auf, als alles gesagt war.

Der indianische Anwalt blickte mich zufrieden über den Rand seiner Brille an und nickte. „Das ist weit mehr, als ich von Ihnen zu erfahren gehofft hatte", sagte er. „Aber jetzt muss ich los. Ich melde mich, sobald es etwas Neues gibt."

Ich schrieb ihm noch meine Telefonnummer auf, bevor er losfuhr. Keenans Vater hockte in einem meiner Sessel und ich merkte, wie unbehaglich ihm in den Männerkleidern war.

„Hat Keenan dir alles erzählt?", fragte er. „Oder hattet ihr keine Zeit zum Reden?"

Ich wurde rot. Es war nicht meine Schuld, dass ich jetzt dastand und nichts wusste, obwohl Keenan und ich eine ganze Nacht zusammengewesen waren.

„Dacht ich mir's doch", seufzte er. „Du weißt gar nichts."

Schuldbewusst hockte ich auf der Bettkante.

„Keenans Onkel Paul hat Goodhawk aufgetrieben", berichtete er. „Walter Goodhawk gehört zum Stamm der Blackfeet und ist dafür bekannt, dass er aussichtslose Fälle verhafteter Ureinwohner übernimmt und nie nach dem Honorar fragt. Vorgestern Nacht kamen er und Keenan in mein Haus. Wir haben viel geredet. Und am Ende habe ich mich wieder in einen Mann verwandelt."

Also wusste Goodhawk von Tantchen. Verflixt, dachte ich, wie soll ich ihn oder sie jetzt nennen? Er saß mir in diesem eleganten Anzug gegenüber und ich brachte es einfach nicht fertig, Ruthie zu ihm zu sagen.

Keenans Vater blickte mich betreten an. Als ob er geahnt hatte, was in meinem Kopf vor sich ging, sagte er: „Wenn es dir nichts ausmacht, dann fände ich es gut, wenn du mich Ralph nennen würdest, solange ich diese Klamotten trage." Er zupfte unbeholfen an seinem Jackett.

„Ralph, ist das dein richtiger Name?", wollte ich wissen.

Er nickte.

„Und wieso gleich so verdammt fein?"

„Ich dachte, das macht vielleicht Eindruck."

Ich musste lachen. „Eindruck macht es tatsächlich. Du siehst aus wie jemand sehr Wichtiges."

„Das ist gut."

„Wie denkst du über diesen Walter Goodhawk?", fragte ich. „Wird er es schaffen?"

„Ich denke, er ist in Ordnung", sagte Ralph. „Wir hatten ein schmerzhaft offenes Gespräch über das Leben. Goodhawk ist noch jung, aber er ist schon ein weiser Mann. Er hat zu viel erfahren."

„Und was machen wir nun?", fragte ich, weil ich mal wieder nicht wusste, wie es weitergehen sollte.

„Ich würde gern Sally besuchen."

Über diesen Wunsch war ich einigermaßen verblüfft. Was sollte das jetzt, nach all den Jahren? Wollte er die ohnehin schon verwirrte Frau noch mehr durcheinander bringen? Aber vermutlich würde sie ihn nicht erkennen, selbst in diesem Aufzug nicht. „Na schön." Ich nickte. „Ich will mich nur schnell wieder umziehen. Diese seriöse Aufmachung war für einen anderen Auftritt gedacht. Es reicht, wenn die Leute sich vor deinem Anzug erschrecken."

Ralph nickte und lächelte. „Aber du siehst gut aus in dem Kleid, richtig hübsch."

„Danke", sagte ich. Ich konnte mich nicht erinnern, wann ich zum letzten Mal so ein nettes Kompliment erhalten hatte. Ich schlüpfte wieder in meine Jeans und wir fuhren mit *Froggy* in Richtung Wanblee.

„Wird sie dich wiedererkennen?", fragte ich Ralph.

„Sally?", er schüttelte den Kopf. „Ich glaube nicht."

Wir befuhren einen der miserabelsten Feldwege im Reservat und zogen eine mächtige Staubwolke hinter uns her. Ralph Kills Straight saß neben mir auf dem Beifahrersitz und hatte seine Hände in den Schoß gelegt. Hin und wieder hob er die Schultern und drehte seinen Kopf, als würde ihm etwas Unangenehmes im Nacken sitzen. „Dieser Anzug ist verdammt unbequem und die Farbe entsetzlich. Ich hasse es, mich so anzuziehen.

„Du siehst aber gut aus", versuchte ich ihn zu trösten. „Auf andere wirkst du ganz normal, glaub mir."

Er seufzte. „Zugegeben, dass du Bescheid weißt, erleichtert mir die Sache ein wenig."

Wir fuhren durch Wanblee, in die Siedlung Kills Straight. Als wir vor Sallys Haus ankamen, standen dort ein Krankenwagen und ein Fahrzeug der Stammespolizei. Bewohner aus den umliegenden Häusern hatten sich vor der Holztreppe versammelt. Was mich verwirrte, war die Ruhe, die sie ausstrahlten. Ihre ernsten Gesichter redeten, aber es war eine Sprache, die ich nicht verstehen konnte. Irgendetwas war geschehen. Etwas Furchtbares war geschehen.

„Was ist passiert?", fragte Ralph eine alte Frau. Es war seine alte Tante Josie, die ihn aber zum Glück nicht wiedererkannte. Das erzählte er mir später.

„Sally ist die Kellertreppe runtergefallen. Sie war betrunken."

Zwei Sanitäter kamen mit einer Trage aus dem Haus. Sallys magerer, eingefallener Körper war darauf festgeschnallt. Das Tuch, mit dem er zugedeckt war, reichte ihr bis über den Kopf. Sally Kills Straight war tot.

Ralph drängte sich durch die Menge und bat den Arzt, sie noch einmal sehen zu dürfen.

„Sie sieht nicht gut aus, Mister", warnte ihn der Mann im weißen Kittel.

„Das erwarte ich auch nicht", entgegnete Ralph. „Bitte", sagte er leise, damit die anderen es nicht hören konnten. „Sie war meine Frau." Der Arzt hob kurz das Tuch und ich erhaschte ebenfalls einen Blick auf Keenans Mutter. Ich bereute es sofort. Sally musste auf das Gesicht gefallen sein bei ihrem Sturz. Das Nasenbein war zertrümmert und überall klebte geronnenes Blut. Ich flüchtete zwischen zwei Autos, würgte und spuckte.

Für Sally würde es keine Schlagzeile geben, dafür war ihr Tod zu bedeutungslos, zu wenig spektakulär. Sie war nur eine alte Indianerin, die betrunken die Treppe hinuntergestürzt war.

Ein dicker Lakota tauchte hinter mir auf. „He!" fluchte er. „Kotzen Sie mir nicht meinen Wagen voll. Verschwinden Sie hier!"

Ich wischte meinen Mund ab und suchte nach Ralph. Er wartete neben *Froggy* auf mich. Fassungslos blickte er dem davonfahrenden Krankenwagen nach. Zwei Indianerpolizisten kamen aus dem Haus und verscheuchten die Neugierigen. „Verschwindet, hier gibt es nichts mehr zu sehen."

Die Leute tuschelten und gingen auseinander. Ich sah Kathy neben einem silbergrauen Pickup stehen und winkte ihr. Sie kam zu uns herüber.

„Keenan sitzt im Gefängnis", sagte sie trotzig, als wäre das meine Schuld.

„Ja, er kam zurück. Er hat jetzt einen guten Anwalt und wird bald wieder draußen sein", erwiderte ich.

Das Mädchen musterte mich mit ihren großen dunklen Augen. „Ein Mann war bei Sally", sagte sie leise. „Ich habe versucht dich anzurufen, aber du warst nicht da."

„Wann war der Mann hier?", fragte ich überrascht. Ralph war hinter mich getreten und die Kleine schwieg sofort.

„Du kannst ihm vertrauen", bat ich sie. „Er liebt Keenan."

„Hallo Kathy!", begrüßte Ralph das Mädchen ruhig und lächelte. „Keenan hat mir viel von dir erzählt. Du bist die beste Fancy-Tänzerin von Wanblee."

Sie musterte ihn, schien mit ihrem Blick in ihn einzudringen.

„Ich bin Keenans Onkel", erklärte er kurz.

Kathy schien das einfach zu akzeptieren. Sie wandte sich wieder mir zu. „Ich weiß nicht, wer der Mann war, aber er fuhr einen alten blauen Pickup. Er war sehr groß und im Haus war er nur kurz. Es ist noch gar nicht so lange her, vielleicht eine Stunde. Meine Mutter wollte Tante Sally etwas zu essen bringen und fand sie."

Ich war wie gelähmt. Ein blauer alter Pickup und ein großer Mann. Tom Blue Bird.

„Kathy", fragte Ralph, der meine Gedanken erraten hatte. „War der Mann jung oder alt?"

Das Mädchen hob die Schultern. „Ich weiß nicht. Er trug einen schwarzen Hut und eine Sonnenbrille. Ich konnte sein Gesicht nicht erkennen, aber er war ziemlich kräftig."

„Danke, Kathy", sagte er und reichte ihr die Hand. „Du

hast uns sehr geholfen. Rede mit niemandem über das, was du uns gerade erzählt hast."

Kathy nickte und ich wusste, wir konnten uns auf sie verlassen. Wir fuhren zurück ins Motel und berieten uns. Möglicherweise war Sally gar nicht gefallen, sondern von jemandem gestoßen worden. Es war sogar sehr wahrscheinlich, dass jener Mann, den Kathy beobachtet hatte, Keenans Mutter die Kellertreppe hinuntergestoßen hatte. Aber wer war es gewesen? Tom oder Vine, oder ein völlig Fremder? Ziemlich kräftig, hatte Kathy gesagt. Vine Blue Bird. Aber warum, zum Teufel, sollte er eine alte, vom Alkohol zerfressene Frau töten?

Ich fühlte mich ohnmächtig angesichts dieser Ungereimtheiten. Zum Glück war ich nicht allein. Ralph bekannte, dass Sallys Tod ihn zwar mitnahm, aber nicht so sehr, wie er es erwartet hatte. Alles, was von ihr geblieben war, waren seine Erinnerungen an eine junge, zornige Frau, und der Sohn, den sie ihm geschenkt hatte. Keenan galt jetzt seine ganze Sorge. Gegen Abend rief Goodhawk aus Rapid City an und berichtete uns, dass Keenan des Mordes an Murdo Garret angeklagt worden war. Um ihn auf freien Fuß zu setzen, verlangten sie eine Kaution von 50 000 Dollar. Goodhawk sagte, er werde versuchen das Geld aufzutreiben. Abgesehen davon, wäre Keenan im Gefängnis zurzeit am sichersten aufgehoben.

„Ich dachte, es würde nicht zur Anklage kommen", sagte ich resigniert.

„Das hatte Goodhawk auch gehofft." Ralph nickte. Er schien ebenso ernüchtert wie ich.

„Kann es sein, dass sie Keenan zum Tode verurteilen, wenn sie den wahren Mörder nicht finden?", fragte ich beklommen. War es richtig gewesen, dass Keenan sich gestellt hatte? Mein Vertrauen in die amerikanische Gerichtsbarkeit war naiv und nun kamen mir die ersten Zweifel.

„Goodhawk ist ein guter Mann", erwiderte Ralph. „Der Beste für einen wie Keenan. Er wird es nicht zulassen."

Ich wollte noch etwas sagen, aber gleich darauf klingelte noch einmal das Telefon. Es war Tom Blue Bird. „Ich wollte dir nur sagen, dass sich Annas blaue Mappe gefunden hat."

„*Gefunden*?", fragte ich verständnislos.

„Du hast sie bei uns liegen lassen, als du das letzte Mal bei Billie warst", sagte Tom. „Sie hat sie im Umzugschaos verlegt und jetzt erst wiedergefunden. Ich bringe sie dir irgendwann vorbei." Ich glaubte meinen Ohren nicht zu trauen. „Und übrigens", sagte er, „grüß Kills Straight von mir, wenn du ihn im Gefängnis besuchst."

War Tom völlig verrückt geworden? Oder war ich nicht mehr Herr meiner Sinne? Ich hatte die Mappe nicht mitgehabt, als ich das letzte Mal bei Billie gewesen war. Sie hatte hier, auf dem Schreibtisch im Motelzimmer gelegen, da war ich ganz sicher.

„Tom!", rief ich in den Hörer, aber Blue Bird hatte schon aufgelegt.

10. Kapitel

Am nächsten Tag – es war ein Mittwoch – waren Ralph und ich mit Goodhawk im Gefängnis verabredet. Wir trafen ihn auf den Stufen vor dem Gerichtsgebäude in Pennington County, das in einer von Kastanien gesäumten Parkanlage stand. Das imposante Backsteingebäude mit dem großen Portal und den vier weißen Säulen über den zahlreichen Stufen schüchterte mich mächtig ein. Bis jetzt war ich einigermaßen zuversichtlich gewesen. Aber die großen Säulen wirkten wie Pfeiler der Macht. Und Macht schafft Recht, wie Tantchen es vor einiger Zeit treffend formuliert hatte.

Meine Glieder zitterten vor Aufregung. Walter Goodhawk hatte eine Besuchserlaubnis für mich erwirkt. Ich dachte an die zahllosen Zeitungsreporter, die sich auf mich stürzen würden, wenn herauskam, dass ich als deutsche Entwicklungshelferin mit einem Mordverdächtigen liiert war.

Die Reporter waren auch der Grund, warum Ralph es vorzog, Keenan zu diesem Zeitpunkt nicht zu besuchen. Er wollte nicht, dass ein Bild von ihm im Fernsehen oder in der Zeitung erschien. Er wollte, wenn das ganze Theater vorbei war, wieder als Ruthie in das Blockhaus in den Black Hills zurückkehren und dort ein ruhiges, zurückgezogenes Leben führen.

Ich saß Keenan gegenüber, getrennt durch eine dicke Glasscheibe.

„Wie geht es dir?“, fragte ich ihn besorgt. Er nahm den Telefonhörer in die Hand und deutete auf den, der neben meiner Schulter hing. Ich nahm den Hörer und fragte noch einmal: „Wie geht es dir?"

Die Nachricht vom Tod seiner Mutter hatte er erst am Morgen erhalten. Er schien sehr durcheinander und seine Augen waren gerötet.

„Ich versuche klarzukommen", sagte er.

„Das mit deiner Mutter tut mir sehr Leid."

„Weißt du Genaueres?", fragte er mich. „Sie haben mir nur gesagt, dass sie tot ist."

Goodhawk hatte mir versichert, dass ich ganz offen reden konnte, Keenan hätte nichts zu verbergen. „Sie ist gestürzt, glaube ich", berichtete ich ihm. „Sie hatte schwere Kopfverletzungen, sie ..."

„Du warst im Haus?", unterbrach er mich und warf mir einen unsicheren Blick zu.

„Ja, ich war in deinem Haus. Aber nicht dieses Mal. Die Polizei war da. Kathy sagte, sie hätte kurz bevor deine Mutter gefunden wurde, einen Mann in eurem Haus gesehen, der einen blauen Pickup fuhr. Es könnte Vine gewesen sein, oder Tom. Tom fährt einen blauen Pickup."

Keenan machte ein niedergeschmettertes Gesicht, als ob ich bereits tot wäre. „Ellen, du musst vorsichtig sein", stieß er erregt hervor.

„Keine Angst, dein Vater ist ja bei mir."

„Ja", erwiderte er. „Ich kann nicht glauben, was er für mich getan hat."

„Du bist sein Sohn und du bist in Schwierigkeiten."

Keenan lächelte gequält. Nur mit Mühe konnte er verhindern, dass sich das Zittern, das in seinem ganzen Körper war, nicht auf die Hand übertrug, in der er den Hörer hielt. In seinen Augen lag dunkler Schmerz und Zorn über seine Hilflosigkeit. Ich fand, er sah schlecht aus.

„Behandeln sie dich gut?"

Keenan antwortete nicht gleich. „Als ich mich stellte,

waren sie zuerst ziemlich unsanft", ließ er mich wissen. „Aber seit sie darüber informiert sind, dass Goodhawk meine Verteidigung übernommen hat, geht es. Er hat schon mal Gefängnispersonal wegen Körperverletzung vor Gericht gebracht."

„Du wirst bald wieder frei sein", versuchte ich ihn aufzumuntern. Keenan lachte mutlos. „Die Kaution ist viel zu hoch. Goodhawk wird sie nicht zusammenkriegen. Ich werde weiter in der Hölle schmoren."

„Wieso bist du nicht in Kanada geblieben?"

Verständnislos sah er mich an. „Das konnte ich nicht. Ich hätte mir selber nicht mehr ins Gesicht sehen können. Und außerdem ...", er zögerte und sah verlegen an mir vorbei. „Ich musste dich wiedersehen."

„Du bist verrückt", sagte ich und lachte ungläubig, bis die Ernsthaftigkeit des Gefühls in seinen Augen mich erschreckte. Schüchtern meinte Keenan: „Ich weiß gar nichts von dir. Ich habe nicht mal deine Adresse."

„Du hast nie gefragt", entgegnete ich lahm. Ich hatte Keenans fehlendes Interesse an meinem Leben immer auf kulturbedingte Zurückhaltung geschoben oder darauf, dass ihn mein Leben nicht interessiert hat. Er war einfach viel zu sehr mit seinem eigenen Problem beschäftigt gewesen.

„Ja, ich weiß. Aber jetzt habe ich so viele Fragen. Ich möchte ...", er starrte beschämt auf die Tischplatte herunter.

„Stelle deine Fragen, ich höre dir zu."

Keenan schlug einen Kreis mit seinem Blick. „Hier?"

„Warum nicht?"

„Gibt es jemanden in deinem Leben, ich meine ... hast du ...", er stotterte verlegen.

„Nein", unterbrach ich sein Gestammel. „Ich war mal verheiratet, aber ..."

„Aber was?"

„Ich habe kein Glück mit Männern", antwortete ich und seufzte im Stillen. „Schuld ist meine Mutter. Seit mein Vater sie sitzen ließ, hat sie ständig ihre schlechte Meinung über Männer kundgetan und deshalb kam nie wieder einer in ihre Nähe. Aus diesem Grund weiß ich nicht, wie man mit Männern umgeht. Ich habe es nie gelernt."

Keenan schien belustigt und ich lächelte schief. „Okay", sagte er. Er sah mich hilflos an, streichelte unentwegt die Trennscheibe zwischen uns, so, als wolle er mich trösten.

„War das alles, was du wissen wolltest?", fragte ich enttäuscht.

„Nein verdammt", er ballte seine Linke zur Faust. „Wir Lakota sind es bloß nicht gewöhnt, Fragen zu stellen. Und wenn man hinter so einer dämlichen Scheibe sitzt, macht es einem das auch nicht gerade leichter. Ich möchte dich berühren, Ellen. Du siehst hübsch aus in diesem Kleid."

Ein Wärter kam herein und wies uns darauf hin, dass die Besuchszeit zu Ende war.

„Mist, verfluchter", rief Keenan. „Ellen, ich will dich …"

Als ich etwas erwidern wollte, presste er plötzlich seine Handfläche gegen die Scheibe. „Nein, sag nichts. Darüber reden wir, wenn ich hier raus bin."

Ich verließ fluchtartig diesen trostlosen Ort. Goodhawk hatte vor dem Besucherraum gewartet und begleitete mich nach draußen. Meine Tränen irritierten ihn. Er sagte: „Keine Angst, er ist bald frei. Es ist nicht mehr so wie noch vor ein paar Jahren, dass ihn alle auf dem elektrischen Stuhl sehen wollen, nur, weil er ein Indianer ist. Ein Indianer ist tot und ein anderer Indianer ist der Mörder. Welcher Indianer der Mörder ist, interessiert die Weißen reichlich wenig."

„Kann ich Keenan nicht irgendwie nützlich sein?", fragte ich, nachdem ich mich wieder beruhigt hatte.

Goodhawk blieb stehen und sah mich an. „In gewissem

Sinne schon. Er hat Angst davor, zu schnell verurteilt zu werden und irgendwo in einem dunklen Gefängnis in einer finsteren Zelle zu verschwinden. Für immer. Die Tatsache, dass es eine europäische Verlobte gibt, könnte das verhindern."

„Verlobte?", fragte ich verblüfft. Hatte Keenan mir aus diesem Grund all die schönen Dinge gesagt? Damit ich mich als seine Verlobte ausgab?

Goodhawk lächelte voller Wärme. „Er redet ununterbrochen nur von Ihnen, Ellen. Es ist wirklich schwer, ein paar Fakten aus ihm herauszubekommen. Ich persönlich finde es sehr unerschrocken, was Sie da getan haben. Vielleicht schaffe ich es, die Kaution aufzutreiben", tröstete mich Goodhawk. „Fahren Sie zurück in Ihr Motel und machen Sie wie immer Ihre Arbeit. Morgen sieht vielleicht alles schon ganz anders aus."

Ralph hatte am Hintereingang auf mich gewartet. Wir verabschiedeten uns von Goodhawk und machten einen Abstecher nach Kyle. Ich wollte bei Billie vorbeischauen, um Anna Yellow Stars Aufzeichnungen abzuholen. Vielleicht konnte ich auf diese Weise klären, wie sie wieder in Toms Hände geraten waren. Was wusste Billie von all dem? Hatte sie die Mappe zufällig gefunden und tatsächlich geglaubt, ich hätte sie vergessen?

Das Haus der Blue Birds war verschlossen und niemand zu Hause. Enttäuscht und verärgert stieg ich wieder zu Ralph in den Wagen.

„Du bist wütend auf Tom Blue Bird und du hast Angst vor ihm", sagte er. „Aber du triffst dich immer wieder mit ihm und erzählst ihm Dinge, die er vielleicht besser nicht wissen sollte." Ich seufzte. „Tom hat mir sehr geholfen. Ohne ihn hätte ich meine Arbeit nicht machen können."

„Dass er sich um dich gekümmert hat, ist die eine Sache", bemerkte Ralph. „Anderseits ist er sehr clever und hat einen einflussreichen Vater. Besser, du traust Tom nicht über den Weg. Vielleicht war er in deinem Zimmer und hat die Mappe selbst geholt."

Keenans Vater hatte mal wieder meine Gedanken gelesen, aber das half uns jetzt auch nicht weiter. *Froggy* holperte durch Schlaglöcher und ich drosselte die Geschwindigkeit. „Warum sollte Tom in mein Zimmer einbrechen und die Mappe stehlen, die er mir erst gegeben hat?"

„Möglicherweise hat er es bereut, dich ins Vertrauen gezogen zu haben. Vielleicht hat sein Vater davon erfahren und ihm Druck gemacht, die Aufzeichnungen zurückzubringen."

Das klang plausibel, vor allem, weil ich auch von selbst auf diesen Gedanken gekommen war. Aber ich verteidigte Tom immer noch.

„Und dann ruft er mich einfach so an und sagt, ich hätte die Mappe bei ihm liegen lassen und könne sie mir wieder abholen. Da muss er mich ja für ziemlich blöd halten."

„Wirst du es denn merken, wenn etwas fehlt oder verändert wurde? Es kann eine Kleinigkeit sein, die dir gar nicht auffällt, die aber möglicherweise von großer Wichtigkeit ist."

„Ich fürchte nein", antwortete ich bekümmert. „Trotzdem, Tom war ehrlich überrascht, als ich ihm sagte, dass jemand die Mappe gestohlen hat."

„Nun gut", kombinierte Ralph. „Dann bleibt nur noch einer, der von der Mappe gewusst haben kann."

Ich sah ihn überrascht an. „Und wer soll das sein?"

„Toms Frau. Billie Blue Bird."

Obwohl ich Ralphs tollkühnen Vermutungen keinen Glauben schenken konnte, geisterte doch Billie Blue Bird durch meinen Kopf und ich ließ unsere Gespräche Revue passieren. Hatte ich irgendetwas überhört oder übersehen?

Bestimmt! Es war da und es war gewiss etwas ganz Einfaches. Und dann fiel es mir ein: Bei unserem letzten Gespräch hatte Billie den Verdacht geäußert, Richard Three Star könne etwas mit dem Mord zu tun haben.

Aber das war es nicht. Es war davor gewesen, draußen, in der Prärie. „Ich werde herausfinden, wer außer Vine noch ein Interesse an Garrets Tod gehabt haben könnte", hatte sie gesagt. Außer Vine! Billie war von Anfang an auf ihn fixiert gewesen. Hatte sie nur deshalb aufgehört, auf ihrem Schwiegervater herumzuhacken und ihn zu verdächtigen, um glaubwürdig zu bleiben, wenn sie zum entscheidenden Schlag gegen ihn ausholte? Was ging wirklich vor im Kopf dieser Frau, von der ich geglaubt hatte, eine Verbündete in ihr gefunden zu haben?

Es war schon Abend und heute würde ich es nicht mehr herausfinden. Aber ich beschloss, Billie und Tom morgen aufzusuchen und mich nicht mit der Behauptung abspeisen zu lassen, ich hätte die Mappe bei ihnen vergessen. Vielleicht hatte mein Verstand ja in den letzten Tagen gelitten, aber ich wusste immer noch, was ich getan oder nicht getan hatte.

Außerdem wollte ich Lester Swan treffen, der aus Boston zurückgekehrt war, um seine Arbeit im *Wápika*-Dorf fortzusetzen. Es gab da eine ganze Menge Fragen, die ich ihm stellen musste.

Ich saß an meinem Schreibtisch und arbeitete an meinem Laptop. Ralph lag mit hinter dem Kopf verschränkten Armen auf meinem Queen Size Bett. Er hatte seinen Anzug mit einer bequemen Jeans und einem einfachen T-Shirt ausgetauscht und war in Erzähllaune. Wie immer kam er sofort auf den Krieg zurück, ein Thema, dass ihn vermutlich bis ans Ende seines Lebens nicht mehr loslassen würde.

„In Vietnam angekommen", erzählte er mir, „stellte ich

fest, dass die Leute, die meine Feinde sein sollten, mir verdammt ähnlich sahen. Ich hatte nicht vor, einen einzigen von ihnen zu töten oder mich von ihnen töten zu lassen. Ich versuchte nur noch, heil aus der Sache wieder herauszukommen. Es war schließlich eine Granate unserer eigenen Leute, die mich so schwer verletzte, dass ich nach Hause geflogen werden musste. *Friendly Fire*, nennt man das. Damit war der Krieg für mich aber noch lange nicht vorbei. Denn hier, in meinem eigenen Land, herrschte auch Krieg."

Er stand auf, holte sich einen Eistee aus dem Kühlschrank und hockte sich wieder aufs Bett. „Die Besetzung der Insel Alcatraz konnte ich nur im Fernsehen verfolgen, weil ich mit meinem kaputten Bein im Krankenhaus lag", fuhr er fort. „Aber als die Belagerung von Wounded Knee begann, waren meine Wunden ausgeheilt und ich schwor, meinen Beitrag zu leisten. Nicht als Krieger mit der Waffe in der Hand, sondern als Frau. Wir Frauen planten die Unterstützung von außen, organisierten Material und bewegten uns immer wieder über die Kampflinien, um die Krieger mit dem Lebensnotwendigsten zu versorgen." Ralph alias Ruthie redete sich richtig in Fahrt. „Überall waren es Frauen, die die vom FBI gesuchten Leute versteckten, sie fütterten, Verwundete pflegten und Gewehre schmuggelten. Und die Kinder waren immer dabei. Wir Frauen waren es, die die Männer dazu gebracht hatten, so lange durchzuhalten."

Ich sah Keenans Vater an und merkte, wie schwer es mir fiel zu akzeptieren, dass er sich als Frau fühlte. Er war gekleidet wie ein Mann, sprach mit der Stimme eines Mannes. Ich seufzte leise, weil das Ganze so verrückt war.

„Während der Belagerung wurde sogar ein Kind geboren", erzählte Ralph weiter. „Das machte uns Mut und ließ uns noch eine Weile durchhalten. Aber irgendwann waren wir mit unseren Kräften am Ende. Wir hatten nicht mehr genug zu essen und mussten aufgeben. Einige von uns wurden gleich verhaftet, andere ließ man gehen. Das lag wohl daran, dass die Weltpresse ein Auge auf uns hatte. Aber den Wenigsten nützte das was. Sie wurden ein paar Tage später aus ihren Häusern gezerrt und hinter Gitter gesperrt. Mich konnten sie nicht finden, deshalb blieb mir das Gefängnis erspart."

„Das muss alles sehr schlimm gewesen sein", sagte ich. „Inzwischen kann ich verstehen, warum ihr den Weißen bis heute nicht traut."

„Ja", antwortete er, „bis das möglich ist, wird wohl noch einige Zeit ins Land gehen." Ralph legte eine Hand auf meine Schulter. „Es ist spät, ich werde jetzt besser in mein Zimmer gehen. Wir sollten beide etwas schlafen."

Tatsächlich war es schon kurz vor Mitternacht. Die Unbeschwertheit des Abends war plötzlich dahin und mich befiel Angst. Ich wollte nicht, dass Ralph ging, ich wollte nicht allein bleiben. Ich fürchtete mich vor den Alpträumen, die mich ganz sicher heimsuchen würden. Vor dem Raben, von dem ich noch keinem erzählt hatte, nicht einmal Keenan.

„Kannst du heute Nacht nicht bei mir schlafen?", fragte ich zaghaft. „Mir wäre bedeutend wohler."

Ralph lächelte und nickte. „Ich hole nur meine Zahnbürste. Bin gleich zurück."

Er verschwand nach draußen und ich ging ins Bad um zu duschen. Als ich in meinem langen T-Shirt, das ich als Nachthemd benutzte, ins Zimmer zurückkam, war das Licht gelöscht. Verwundert tastete ich nach dem Lichtschalter, als sich plötzlich eine Hand auf meinen Mund legte und etwas Kaltes, Glattes gegen meine Schläfe drückte.

„Ein Mucks und du bist tot!", raunte jemand.

Das Kalte an meinem Kopf war die Mündung eines Revolvers. Ich brauchte nicht viel Fantasie, um mir das auszumalen.

„Zieh das an!", hörte ich eine Stimme, die ich kannte. Eine derbe Faust donnerte gegen meinen Unterleib, sie hielt meine Jeans. Von dem Stoß wurde mir übel und für einen Augenblick verschwamm alles. Dann gewöhnten sich meine Augen langsam an die Dunkelheit und ich begann Umrisse wahrzunehmen. Vine Blue Birds massige Gestalt.

Ich zog die Hose an, wie er es von mir verlangt hatte. Keine Ahnung, wie ich es fertig brachte, denn mein ganzer Körper war wie gelähmt. Mein Verstand war es auch. Ich wollte schreien, aber ich konnte nicht.

„Komm schon, beweg dich!", zischte Blue Bird. „Wenn du einen Laut von dir gibst, bist du tot."

Du wiederholst dich, dachte ich. Er band mir die Hände mit derbem Strick und klebte ein breites Pflaster über meine Lippen. Dann schubste er mich zur Tür.

Vorsichtig blickte Vine nach draußen und als er sich vergewissert hatte, dass alles ruhig war, zerrte er mich in den blauen Pickup Truck seines Sohnes. Tom war nicht bei ihm. Wusste er, was hier passierte? Wartete er irgendwo an einem dunklen Ort auf uns, um mir ein letztes Mal seine Überlegenheit zu zeigen?

Langsam setzten sich die Räder meines Verstandes wieder in Bewegung. Es knirschte noch ein wenig, als wäre Sand im Getriebe. Was war mit Ralph? War er tot? Hatte Vine ihn getötet, so, wie er es jetzt mit mir vorhatte? Warum hatte ich Billies Andeutungen nicht für voll genommen? Warum …?

Vine drückte mich auf den Beifahrersitz und startete den Wagen. Ein grundloses, unkontrollierbares Glucksen kam aus meiner Kehle und machte ihn wütend. Er sagte: „Es wird dir vergehen, das Lachen, du dämliche weiße

Schlampe. Was glaubst du, wer du bist, dass du hier herkommen und alles durcheinander bringen kannst?"

Mich quälte ein heftiger Schluckauf und ich war froh, die Frage nicht beantworten zu müssen, da meine Lippen mit Plastik versiegelt waren. Vine Blue Birds ungewohnt derbes Vokabular ließ mich ahnen, wozu er fähig war. Für ihn war unsere Zusammenarbeit hiermit beendet. Und zwar endgültig.

Es wurde eine lange, schweigsame Fahrt, bei der in Gedanken mein ganzes Leben in Bildern an mir vorüberstrich. Ich hatte das seltsame Gefühl, neben mir zu stehen, vollkommen außerhalb dieser Situation. Es war schon erstaunlich, mit welcher Klarheit man im Augenblick der tödlichen Gefahr die Dinge zu sehen begann. Zu meiner Überraschung stellte ich fest, dass ich mir nicht mal Leid tat. Es war, als hätte ich endlich meine Stärke entdeckt. Auf jeden Fall würde ich mich nicht kampflos ergeben, was immer Vine auch mit mir vorhatte.

Und dann waren wir da, am White River. Wo sonst!

Irgendwie musste Vine herausgefunden haben, was hier geschehen war. Weshalb hätte er sonst ausgerechnet diesen Ort für sein Vorhaben gewählt? Die einfachste Erklärung war, dass Tom ihm alles erzählt hatte. Ich hätte ihm nicht vertrauen dürfen. Warum hatte ich bloß den Mund nicht halten können?

Zu spät. Vine zerrte mich aus dem Wagen und schleifte mich an einer Hand hinunter zum Flussufer. In der anderen hielt er eine Taschenlampe, mit der er sich den Weg ausleuchtete. Er riss mir das Pflaster vom Mund und ich unterdrückte einen Schmerzensschrei. Meine Lippen brannten wie Feuer. Der volle Mond tanzte auf dem träge dahinfließenden Fluss.

„*Sie* haben also Murdo Garret auf dem Gewissen!", brachte ich heraus.

Vine lachte hässlich. „Hat ganz schön gedauert, bis du dahinter gekommen bist."

„Aber warum sollte Keenan sterben?", fragte ich, weil ich es wissen wollte, auch, wenn dieses Wissen niemandem mehr nutzen würde, am allerwenigsten mir.

„Ich bin nicht hier um dir Geschichten zu erzählen", blaffte er mich an. Blue Bird zerrte mich am schlammigen Ufer entlang. Er stieß einen höhnischen Lacher nach dem anderen in die Nacht, als wäre er wahnsinnig geworden. „Kills Straight wusste von dem Geld und hat es Garret brühwarm erzählt", knurrte er verächtlich.

„Welches Geld?", japste ich.

Vine blieb stehen, seine derben Finger in meine Schulter gekrallt. Ein paar Haare klemmten dazwischen und ich musste den Kopf unnatürlich schräg halten, weil es sonst noch mehr weh getan hätte.

„Tu nicht so, als wüsstest du nichts davon. Keine Ahnung, wie du an ihn geraten bist und wieso Kills Straight dir die Kopien überlassen hat. Sie waren in der Mappe, die du dämlicher Weise bei Tom vergessen hast. Aber ich war da", sagte er hämisch, „und habe sie gefunden. Damit hast du nicht gerechnet, was? Dass ich beim Renovieren helfen könnte. Du hättest schon vorsichtiger sein müssen, Fräulein Neunmalklug."

Ich wusste überhaupt nicht, wovon er redete. Was für Kopien, was für Geld?

„Ich habe die Mappe nicht liegen lassen, sie wurde aus meinem Zimmer gestohlen. Und alles, was drin war, habe ich von Tom", antwortete ich geistesgegenwärtig.

Für einen Augenblick war Vine verwirrt, ich merkte es daran, dass er seinen Griff lockerte, – aber dann packte er wieder fest zu.

„Und Sally Kills Straight?", rief ich. „Wieso musste sie sterben?" Es würde mir auch nicht helfen, wenn ich genau wusste, warum dieser und jener gestorben war oder sterben sollte. Alles was ich wollte, war Zeit schinden und meinem Schicksal noch eine Chance geben.

„Sally redete dummes Zeug", erklärte er unwirsch. „Sie war betrunken und beschuldigte mich. Weiß der Teufel, wo sie es her hatte." Vine hatte mich inzwischen zu einem Gebüsch gezerrt. Mit der Taschenlampe leuchtete er suchend den Boden ab. Ein seltsames Geräusch erregte meine Aufmerksamkeit. Ich wusste sofort, was es war und erstarrte: Tom hatte nicht gelogen. Hier gab es Klapperschlangen. Mir wurde augenblicklich klar, dass ich Klapperschlangen nicht ausstehen konnte. Mir wurde auch klar, dass ich nicht sterben wollte, jedenfalls jetzt noch nicht. Es war schön, dieses Leben. Es war bunt, aufregend, liebenswert und ich wollte es behalten.

Ein Adrenalinstoß jagte durch meinen Körper. Ich riss mich los und begann zu rennen. Aber Vine war groß und unerwartet behände für sein Alter. Er stellte mir ein Bein und ich fiel mit dem Gesicht in den Schlamm. Ich stöhnte. Er packte mich und zog mich an den Füßen zurück zum Gebüsch.

Dem mehrstimmigen Rasseln entnahm ich, dass dort nicht nur eine Schlange war. Im Gehölz musste sich ein ganzes Nest befinden. Es zischte und brodelte wie in einem Hexenkessel. Ich trat nach Vine und ihm fiel die Taschenlampe aus der Hand. Er fluchte laut. Ohne mich loszulassen, bückte er sich nach der Lampe, aber mit einem gezielten Tritt beförderte ich sie in den Fluss. Beim Fallen stieß ich mit dem Gesicht auf einen Stein und hatte den Geschmack von Blut im Mund.

„Keenan und sein Anwalt wissen alles", bluffte ich in meiner Todesangst. „Sie werden nicht lockerlassen. Es gibt noch weitere Kopien."

„Du lügst", sagte Vine bissig. „Und außerdem, was habe

ich damit zu tun, wenn du von einer Schlange gebissen wirst und in den Fluss fällst", verhöhnte er mich. „Alle wissen, dass du hier überall herumkriechst und blöde Fragen stellst."

Ich versuchte mich aufzurappeln, da zog er wieder an meinem Bein. Im Schlangengebüsch war es still geworden. Ich vermutete, dass sie sich auf den Angriff vorbereiteten, ihre Giftdrüsen aktivierten. Ich war diesem todbringenden Wurzelgeäst schon verdammt nahe. Noch war Vine zwischen den Schlangen und mir. Aber er stand und trug Stiefel, und ich lag auf dem Boden und hatte nackte Arme und Füße. Ganz zu schweigen von meinem Hals. In meiner Kehle gurgelte es wild. Vine Blue Bird drehte sich blitzartig herum und riss mich an den Füßen mit. Jetzt war er hinter mir. Weil mir nichts anderes mehr einfiel, fing ich an zu brüllen.

Plötzlich erhellte der Strahl einer Taschenlampe die Dunkelheit. „Lass sie sofort los!", hörte ich Tom Blue Birds scharfe Stimme.

Vine fuhr erschrocken herum und ließ mich los. Er zog seinen Revolver und richtete ihn auf seinen Sohn. Das war meine Chance und ich ergriff sie. Auf Ellenbogen robbte ich durch den Schlamm wie ein Soldat in der Grundausbildung. Weg von der Wurzel und dem Gestrüpp, vorbei an Vines schlammverschmierten Lederstiefeln. Ich rappelte mich auf und kam nicht weit. Vine machte einen Satz nach vorn, riss mich an sich und schob mich vor seine Brust. Wieder spürte ich den kalten Stahl an meiner Schläfe. Das Licht der Taschenlampe blendete mich.

Dann ließ Tom die Taschenlampe sinken und ich erkannte, dass er ebenfalls eine Waffe in der Hand hielt. Sie war auf den Kopf seines Vaters gerichtet.

„Ich wollte einfach nicht glauben, dass du so korrupt, so

geldgierig, so skrupellos sein kannst", sagte Tom, und ich hörte die kalte Verachtung in seiner Stimme.

Worum ging es hier eigentlich?

Vine lockerte seinen Griff. „Sie hat versucht mich reinzulegen", rief er. „Sie ist bloß ein kleines weißes Flittchen, Tom. Ich bin dein Vater."

Ah, jetzt pocht er auf den Zusammenhalt der Familie, dachte ich und hoffte, Tom würde sich nicht davon beeindrucken lassen. Er war meine einzige Chance. Wenn Tom mich aufgab, war ich verloren.

„Nicht mehr", erwiderte Tom, mit einer Stimme, die nicht seine eigene zu sein schien. „Jetzt bist du nicht mehr Vine Blue Bird, Vater von Tom Blue Bird und Mitglied des Stammesrates von Pine Ridge. Jetzt bist du bloß noch ein Mörder; ein Indianer, der einen Indianer getötet hat. Murdo Garret war ein guter Mann, der nur das Beste für sein Volk wollte."

Vine lachte sein tiefes, heiseres Siouxlachen, das ihn mir zu Anfang so sympathisch gemacht hatte. Jetzt ließ es mich erschauern. Die Revolvermündung drückte immer noch gegen meine Schläfe. „Ich habe Garret nicht getötet", höhnte er. „Nein", sagte Tom. „Die Drecksarbeit hast du andere machen lassen. Du bist auch noch feige."

„Pah, feige! Wieso bist du überhaupt hier?", fragte Vine verächtlich. „Wegen ihr?" Der Stahl drückte heftiger gegen meine Schläfe. „Du stellst ihr nach, Tom. Du wolltest mal mit einer Weißen ins Bett, das ist nicht weiter schlimm, ich kann das verstehen. Billie hat im Augenblick zu viel anderes im Kopf."

Tom schluckte, aber er blieb ruhig. „Billie hat mich zu Ellen geschickt", sagte er, wohl mehr zu mir als zu seinem Vater. „Sie wusste, was du tun würdest. Sie hat die Kopien in die Mappe gelegt, damit du denken musstest, Ellen wäre dir auf die Schliche gekommen."

Ich glaubte meinen Ohren nicht zu trauen. Entgeistert starrte ich Tom an. Ralph hatte Recht gehabt. Billie war in meinem Zimmer gewesen und hatte die Mappe gestohlen, um sie später in ihrem Haus so liegen zu lassen, dass Vine hineinsehen konnte. Und drinnen lagen dann irgendwelche Kopien, von denen ich keine Ahnung hatte. Sie hatte ihrem Schwiegervater eine Falle gestellt und mich dabei kaltblütig geopfert.

Ich fühlte mich gedemütigt und verraten. Und – verdammt – es tat weh. Vine zerrte an meinen Haaren. Er grunzte ungläubig. Langsam begriff er, dass er hereingelegt worden war. Nicht von mir, sondern von seiner eigenen Schwiegertochter. Billie hatte uns beide hereingelegt. Wir hatten sie alle unterschätzt, sogar Tom.

Vine sagte nichts, er machte aber auch keine Anstalten, mich loszulassen.

„Wenn du sie tötest, werde ich dich töten", drohte Tom ungeduldig.

Wunderbar, dachte ich. So würde ich zum Schluss doch noch zur Heldin werden. Posthum, sozusagen.

Vine schien zu überlegen. Er kannte seinen Sohn. Er wusste, dass seine Worte keine leere Drohung waren. Tom Blue Bird würde seinem Vater nicht die kleinste Möglichkeit lassen, ihn noch einmal zu demütigen oder in diesen Sumpf mit hineinzuziehen.

In der Ferne hörte ich das Heulen von Sirenen. Es kam sehr rasch näher und wurde unangenehm laut. In diesem Fall war es Musik in meinen Ohren. Vine ließ mich endlich los.

Ich stürzte hinüber zu Tom und er stellte sich vor mich. Sein breiter Rücken schützte mich vor Vine und ich dachte, dass es nicht einfach war, ein Krieger zu sein und auch wie einer zu handeln. Vater und Sohn richteten immer noch die Waffen aufeinander. Es war eine gespenstische Szene.

Auf einmal begann Vine seine Stiefel auszuziehen. „*Hoka hey*", sagte er. „Heute ist ein guter Tag zum Sterben." Er grinste und Tom ließ ihn keine Sekunde aus den Augen. Vine ließ seinen Arm sinken, drehte sich um und lief langsam ins Gebüsch.

„Halt!", rief Tom und auch er nahm seinen Arm mit dem Revolver herunter. In der anderen Hand hielt er immer noch die Taschenlampe, den Strahl auf seinen Vater gerichtet.

Vine hielt inne, sah sich aber nicht um.

„Eins muss ich noch wissen", rief Tom ihm zu. „Hast du auch Anna Yellow Star umgebracht?"

Vine antwortete nicht. Wortlos setzte er seinen Weg ins Gebüsch fort. Tom riss seinen Arm nach oben und zielte erneut auf seinen Vater, das Gesicht verzerrt von Wut und Schmerz. Seine Hand zitterte beängstigend. „Sie war schwanger – mit deinem Enkelsohn."

Ich legte ihm meine Hände auf den Arm. „Tu das nicht!", sagte ich. „Es ist auch so schon schlimm genug."

Vine war in der Dunkelheit verschwunden.

„Die Schlangen", flüsterte ich.

Tom Blue Birds ganzer Körper begann jetzt zu zittern. Aus seiner Kehle floh ein Laut, der nicht Sprache war. Tränen liefen ihm über die Wangen. Fassungslos starrte ich ihn an, bis er sich wieder gefangen hatte.

„Er will es so", sagte er.

Mir wurde plötzlich kalt und meine Zähne begannen zu klappern. Als Tom den Knoten an meinen Handgelenken löste und mir seine Jeansjacke um die Schultern legte, waren die Stammespolizisten eingetroffen.

„Alles in Ordnung?", fragte der erste Uniformierte, der uns erreichte. Es war Dempster Little Crow persönlich, der Polizeichef. Ich hätte nie gedacht, dass ich mal so glücklich sein würde, ihn zu sehen. Ich nickte. „Ja, alles in Ordnung. Kümmern Sie sich um Vine."

„Wo ist dein Vater?", fragte Little Crow an Tom gewandt.

Tom wies auf das Gestrüpp, in dem Vine verschwunden war. Der indianische Beamte zückte seine Waffe und wollte hinterher.

„Vorsicht!", warnte ihn Tom. „Er ist bewaffnet und da drin ist alles voller Klapperschlangen."

Little Crow hielt inne und auf einmal hörten wir Vine Blue Bird singen. Er sang auf Lakota und seine tiefe Stimme wurde vom Fluss zu uns herübergetragen.

„Was ist das?", fragte ich eigenartig berührt.

„Er singt sein Todeslied", sagte Tom.

Keiner der vier Polizisten rührte sich von der Stelle. Jeder von ihnen wusste, dass es für einen Indianer einfacher war, zu sterben, als den Rest seines Lebens hinter Gefängnismauern zu verbringen. Vines Stimme wurde leiser und verstummte nach einer Weile. Little Crow legte Tom seine Hand auf die Schulter.

„Tötet ihr Gift so schnell?", fragte ich, zitternd vor Grauen.

„Es kommt darauf an, wo sie dich beißen", sagte Tom tonlos, „und wann sie das letzte Mal was gefressen haben."

Ich machte mich los und stürzte von den anderen weg. All die Angst und der Ekel brachen in lauten Schluchzern und Tränen aus mir heraus. Ich krümmte mich und hustete und weinte. Dann war alles vorbei.

Tom berührte kurz meine Schulter und reichte mir ein sauberes Taschentuch.

„Entschuldige", schniefte ich.

„Geht es dir besser?"

„Ja."

Die Polizisten mit ihren Taschenlampen stiegen wieder hinauf auf das Plateau und versuchten, von der anderen Seite an Vine heranzukommen. Es schien einen Weg zu geben, denn ich hörte sie rufen, als sie ihn gefunden hatten.

Inzwischen war auch ein Krankenwagen eingetroffen. Aber es dauerte eine Ewigkeit, bis Vine geborgen werden konnte. Er war noch am Leben und ein Arzt kümmerte sich um ihn. Doch das Schlangengift hatte seine Wirkung bereits getan. Blutgefüllte Blasen bildeten sich überall dort, wo er gebissen worden war, auch am Hals. Obwohl seine Haut vor Schweiß glänzte, schlotterte er am ganzen Körper und rang nach Atem, während sein Hals immer mehr zuschwoll. Noch bevor der Arzt einen Luftröhrenschnitt machen konnte, starb Vine. Alle Wiederbelebungsversuche blieben erfolglos.

Tom starrte mit zusammengekniffenen Lippen hinauf zu den Sternen, die sich einer nach dem anderen in das graue Licht des Morgens zurückzogen. Die aufsteigende Dämmerung trieb die Nacht hinter den westlichen Horizont.

Als der Krankenwagen diesen Ort verließ, ging die Sonne auf. Wie Blut flossen ihre Strahlen über die weißen Kalksteinreliefs der Badlands. Eine Gruppe Gabelböcke flüchtete über das Plateau.

„Was war nun wirklich los?", fragte ich Tom.

Er seufzte tief. Offensichtlich nagte immer noch an ihm, dass er mir nicht geglaubt hatte. „Billie wusste schon lange, dass mein Vater unsaubere Geschäfte macht, um seine ehrgeizigen Pläne durchzusetzen", sagte er. „Sie hatte eine Menge über ihn herausgefunden. Es ging ihm gar nicht um das Wohl des Stammes, sondern nur um sein eigenes." Tom sah weg, er schämte sich für seinen Vater. „Billie hatte herausgefunden, dass Vine Unterlagen von Umweltgruppen vernichtet oder gefälscht hat, um bei der Abstimmung ein positives Ergebnis für die Uranbohrungen zu erhalten. Er hat sehr viel Geld von dieser Uranfirma dafür bekommen. Billie hat heimlich Kopien gemacht und bei der letzten Versammlung der NRC haben sie und Kills Straight diese Unterlagen Murdo Garret gezeigt, um ihn in letzter Minute noch umzustimmen. Das war sein Todesurteil."

Der Gedanke daran, wie leicht das Böse im Leben die Menschen in seinen Griff bekommen konnte, erschütterte mich tief.

„Garrets Gegenstimme hätte Vines Pläne durcheinandergebracht", fuhr Tom fort. „Er musste annehmen, dass Garret ihn vor allen bloßstellt. Mein ..., hm ...Vine wäre für immer erledigt gewesen. Niemand im Reservat hätte ihm mehr vertraut, nicht mal seine eigene Familie."

Wir gingen zu Vines Ford, mit dem Tom gekommen war und stiegen ein.

„Woher wusstest du, dass Vine mit mir hierher fahren würde?", fragte ich Tom und blickte forschend in sein Gesicht.

Er zuckte die Achseln. „Es war so ein Gefühl. Alles passte."

Mein Gott, war ich froh, dass Tom Blue Bird solche Gefühle hatte.

„Und du hast auch die Polizei und den Krankenwagen gerufen?"

„Ja, von deinem Zimmer aus. Ich bin so schnell gefahren wie ich konnte. Der Gedanke, dass ich zu spät kommen könnte, war mir unerträglich. Mrs Hauge hat sich inzwischen um den verletzten Mann gekümmert, der Vine irgendwie in die Quere gekommen sein muss. Er hat ihn brutal niedergeschlagen."

Die beiden weißen Fahrzeuge der Stammespolizei fuhren voran. Ihnen folgte Toms alter Pickup, den jetzt ein Polizist fuhr. Der Truck sollte noch genau untersucht werden. Zuletzt holperten Tom und ich in Vines Ford über den Feldweg. Ich hatte mich wieder einigermaßen beruhigt, machte mir aber große Sorgen um Keenans Vater. Tom hatte ihn vor seinem Motelzimmer gefunden, als er nach mir suchte. Jetzt war er im Krankenhaus und ich würde nach ihm sehen, sobald ich konnte.

Doch noch etwas ließ mir keine Ruhe. „Hat Billie dich wirklich noch so spät zu mir ins Motel geschickt?"

Tom nickte. „Die Dinge waren ihr aus den Händen geglitten. Vine musste denken, du hättest die Kopien von Kills Straight und ihr wurde klar, dass er versuchen würde, dich zu töten."

„Das hat Billie gewollt?" Ich konnte das einfach nicht glauben.

„Sie wollte Vine entlarven und dir einen Denkzettel verpassen", verteidigte Tom seine Frau. „Sie war eifersüchtig und dachte, dir könne schon nichts passieren, weil ich, wie sie sagte, jeden deiner Schritte genauestens verfolgte."

„Aber du hast aufgehört, jeden meiner Schritte zu verfolgen, seit du von der Sache mit Keenan wusstest."

Wieder ein Nicken. „Billie hat mich mitten in der Nacht geweckt. Sie hat befürchtet, ihr Plan könnte außer Kontrolle geraten sein."

„Außer Kontrolle", wiederholte ich beleidigt. „Beinahe hätten mich die Klapperschlangen gefressen."

„Sie fressen nicht." Tom lächelte dünn. „Sie beißen nur."

Ich musste lachen. Wenigstens hatte er seinen Humor nicht verloren. Und schließlich war ich noch am Leben.

11. Kapitel

Schon bald nach diesen Ereignissen nahm das *Wápika*-Projekt wieder meine ganze Aufmerksamkeit in Anspruch. Die Familie Many Horses war eingezogen und das Alltagsleben des neuen Dorfes begann mit dem fröhlichen Gekicher der Kinder. Mary Many Horses war aus dem Krankenhaus entlassen worden und saß mit einem Buch im Schatten, ein buntes Tuch um den kahlen Kopf gebunden. Sie sah aus wie ein verwegener kleiner Pirat.

Ich schrieb kaum noch an meinen Berichten. Die meiste Zeit wühlte ich neben den anderen Arbeitern im Dreck, formte Ziegel und arbeitete im Garten oder im Gewächshaus. Es fiel mir leichter, in dieser Art Hilfe einen Sinn zu sehen.

Einen Tag nach seiner Entlassung aus dem Gefängnis war Keenan verschwunden und ich hatte ihn seitdem nicht mehr gesehen. Das war jetzt beinahe eine Woche her. Von Tom erfuhr ich, dass Ralph aus dem Krankenhaus entlassen worden war und ich nahm an, dass Keenan sich um seinen Vater kümmerte.

Meine Zeit in Pine Ridge war begrenzt und das Datum auf meinem Rückflugticket rückte unweigerlich näher. Ich wäre gern mit Keenan zusammen gewesen. Dass er nach seiner Freilassung einfach verschwunden war, tat mehr weh als ich mir eingestehen wollte. Immerhin, mein Zimmer hatte ein Telefon und er kannte die Nummer. Ich hatte tatsächlich geglaubt, ich würde ihm etwas bedeuten. Zumindest war es mir so vorgekommen, als er im Gefängnis saß und Angst hatte. Vielleicht war jetzt, wo er frei war, alles ganz anders. Ich bekämpfte meine Enttäuschung mit Arbeit und verbannte meine Sehnsucht nach Keenan tief in meinem Inneren.

Tom Blue Bird war als neuer Vertreter des Stammesrates für den Eagle Nest Distrikt vorgeschlagen worden. Er war ungeheuer stolz auf diese Kandidatur. Vor allem, weil er nicht damit gerechnet hatte, dass die Leute aus seinem Distrikt ihm Vertrauen schenken würden, nach allem, was sein Vater getan hatte.

Sollte Tom gewählt werden, würde er die Leitung des *Wápika*-Dorfes abgeben müssen, denn er konnte sich nicht gleichzeitig um die Stammespolitik, das Glücksdorf und seinen neuen Job als Lehrer kümmern. Als ich ihn einmal fragte, wer dann sein Nachfolger sein würde, lächelte er nur geheimnisvoll.

Billie hatte sich bei mir entschuldigt. Sie bedauerte zutiefst, mich in solche Gefahr gebracht zu haben. Das Fundament, auf dem unsere Freundschaft stand, hatte einen tiefen Riss, aber wir wollten beide daran arbeiten, ihn zu kitten.

Lester Swan fieberte der Entscheidung des Rates über das Parkprojekt entgegen. Es hatte keinen Sinn, mit ihm über die Folgen des Parks für die Lakota am Wounded Knee zu diskutieren. Er brauchte das Geld dringend für die weitere Behandlung seiner kranken Frau. Diese Tatsache warf alle moralischen Bedenken über den Haufen. Zugegeben, ich war heilfroh, dass er nichts mit dem Mord an Garret zu tun hatte. Und irgendwie konnte ich ihn sogar verstehen.

Eines Tages – ich band gerade Tomatenpflanzen an Stöcke – hielt ein roter Wagen auf dem Dorfplatz. Es war Keenan, der ausstieg. Ich richtete mich auf und strich mir eine lästige Haarsträhne aus dem Gesicht. Mein Herz klopfte bis zum Hals. Unbeirrt kam er geradewegs auf mich zu. Vor dem Beet blieb er stehen und musterte mich von oben bis unten. Meine Knie waren schwarz von guter Erde. In meinen Haaren tanzten Käfer und Spinnen. Ich hatte mir Dreck quer über die Wange geschmiert, aber davon wusste ich nichts.

„Scheint so, als würde tatsächlich ein glückliches Dorf daraus werden", sagte er. „Ich war noch nie hier, in diesem Tal. Bin beeindruckt."

„Ich hoffe, ich zerstöre nicht gerade irgendwelche Flügel", sagte ich verlegen.

„Nein, ganz sicher nicht", sagte Keenan vergnügt. „Die Tomaten können sich schließlich nicht von selbst anbinden. *Wakan Tanka* hat ihnen keine Ranken gegeben wie den Erbsen. Die Tomaten können sich nicht selbst aufrecht halten, also muss ihnen jemand unter die Arme greifen bis sie reif sind."

„Ist das dein Ernst?" Ungläubig sah ich Keenan an.

Er breitete die Arme aus und lachte breit. „Natürlich."

Ich verharrte immer noch in der Sicherheit meiner Tomatenpflanzen, als er sagte: „Wirst du zu mir kommen, oder muss ich dich holen?" Keenan zeigte auf den Boden und machte ein bekümmertes Gesicht. „Ich werde dabei die Kürbisse zertreten."

„Das sind Zucchini", erwiderte ich lächelnd und ließ die restlichen Tomatenpflanzen ohne Strick. Keenan war ein zweites Mal zu mir zurückgekommen.

Von jener Stelle aus, an der die Fahrzeuge der Teilnehmer parkten, konnte man den Sonnentanzplatz nicht sehen. Ich musste wie die anderen einen steilen Pfad hinaufsteigen, bevor ich auf einer kleinen Lichtung stand, einem freien Platz, einer Wiese, umgeben von Kiefern und wilden Rosensträuchern.

Keenan hatte schon auf mich gewartet und kam zu mir

herüber um mich zu begrüßen. Er sah verändert aus. Seine Gesichtszüge hatten etwas von ihrer Sanftheit eingebüßt und in seinen Augen leuchtete wilde Entschlossenheit. Er war schon seit drei Tagen hier oben, um mit den anderen Tänzern zu fasten und zu beten und sich damit auf das Piercing vorzubereiten.

Nach einigem Zögern umarmte er mich. „Ich muss jetzt wieder rüber zu den anderen", sagte er. „Bald geht es los. *Tok´sa*, wir sehen uns später."

Ich nickte. Noch drei Wochen und ich würde nach Deutschland zurückkehren. Die drei Monate waren fast um und mein Auftrag erledigt. Im Winter würden die Glücksdorfbewohner ohne fremde Hilfe auskommen müssen. Dann war es kalt hier und unwirtlich und Schneestürme tobten wie wahnsinnig über das Land. Nichts für jemanden, der nicht damit aufgewachsen war, den Präriewinter nicht im Blut hatte.

Tom war mit großer Mehrheit in den Stammesrat gewählt worden. Keenan hatte die Leitung des *Wápika*-Projektes übernommen. Unter seiner fachmännischen Obhut würden die Häuser fertiggebaut werden und danach brauchte das Dorf keine fremden Manager mehr. Das Funktionieren des Projektes hing dann nur noch vom Willen seiner Bewohner ab. Keenan zeigte sich zuversichtlich. Er betrachtete seine zukünftige Aufgabe als Herausforderung seiner eigenen Skepsis.

Ich ließ ihn nicht aus den Augen, bis er zwischen den Gestängen eines großen Tipis verschwunden war. Dann sah ich mich um. Ungefähr fünfzig Leute – Gäste, Helfer und Organisatoren – konnte ich zählen. Die Tänzer befanden sich im Tipi oder bereits in den Schwitzhütten, um sich vor der Zeremonie ein letztes Mal zu reinigen.

Auf dem schmalen Pfad, der vom Parkplatz heraufführte, entdeckte ich Irene Zaporah, die mit einem kleinen

Arztkoffer heraufkam. Als sie mich sah, kam sie zu mir herüber. „Guten Morgen, Ellen", sagte sie und wir reichten uns die Hände. Sie warf einen Blick in den wolkenlosen Himmel. „Ein wunderbarer Tag, nicht wahr? Wie geschaffen für die Tänzer. Es wird heiß werden."

Ich wies auf ihre Tasche. „Sind Sie beruflich hier?"

„Nicht nur. Ein Neffe von mir ist unter den Tänzern. Aber Sie liegen ganz richtig. Ohne Arzt darf der Sonnentanz nicht stattfinden. Bestimmung vom BIA. Ist aber ganz gut so, ich verbinde sie ordentlich und sorge dafür, dass sich die Wunden nicht entzünden." Sie lachte. „Vor zwei Jahren ist mir ein junger Krieger während der Tetanusinjektion in Ohnmacht gefallen. Ich habe ihm geraten, das Piercing doch lieber bleiben zu lassen. Aber er hat es durchgezogen und ist tatsächlich auf den Beinen geblieben."

Ich muss blass geworden sein, denn sie fragte: „Sind Sie sicher, Ellen, dass Sie das sehen wollen?

Kopfschüttelnd meinte ich: „Sicher bin ich nicht, aber ich will auch nicht kneifen. Es gibt jemanden, dem es wichtig ist, dass ich hier bin."

„Hat Tom Sie eingeladen?"

„Nein. Einer von den anderen Tänzern."

Sie lächelte verschmitzt. „Keenan Kills Straight, nehme ich an. Der Mokassintelegraph verschont auch das Krankenhaus nicht. Ich habe mal eine Verletzung in seinem Rücken behandelt. Er war mit dem Fahrrad in einen Schrotthaufen gestürzt. Keenan muss damals vierzehn oder fünfzehn gewesen sein und er war ungeheuer misstrauisch."

„Das ist er heute noch."

Irene lachte. „Haben Sie Pläne?"

„Pläne?" Ich verstand nicht, was sie von mir wollte.

„Ich meine, haben Sie darüber nachgedacht, hier zu bleiben? Bei ihm?"

Ich hatte darüber nachgedacht, aber noch keine Antwort gefunden. Niemand hatte mir diese Frage gestellt. Nicht einmal Keenan.

„Ich glaube nicht, dass ich in Keenans Plänen einen Platz habe", antwortete ich. „Wir haben jedenfalls nie darüber geredet."

„Indianer machen keine Pläne", bemerkte die Ärztin. „Haben Sie das nicht gewusst? Wenn Sie Keenan lieben, dann müssen Sie die Organisation Ihrer gemeinsamen Zukunft selbst in die Hand nehmen."

Das war eine ganz neue Betrachtungsweise.

„Ich liebe ihn", gab ich zu. „Und ich liebe dieses Land. Aber ich kann mir auch nicht vorstellen, dass mein Sohn oder meine Tochter hier aufwachsen."

Sie musterte mich eindringlich, genauso wie bei unserer ersten Begegnung im Krankenhaus. „Haben Sie eine Tochter oder einen Sohn?"

„Nein." Ich ahnte, worauf das hinauslief. Ich wollte es nicht hören. Am liebsten hätte ich mir die Ohren zugehalten.

„Aber was ist an Deutschland so schrecklich, dass Sie dort keine Kinder haben wollten?"

„Nichts. Ich hatte nur keine Gelegenheit."

Irene nickte. „Ich weiß, was Sie mir sagen wollen. Aber jetzt bietet sich Ihnen eine wunderbare Gelegenheit. Schauen Sie sich nur um!" Sie machte eine umfassende Geste mit der Hand, hinüber zu den Männern und Frauen in spannungsvoller Erwartung auf die Zeremonie. „Hat dieses Volk nicht prächtige Söhne und Töchter hervorgebracht?"

Meine Kehle war wie zugeschnürt. Ich brachte keine Antwort heraus.

„Ich muss gehen", sagte sie. „Vielleicht sehen wir uns später noch einmal."

Unter den Schattendächern, die in den vier Himmelsrichtungen aus Kiefernstämmen errichtet worden waren, sammelten sich die Sänger und Trommler. In der Mitte des Platzes stand der heilige Pfahl: ein ausgeblichener Cottonwoodbaum, den man eigens zu diesem Zweck gefällt und vor langer Zeit hier heraufgetragen hatte. In seinem Gipfel hingen bunte Stoffstreifen. Weiter unten waren die Stricke für die Tänzer angebracht, die sich dem Piercing unterziehen würden. Keenan hatte mich mit langen Erklärungen auf alles vorbereitet. Ich war bereit und würde es aushalten.

Jemand berührte mich an der Schulter und ich fuhr herum. „Auntie", rief ich glücklich und warf der alten Lady meine Arme um den Hals. Sie sah gut aus. Keine Rüschen und keine Perlen. Nur ein einfaches Kleid aus dunklem weichen Leder. Die grauen Haare hingen ihr in jugendlichen Wellen offen über die Brust. „Ich freu mich, dich zu sehen", sagte ich.

„Ich freue mich auch", erwiderte sie und blickte suchend um sich. „Wo ist Keenan?"

„Ich glaube, in einer der Schwitzhütten. Er war aufgeregt."

„Das darf er. Es ist etwas wirklich Wichtiges, auf das er sich da vorbereitet." Sie lächelte geheimnisvoll. „Mit dem Sonnentanz ehren wir Lakota alles Weibliche. Hast du das gewusst?"

„Nein", sagte ich überrascht. „Ich hatte dabei an etwas vollkommen anderes gedacht. An eine Mutprobe unter Kriegern, ein Highlight für Masochisten, eine Rebellion gegen die weiße Ordnung."

„Zeremonien, die man aus seiner eigenen Kultur nicht kennt, haben immer etwas Merkwürdiges an sich", tröstete mich Ruthie und schob mich näher an den Sonnentanzplatz heran. „Du wirst es nicht glauben, aber der Sonnentanz ist in erster Linie eine Ehrung der Frau als Lebensspenderin." Sie wies hinüber zu den drei niedrigen Schwitzhütten. „Zuerst unterziehen sich die Tänzer einer Reinigung. Der Wechsel von heiß und kalt symbolisiert die Gefühlsschwankungen einer Frau während der Schwangerschaft. Dann verbinden sie ihre Brust mit dem Sonnentanzbaum. Sie sind mit der Pappel verbunden wie das Kind durch die Nabelschnur mit der Mutter. Reißen sie sich dann los, gleicht es einer Geburt. Sie empfinden denselben Schmerz, wie ihn eine Frau unter den Wehen erlebt."

„Du weißt ja ziemlich genau Bescheid", sagte ich.

Ruthie löste eine Schlaufe am Dekolleté ihres Kleides und zerrte es weit auseinander, bis ich ihre Brust sehen konnte. Flach, mit kleinen dunklen Warzen. Auf jeder Brust zwei helle Narbenstreifen. „Ich weiß, wovon ich rede."

Ich sah sie an und mein Herz klopfte vor Erregung. Die Trommeln setzten ein und augenblicklich verwandelte sich die Atmosphäre auf dem Platz. Eine unerklärliche Spannung legte sich über die Anwesenden. Ruthie schnürte ihr Kleid über der Brust wieder zusammen und zeigte auf die kurzen Stäbe mit den Tuchstreifen, die zwischen dem heiligen Pfahl und den Schattendächern im Boden steckten. „Ihre Farben symbolisieren die vier Himmelsrichtungen", sagte sie. „Weiß für Süden, Schwarz für Westen, Rot für Norden und Gelb für Osten. Die vier Farben des Lakota-Universums. Dort drüben", sie zeigte in Richtung Westen, „liegt der Altar."

Ich reckte meinen Hals und entdeckte einen mit roten Punkten und Streifen bemalten Bisonschädel im Gras. In diesem Augenblick betraten die Tänzer über den östlichen Eingang den Platz. Es waren vier Frauen und sieben Männer. Ich war überrascht, denn ich hatte nicht damit gerechnet, dass auch Frauen ein Fleischopfer bringen würden.

„Frauen auch?", fragte ich Ruthie.

„Die Frauen durchbohren sich die Handgelenke oder die

Haut an den Armen. Aber sie werden nicht an den Baum gebunden sein", erklärte sie mir.

Die Frauen trugen jede ein Kleid aus leichtem bunten Stoff und zusätzlich ein um die Hüfte gewickeltes Tuch. Die Männer waren nur mit diesem Hüftwickel bekleidet. Ich erkannte Tom Blue Bird, Robert Fast Elk und Sarah Many Horses unter den Tänzern. Einer der letzten, die den Platz betraten und die Sonne begrüßten, war Keenan. Er hatte kleine Federn und bunte Perlen im Haar und sein Gesicht zierte ein schwarzer Streifen quer über die Augen. Auch die Gesichter der anderen Tänzer waren bemalt, sodass es schwer war, sie zu erkennen.

Die Männer und Frauen tanzten vor dem Altar. Sie bewegten sich mehr oder weniger auf der Stelle. Im Grunde schwankten sie nur und ich war ein wenig enttäuscht, weil ich mir das Ganze wilder vorgestellt hatte, heroischer.

In großen Abständen wurde eine kurze Pause eingelegt. In dieser Zeit konnten sich die Tänzer ausruhen und der Sänger die Pfeife rauchen. Für Ruthie hatte ich einen Campingstuhl besorgt, denn ihr Bein machte ihr zu schaffen. Sie saß ganz vorn und ich stand neben ihr. Der stechende Geruch von verbranntem Süßgras schwebte über den Platz. Schwer und berauschend.

Nach einer längeren Mittagspause fand das Piercing statt. Alles ging sehr schnell und so hatte ich wenig Gelegenheit, mir über meine Gefühle klar zu werden. Als Joe Yellow Dog, der Leiter des Sonnentanzes, Keenan die Holzsplinte durch die Brusthaut schob, konnten wir es nicht sehen, denn er lag rücklings auf dem Boden und war von anderen Tänzern verdeckt. Trotzdem schien Ruthie auf seltsame Weise mit ihm verbunden zu sein. Sie bohrte mir ihre kräftigen Finger in den Unterarm und vor Schmerz schrie ich leise auf. Er war ihr Fleisch und Blut und sie litt mit ihm. Ich litt auch, nur anders.

„Die Schmerzen müssen unerträglich sein", murmelte ich beklommen.

Ruthie schüttelte den Kopf. „Sind sie nicht. Sie sind niemals unerträglich. Wir sind stärker als sie."

Kurze Zeit später hingen die Tänzer mit ihrem Fleisch am heiligen Baum. Außer Keenan und Tom hatten sich nur noch drei der anderen Männer zum Piercing entschlossen und eine der Frauen. Sarah Many Horses. Ich ahnte, für wen sie es tat. Seit drei Wochen lag Scott im Krankenhaus.

Das Gemurmel der Gäste erstarb, als sich die Stricke straff spannten. Die Männer begannen, sich rhythmisch vor und zurück zu bewegen. Am Pfahl harrten sie jedes Mal aus, beteten und schienen neue Kraft zu sammeln. Dann tanzten sie so weit zurück, wie der Strick, an dem sie mit ihrem Fleisch hingen, es zuließ. Ihre Haut dehnte sich jedes Mal mehr.

Es schien endlos zu dauern. Die Sonne brannte auf die Köpfe der Tänzer und der Gäste. Ich merkte, wie ich langsam schlapp wurde.

Plötzlich ging ein Raunen durch die Anwesenden und alle blickten gleichzeitig nach oben. Ein leiser Pfiff, ein Ruf, der durch Mark und Bein ging. Über dem Platz zog ein großer Adler seine Kreise.

Die Sonne blendete mich und die sichtbare Welt versank in einer Spirale aus grellgelben und orangeroten Kreisen. Der Takt der Trommeln verkürzte sich und kam in Einklang mit dem Schlag meines Herzens. Die Stimme des Sängers wurde intensiver, beinahe schrill. Mein Trommelfell vibrierte. Ein stechender Schmerz bohrte sich in meine Brust und die Ränder meines Sichtfeldes trübten sich. Sie wurden erst grau, dann schwarz. Das Schwarz breitete sich aus und schrumpfte den roten Lichtkreis zu einem immer kleiner werdenden Punkt. Dann erlosch er.

Ich riss die Augen auf und sah, wie Keenan mit weit in den Nacken gebeugtem Kopf rücklings ins Gras stürzte.

Er hatte sich losgerissen, der Strick wand sich wie eine Schlange durch die Luft und baumelte dann müde am Sonnentanzpfahl herunter. Ich sah noch, wie zwei Männer sich nach Keenan bückten um ihm aufzuhelfen, dann sank ich Ruthie in die Arme.

Ein kühler Luftzug weckte mich. Der Duft von frischem Salbei. Ich lag auf einer bunten Patchwork-Decke im Gras und Ruthie fächelte mir mit einem Kräuterbüschel Luft zu. Ihr grinsendes dunkles Gesicht war direkt über mir.

„Hast du etwa auch gefastet?", fragte sie erleichtert, aber ich hörte auch den Spott in ihrer Stimme.

Die Trommeln dröhnten immer noch in meinem Hirn und ich richtete mich kopfschüttelnd auf. Ruthie hatte mich an den Waldrand in den Schatten gebracht, weg von den Tanzenden und den anderen Gästen.

„Hattest du eine Vision?", fragte sie.

Ich dachte nach und versuchte herauszubekommen, was mit mir geschehen war.

„Mir war, als hätte ich mit meinem Fleisch an diesem Baum gehangen", sagte ich und fasste nach meiner Brust, um mich zu vergewissern, dass alles in Ordnung war. Alles war in Ordnung. Kein Blut, keine zuckenden Wunden.

„Das ist gut", erwiderte Auntie und reichte mir eine Plastikflasche mit Mineralwasser. „Hier, trink einen Schluck."

„Was soll gut daran sein?", fragte ich und schraubte die Kappe ab. Das Wasser schmeckte köstlich.

„Du bist mit ihm verbunden. Auf eine Weise, die dein Leben verändern wird, denn du bist auch mit dieser Erde verbunden. Du wirst wiederkommen."

Ich wollte etwas erwidern, da sah ich Keenan aus dem Eingang des großen Tipis steigen. Ein Helfer stützte ihn und zeigte zu uns herüber. Der Mann begleitete Keenan, bis er auf wenige Meter an uns heran war. Den Rest des Weges wankte er allein. Stöhnend ließ er sich neben uns auf der Decke nieder. Im Gesicht noch Reste von schwarzer Schminke. Um die bloße Brust hatte er einen strahlend weißen Verband, durch den ein winziger Blutstropfen sickerte.

Wortlos reichte ich Keenan die Wasserflasche und er trank gierig in langen Zügen. Dann stellte er sie vor sich hin und stützte sich darauf. Ein schiefes Lächeln huschte über sein Gesicht. „Nun seht mich nicht so an", sagte er.

Wir drehten beide unsere Gesichter in eine andere Richtung und Keenan lachte kopfschüttelnd. „Schön, dass du da bist, Vater", sagte er.

Tantchen nickte zufrieden. „Meine Brust schmerzt vor Stolz, mein Sohn."

„Meine auch", gab Keenan zu, und verzog das Gesicht. „Aber wieso seid ihr hier?", fragte er verwundert, „und nicht drüben bei den anderen?"

Ruthie nickte zu mir hinüber und sagte: „Als dein Fleisch riss, gab ihres auch nach. Sie war weggetreten."

Ich warf Tantchen einen vernichtenden Blick zu. Sie hätte es ihm nicht verraten dürfen. Ich schämte mich.

Als Keenan meinen Arm berührte, zuckte ich zusammen. Er nahm meine Hand zwischen seine beiden Hände. „Ich musste es tun", rechtfertigte er sich. „Für mich, für dich und all die anderen, die hier leben. Für meinen Vater, für Tom und nicht zuletzt für meinen Bruder June, meine Mutter und auch für Vine."

Ich verstand ihn. Auch wenn es mir sehr schwer fiel. Meine Hand zwischen seinen Händen, ein Gefühl wie in einem Schraubstock.

„Von nun an wird der Rabe nicht mehr kommen. Ich habe mich mit ihm versöhnt, verstehst du?", raunte er mir zu.

Ich nickte. Ein starkes Gefühl drückte mir die Kehle zu. Ruthie erhob sich und entfernte sich wortlos. Sie war eine

Ohitika Win, eine Frau mit tapferem Herzen, sensiblen Gefühlen und einem scharfen Verstand. Ich wusste, sie würde mir fehlen.

Keenan drehte sich auf die Knie und schob sich ganz nah an mich heran. „Während ich mit meinem Fleisch an diesem Seil hing, Ellen, habe ich etwas begriffen", sagte er. „Niemand kann seiner Vergangenheit davonlaufen. Und so sehr wir Lakota es uns auch wünschen, wir können das Rad der Geschichte nicht zurückdrehen. Die alten Zeiten werden nicht wiederkommen, auch wenn wir noch so sehr dafür beten und tanzen. Aber wir haben eine Chance, die Dinge zum Besseren zu wenden. Wir sind stark, weil wir eine Gemeinschaft sind. Die Menschen, die Tiere, die Pflanzen und diese Erde."

Keenan sprach ruhig und voller Ernst und mit einer tiefen Überzeugung, die es mir schwer machte, ihm in die Augen zu sehen.

„Jeder Mensch unterscheidet sich vom anderen. Jeder Stein, jeder Baum, jedes Tier unterscheidet sich vom anderen. Aber in dieser Verschiedenheit liegt die Kraft der Schöpfung. *Mitakúye Oyasin* – alle Wesen sind verwandt, sagen wir Lakota, nachdem wir eine Zeremonie beendet haben." Er zupfte verlegen an einer Strähne meines wirren Haares. „Ich glaube daran", sagte er leise. „Und du sollst wissen, dass du hier immer ein Zuhause hast."

Über unseren Köpfen hörte ich das Pfeifen des Adlers und sah hinauf. Es waren zwei, ein Männchen und ein Weibchen, die über dem Sonnentanzplatz schwebten und uns damit ein Zeichen gaben.

Nachwort

Die Idee zu dieser Geschichte entstand während meines ersten Aufenthaltes im Pine Ridge Reservat im Sommer 1994. Bis ich sie so aufschreiben konnte wie sie hier steht, brauchte es Zeit und weitere Begegnungen mit Menschen aus dem Reservat, die mir Einblicke in ihren Alltag gewährten. Ich danke all jenen, die bereit waren ihre Gedanken und ihre Geschichten mit mir zu teilen, erst dadurch wurde dieses Buch möglich.

Mein Dank gilt auch Christina Voormann und den anderen Mitarbeitern des Lakota-Village Fund e.V., die im Sommer 2002 zusammen mit Indianern am American Horse Creek ein Haus für zwei alte Lakota-Männer bauten und mir Einblick gewährten in die Arbeit und die Probleme derartiger Hilfsprojekte.

Mit den Lakota zu arbeiten, ihre Geschichten zu hören, mit ihnen die Mahlzeiten zu teilen, zu lachen und sie auf einem Powwow tanzen zu sehen, ist immer wieder ein bewegendes Erlebnis.

Wundes Land ist ein Roman, auch wenn ich versucht habe, mich der Realität so weit wie möglich zu nähern. Die agierenden Personen sind ebenso wie das *Wápika*-Dorfprojekt frei erfunden und jegliche Ähnlichkeit bzw. Namensgleichheit mit lebenden Personen ist rein zufällig.

Antje Babendererde im Juni 2003

NUN VERTREIBE EIN BUCH DIE SORGEN!

Das schmökerfreundliche Motto wandelt ein Wort geringfügig ab, das Horaz zugeschrieben wird. Dieser empfahl zwar als sorgenvertreibendes Mittel eine Flasche Wein, hätte aber der kleinen Änderung gewiß nicht widersprochen. Denn Wein und Buch entführen beide den Menschen aus den kummervollen Bereichen der Wirklichkeit in die virtuelle Welt der Einbildung und der Phantasie.

Der MERLIN VERLAG steht seit seiner Gründung in dem Ruf, anspruchsvolle Literatur zu verbreiten, – Bücher also, die ihre balsamischen Kräfte nicht beiläufig entfalten, sondern die ein gewisses Maß eigener Anstrengung erfordern, um der Gegenwart – dann freilich in um so unnahbarere Gefilde –, zu entfliehen. All jenen Freunden des Verlages etwas zu bieten, die übermüdet sind und Entspannung suchen, ohne durch unwegsames Gelände stolpern zu müssen, haben wir eine leicht lesbare, spannende und dennoch auf hohes Niveau festgelegte neue Buchreihe geschaffen:

MERLINS SCHMÖKERECKE

Sie wurde mit Janosch's Roman SANDSTRAND eröffnet, mit Antje Babendererdes Roman DER WALFÄNGER fortgesetzt und steht unter dem Zeichen

Antje Babendererde

DER WALFÄNGER

Roman

440 S., Ln., ISBN 3-87536-225-X

Nach mehr als 80-jähriger Unterbrechung wird den nordwestamerikanischen Makah-Indianern die Waljagd wieder erlaubt. Inzwischen leisten Umweltschützer erbitterten Widerstand. Der Indianer Micah Mahone nimmt als Paddler an der traditionellen Jagd teil, seine Exfrau, die Meeresbiologin Irina Scolari, versucht, das Unternehmen zu verhindern. Eine spannende und anrührende Liebesgeschichte.

„Wirklich spannend und kenntnisreich." *Coyote*

„Das Buch erschließt eine fremde Welt ... das Verständnis für ein Leben, das so ganz anders als das unsrige ist, wächst." *Nordkurier*

„Als unterhaltsamer Sommerschmöker überall empfohlen." *ekz*

Umschlagdesign: Gabriele Altevers
Satz und Druck: Druckerei Carstens, Schneverdingen
Einband: Buchbinderei Schirmer und Sohn, Erfurt

1. Auflage, Gifkendorf 2003
Im 46. Jahr des Merlin Verlags
ISBN 3-87536-238-1
www.merlin-verlag.de